Gallmeister

LE SILENCE

Dennis Lehane

Le Silence

Roman

Traduit de l'américain
par François Happe

Gallmeister

FICTION

Titre original: SMALL MERCIES

Cet ouvrage a été publié avec l'aimable collaboration de Ann Rittenberg Literary Agency, New York, et de La Nouvelle Agence, Paris.

ISBN 978-2-35178-322-1
ISSN 1956-0982

Photo de l'auteur © Benny Chiu
Illustration de couverture © Ulla Puggaard
Conception graphique : Aurélie Bert

Pour Chisa

On ne peut pas se couper entièrement de ses semblables.
Il faut être un saint pour vivre dans un désert.

JOSEPH CONRAD, *Sous les yeux de l'Occident*

NOTE HISTORIQUE

Le 21 juin 1974, statuant dans l'affaire *Morgan contre Hennigan*, le juge fédéral W. Arthur Garrity Jr décida que le Comité de l'Enseignement Public de Boston avait "systématiquement désavantagé les élèves noirs" dans les établissements scolaires. La seule façon de remédier à cette situation, concluait le juge, était de transférer quotidiennement en bus des enfants des quartiers majoritairement blancs vers des écoles des quartiers majoritairement noirs, et inversement, afin de mettre un terme à la ségrégation dans les lycées publics de la ville*.

L'établissement scolaire du quartier où résidait la plus importante communauté d'Africains-Américains était Roxbury High School. Celui du quartier dont la population était à forte majorité blanche s'appelait South Boston High. Il fut décidé que ces deux lycées échangeraient une partie significative de leurs effectifs.

* Le terme *busing* désigne ainsi le transfert en bus d'élèves d'un quartier vers une école d'un autre quartier. (Toutes les notes sont du traducteur.)

Cet arrêté du 21 juin 1974 devait prendre effet au début de l'année scolaire, le 12 septembre suivant. Ce qui laissait moins de quatre-vingt-dix jours aux lycéens et à leurs parents pour s'y préparer.

L'été fut très chaud cette année-là à Boston, et il ne plut que rarement.

I

La panne de courant se produit un peu avant l'aube et tous les habitants de la cité Commonwealth* se réveillent en nage. Dans l'appartement des Fennessy, les ventilateurs de fenêtre sont restés bloqués et des gouttes de sueur perlent sur le frigo. Mary Pat jette un coup d'œil dans la chambre de sa fille Jules, la trouve couchée sur les draps, les yeux fermés, la bouche entrouverte, projetant de petites expirations dans son oreiller moite. Mary Pat continue dans le couloir jusqu'à la cuisine et allume sa première cigarette de la journée. Elle regarde par la fenêtre, au-dessus de l'évier, et sent l'odeur de la chaleur qui se dégage des briques de l'encadrement.

C'est seulement au moment où elle essaie de faire du café qu'elle se rend compte qu'elle ne peut pas. Elle pourrait mettre de l'eau à chauffer sur la cuisinière, qui fonctionne au

* Le nom de la cité fait référence au terme officiel utilisé pour désigner le Massachusetts ("The Commonwealth of Massachusetts"), un des quatre États américains, avec la Virginie, le Kentucky et la Pennsylvanie, qui ont choisi l'appellation "Commonwealth" plutôt que "State". Dans les faits, il n'y a aucune différence entre "Commonwealth" et "State".

gaz, mais la compagnie en a eu assez de ses excuses et elle a coupé l'alimentation la semaine dernière. Pour éponger ses arriérés, Mary Pat a effectué deux journées à l'entrepôt de chaussures où elle occupe un second emploi, mais il va lui falloir en faire trois de plus, puis se déplacer jusqu'au bureau de facturation, avant de pouvoir de nouveau mettre de l'eau à bouillir ou faire rôtir un poulet.

Elle va dans la salle de séjour, la poubelle à la main, et y balance toutes les canettes de bière qui traînent. Elle vide les cendriers de la table basse et de la desserte, puis un autre qu'elle trouve sur la télé. C'est à cet instant qu'elle aperçoit son reflet sur l'écran, et elle ne parvient pas à faire coïncider la créature qu'elle voit avec l'image d'elle-même qu'elle conserve dans son esprit – une image qui n'a que peu de ressemblance avec cette masse de cheveux moites et emmêlés et ce menton qui pendouille, le tout vêtu d'un débardeur et d'un short. Même dans le gris terne de l'écran, elle distingue, sur le côté extérieur de ses cuisses, des veines bleues qui, sans qu'elle sache vraiment pourquoi, ne lui semblent pas possibles, pas déjà. Non, pas déjà. Elle n'a que quarante-deux ans – bon, d'accord, quand elle en avait douze, elle avait l'impression que c'était un âge où on a déjà un pied dans la salle d'attente du Bon Dieu, mais maintenant qu'elle les a, elle ne se sent pas différente d'avant. Elle a douze ans, elle a vingt-et-un ans, elle a trente-trois ans, elle a tous les âges en même temps. Mais elle ne vieillit pas. Pas dans son cœur. Pas dans sa tête.

Tandis qu'elle scrute son visage sur la télé, essuyant les mèches humides sur son front, on sonne à la porte.

À la suite d'une série d'intrusions dans des appartements, deux ans plus tôt, au cours de l'été 1972, l'Office du logement a mis la main à la poche pour faire installer des judas aux portes. Mary Pat colle l'œil au sien et voit Brian Shea dans le couloir vert menthe, les bras chargés de lattes de bois. Comme la plupart des gars qui travaillent pour Marty Butler, Brian est plus propre sur lui qu'un diacre. Dans la bande de Butler, les cheveux longs ou la moustache de bandit, on ne connaît pas. Les favoris bien fournis, les pantalons pattes d'éléphant et les semelles compensées non plus. Et bien sûr, les motifs cachemire et ces vêtements tie-dye sont exclus. Brian Shea s'habille comme on le faisait dix ans plus tôt : T-shirt blanc sous un Baracuta bleu marine. (Le blouson Baracuta – bleu marine, brun clair, ou occasionnellement marron – est un incontournable pour les types de Butler ; ils le portent même par des journées comme celle-ci, quand le mercure approche les 27 °C à neuf heures du matin. Ils l'échangent en hiver contre des pardessus ou des manteaux trois-quarts en cuir avec une épaisse doublure en laine, mais dès l'arrivée du printemps, ils ressortent tous leur Baracuta du placard le même jour.) Les joues de Brian sont rasées de près, ses cheveux blonds coupés court en brosse, et il porte un chino blanc cassé, ainsi que des bottines noires éraflées avec une fermeture Éclair sur le côté. Brian a des yeux couleur Ajax Vitres. Ils pétillent et luisent tandis qu'il regarde Mary Pat avec un air de légère arrogance, comme s'il devinait les choses qu'elle s'imagine garder secrètes. Et ce sont des choses qui l'amusent.

— Mary Pat, dit-il. Comment ça va ?

Elle se voit avec ses cheveux aplatis, dégoulinant sur sa tête comme des spaghettis figés dans la graisse. Elle sent la moindre tache sur sa peau.

— On n'a plus de courant, Brian. Comment ça va ?

— Marty s'en occupe, dit-il. Il a passé quelques coups de fil.

Elle jette un regard aux minces lattes de bois qu'il a dans les bras.

— Je peux t'aider avec ces trucs ?

— Je dis pas non. (Il les tourne dans ses bras pour les poser debout près de la porte.) C'est pour les pancartes.

Elle se rappelle vaguement avoir renversé de la bière sur son débardeur hier soir et elle se demande si l'odeur de la Miller High Life éventée frappe les narines de Brian Shea.

— Quelles pancartes ?

— Pour la manif. Tim G va pas tarder à les apporter.

Elle place les lattes dans le porte-parapluie juste derrière le seuil de sa porte. Elles partagent l'espace avec un unique parapluie dont une baleine est cassée.

— Et cette manif a lieu ?

— Vendredi. On fait ça à City Hall Plaza*. On va faire du bruit, Mary Pat. Exactement comme on l'a promis. On va avoir besoin de tout le monde dans le quartier.

— Bien sûr, répond-elle. J'y serai.

Il lui tend un paquet de tracts.

— On demande aux gens de distribuer ça avant midi aujourd'hui. Tu comprends… avant qu'il fasse une chaleur de tous les diables. (Il se sert du tranchant de sa main pour essuyer la sueur qui dégouline sur sa joue bien lisse.) Mais c'est peut-être déjà trop tard pour ça.

Elle prend les tracts. Jette un coup d'œil à celui qui est sur le dessus de la pile :

* Immense esplanade au centre de Boston, proche de l'Hôtel de ville.

BOSTON EN ÉTAT DE SIÈGE !!!!!!!

REJOIGNEZ TOUS LES PARENTS INQUIETS
ET LES MEMBRES DE LA COMMUNAUTÉ DE SOUTH BOSTON
POUR EXIGER LA FIN DE CETTE DICTATURE JUDICIAIRE.
VENDREDI 30 AOÛT À CITY HALL PLAZA.

À MIDI PRÉCIS !
NON AU *BUSING* ! JAMAIS !
RÉSISTONS !
BOYCOTTONS !

— On demande à tout le monde de couvrir des quartiers bien définis. On aimerait que tu couvres… (Brian plonge une main dans son Baracuta et en ressort une liste sur laquelle il fait courir son doigt.) Euh… que tu couvres Mercer Street, entre la 8e et Dorchester Street. Et Telegraph Street, jusqu'au parc. Et puis, ouais, toutes les maisons situées sur le pourtour du parc.

— Ça fait un tas de portes.

— C'est pour la Cause, Mary Pat.

Chaque fois que les types de Butler s'amènent la main tendue, ce qu'ils vous proposent d'acheter, en fait, c'est leur protection. Mais ils ne le disent jamais comme ça. Ils vous enrobent ça dans un motif plus noble : c'est pour l'IRA, pour les enfants qui meurent de faim dans un pays à la con ou un autre, pour les familles des anciens combattants. Il est même possible qu'une partie de l'argent finisse par arriver jusqu'à eux. Mais la cause anti-*busing*, en tout cas jusqu'à présent, semble être parfaitement réglo. On a l'impression que c'est *la* Cause. Ne serait-ce que pour la seule raison qu'ils n'ont pas demandé le moindre cent aux résidents de Commonwealth. Que du porte-à-porte et de la distribution.

— Je donnerai un coup de main avec plaisir, dit Mary Pat à Brian. Vous vous cassez tellement le cul.

Brian accueille la remarque en levant les yeux au ciel d'un air las.

— Tout le monde se casse le cul dans le coin. Quand j'en aurai fini avec tout ça, j'aurai plus de quoi m'asseoir. (Il porte le doigt à une casquette imaginaire pour la saluer avant de repartir dans le couloir vert.) Ça m'a fait plaisir de te voir, Mary Pat. J'espère que le courant va pas tarder à revenir.

— Attends, l'appelle-t-elle. Juste une seconde, Brian.

Il se retourne vers elle.

— Qu'est-ce qui va se passer après la manif? Qu'est-ce qui va se passer si jamais, je sais pas, moi, si ça change rien.

Il lève les deux mains.

— J'imagine qu'on verra à ce moment-là.

Pourquoi vous ne le descendez pas, ce juge, putain ? pense-t-elle. *Vous êtes la bande de Butler, nom de Dieu. On vous paie pour une "protection". Alors protégez-nous maintenant. Protégez nos gosses. Arrêtez ça.*

Mais elle dit seulement :

— Merci, Brian. Bonjour à Donna.

— J'y manquerai pas. (Encore un doigt à sa casquette imaginaire.) Bonjour à Kenny.

Son visage lisse se fige une seconde au moment où il se rappelle les derniers commérages du quartier. Il lui lance un regard avec ses yeux de velours.

— Je veux dire, je voulais dire…

Elle le tire d'affaire avec un simple :

— J'y manquerai pas.

Un sourire crispé et il s'en va.

Elle ferme la porte, retourne dans l'appartement et trouve sa fille assise à la table de la cuisine, en train de fumer une de ses cigarettes.

— Putain, y a plus de courant, dit Jules.

— Ou alors "Bonjour", dit Mary Pat. "Bonjour", ça marche aussi.

— Bonjour, dit Jules, lui lançant un sourire qui parvient à être aussi éclatant que le soleil et aussi froid que la lune. Il va falloir que je prenne une douche, m'man.

— Eh bien, douche-toi.

— L'eau est froide.

— Il fait 32 °C dehors, merde.

Mary Pat ramène à elle son paquet de Slims qui était près du coude de sa fille. Jules lève les yeux au ciel, tire une bouffée, souffle la fumée vers le plafond en une longue expiration régulière.

— Qu'est-ce qu'il voulait ?

— Brian ?

— Ouais.

— Comment ça se fait que tu connais Brian Shea ?

Mary Pat allume sa deuxième de la journée.

— M'man, répond Jules en écarquillant les yeux, je ne connais pas Brian Shea. Je connais Brian Shea parce que tout le monde dans le quartier connaît Brian Shea. Qu'est-ce qu'il voulait ?

— Il va y avoir une manif, répond Mary Pat. Un rassemblement. Vendredi.

— Ça changera rien.

Sa fille essaie de prendre un ton désinvolte et apathique, mais Mary Pat voit une lueur de peur flotter dans ses yeux, assombrissant les poches juste en dessous. Elle a toujours été une si jolie fille, Jules. Une si jolie fille. Et là, manifestement, voilà qu'elle se met à vieillir. À dix-sept ans. Les raisons ne manquent pas – une jeunesse passée à Commonwealth (pas le genre d'endroit à produire des reines de beauté et des mannequins, même quand elles sont très jolies au départ) ; la perte d'un frère ; le départ de son beau-père juste quand elle commençait à croire qu'il allait rester ; l'obligation – par arrêt fédéral – d'aller dans un nouveau lycée l'année de sa terminale, dans un quartier inconnu, pas vraiment renommé pour laisser les jeunes Blancs se balader dans les rues après le coucher du soleil ; sans parler du simple fait d'avoir dix-sept ans et de se trouver embarquée dans Dieu sait quoi avec ses andouilles d'amis. L'herbe circule pas mal, ces temps-ci, Mary Pat ne l'ignore pas, et l'acide aussi. L'alcool, bien sûr ; à Southie*, la plupart des gosses sortent du ventre de leur mère en serrant une Schlitz dans une main et un pack de Lucky Lager dans l'autre. Et, bien sûr, il y a aussi le Fléau, cette foutue poudre brune et ces putains d'aiguilles qui vous transforment un gosse bien vivant en cadavre, ou en futur cadavre, en moins d'un an. Si Jules s'en tient à l'alcool et aux cigarettes, avec un petit joint en prime de temps en temps, elle n'y perdra que sa beauté. Et ça, c'est ce qui arrive à tout le monde dans la cité. Mais Dieu fasse qu'elle ne touche pas au Fléau. Mary Pat mourrait encore une fois.

* Southie est le surnom donné par ses habitants à South Boston, un quartier ouvrier qui compte une forte communauté d'origine irlandaise.

Elle en a pris conscience au cours de ces deux dernières années, Jules n'aurait jamais dû grandir ici. Mary Pat, elle, a l'air de sortir d'une chaîne de fabrication d'Irlandaises dures à cuire – un simple coup d'œil aux photos d'elle quand elle était bébé ou petite fille et on remarque tout de suite son visage grimaçant, ses larges épaules et son corps, râblé et puissant, prêt à participer à un roller derby ou une connerie de ce genre. La plupart des gens préféreraient se battre contre un chien errant qui aurait envie d'un bon morceau de viande plutôt que d'avoir une embrouille avec une fille de Southie qui a grandi dans les cités.

Mais ça, c'est Mary Pat.

Jules, quant à elle, est grande et finement musclée, avec de longs cheveux lisses couleur pomme. Elle est douce, féminine jusqu'au bout des ongles, et en attente d'un cœur brisé, comme le mineur est en attente d'un poumon silicosé – Mary Pat sait pertinemment que ça va arriver. Elle est fragile, cette créature sortie du ventre de Mary Pat, fragile dans ses yeux, fragile dans sa chair, fragile dans son âme. Son langage brutal, les cigarettes, sa capacité à jurer comme un charretier et cracher comme un docker, tout cela ne peut pas le masquer complètement. La mère de Mary Pat, Louise "Weezie*" Flanagan, qui était digne de figurer au panthéon des Irlandaises dures à cuire – un petit mètre cinquante et quarante-trois kilos toute mouillée après un dîner de Noël –, l'a souvent dit à Mary Pat: "Il y a ceux qui se bagarrent et il y a ceux qui se barrent. Et ceux qui se barrent finissent toujours coincés dans une impasse, tôt ou tard."

* *Weezie*: (femme) balèze, baraquée.

Parfois, Mary Pat regrette de ne pas avoir trouvé le moyen de se tirer de Commonwealth avant que Jules ne découvre à quelle catégorie elle appartient.

— Et ça se passe où, cette manif? demande Jules.

— On va en ville.

— Ah ouais? (Cela lui vaut un sourire sarcastique de sa fille tandis qu'elle écrase sa cigarette.) De l'autre côté du pont et tout le bordel? (Jules hausse les sourcils.) Tu t'es vue?

Mary Pat tend le bras au-dessus de la table et lui tapote la main pour qu'elle la regarde.

— On va au City Hall. Ils ne peuvent pas nous ignorer, Jules. Ils vont nous voir, ils vont nous entendre, putain de merde. Vous les jeunes, on vous laisse pas tomber.

Jules lui adresse un sourire à la fois plein d'espoir et malheureux.

— Ah ouais?

Elle baisse la tête. Sa voix n'est qu'un faible murmure quand elle ajoute:

— Merci m'man.

— Ben, ça va de soi. (Mary Pat sent quelque chose se nouer au fond de sa gorge.) Évidemment, ma chérie.

C'est peut-être la plus longue conversation qu'elle ait eue avec sa fille assise en face d'elle depuis des mois. Elle avait oublié à quel point elle aime ça.

Un petit grondement de tonnerre fait vibrer le sol sous leurs pieds et se propage dans les murs, puis la lumière revient au-dessus de la cuisinière. Les ventilateurs se remettent à tourner aux fenêtres. Les radios et les télés dans les autres appartements recommencent à se faire concurrence. Quelqu'un pousse un hourrah.

Jules s'écrie:

— Je vais à la douche !

Et elle bondit de sa chaise comme si elle lui devait de l'argent.

Mary Pat fait du café. Elle emporte sa tasse dans la salle de séjour avec un des cendriers fraîchement vidés, puis elle allume la télé. On ne parle que d'eux aux infos – South Boston et la prochaine rentrée scolaire. Les élèves blancs qu'on va transporter en bus jusqu'à Roxbury. La perspective ne réjouit personne, ni d'un côté ni de l'autre.

À part les agitateurs, ces Noirs qui ont poursuivi en justice le comité de l'enseignement – qui le poursuivent en justice depuis neuf ans parce que rien n'a jamais été assez bon pour eux.

Mary Pat a travaillé aux côtés de trop de Noirs à Meadow Lane Manoir et à la fabrique de chaussures pour croire qu'ils sont mauvais ou naturellement paresseux. Des tas d'entre eux sont des braves gens, courageux et bien comme il faut, et ils ne demandent que les mêmes choses qu'elle – un salaire régulier, de la nourriture sur la table, des enfants en sécurité dans leurs lits. Elle a dit à ses deux enfants que si jamais ils prononçaient le mot "nègre" devant elle, ils avaient intérêt à être sûrs qu'ils l'utilisaient à propos de ceux qui ne sont pas bien comme il faut, qui ne travaillent pas dur, qui ne restent pas mariés et qui ne font des bébés que pour toucher les aides sociales.

Noel, juste avant de partir pour le Vietnam, lui avait répondu :

— Ça correspond à presque tous ceux que j'ai rencontrés, m'man.

— Et t'en as rencontré combien ? avait demandé Mary Pat. Tu vois beaucoup de gens de couleur se balader dans West Broadway, toi ?

— Non, mais je les vois en ville. Je les vois dans le métro. (Il avait levé une main pour imiter quelqu'un qui tient une poignée dans le métro et de l'autre, il s'était gratté sous le bras comme un singe.) Ils vont toujours à Fo'-rest Hills.

Il avait fait des bruits de chimpanzé et elle lui avait donné une tape.

— Ne sois pas bête, avait-elle dit. Je ne t'ai pas élevé pour que tu sois comme ça.

Il lui avait souri.

Seigneur, comme il lui manque, le sourire de son fils. Elle avait tout de suite été frappée par ce large sourire en coin, quand il était sur son sein, ivre du lait maternel. Ce sourire avait ouvert une cavité dans son cœur et Mary Pat a beau appuyer dessus de toutes ses forces, elle refuse de se refermer.

Il l'avait embrassée sur le haut du crâne.

— Tu es trop gentille pour une cité comme la nôtre, m'man. On te l'a jamais dit ?

Et puis il était parti. Retourné dans la rue. Tous les jeunes de Southie aimaient la rue, mais aucun ne l'aimait autant que ceux de la cité. Les jeunes de la cité détestaient rester à l'intérieur, de la même façon que les riches détestaient aller travailler. Rester à l'intérieur, cela voulait dire sentir la cuisine des voisins à travers les murs, les entendre se disputer, les entendre baiser, les entendre tirer leur chasse d'eau, entendre ce qu'ils écoutaient à la radio ou sur leurs tourne-disques, ce qu'ils regardaient à la télé. Parfois même, vous auriez juré que vous pouviez les *sentir*, eux, l'odeur de leur corps, la cigarette dans leur haleine, la puanteur de leurs pieds gonflés.

Jules revient dans la salle de séjour vêtue de son vieux peignoir écossais, désormais trop petit de deux tailles, et elle se sèche les cheveux.

— On y va ? demande-t-elle.

— On doit aller quelque part ?

— Ouais.

— Où ça ?

— Tu m'as dit que tu m'emmènerais faire des courses pour la rentrée.

— Quand ?

— Putain, m'man, aujourd'hui.

— C'est toi qui paies ?

— Ah, m'man, allez, tu déconnes ou quoi ?

— Pas du tout. Tu as remarqué que la cuisinière ne marche pas ?

— Qu'est-ce que ça peut foutre ? Tu cuisines jamais.

Mary Pat bondit du canapé, le regard furieux

— Ah ben merde alors, je cuisine jamais ?

— Pas ces derniers temps.

— Parce que le gaz est coupé.

— Et alors, la faute à qui ?

— Va donc bosser avant que je te défonce le crâne, dit Mary Pat. Oser me parler comme ça.

— J'ai un boulot.

— À temps partiel, ça ne compte pas, ma petite. Un temps partiel, c'est pas ça qui paie le loyer.

— Ou qui fait marcher la cuisinière, apparemment.

— Je te jure que je vais t'en coller un, tu ne te réveilleras pas avant la semaine prochaine.

Jules lève les deux poings et se met à sautiller d'avant en arrière dans son peignoir ridicule, comme un boxeur sur le ring. Avec un sourire grand comme ça.

Mary Pat ne peut pas s'empêcher d'éclater de rire.

— Baisse tes poings, tu risques de finir par t'assommer toute seule et rester gaga jusqu'à la fin de ta vie.

Souriante, les dents serrées, Jules lui fait un doigt d'honneur avec chaque main, sans cesser sa danse ridicule dans son peignoir ridicule.

— Au Robell, alors.

— Je n'ai *pas* d'argent, je te dis.

Jules s'arrête de danser. Elle remet la serviette de toilette sur sa tête.

— T'en as bien un peu. T'as peut-être pas l'argent pour payer la compagnie du gaz, mais t'en as assez pour un magasin comme Robell.

— Non, répète Mary Pat. Je n'en ai pas.

— Je vais aller au lycée des zoulous en ayant l'air plus pauvre qu'eux ? (Les larmes lui montent aux yeux et elle se frotte vigoureusement la tête avec sa serviette pour les empêcher d'aller plus loin.) M'man, *s'il te plaît*.

Mary Pat l'imagine là-bas, le jour de la rentrée, cette fille blanche toute tremblotante avec ses grands yeux marron.

— Bon, j'ai quelques dollars, parvient à dire Mary Pat.

Jules s'accroupit dans un geste de gratitude.

— Merci.

— Mais d'abord, tu vas m'aider à frapper à quelques portes.

— C'est quoi cette connerie ?

Elles commencent dans les Heights*. Elles frappent à toutes les portes des maisons qui entourent le parc et le

* Dorchester Heights : quartier situé au centre de South Boston.

monument. Beaucoup de gens ne sont pas chez eux (ou prennent Mary Pat et Jules pour des adeptes de la Science chrétienne qui répandent la "bonne parole", et font comme s'ils n'étaient pas là). Mais il y en a pas mal qui sont là. Et peu d'entre eux ont besoin d'être convaincus. Ils font état de leur indignation, de leur intransigeance, de leurs récriminations. Ils seront là vendredi.

— Et comment qu'on sera là, lui dit une vieille femme avec un déambulateur et une haleine de fumeuse. Tu peux en être sûre, ma jolie.

Quand elles ont terminé, le soleil commence à décliner. Pas vraiment à se coucher, mais plutôt à descendre dans les rubans bruns de la fumée qui dérive en permanence de la centrale électrique, au bout de West Broadway. Mary Pat emmène Jules au Robell, où elles achètent un carnet, un paquet de quatre stylos, un cartable en nylon bleu, un jean pattes d'éléphant mais qui monte haut sur les hanches. Puis Jules, qui a fini par retrouver sa bonne humeur après tout cela, accompagne sa mère au Finast, où Mary Pat s'achète un plateau-repas. Quand elle demande à Jules ce qu'elle veut pour dîner, Jules lui rappelle qu'elle sort avec Rum. Elles font la queue à la caisse avec un seul plateau télé et l'hebdomadaire people *National Enquirer*, et Mary Pat se dit alors qu'elle pourrait tout aussi bien se coller sur le front l'étiquette *Je suis seule, je me fais vieille et grassouillette.*

Sur le chemin du retour, Jules dit à brûle-pourpoint :

— Tu te demandes jamais s'il n'y a pas un endroit différent ?

— Ça veut dire quoi, ça ?

Jules descend du trottoir pour éviter un tas de fourmis grouillant autour de ce qui a l'air d'être un œuf cassé. Elle pivote autour d'un jeune arbre avant de remonter sur le trottoir.

— Ben, tu sais, t'as jamais le sentiment que les choses sont censées être d'une certaine façon mais qu'en fait, elles ne le sont pas ? Et tu ne sais pas pourquoi, parce que tu n'as jamais rien connu d'autre que ce que tu vois ? Et ce que tu vois, c'est… tu sais (d'un geste, elle montre Old Colony Avenue)… *ça* ? (Elle regarde sa mère et se penche un peu sur le trottoir inégal pour éviter qu'elles se tamponnent.) Mais tu le sais, tu comprends ?

— Tu sais quoi ?

— Que c'était pas à ça que tu étais destinée. (Du bout des doigts, Jules tapote l'espace entre ses seins.) Ici, à l'intérieur.

— Bon, ma chérie, répond sa mère, qui n'a pas la moindre idée de ce qu'elle baragouine, tu étais destinée à quoi, alors ?

— Je ne dis pas ça de cette façon-là.

— De quelle façon ?

— La façon dont tu le dis.

— Alors tu le dis comment ?

— J'essaie juste de dire que je ne comprends pas pourquoi je ne ressens pas les choses de la même façon que la plupart des gens ont l'air de les ressentir.

— Quelles choses ?

— Ben, tout. N'importe quoi. (Jules lève les mains.) Ah et puis merde !

— Quoi ? insiste Mary Pat, qui veut savoir. *Quoi ?*

D'un geste de la main, Jules désigne tout ce qu'il y a autour d'elle.

— M'man, je veux juste… C'est comme… Bon, d'accord, d'accord.

Elle s'arrête et appuie un pied contre la base d'une borne d'appel d'urgence de la police de Boston toute rouillée. Sa voix n'est plus qu'un murmure.

— Je ne comprends pas pourquoi les choses sont ce qu'elles sont.

— Tu veux dire, l'école ? Tu veux dire cette histoire de *busing* ?

— Quoi ? Non. Enfin, oui. En quelque sorte. Je veux dire, je ne comprends pas où on va.

Est-ce qu'elle parle de Noel ?

— Tu veux dire quand on meurt ?

— Alors, ouais. Mais, tu sais, quand on… ah, laisse tomber.

— Non, dis-moi.

— Non.

— S'il te plaît.

Sa fille la regarde droit dans les yeux – ce qui est d'une rareté absolue depuis ses premières règles, il y a six ans – et son regard est en même temps plein de désespoir et d'aspiration. L'espace d'un instant, Mary Pat voit une image d'elle-même dans ce regard… mais quelle image ? Quelle Mary Pat ? Cela fait combien de temps qu'elle n'a pas aspiré à quelque chose ? Cela fait combien de temps qu'elle n'a pas osé croire quelque chose d'aussi fou que quelqu'un, quelque part, possède les réponses à des questions qu'elle ne peut même pas formuler ?

Jules détourne les yeux, se mord la lèvre, une habitude chez elle, quand elle refoule ses larmes.

— Je veux dire, où est-ce qu'on va, m'man ? La semaine prochaine, l'année prochaine ? Tu sais, qu'est-ce que…, bredouille-t-elle, à quoi… Pourquoi on fait ça ?

— On fait quoi ?

— Aller à droite et à gauche, faire des courses, se lever, aller se coucher, pour se relever le lendemain matin ? Qu'est-ce qu'on essaie de… tu sais, je veux dire… d'accomplir ?

Mary Pat a envie de faire à sa fille une de ces piqûres qu'on fait aux tigres pour les endormir. C'est quoi ce délire ?

— Tu vas avoir tes règles ? demande-t-elle.

Une sorte de gloussement cristallin monte de la gorge de Jules.

— Non, m'man. Sûr que non.

— Alors quoi ? (Elle prend les mains de sa fille dans les siennes.) Jules, je suis là. C'est quoi ?

Elle pétrit avec ses pouces les paumes de sa fille comme elle le faisait toujours quand elle était petite et qu'elle avait de la fièvre.

Le sourire que lui fait Jules est triste et semble dire qu'elle en sait long. Mais long sur quoi ? Elle dit :

— M'man.

— Oui ?

— Je vais bien.

— À t'entendre on ne dirait pas.

— Non, ça va bien.

— Non, ça ne va pas.

— Je suis juste…

— Quoi ?

— Fatiguée, dit sa fille.

— De quoi ?

Jules se mord l'intérieur de la joue, une vieille habitude, et son regard se perd dans l'avenue.

Mary Pat continue à lui pétrir les paumes.

— Fatiguée de quoi ?

Jules la regarde dans les yeux.

— Des mensonges.

— C'est Rum qui te fait de la peine ? C'est lui qui te ment ?

— Non, m'man. Non.

— Qui alors ?

— Personne.

— Tu viens de le dire.

— J'ai dit que j'étais fatiguée.

— Fatiguée des mensonges.

— Non, j'ai dit ça juste pour te faire taire.

— Pourquoi ?

— Parce que tu me fatigues.

Tiens, prends ça, un bon coup de poignard en plein cœur. Elle lâche les mains de sa fille.

— Merde alors, la prochaine fois, t'achèteras tes fournitures toi-même. Tu me dois douze dollars et soixante-deux cents.

Mary Pat s'éloigne sur le trottoir.

— M'man.

— Va te faire foutre.

— M'man, écoute. Je voulais pas dire que c'est de toi que je suis fatiguée. Je voulais dire que ça me fatigue que tu me fasses subir ce putain d'interrogatoire.

Mary Pat fait volte-face et avance vers sa fille si rapidement que Jules recule d'un pas. (*Ne recule jamais*, a envie de hurler Mary Pat. *Pas ici. Jamais.*) Elle pose un doigt sur son front.

— Je te fais subir ce putain d'interrogatoire parce que je m'inquiète pour toi. Parce que tu me sors tous ces trucs qui n'ont aucun sens, parce que tu es au bord des larmes, parce que tu as l'air complètement perdue. Tu es tout qui me reste. T'as pas compris ça ? Et je suis tout ce qui *te* reste.

— Ouais, bon, dit Jules, mais je suis jeune, moi.

Si elle n'avait pas souri immédiatement, Mary Pat aurait pu l'assommer sur place. Ici, en plein dans l'avenue Old Colony.

— Tu vas bien ? demande-t-elle à sa fille.

— Je dirais, non. (Jules laisse échapper un petit rire.) Mais ça va. Tu comprends ce que je veux dire ?

Sa mère attend, ses yeux restent fixés sur ceux de sa fille.

Jules fait un large geste, montrant Old Colony, toutes les affiches – SOUTHIE NE CÉDERA PAS ! BIENVENUE À BOSTON, GOUVERNÉE PAR DÉCRETS. PAS DE VOTE = PAS DE DROITS – et les slogans peints à la bombe sur les trottoirs et les murets autour des parkings – *Pas de Nègres Chez Nous. Le Pouvoir aux Blancs. Retour en Afrique et Retour à l'École*. L'espace d'un instant, Mary Pat a l'impression qu'ils se préparent à la guerre. Il ne manque plus que les sacs de sable et les blockhaus.

— C'est mon année de *terminale*, dit Jules.

— Je sais, mon cœur.

— Et rien n'a de sens.

Mary Pat serre sa fille contre elle sur le trottoir et la laisse sangloter au creux de son épaule. Elle ignore les regards des passants. Plus ils la regardent, plus elle se sent fière de cette enfant qu'elle a mise au monde. *Au moins, Commonwealth n'a pas eu raison de son cœur*, a-t-elle envie de crier. *Au moins, c'est quelque chose qu'elle a gardé, enfoirés d'Irlandais butés et insensibles.*

Je suis peut-être l'une des vôtres. Mais pas elle.

Quand elles relâchent leur étreinte, elle essuie les larmes sous les yeux de sa fille avec ses pouces. Elle lui dit que tout va bien. Elle lui dit qu'un jour, les choses auront un sens.

Même si, personnellement, elle l'attend toujours, ce jour-là. Même si elle soupçonne qu'on en est tous là, sur cette bonne vieille terre.

2

Jules prend une autre douche à leur retour, puis le minable qui lui sert de petit ami, Ronald "Rum" Collins, et Brenda Morello, la copine de Jules depuis le cours élémentaire, lui rendent visite. Brenda est une petite blonde, avec d'immenses yeux marron et une silhouette si épanouie, des formes si pleines, que l'on dirait qu'elle a été conçue par Dieu pour faire perdre aux hommes le fil de leurs pensées dès qu'ils la voient passer. Elle le sait, bien sûr, et apparemment ça la gêne ; elle continue à s'habiller comme un garçon manqué, une chose que Mary Pat a toujours appréciée chez elle. Jules appelle Brenda dans sa chambre pour avoir son avis sur ce qu'elle doit mettre, et Mary Pat se retrouve coincée dans la cuisine en compagnie de Rum qui, comme son père et ses oncles avant lui, a autant de conversation qu'un jambon cuit. À noter toutefois qu'il est passé maître dans l'art de ne pas dire grand-chose quand il est avec les filles et ses copains, à Southie High, transformant la torpeur naturelle de son regard en une sorte de mépris paresseux que les jeunes considèrent comme un signe de décontraction désinvolte. Et sa propre fille s'y est laissé prendre.

— Vous avez l'air, euh, super, aujourd'hui, madame Fennessy.

— Merci, Ronald.

Il promène son regard tout autour de la cuisine comme s'il ne l'avait pas déjà vue cent fois.

— Ma mère m'a dit qu'elle vous avait vue au supermarché la semaine dernière.

— Ah oui ?

— Ouais. En train d'acheter des céréales, elle a dit.

— Bon, si elle le dit.

— Quelle sorte ?

— De céréales ?

— Ouais.

— Je ne me souviens plus.

— Moi j'aime les Froot Loops.

— C'est tes préférées, c'est ça ?

Il hoche la tête plusieurs fois.

— Sauf quand elles sont restées trop longtemps dans le lait et qu'elles lui donnent, voyez, des couleurs différentes.

— Ça, c'est pas terrible.

— Du coup, je me dépêche de les manger.

Il a une expression dans les yeux comme s'il était en train de jouer un bon tour à Kellogg's.

Tandis que les lèvres de Mary Pat disent "Ah, c'est pas bête, ça !", sa tête pense *Pourvu que tu ne fasses jamais d'enfants.*

— Mais, ouais, j'aime pas avoir des couleurs dans mon lait. (Il hausse les sourcils comme s'il venait de dire quelque chose d'astucieux.) Pas. Pour. Moi.

Elle lui adresse un sourire crispé. *Et si vraiment tu dois faire des enfants, s'il te plaît, ne les fais pas avec ma fille.*

— Bon, j'aime le lait, quand même. Mais sans couleurs.

Elle continue à lui sourire parce qu'elle est trop ennuyée pour parler.

— Oh, hé ! dit-il.

Elle se retourne et voit Jules et Brenda entrer dans la pièce. Rum passe à côté de Mary Pat, pose une main sur la hanche de Jules et l'embrasse sur la joue.

Dis-lui qu'elle est belle, au moins. Qu'elle est jolie.

— Bon, allez on file d'ici, dit-il, puis il donne une claque sur la hanche de Jules et pousse un cri aigu, quelque part entre le gloussement et le glapissement, qui donne aussitôt à Mary Pat l'envie furieuse de lui fracasser son putain de crâne avec un rouleau à pâtisserie.

— Salut, m'man.

Jules se penche et lui donne un petit baiser sur la joue et Mary Pat saisit une odeur de cigarette, une bouffée du shampooing "Gee, Your Hair Smells Terrific*" et une touche de parfum Love's Baby Soft derrière les oreilles de sa fille.

Elle voudrait lui attraper le poignet et lui glisser *Trouve-toi quelqu'un d'autre. Trouve-toi quelqu'un de bien. Quelqu'un qui ne sera peut-être pas d'une grande finesse, mais qui ne sera pas méchant. Celui-ci va devenir méchant parce qu'il n'est qu'à deux crans au-dessus de l'attardé mental mais il se prend pour quelqu'un de plutôt futé et les gens qui sont comme ça deviennent méchants quand ils se rendent compte que le monde se moque d'eux. Tu es trop bien pour ce garçon, Jules.*

Mais tout ce qu'elle dit, c'est :

— Essaie de rentrer à une heure raisonnable.

* "Ça alors, tes cheveux sentent super bon."

Et elle lui rend son petit baiser rapide sur la joue.

Et l'instant d'après, Jules n'est plus là. Engloutie dans la nuit.

Quand elle va se préparer son plateau télé, Mary Pat constate une nouvelle fois que le gaz est coupé. Elle remet son repas dans le congélateur et remonte la rue jusqu'au Shaughnessy. À Southie, tout doit avoir un surnom – c'est comme une loi du droit canon ou une connerie de ce genre –, alors quand on parle du bar qui est la propriété de Michael Shaughnessy, on ne dit jamais au Shaughnessy, mais au Mick Shawn. Le Mick Shawn est connu pour ses bagarres du samedi soir (ils ont installé un tuyau d'arrosage derrière le bar pour nettoyer le sang par terre) et pour son rôti en cocotte, qui mijote toute la journée dans la cuisine minuscule située au bout du comptoir, juste après le tuyau d'arrosage.

Mary Pat s'installe au bar et commande une portion de ce rôti. Elle boit deux Old Mil pression et taille une bavette avec Tina McGuiggan. Mary Pat connaît Tina depuis la maternelle, mais elles n'ont jamais été vraiment proches. Tina a toujours fait penser Mary Pat à une noix. Quelque chose de dur et recroquevillé, sec et difficile à briser. Mais les hommes l'ont toujours trouvée "mignonne", peut-être parce qu'elle est petite, blonde et qu'elle a l'air désarmée – et qu'ils refusent de croire que ce n'est qu'un air. Le mari de Tina, Ricky, purge une peine de sept à dix ans à la prison de Walpole pour le braquage d'un fourgon blindé qui a foiré dès le départ ; des balles ont été tirées, mais il n'y a pas eu de blessé, Dieu merci. Ricky n'a pas balancé Marty, qui avait commandité le coup, et donc il se la coule douce, ce qui est bien pour lui, mais ça n'aide pas Tina à payer le loyer ni les uniformes d'école privée catholique et les notes du dentiste pour ses quatre gosses.

— Mais qu'est-ce qu'on peut y faire ? dit-elle à Mary Pat après avoir brièvement râlé sur le sujet. Pas vrai ?

— C'est vrai ça, répond Mary Pat. Qu'est-ce qu'on peut y faire ?

C'est un refrain qui leur est cher à tous. Ça va avec *C'est comme ça et pas autrement* et *C'est des choses qui arrivent.*

S'ils sont pauvres, ce n'est pas parce qu'ils ne font pas d'efforts, ni parce qu'ils ne travaillent pas dur, ni parce qu'ils ne méritent pas mieux. Mary Pat peut regarder presque toutes les personnes qu'elle a connues à Commonwealth en particulier ou dans tout Southie en général, et elle ne trouvera que des gens qui se battent, qui se cassent le cul, des gens qui traînent des fardeaux de dix tonnes comme s'ils pesaient le même poids qu'une balle de golf, des gens qui vont au boulot jour après jour et qui donnent à leurs abrutis de patrons ingrats dix heures de travail par journée de huit heures. S'ils sont pauvres, ce n'est pas parce qu'ils se laissent aller, ça c'est sûr.

Ils sont pauvres parce que la quantité de chance qui circule dans ce monde est limitée et qu'ils n'en ont jamais reçu la moindre part. Si la chance n'atterrit pas en plein sur vous quand elle tombe du ciel, si elle ne vous trouve pas sur son chemin quand elle se réveille le matin et qu'elle se met à chercher quelqu'un à qui elle va s'attacher, vous ne pouvez rien y faire. Il y a bien plus de gens dans ce monde qu'il n'y a de parts de chance, alors ou bien vous êtes au bon endroit au bon moment, à la *seconde même* où la chance fait son apparition – une seule fois et pour ne plus jamais revenir. Ou bien vous n'y êtes pas. Et dans ce cas…

C'est des choses qui arrivent.
C'est comme ça et pas autrement.
Qu'est-ce qu'on peut y faire.

Tina boit une gorgée de bière.

— Il était comment, ton rôti ?

— C'était bon, répond Mary Pat.

— D'après ce que j'ai entendu dire, c'est plus ce que c'était. (Tina regarde autour d'elle dans le bar.) Comme tout le reste, ces temps-ci.

— Naan, dit Mary Pat. Tu devrais essayer.

Tina la regarde longuement, posément, comme si Mary Pat lui avait suggéré de brûler son soutien-gorge ou une connerie de ce genre.

— Pourquoi tu penses que je devrais *essayer* des choses ?

Mary Pat scrute les yeux de Tina et elle voit dans leur flottement trouble que Tina a probablement bu des trucs un peu plus forts avant son arrivée.

— Alors n'essaie pas.

— Non, je veux juste savoir.

— Qu'est-ce que tu veux savoir ?

— Juste qu'est-ce que ça veut dire, bordel, dit Tina. Pourquoi tu veux que j'essaie ce ragoût ?

— Ce ragoût… (Mary Pat sent que le sang lui monte dans le cou et afflue dans sa mâchoire)… n'est pas du ragoût. C'est un rôti en cocotte.

— Tu sais ce que je veux dire. Fais pas semblant de ne pas savoir ce que je veux dire, merde.

— Et… (Mary Pat doit faire un effort pour ne pas lui enfoncer un doigt dans la figure) … il n'y a rien de changé. C'est toujours le même bon vieux rôti en cocotte.

— Alors mange-le.

— C'est ce que je viens de faire.

— Alors pourquoi tu m'emmerdes avec ça ?

Mary Pat est surprise par la soudaine lassitude dans sa propre voix.

— Je ne t'emmerde pas, Tina.

Tina était penchée en avant, la bouche ouverte, des rides ondulant dans son cou. Mais là, entendant le ton de Mary Pat, ses yeux soudain s'adoucissent. Elle se relâche sur son siège et tire une bouffée de sa Parliament en mouillant le bout, puis souffle rapidement la fumée.

— Je sais pas ce que je raconte.

— Pas grave.

Tina secoue la tête.

— Je suis juste *en rogne*. Et je ne sais même pas pourquoi. Quelqu'un m'a dit – je ne peux même pas te dire qui, un type – que le rôti en cocotte n'était plus aussi bon ici, et je me suis dit, *Je peux pas supporter ça. Je peux pas.* (Elle pose la main sur le poignet de Mary Pat pour qu'elles se regardent dans les yeux.) Je veux dire, tu sais, Mary Pat ? Y a des fois, je peux plus le supporter.

— Je sais, dit Mary Pat.

Même si elle ne sait pas.

Mais en même temps, si, elle sait.

Elle est rentrée depuis une demi-heure quand Timmy Gavigan vient déposer les pancartes. Timmy G est d'une famille de neuf enfants qui habite dans K Street. Il jouait plutôt bien au hockey au lycée, mais pas suffisamment bien pour obtenir une bourse où que ce soit, alors maintenant, à vingt ans, il travaille dans un atelier de pots d'échappement de Dorchester Street et il traficote pour la bande de Butler quand ils veulent bien lui jeter un os à ronger. C'est à cela qu'aspirent tous les jeunes gars du coin, ces temps-ci – bosser pour la bande de Butler. Mais elle soupçonne Timmy d'être un peu trop tendre, trop bien, au fond de lui, pour gravir les échelons comme l'ont fait des durs tels que Brian Shea et Frankie Toomey. Tandis qu'elle l'observe dans le couloir se diriger vers la porte de sortie, elle espère qu'il va finir par y voir clair et trouver sa voie avant qu'un séjour de cinq ans en prison ne la trouve pour lui.

Elle passe les deux heures suivantes à fixer les pancartes sur les lattes de bois que Brian Shea a apportées avec les clous fournis par Timmy G. Pour ce qui est du marteau, de toute évidence, quelqu'un a supposé que Mary Pat en possédait un, ce qui est le cas. Les clous sont petits et fins, le genre difficile à maintenir bien droits sans que le pouce soit sur la trajectoire du marteau, mais elle se débrouille. Pour la première fois aujourd'hui, et peut-être pour la première fois cette semaine, elle se sent utile, elle sert à quelque chose. Elle apporte sa petite contribution à la résistance contre la tyrannie. On ne peut pas appeler ça autrement. Aucun autre mot ne convient. Les gens qui sont au pouvoir sont en train de lui dire dans quelle école elle doit envoyer son unique enfant encore en vie. Et peu importe si cela doit mettre en danger l'éducation de son enfant, ou même sa vie.

Quelle connerie ! Et ce n'est pas une question de couleur de peau. Elle serait autant en colère si on lui disait qu'elle doit envoyer sa gamine à l'autre bout de la ville, à Revere ou dans le North End ou n'importe quel autre endroit à majorité blanche. La pensée lui traverse l'esprit que, peut-être, elle ne serait pas autant en colère, peut-être qu'elle serait seulement très ennuyée, mais aussitôt elle cloue une autre pancarte sur une autre latte et se dit *Conneries tout ça, c'est pas la couleur que je vois. C'est l'injustice.* Encore un bon exemple de ces connards de riches dans leurs châteaux de banlieue chic (dans *leurs* petites villes entièrement blanches) qui disent aux pauvres, coincés dans la grande ville, comment les choses doivent se passer. À cet instant, Mary Pat éprouve un sentiment de proximité avec les Noirs qui la surprend. Est-ce qu'ils ne sont pas tous victimes de la même chose ? Est-ce qu'on n'est pas en train de leur dire à tous comment Ça Doit Marcher ?

En fait, non, parce que des tas de gens de couleur ont voulu ce qui arrive. Ils sont allés devant les tribunaux pour ça. Et si vous venez d'un quartier merdique comme Five Corners ou des cités coupe-gorge de Blue Hill Avenue ou Geneva Avenue, bien sûr, vous avez envie d'aller dans un endroit plus agréable. Mais Southie n'est pas un endroit plus agréable, c'est juste un endroit plus blanc. Southie High est un lycée aussi pourri que Roxbury High. Les mêmes toilettes démolies, les tuyaux du chauffage central fendus, les dégâts des eaux sur les murs, les moisissures, la peinture écaillée, les manuels périmés avec les pages qui se détachent. Elle ne peut pas en vouloir aux gens de couleur d'avoir envie de s'échapper de leur trou merdique, mais ça n'a pas de sens de vouloir l'échanger contre son trou merdique à elle. Et le juge qui a ordonné tout cela vit à Wellesley, où sa propre loi ne s'appliquera pas. Et si les gens de couleur avaient fait un procès pour pouvoir fréquenter le lycée de Wellesley ? De Dover Middle ? Ou celui de Weston, qui va de la maternelle à la terminale ? Mary Pat irait volontiers manifester avec *eux*.

Mais en même temps, il y a l'Autre Voix, qui demande *Tu irais ? Vraiment ? Tu connais combien de mots pour désigner les Noirs, Mary Pat ?*

Fais pas chier.

Combien ? Sois honnête.

Je connais "gens de couleur" et je connais "nègres".

Arrête ces conneries. Dis la vérité. Et pas seulement les mots que tu connais, dis ceux que tu as utilisés. Ceux qui se sont échappés de tes putains de lèvres gercées.

Mais ce ne sont que des mots, plaide-t-elle devant une sorte de juge imaginaire. *Des pauvres qui disent des saloperies sur d'autres pauvres. La couleur de peau n'a rien à voir avec ça. Les riches font en sorte qu'on continue à se battre entre nous comme des chiens qui se disputent les miettes pour qu'on ne les attrape pas en train de se tirer avec le festin.*

Une fois qu'elle a fini son travail et que toutes les pancartes sont empilées le long du mur, de chaque côté de la porte d'entrée, elle va s'asseoir à la table de la cuisine avec la fenêtre ouverte et écoute les bruits de Commonwealth par une chaude nuit d'été, et elle regrette que sa fille ne soit pas là avec elle. Elles auraient pu jouer aux cartes, ou regarder la télé.

Quelque part dans la cité quelqu'un appelle Benny. Un bébé se réveille en braillant. Un pétard éclate, un seul. Quelques personnes passent sous sa fenêtre en parlant d'un certain Mel et d'aller au magasin de chaussures Thom McAn de Medford. Elle sent l'odeur de l'océan. Et de cet unique pétard.

Elle est née ici. À trois immeubles de là, dans le bâtiment Hancock. Dukie a grandi dans le bâtiment Rutledge. (Tous les immeubles de Commonwealth portent le nom d'un des signataires de la Déclaration d'Indépendance : Jefferson, Franklin, Chase, Adams, Wolcott, où elle habite à présent, et quelques autres.) Elle connaît chaque brique, chaque arbre.

Un jeune couple passe sous la lumière jaune bilieux d'un réverbère et le garçon dit qu'il en a marre, mais vraiment marre. La fille lui réplique : "Tu peux pas juste laisser tomber. Faut que t'essaies." Et lui, il dit : "C'est une proposition de merde." Et elle : "Mais c'est la seule proposition. Faut que t'essaies."

Juste avant qu'ils soient hors de portée de voix, Mary Pat est presque sûre d'entendre le garçon répondre : "Bon, d'accord."

Elle a les paupières qui clignent de fatigue. Finalement, elle traîne son cul jusqu'à son lit. Elle entend encore la voix de la fille – *Tu peux pas juste laisser tomber. Faut que t'essaies* – et elle se demande où Ken Fen peut bien être en ce moment (bien qu'elle en ait une petite idée, même si elle n'a pas la moindre envie d'en avoir une petite idée). Elle se demande s'il lui en veut encore et pourquoi il semble se foutre complètement du fait qu'elle lui en veut tout autant, du fait qu'il l'a quittée, du fait qu'elle n'a jamais changé – c'est lui qui a changé. Et putain, qui il est pour changer comme ça après presque sept années de mariage ? Putain, il faut être qui pour jouer un tour comme ça ?

— Pourquoi tu as cessé de m'aimer, Kenny ? demande-t-elle à l'obscurité. On avait fait serment devant Dieu.

Elle se surprend en train d'espérer que Kenny, sans qu'elle sache trop comment, apparaisse dans cette obscurité, tout au moins son visage, mais il n'y a rien là à part l'obscurité.

Et puis elle entend ce qui pourrait être la voix de Kenny dans sa tête, mais tout ce qu'il dit, c'est :

— Suffit, Mary Pat. Suffit.

— Qu'est-ce qui suffit ? murmure-t-elle.

— Arrête, dit-il. Arrête, c'est tout.

Elle pleure à chaudes larmes maintenant. Elles glissent de ses yeux sur ses joues, de ses joues sur son oreiller, de son oreiller dans le col de son pyjama.

— Arrête *quoi* ?

Rien. Il ne dit plus un mot.

Tandis qu'elle s'endort, elle entend cette chose. Ou elle s'imagine qu'elle l'entend. C'est sous l'asphalte, sous les sous-sols et les prédalles de béton.

Le réseau.

Des circuits, des conduits, des connexions qui canalisent et acheminent l'électricité, l'eau et la chaleur qui montent dans le câblage, les tuyaux et les tubes pour faire fonctionner son monde. Ou, comme c'était le cas ce matin, décider de ne pas le faire fonctionner. Elle voit ce réseau s'étendre comme une nappe de lumière douce à travers sa conscience qui devient trouble. Elle le sent palpiter sous ses paupières.

Tout est connecté, s'imagine-t-elle marmonner à quelqu'un. *C'est vrai.*

3

CETTE nuit-là, Jules ne rentre pas.

Rien de vraiment inhabituel. Pas de quoi en faire un drame. (Quoique cela déclenche des pulsations dans une veine de la gorge de Mary Pat et lui soulève l'estomac jusqu'au déjeuner.) Jules a dix-sept ans. Une adulte aux yeux du monde. Si elle était un garçon, elle pourrait s'engager dans l'armée.

Toutefois, avant de partir au travail, Mary Pat appelle chez les Morello. Le père de Brenda, Eugene, décroche avec un “Allô” plutôt bourru.

— Salut Eugene, dit-elle. Est-ce que Jules a dormi chez vous ? Elle est là ?

Eugene dit qu'il va aller voir, il revient au téléphone une minute plus tard.

— Ni l'une ni l'autre. (Elle l'entend avaler quelque chose, du café, elle suppose, puis allumer une cigarette et tirer une longue bouffée.) Elles vont revenir quand elles auront besoin d'argent. Faut que j'y aille, Mary Pat.

— Bien sûr, bien sûr, Gene, merci.

— Dieu te bénisse, dit-il avant de raccrocher.

Dieu te bénisse. On pourrait ajouter ça sur la liste, en compagnie de *C'est comme ça et pas autrement* et *Qu'est-ce qu'on peut y faire.* Des formules faites pour consoler en enlevant tout pouvoir à celui ou celle qui parle. Des formules qui disent que tout dépend de quelqu'un d'autre, vous n'avez rien à vous reprocher.

Irréprochable, oui, bien sûr, mais impuissant, également.

Elle se rend à son travail, arrive une minute avant le début de son service, mais cela lui vaut tout de même un regard de travers de Sœur Fran, comme si une minute en avance était aussi répréhensible qu'une minute en retard. On dirait que Sœur Fran songe à lui sortir un de ses trésors de sagesse à base de "Dieu aime", du genre "Dieu aime ceux qui sont pieux, car en eux vit la sagesse de l'humilité", ou bien "Dieu aime ceux qui sont propres, car dans la propreté, on peut mieux voir le reflet de Dieu". (Celui-là, elle l'utilise pas mal avec les employées chargées de nettoyer les vitres.) Mais Sœur Fran se contente de ronchonner en passant derrière Mary Pat et elle la laisse commencer sa journée.

Mary Pat travaille comme aide-soignante à Meadow Lane Manor, situé dans Bay Village, un quartier qui n'arrive pas à décider s'il est blanc, noir ou homo, à deux stations de métro de Commonwealth, juste à la limite du centre-ville. Meadow Lane est un établissement pour personnes âgées ("pour personnes ravagées", disent Mary Pat et ses collègues après quelques bières), dirigé par les Filles de la charité de Saint Vincent de Paul. Mary Pat fait partie de l'équipe du matin, de sept à quinze heures trente, du dimanche au jeudi, avec une pause d'une demi-heure pour le déjeuner. Elle fait cela depuis cinq ans. Ce n'est pas un mauvais boulot, une fois que vous avez fait la paix avec l'humiliation qui accompagne le nettoyage des bassins et la toilette quotidienne d'adultes qu'il faut faire tout en gardant un air de servilité, non seulement à l'égard de vieilles personnes grincheuses blanches mais aussi de quelques vieilles personnes grincheuses noires. Ce n'est certainement pas le genre de tâches dont elle rêvait, petite fille, quand elle s'endormait tranquillement. Mais c'est un travail sans surprise et, la plupart du temps, elle peut le faire en pensant à autre chose.

Elle commence sa journée par le réveil des pensionnaires, puis, en compagnie de Gert Armstrong et Anne O'Leary, elle sert le petit déjeuner. Elles sont à la traîne toute la matinée parce que Dreamy* s'est fait porter pâle et le service du matin est prévu pour quatre personnes. Dreamy est la seule femme noire de l'équipe et, pour autant que Mary Pat s'en souvienne, elle n'a jamais été malade. Le vrai nom de Dreamy, c'est Calliope, mais tout le monde l'a toujours appelée Dreamy depuis le cours préparatoire, leur a-t-elle dit un jour. Ça lui va bien – elle a en permanence cette expression dans les yeux comme si elle était ailleurs, elle a une voix légère, un peu endormie, et elle se déplace avec la douceur d'une pluie d'été. Son sourire lui fend le visage avec une incroyable lenteur.

Tout le monde aime Dreamy. Même Dotty Lloyd, qui déteste les Noirs, admet que Dreamy fait partie des "bons nègres". Un jour, Dotty a dit à Mary Pat :

— S'ils travaillaient tous aussi dur qu'elle, et s'ils étaient aussi polis qu'elle ? Tu parles. Personne n'aurait jamais rien à leur reprocher.

* *Dreamy* : rêveuse, songeuse.

Mary Pat considère qu'elle et Dreamy sont amies en quelque sorte ; bien des fois elles ont passé la pause déjeuner à discuter de leur vie de mère. Mais c'est une amitié entre Blancs et Noirs, pas le genre d'amitié où on échange son numéro de téléphone. Mary Pat demande à Sœur Vi, une de celles qui sont sympas, si elle sait ce qui se passe avec Dreamy, Dreamy n'est jamais malade, et le regard de Sœur Vi prend une expression bizarre, comme celle qu'on s'attendrait à voir dans le regard de Sœur Fran. On y sent une critique et une certaine distance. Elle répond :

— Vous savez bien que je ne peux rien vous dire sur une autre employée, Mary Pat.

Après le petit déjeuner, toujours à la traîne, elles en sont aux bassins, ou occupées à aider les personnes qui n'ont pas encore besoin du bassin à se rendre aux toilettes, ce qui signifie souvent avoir à essuyer un derrière, une tâche avilissante que Mary Pat trouve encore moins agréable que le nettoyage des bassins. Si les personnes âgées n'ont pas besoin d'aide pour aller aux toilettes, alors elles n'ont pas besoin d'aide du tout, et Mary Pat ainsi que les autres femmes (il n'y a que des femmes aides-soignantes) peuvent passer à la toilette du matin.

Pendant sa pause déjeuner, elle appelle chez elle, mais Jules ne répond pas. Elle rappelle les Morello, cette fois, elle a la mère de Brenda, Suze. Suze dit nan, elle les a pas vues ni l'une ni l'autre, mais elle pense qu'elles vont bien finir par revenir.

— Combien de fois, Mary Pat, dit Suze, combien de fois elles nous ont fait ça, ces deux-là ? Et elles finissent toujours par revenir.

— C'est vrai, répond Mary Pat et elle raccroche.

Après avoir repris le travail, tandis qu'elles préparent les plateaux pour le service du déjeuner, Dottie Lloyd parle "d'un dealer, un nègre qui s'est fait tuer" à Columbia Station et ça a bloqué la circulation du métro et des gens qui se rendaient à leur boulot. Pourquoi ils pouvaient pas simplement l'enlever des voies et laisser passer les trains ? Il détruit la vie des gens en vendant sa merde et en plus il fout le bordel dans le trafic du matin ? Difficile de dire lequel de ces deux crimes est le plus impardonnable.

— Ils l'ont trouvé sur les rails de la ligne intérieure, ajoute Dottie. Il aurait au moins pu avoir la décence d'atterrir sur ceux de la ligne extérieure. Comme ça, c'est Dorchester qu'il aurait fait chier, et, bon, Dorchester, rien à foutre.

Mary Pat sort du réfrigérateur le grand plateau en aluminium chargé des mini-briques de lait et elle le pose sur la table de travail, puis elle commence à répartir les briques sur les plateaux en plastique qu'elles portent dans les chambres.

— On parle de qui, là ?

Dottie lui tend l'édition de l'après-midi du *Herald American*, et Mary Pat le lit par-dessus la table. UN HOMME HEURTÉ PAR UNE RAME DE MÉTRO. L'article raconte qu'un certain Augustus Williamson, âgé de vingt ans, a été retrouvé mort en contrebas du quai de la ligne intérieure à Columbia Station tôt ce matin et que la police a confirmé qu'il présentait plusieurs traumatismes crâniens.

L'article ne dit pas que ce type noir était un dealer, mais on peut raisonnablement le supposer, sinon pourquoi aurait-il été là ? Pourquoi serait-il venu dans leur quartier ? Elle ne va pas dans le leur. Elle ne connaît aucune personne qui dit qu'elle va aller passer l'après-midi sur Blue Hill Avenue pour acheter des vêtements ou un disque au Skippy

White's. Elle reste de son côté de la ville, de son côté de cette putain de *ligne*, alors, est-ce trop demander qu'ils fassent de même ? Pourquoi faut-il qu'ils viennent nous embêter ? Vous allez dans le centre-ville, bon, très bien, c'est là que tout le monde se mélange, Noirs, Blancs et Portoricains. Ils travaillent ensemble, ils râlent contre leurs patrons, la vie qu'ils mènent, la ville dans son ensemble. Mais après, chacun rentre dans *son* quartier et dort dans *son* lit, jusqu'au moment où ils doivent se lever, le matin venu, et refaire la même chose.

Parce que la vérité, c'est qu'ils ne se comprennent pas. Ce n'est pas elle, Mary Pat, qui a décidé, ni qui souhaite, qu'ils aient des goûts différents pour la musique, les vêtements, la nourriture qu'ils mettent sur la table. N'empêche, c'est comme ça. Ils n'aiment pas les mêmes voitures, les mêmes sports, les mêmes films. Même la façon dont ils parlent est différente. Les Portoricains parlent à peine la langue du pays, mais la plupart des Noirs qu'elle connaît ont grandi ici et c'est comme s'ils venaient d'ailleurs. Ils parlent cet argot bien à eux, et à dire vrai, Mary Pat le trouve chouette, elle aime son rythme, elle aime leur façon d'accentuer dans une phrase des mots différents de ceux des Blancs qu'elle connaît, leur façon de ponctuer la fin de leurs histoires d'énormes éclats de rire sonores. Mais ça ne ressemble pas du tout au langage qui sort de la bouche de Mary Pat et de ses amis. *Alors, si vous ne parlez pas comme nous*, a-t-elle envie de demander, *et si vous n'aimez pas notre musique, nos vêtements, notre nourriture, nos manières, pourquoi vous venez dans notre quartier ?*

Pour vendre de la drogue à nos gosses ou voler nos voitures. Il n'y a pas d'autre réponse possible.

Tout de même, quelque chose dans cet article chiffonne Mary Pat tout au long du reste de son service. Elle n'arrive pas à mettre le doigt dessus, mais il y a un truc, là, qui déclenche une alarme. Mais quoi ? Qu'est-ce que c'est ? Et tout d'un coup, ça lui vient à l'esprit.

— Le nom de famille de Dreamy, c'est quoi ? demande-t-elle à Gert.

— Calliope, répond Gert.

Mary Pat fronce les sourcils.

— T'as vraiment dit ça ?

— Ben quoi ?

— Calliope, c'est son vrai prénom, dit Anne O'Leary avec un soupir plein de mépris.

— Alors c'est quoi son nom de famille ? demande Gert.

— Tu es son amie, dit Anne à Mary Pat. Comment ça se fait que tu ne sais pas ?

— Euh… (Mary Pat se sent rosir.) Je la connais juste sous le nom de Dreamy.

Il y a un silence qui crée un sentiment pas-tout-à-fait-de-gêne-mais-pas-loin, et il n'est rompu que lorsque Dottie, contre toute attente, lance :

— Williamson.

— Quoi ?

— Le nom de famille de Dreamy. C'est Williamson.

— Comment tu sais ça, toi ?

— Je suis une vraie bête pour tout ce qui est détails.

Mary Pat fait le tour de la table pour reprendre le *Herald*. Elle l'ouvre à la page de l'article afin de le montrer aux autres filles et souligne du doigt le nom du dealer mort – Augustus Williamson.

— Et alors ? demande Gert.

Gert est plus bête qu'un bus rempli d'attardés conduit par un débile.

— Alors, dit Mary Pat, Dreamy parlait toujours de son fils Auggie.

Il faut encore un instant aux autres filles.

— Oh merde, dit Anne O'Leary.

— C'est pour ça qu'elle est pas venue travailler, ajoute Dottie.

4

En rentrant chez elle, Mary Pat refuse d'admettre qu'elle est inquiète, mais elle ne lambine pas non plus. Pas d'arrêts, pas de petit verre en vitesse dans un bar. Retour direct à la maison.

Jules n'est pas là. Et d'un coup d'œil rapide à l'appartement, Mary Pat constate qu'elle n'a été là à aucun moment de la journée.

Elle appelle les Morello une troisième fois, c'est de nouveau Suze qui décroche, et Suze lui dit aussitôt :

— Elle est là. Attends, je vais la chercher.

Mary Pat se sent glisser contre le mur, mais elle a du mal à décider si c'est du soulagement ou autre chose. Est-ce que Suze a dit "Jules est là" ? Ou " Elle est là" ? Auquel cas "elle" pourrait être…

Brenda. Dont la voix résonne au bout du fil.

— Salut, madame Fennessy.

— Salut, Brenda. (Une appréhension de plomb remplit l'estomac de Mary Pat.) Jules est là ?

— J'ai pas vu Jules depuis la nuit dernière.

Les paroles de Brenda sortent un peu trop vite, comme si elle les avait préparées à l'avance.

— Ah bon ? Elle était avec qui quand tu l'as vue en dernier ?

Mary Pat allume une cigarette.

— Elle était avec, vous savez, Rum et, euh, vous savez, Rum.

— Rum et Rum ? Il va par deux, maintenant ?

— Non, je voulais dire juste Rum. Elle était avec Rum.

— C'était où ?

— Carson.

Carson est la plage du coin. Pas terrible comme plage. Pas de vagues. Une anse dans le port, pas ouverte sur l'océan. Principalement un endroit pour les jeunes, qui vont boire derrière l'ancien bâtiment des bains publics.

— Quand est-ce que tu l'as vue avec Rum pour la dernière fois ?

— Je dirais, minuit ?

— Et puis ils sont partis comme ça ?

— Eh ben, ouais, je veux dire, vous savez.

— Non, je ne sais pas.

Mary Pat perçoit le ton agacé de sa réponse. Elle espère que Brenda ne le perçoit pas au point de la braquer. Elle adoucit sa voix.

— J'essaie juste de la trouver, Brenda.

Elle s'efforce de détendre l'atmosphère un peu plus avec un rire embarrassé pour ajouter :

— Juste la mère un peu bête qui se fait du souci, tu vois ?

Rien ne vient à l'autre bout du fil, que du silence. Mary Pat se mord la lèvre inférieure assez fort pour sentir le goût du sang et de la nicotine.

— Je veux dire, reprend Brenda, je veux dire, elle est partie avec Rum et après je l'ai pas revue.

— Elle buvait ?

— Non !

— Connerie, lance Mary Pat. (L'espace d'un instant, elle arrête de prendre des gants.) Brenda, ne me prends *surtout* pas pour une idiote et je ne te prendrai pas pour une foutue menteuse. Dans quel état elle était ?

Des sifflements et des bruits secs sur la ligne. Un chien qui aboie quelque part, au loin, du côté de Brenda. Puis :

— Elle était, vous voyez, un peu partie. Elle avait bu quelques bières et du vin.

— De l'herbe ?

— Ouais.

— Elle était ivre morte ?

— Non, non. Juste un peu bourrée, madame F. Je vous jure.

— Donc la dernière fois que tu l'as vue, elle était avec Rum ?

— Ouais.

— Et tu n'as plus eu de ses nouvelles depuis ?

— Non.

— Si tu en as ?

— Je vous appelle sans tarder.

— Je te fais confiance, Brenda.

Elle met un peu de tranchant dans ses mots avant d'ajouter :

— Merci.

Brenda raccroche, laissant Mary Pat regarder le téléphone dans sa main, tandis que le sentiment d'impuissance qu'elle éprouve lui fait l'effet d'un train assourdissant lancé à toute vitesse à travers son corps. Jules a dix-sept ans, elle peut faire ce qu'elle veut. Si Mary Pat appelle les flics, elle sait qu'ils ne pourront absolument rien entreprendre avant soixante-douze heures. *Au moins.* Et Mary Pat ne les a pas, ces soixante-douze heures. Alors elle est maintenant placée devant ce choix, attendre sans bouger ou fumer cigarette sur cigarette jusqu'à ce que sa fille passe la porte.

C'est ce qu'elle essaie de faire pendant un moment, puis elle se retrouve en train de penser à Dreamy Williamson qui doit affronter la vie sans son enfant, et elle se souvient que Dreamy lui avait écrit une belle carte à la mort de Noel. Elle fouille dans un tiroir où elle n'a mis que des choses en rapport avec la mort de Noel – sa plaque d'identification et ses médailles militaires, le faire-part plastifié pour son enterrement, les cartes de condoléances – et elle finit par tomber sur celle que Dreamy lui avait envoyée. Sur la première page, il y a une croix avec les mots *Puisse le Seigneur vous accorder la force de surmonter ces heures difficiles.* À l'intérieur de la carte, elle avait écrit, remplissant les deux côtés :

> Chère Mme Mary Patricia Fennessy,
>
> Perdre son enfant est une chose terrible pour une mère. Je ne peux pas imaginer la douleur que vous ressentez. Bien des fois, au travail, vous avez fait naître un sourire sur mon visage, ou vous avez fait passer la journée plus rapidement en me racontant des anecdotes sur votre Noel bien-aimé. Quel coquin c'était ! Quelle petite crapule ! Il aimait sa maman, pas de doute, et sa maman l'aimait. Je ne sais pas pourquoi le Seigneur demande une chose aussi douloureuse à une femme bien telle que vous, mais je sais qu'Il nous a donné un cœur assez grand pour que nos morts puissent continuer à y vivre.

C'est là que se trouve votre Noel, maintenant. Il vit dans le cœur de sa mère comme il a vécu auparavant dans votre ventre. Si je peux vous être d'une aide quelconque, je vous en prie, n'hésitez pas à me le faire savoir. Vous avez toujours fait preuve de gentillesse envers moi et votre amitié est d'une grande valeur pour moi.

Avec mes plus sincères condoléances,

Calliope Williamson

Mary Pat est assise à la table de sa cuisine et scrute cette lettre jusqu'à ce que les mots finissent par se brouiller. Cette femme lui a écrit comme si elle était une amie. Elle a signé de son nom de famille, un nom dont Mary Pat ne se souvenait même plus cet après-midi. Elle a qualifié Mary Pat de femme bien et parlé d'une amitié que Mary Pat a beaucoup de mal à saisir. Oui, elle est *amicale* avec Dreamy, mais l'*amitié*, c'est quelque chose de complètement différent. Les nanas de Southie ne sont pas amies avec les femmes noires de Mattapan. Le monde ne fonctionne pas de cette façon.

Pendant un petit moment, Mary Pat cherche un stylo et du papier pour écrire une note de condoléances à Dreamy, mais elle ne parvient à mettre la main que sur un stylo et un petit bout de papier. Elle décide de se procurer une carte convenable demain et elle remet le stylo dans le tiroir.

Elle prend une bière, son paquet de Slims et un cendrier pour aller s'asseoir dans la salle de séjour, puis elle allume la télé et tombe directement sur les infos, directement sur l'affaire Auggie Williamson. Les enquêteurs pensent qu'il a été mortellement heurté par la rame de métro entre minuit et une heure du matin et que le choc l'a projeté en bas du quai.

Le conducteur n'a pas du tout senti l'impact. Les trains ont continué à passer près du corps toute la nuit jusqu'à l'interruption du service, et quelques-uns sont passés ce matin avant qu'un conducteur ne le remarque dans le creux sous le quai. La police refuse de confirmer les rumeurs selon lesquelles on aurait trouvé de la drogue sur lui et elle ne fournit pas d'explication concernant sa présence sur le quai la nuit dernière, elle ne dit pas non plus pourquoi (ou si) il a sauté ou s'il a été poussé en direction de la rame.

Ils font apparaître une photo de lui sur l'écran et elle reconnaît Dreamy dans ses yeux, d'un marron si doux qu'il est presque doré, ainsi que dans son menton et ses lèvres. Il a l'air si jeune. Mais le journaliste annonce qu'il avait obtenu son diplôme de fin d'études secondaires deux ans plus tôt et qu'il était stagiaire chez Zayre dans le cadre d'une formation en gestion.

Son diplôme de fin d'études ? Une formation en gestion ? Est-ce que les dealers suivent une formation en gestion ?

Mais, oh, pense-t-elle tandis qu'elle contemple les yeux du garçon à la télé, *tu n'es qu'un bébé*. La mère de Mary Pat avait l'habitude de dire qu'à partir du moment où un enfant commence à marcher, chaque pas qu'il fait par la suite l'éloigne de plus en plus de sa mère. Mary Pat regarde la photographie du fils de Dreamy juste avant qu'il ne disparaisse de l'écran et elle imagine la photo de sa propre fille apparaissant dans le même bulletin d'information, demain peut-être, ou peut-être la semaine prochaine.

Bon Dieu, mais *où est-elle* donc ?

Elle éteint la télé. Elle appelle chez Rum, c'est sa mère qui décroche. Entre elle et Mary Pat, ce n'est pas le grand amour, alors la conversation est brève.

— Non, Ronald n'est pas là, il est au travail, au Purity Supreme jusqu'à dix heures. Non, je n'ai pas vu Jules depuis, je dirais, une semaine, peut-être plus. Autre chose ?

Mary Pat raccroche.

Elle s'assied. Et elle reste assise là. Une heure ou une minute, elle serait incapable de le dire.

Avant même de se rendre compte de ce qu'elle fait, elle attrape ses cigarettes et ses clés sur le plateau, près du fauteuil relax, et sort de l'appartement. Elle passe derrière son immeuble et suit le sentier jusqu'à la porte de sa sœur, dans le bâtiment Franklin. Big Peg a une fille du même âge que Jules ; les deux filles ne sont pas terriblement proches, mais elles aiment bien quand même prendre du bon temps ensemble. On pourrait en dire presque autant de Mary Pat et Big Peg – elles ne sont pas terriblement proches, mais cela ne les a jamais empêchées de boire un bon coup ensemble quand il leur arrive de se croiser.

Mary Pat, qui n'est pas une grande voyageuse, a tout de même réussi à voir quelques endroits du New Hampshire, du Rhode Island et du Maine au cours de sa vie. Mais pas Big Peg. Peg a épousé Terry “Terror Town” McAuliffe deux jours après le bal de fin d'année des terminales. Ils ont commencé à sortir ensemble en classe de troisième à Southie High, et ni l'un ni l'autre n'ont une ambition connue de qui que ce soit en dehors du fait qu'ils ne veulent en aucun cas sortir de Southie. C'est déjà un jour spécial quand ils vont à Dorchester, et Dorchester n'est qu'à six rues de chez eux. Et si les gens trouvent leur vision du monde étroite, eh bien Big Peg et Terror Town n'ont rien à foutre des gens, la seule chose dont ils n'ont pas rien à foutre, c'est Southie. Ils ont élevé sept gosses qui ont adopté la fierté que leurs parents éprouvent pour leur quartier comme l'évangile du Christ (si le Christ avait été élevé à Commonwealth et avait eu tendance, sans raison particulière, à casser la gueule à tous ceux qui n'avaient pas grandi là). En fonction de leur âge, ces gosses – Terry Junior, Little Peg, Feddy, JJ, Ellen, Paudric et Lefty (prénommé Lawrence à sa naissance, mais il n'a jamais été appelé de cette façon une seule fois dans son existence) – règnent sur les recoins et les porches de la cité, ainsi que sur les bacs à sable des terrains de jeu, avec une fierté si fougueuse et inflexible qu'elle ne peut que devenir violente quand elle est contestée, même de façon marginale. En tant que pilier de la cité elle-même, Mary Pat ne sait que trop bien ce qui arrive lorsque le soupçon que vous ne valez pas grand-chose se trouve, en désespoir de cause, transformé en la conviction que le monde entier se trompe à votre sujet. Et si les autres se trompent sur vous, alors il est probable qu'ils se trompent aussi sur tout le reste.

Big Peg ouvre la moustiquaire dans une robe d'intérieur défraîchie, une bière et une cigarette allumée dans la même main.

— Tu vas bien ? demande-t-elle à sa sœur avec des yeux méfiants.

— Je cherche Jules.

Peg ouvre plus grand la porte.

— Entre, entre donc.

Mary Pat pénètre à l'intérieur et elles restent là, juste derrière la porte, ces deux sœurs qui n'ont jamais été proches. L'appartement de Peg compte trois chambres où dorment actuellement neuf personnes, le couloir qui le traverse de part en part allant de la porte d'entrée jusqu'à la cuisine tout au fond, et les chambres donnant sur le couloir. Le bruit qui règne dans cet endroit dépasse, comme toujours, de plusieurs décibels le niveau au-delà duquel la plupart des êtres humains ne pourraient plus s'entendre penser.

— *Oh, bon sang, t'as carrément mis ce pantalon.*

— *Non, c'est pas vrai.*

— *Si, c'est vrai, je sens l'odeur de ton cul qu'a pété dedans.*

— *Va te faire foutre.*

— *Je vais te filer un bon coup de batte de base-ball.*

— *Tu pourras pas. T'en trouveras pas.*

— *Freddy en a une.*

— *M'man, empêche-la !*

Jane Jo, alias JJ, surgit de l'une des chambres et se rue dans une autre, en face dans le couloir. Sa petite sœur, Ellen, la poursuit en courant et toutes les deux poussent des hurlements. Puis la chambre dans laquelle elles sont entrées semble exploser. Il y a des choses renversées, bousculées, des coups mats sont donnés dans les murs.

— *Putain, qu'est-ce que vous foutez dans ma chambre ?*

— *J'ai besoin de ta batte.*

— *Quelle batte ? Fous-moi le camp d'ici.*

— *Donne-moi la batte.*

— *Je vais te défoncer ton putain de crâne avec cette putain de batte.*

— *Aide-moi juste à trouver la batte.*

— *Pourquoi tu la veux ?*

— *Pour en donner un coup à Ellen.*

Il y a un silence, puis :

— *Cool.*

Ellen se met à pleurnicher.

Big Peg précède Mary Pat dans la cuisine et ferme la porte.

— Quand est-ce que tu l'as vue pour la dernière fois ? demande Big Peg.

— Hier soir. À peu près à cette heure-ci.

Big Peg ricane.

— J'ai perdu Terror pendant *deux semaines* de beuverie. Il finit toujours par revenir.

Il/Elle finit toujours par revenir. Si Mary Pat entend ça encore une fois ce soir, elle va balancer son poing dans la tronche de quelqu'un.

— Jules n'est pas Terry, répond Mary Pat. C'est Jules. Elle a dix-sept ans.

— Little Peg ! hurle Big Peg brusquement.

Vingt secondes plus tard, son aînée, une fille qui a toujours réussi à être agitée et molle en même temps, franchit le seuil en demandant :

— Qu'est-ce qui se passe ?

— Sois polie un peu. Dis bonjour à ta tante.

— Salut Mary Pat.

— Salut ma chérie.

Big Peg demande :

— T'as vu Jules ? Et regarde ta tante quand tu lui parles.

— Pas récemment. (Les yeux agités/mous de Little Peg s'agitent mollement en regardant Mary Pat.) Pourquoi ça ?

— Je l'ai pas revue depuis hier soir, répond Mary Pat. (Elle sent le sourire plein d'espoir et désemparé qu'elle esquisse autour de sa cigarette.) C'est juste que je m'inquiète un peu.

Little Peg lui rend son regard, les yeux vides, la bouche relâchée et entrouverte. Elle pourrait faire le mannequin dans la vitrine d'un magasin Kresge.

Mary Pat se souvient de Little Peg quand elle avait cinq ans et qu'elle la gardait de temps en temps. Cette Little Peg-*là* était à se tordre de rire et elle pétillait comme un fil électrique coupé sous la tempête. Elle était tellement consciente d'elle-même et de la vie autour d'elle, si *pleine de joie.*

Qu'est-ce qui leur enlève ça ? se demande Mary Pat.

Est-ce que c'est nous ?

— Alors tu ne l'as pas vue depuis un moment ?

— Non.

— Tu dirais depuis combien de temps ?

— Je l'ai vue dans le parc hier soir.

— Lequel ?

— Le parc ? Columbia.

— Quand ?

— Je dirais, onze heures. Peut-être minuit moins le quart. Pas plus tard.

— Pourquoi pas plus tard ?

— Parce que m'man me file une trempe si je suis pas rentrée à minuit.

Mary Pat regarde sa sœur, qui hausse les sourcils fièrement pour confirmer.

— Donc entre onze heures et minuit moins le quart ?

— Ouais.

— Elle était avec qui ?

À cet instant, cette fille nerveuse aux yeux morts, aux cheveux bruns filandreux et au front couvert d'acné devient évasive.

— Tu sais bien.

— Non.

— Mais si.

— Je te jure devant Dieu que je ne sais pas. (Mary Pat s'approche si près qu'elle peut voir son œil se refléter dans celui de sa nièce.) Rum ?

Un hochement de tête.

— Et qui d'autre ?

— Tu sais bien.

— Arrête de dire "Tu sais bien".

Little Peg regarde sa mère, mais les narines de Big Peg se dilatent et sa respiration est tellement heurtée qu'elles peuvent l'entendre par-dessus tous les autres bruits de l'appartement. Un signe, depuis que Big Peg est toute petite, que des éruptions volcaniques sont en préparation.

— Réponds à ma sœur.

Little Peg se retourne vers Mary Pat, mais elle baisse les yeux.

— Eh ben, je veux dire, Rum était avec George D.

Big Peg donne une claque sur la tempe de sa fille. Little Peg bronche à peine.

— Tu te fous de notre gueule ?

Mary Pat demande :

— Tu veux dire George Dunbar ?

— Oui.

— Le dealer, dit Mary Pat.

Une autre claque de Big Peg, même endroit, même vivacité.

— Le type qui a vendu la came à ton cousin Noel, la came qui l'a *tué* ? Ce type-là ? Tu traînes avec ce salopard ?

— Je traîne pas avec lui.

— Prends pas ce ton-là avec moi.

— Je ne traîne pas avec lui, murmure Little Peg. C'est Jules.

Mary Pat sent se bloquer tout ce qu'il y a à l'intérieur de son corps – son cœur, sa gorge, même ses tripes, tout se contracte d'un seul coup.

Malgré tout leur pouvoir, la seule chose que les hommes de Marty Butler n'arrivent pas à contenir, c'est le trafic de drogue dans Southie. Ils essaient bien ; toutes sortes d'histoires circulent à propos de petits dealers qu'on retrouve dans des tombes peu profondes du côté de Tenean Beach, ou bien dans des entrepôts désaffectés, avec une seringue plantée dans un œil, mais la drogue continue à envahir le quartier. Elle vient des Noirs, bien sûr, de Mattapan, de Jamaica Plain et de tout le secteur de Dorchester, mais ce sont des Blancs comme George Dunbar qui la revendent aux gens de leur propre communauté. Et aucun des hommes de Butler ne va tuer George, à ce qu'on raconte, parce que la mère de George, Lorraine, est la petite amie de Marty Butler. Mary Pat a entendu dire que Marty lui-même a corrigé George plusieurs fois, il lui a même collé un œil au beurre noir un jour, mais ça n'a pas arrêté le gosse. Et il n'est pas le seul, alors la drogue continue à inonder le quartier.

— C'est comme quand les Japs envoyaient des hordes de kamikazes sur mon vieux et mes oncles à Dubaya Dubaya Two, a confié Brian Shea un jour à Mary Pat. S'ils en envoient un assez grand nombre, il y en a toujours quelques-uns qui parviennent à passer. Et la plus grande marine du monde ne pourra jamais empêcher ça. Et nous, on n'est qu'un équipage, Mary Pat, on peut pas faire barrage à tout ça.

C'était à l'époque où Mary Pat s'était adressée à Brian (et, à travers lui, à Marty) pour demander justice après la mort de Noel.

— Mais punir les gens quand vous savez qu'ils le font, ça vous *pouvez*, avait-elle supplié.

— Et c'est ce qu'on fait quand on les attrape. On les punit sévèrement. Parfois définitivement.

Mais pas George Dunbar. Parce qu'il est intouchable.

Et à présent ce marchand de poison intouchable traîne avec sa fille ?

Aussi gentiment que possible, elle demande à Little Peg :

— George Dunbar, pourquoi il traîne avec Jules ?

— C'est un bon copain à Rum.

— Ça, je ne savais pas.

— Et c'est, tu sais bien…

— Si tu dis "Tu sais bien" encore une fois…, l'interrompt Mary Pat d'un ton sec.

— Il est avec Brenda.

— Qu'est-ce que tu veux dire… "il est avec" ?

— C'est son petit ami.

— Depuis quand ?

— Je dirais depuis, j'sais pas, le début de l'été ?

— Donc tu les as vus tous les quatre ensemble au parc ?

— Ouais, non. Quoi ?

Un instant, Little Peg a l'air complètement perdue. Mary Pat sait par expérience que c'est l'air d'une personne qui a perdu le fil de l'histoire qu'elle essaie de faire tenir debout.

— Je veux dire, oui et non, reprend Little Peg, parce que George et Brenda étaient en train de se disputer, alors elle est partie, et puis Rum, George et Jules sont partis, et c'est à ce moment-là que je suis partie moi aussi.

— Et ça, c'était à Carson Beach ?

— Quoi ? Non. Non, c'était à Columbia Park, comme j'ai dit.

— Parce que Brenda m'a dit qu'ils étaient tous à Carson Beach.

— Alors c'est une putain de menteuse.

Sa mère lui donne une nouvelle claque sur le dessus de la tête.

— Surveille ton putain de langage.

— On était à Columbia Park, dit Little Peg. C'est là que je l'ai vue. Si elle est allée à Carson Beach après, j'en sais rien, parce que moi je suis rentrée à la maison.

Mary Pat et Big Peg échangent un regard – le regard qu'ont tous les parents quand ils savent qu'un gosse a présenté une histoire et n'en démordra pas pour le moment. Ça ne sert à rien d'insister ; c'est à partir de là qu'elle pourrait vraiment commencer à mentir.

— OK, dit Mary Pat. Merci ma chérie.

Little Peg hausse les épaules.

— Tu peux y aller, dit Big Peg.

Une fois Little Peg partie, Big Peg sort deux bières du frigo et elles s'assoient à la table de la cuisine pour boire. Une fois les banalités épuisées, en moins d'une minute à peu près, la conversation s'oriente vers la menace qui plane sur le quartier et qui obsède tout le monde.

Parmi les enfants les plus âgés de Big Peg, il y en a un qui a quitté le lycée et trois qui le fréquentent encore. Tous les trois ont tiré le bon numéro à la loterie et resteront à Southie High. Simplement un tirage au sort favorable. Pas de Roxbury pour eux. Ils n'auront pas à craindre les toilettes, les couloirs et les salles de classe.

Il s'avère que ce n'est pas assez bien pour Big Peg. Oh, ça non.

— Je les enverrai pas, dit Peg.

— Quoi ?

Elle avale un peu de bière et hoche la tête en même temps.

— Je les enverrai pas. On participe au boycott. Weeze se retournerait dans sa tombe si jamais elle voyait une bande de moricauds se balader dans les mêmes couloirs que sa petite-fille à *South Boston High School*, Mary Pat. Dis-moi si j'ai pas raison.

"Weeze" (ou "Weezie"), c'était ainsi qu'elles appelaient leur regrettée mère, Louise. Personne d'autre ne l'avait jamais appelée ainsi, juste ses enfants, et en secret seulement, tant qu'elle était vivante.

— T'as sûrement raison, admet Mary Pat, mais leur éducation, t'en fais quoi ?

— Ils l'auront, leur éducation. Je donne un mois, deux tout au plus, à tout ce cirque. Quand la ville va se rendre compte qu'on ne cédera pas et que tout ce qu'on veut, c'est ce qui est à nous ? (Big Peg fait un clin d'œil d'un air entendu.) Ils feront marche arrière.

Les mots – et la confiance de Big Peg – sonnent creux. Et quand elle en prend conscience, Mary Pat sent revenir la peur qui lui a rongé l'estomac toute la journée.

Big Peg le voit, elle voit les larmes qui montent aux yeux de sa sœur.

— Tout va s'arranger, dit-elle.

Mary Pat regarde sa sœur droit dans les yeux pour la première fois depuis une éternité et elle entend le ton rauque de sa propre voix quand elle murmure :

— Je ne peux pas en perdre un autre. Je ne peux pas. Je ne peux pas perdre… quoi que ce soit d'autre.

Elle essuie une seule larme avant qu'elle n'atteigne sa joue, puis boit un peu de bière.

Big Peg dit :

— Faut que tu te ressaisisses, ma chérie. Rien de mal n'arrive aux gosses de Southie aussi longtemps qu'ils restent à Southie.

Le poing de Mary Pat s'abat sur la table suffisamment fort pour bousculer les canettes de bière.

— Noel a fait une overdose sur le terrain de jeu *de l'autre côté de la rue, putain*.

Big Peg ne se laisse pas démonter.

— Noel est allé dans un pays pourri à l'autre bout du monde et il en est revenu le cerveau complètement dérangé parce qu'il avait quitté le quartier.

Les yeux de Peg l'implorent de voir le bon sens élémentaire de son argument.

Mary Pat regarde fixement sa sœur par-dessus la table. Est-ce là ce que les gens pensent vraiment au sujet de son fils ? Que c'est le Vietnam qui l'a amené à la drogue ? Mary Pat a essayé de voir les choses de cette façon pendant un certain temps, mais ensuite elle s'est rendue à la triste vérité : Noel n'a pas découvert l'héroïne au Vietnam (le Thaï stick*, oui, l'héroïne, non) ; c'est l'héroïne qui a découvert Noel, dans les cités de South Boston.

— Noel n'a jamais touché à l'héroïne au Vietnam, dit-elle. (L'argument semble faible quand il sort de sa bouche.) C'est ici qu'il est devenu accro. Ici même.

Big Peg soupire d'une façon qui suggère qu'il y a des gens à qui on ne peut pas faire entendre raison et son regard quitte le visage de Mary Pat. Elle se lève, finit sa bière d'une longue gorgée et dit :

* Sorte de cannabis originaire de Thaïlande. Les têtes de cannabis sont embrochées sur une tige en bambou.

— Bon, je dois me lever demain matin pour le boulot.

Mary Pat hoche la tête. Elle se lève.

Big Peg la raccompagne dans le vacarme du couloir, les sept gosses se disputant à propos d'une chose ou d'une autre, répartis deux par deux dans des mini-escarmouches, incapables de voir la guerre dans sa globalité.

À la porte, Big Peg dit :

— Elle va finir par revenir.

Mary Pat est trop anéantie pour s'en irriter.

— Je sais.

— Tu devrais dormir un peu.

Mary Pat rit à cette idée.

— Tu ne peux pas les laisser contrôler ta vie, dit Big Peg avant de refermer la porte derrière elle.

5

ELLE trouve Rum sur le quai de chargement, à l'arrière du Purity Supreme. Dix heures du soir, et la chaleur vous tombe encore dessus comme une couverture passée dans une étuve ; le quai de chargement sent la laitue flétrie et les bananes si mûres que leur peau éclate. Rum est en train de fumer une cigarette et de boire une grande canette de bière avec les autres vauriens du supermarché qui viennent de terminer leur service au rayon fruits et légumes ou au rayon traiteur ou à l'emballage. La force du nombre met une lueur de courage dans son regard quand Mary Pat sort de Bess, et cette lueur se transforme en amusement quand la portière de Bess grince et que le moteur s'arrête dans une sorte de spasme.

Bess, c'est le break-tas-de-ferraille qu'il lui faut conduire jusqu'au moment où il rendra l'âme. Ce n'est pas qu'elle roule beaucoup, mais de temps en temps, elle ne peut pas faire autrement. Elle aurait pu venir à pied jusqu'ici, mais elle est obsédée par la vision de ses phares balayant l'arrière du quai et faisant détaler tous ces bons à rien comme des rats, sauf Rum, qu'elle heurte avec son pare-chocs ou une portière. Elle a simplement oublié une chose, c'est que Bess produit sur à peu près tout le monde un effet plus comique que menaçant. Bess est un Ford Country Sedan bicolore de 1959. L'arrière est affaissé comme le cul d'un vieux clébard, la rouille et le sel de déneigement ont mangé les bords des passages de roues ainsi que la peinture du tiers inférieur de la caisse, la galerie du toit a depuis longtemps disparu (personne ne se souvient quand ni où), les deux feux arrière sont cassés (mais en état de fonctionnement) et le tuyau d'échappement ne tient que grâce à quelques "Je vous salue Marie" et de la ficelle de boucher tout effilochée. À peu près la seule chose que l'on puisse encore dire en faveur de Bess, c'est que c'était une voiture géniale pour voyager avec les deux enfants, elle a un V8 352 sous le capot qui la transforme en fusée sur l'autoroute, et la radio fonctionne. Autrefois, Bess présentait deux nuances de vert – "April" et "Sherwood" – mais désormais les deux couleurs sont tellement passées qu'on est obligé de croire Mary Pat sur parole à ce sujet.

Quand elle sort de Bess, les garçons se marrent dans le faisceau de ses phares, à l'exception de Rum, qui se contente de la regarder s'approcher avec un sourcil levé qu'elle songe à lui arracher de la figure, tandis qu'il engloutit la bière de sa maxi canette.

Elle ne s'embarrasse pas de préambules.

— Où est Jules ?

— Comment je saurais ?

— Ne laisse pas la bière te rendre trop stupide maintenant, Ronald. Tu pourrais confondre ta bêtise avec du courage.

— Quoi ?

— Où est ma fille ?
— Je ne sais pas.
— Quand est-ce que tu l'as vue pour la dernière fois ?
— Hier soir.
— Où ?
— À Carson Beach.
— Et après ?
— Après quoi ?
— Où est-elle allée ?
— Elle est rentrée à la maison.
— Tu as laissé ma fille rentrer à pied dans ce quartier à une heure du matin ?
— Il était minuit quarante-cinq.
— Tu as laissé ma fille rentrer à pied dans ce quartier à minuit quarante-cinq du matin ?
Il lève la canette à ses lèvres.
— Euh…
D'une claque elle lui fait tomber la canette de la main.
— Toute *seule* ?
Plus personne ne se marre sur le quai. Elle connaît leurs mères. Ils la connaissent. Ils sont tous aussi silencieux que des gens sur un banc d'église attendant leur tour pour passer au confessionnal.
— Non, non, s'empresse de dire Rum. Elle était pas seule. George l'a ramenée en voiture.
— George Dunbar ?
— Oui.
— Le dealer ?
— Quoi ? Oui.
— Il a raccompagné ma fille en voiture.
— Oui. J'étais trop bourré.

Elle recule d'un pas, le jauge ostensiblement.

— Tu seras où dans une heure ?

— Quoi ?

— Je t'ai posé une putain de question.

— Je serai, disons, chez moi.

— *Disons* chez moi ? Ou chez moi ?

— Chez moi. Je rentre chez moi.

Elle remarque son coupé Plymouth Duster orange vieux de quatre ans sur le parking des employés. Elle a toujours détesté voir cette voiture, comme si elle avait toujours su que son propriétaire était un oiseau de mauvais augure.

— Si George ne confirme pas ton histoire, je vais revenir te voir.

— Très bien, dit-il d'une façon telle qu'elle sait déjà qu'il a quelque chose à cacher.

— Tu peux me le dire tout de suite.

— J'ai rien à dire.

— Ça vaudrait mieux pour toi si tu le disais tout de suite.

— Pour moi, c'est bon comme ça.

— Très bien.

Elle lève les bras, comme pour dire *C'est toi qui as choisi comment les choses allaient se passer à partir de maintenant.*

Elle voit sa pomme d'Adam monter et descendre dans sa gorge tandis qu'il déglutit, mais ensuite il baisse les yeux sur ses chaussures et la canette de bière qu'elle a fait tomber de ses mains.

Elle remonte dans sa voiture et ils la suivent tous du regard, les yeux écarquillés, tandis qu'elle fait marche arrière et quitte le parking.

George a été un familier des Fennessy pendant une dizaine d'années, il allait et venait en permanence avec Noel ; et pendant tout ce temps, elle n'a jamais eu l'impression qu'elle se faisait une image claire de lui. C'était comme si une partie de lui n'était pas là quand on essayait de la trouver. Elle en avait parlé une fois à Ken Fen et il lui avait dit :

— La plupart des gens qu'on connaît sont comme des chiens – il y a ceux qui sont loyaux, ceux qui sont méchants et ceux qui sont gentils. Mais tout vient du cœur, le bon comme le mauvais.

— Et il appartient à quel genre de chiens, George Dunbar ?

— À aucun, avait répondu Kenny. C'est un putain de chat.

Elle braque son regard maintenant sur ce chat qui n'a même pas fait l'effort de se montrer à l'enterrement de Noel.

— Pourquoi Rum mentirait-il ?

— Je n'ai pas la moindre idée de ce qui se passe dans la tête des autres.

George Dunbar a fait deux ans d'université. Il étudiait les sciences économiques. Il n'a pas abandonné parce qu'il n'y arrivait pas ; il a abandonné parce qu'il gagnait trop d'argent en vendant de la drogue. Ses oncles dirigent une société spécialisée dans le béton et Mary Pat a toujours entendu dire que George s'est vu promettre le tiers de l'affaire qui appartenait à son père aujourd'hui décédé. Mais il préfère vendre de la drogue. Pour un enfant de Southie, il parle comme certains riches qu'elle a rencontrés au fil des années – comme si ses mots et ceux de Dieu venaient de la même source, tandis que les vôtres proviennent d'un endroit qui ne figure sur aucune carte qu'on puisse voir ou entendre.

— Donc tu ne l'as conduite nulle part ?

— Non. Elle est partie à pied pour rentrer chez elle vers minuit quarante-cinq.

— Et tu as laissé une fille de son âge rentrer chez elle seule à pied dans ce quartier ?

George lui lance un regard de pure perplexité.

— Je ne suis pas son gardien.

Ils sont assis dans le belvédère de Marine Park. De l'autre côté de Day Boulevard, Pleasure Bay est baignée d'un clair de lune poisseux. George Dunbar a été facile à trouver. La plupart du temps, le soir, on le trouve assis dans ce belvédère de Marine Park. À Southie, des flics jusqu'aux gosses, tout le monde le sait. Encore une preuve qu'il a des protections. Si vous voulez de la drogue, vous allez au belvédère et vous voyez George Dunbar, ou un des jeunes qui travaillent pour lui.

Elle se surprend à souhaiter que sa mère se fasse coincer en train de tromper Marty Butler et qu'elle se fasse virer à coups de pied dans le cul. Et que deux jours plus tard, quelqu'un vienne défaire la coiffure bien soignée de George Dunbar en lui collant une balle dans sa putain de tête.

— Qu'est-ce que vous avez tous fabriqué, hier soir ? lui demande-t-elle.

Il hausse les épaules, mais elle le voit regarder vers les arbres un instant, signe qu'il réfléchit à sa réponse au lieu de répondre tout simplement.

— On a tous bu quelques bières dans le parc, à Columbia, puis on a marché jusqu'à Carson.

— Quand ?

— Onze heures quarante-cinq.

Elle est surprise de voir des jeunes être aussi précis. Généralement, ils arrondissent les heures. *J'étais là à midi. À une heure. À deux heures.*

Mais ceux-là – Little Peg, Rum et maintenant George Dunbar – répètent sans arrêt "Onze heures quarante-cinq" ou "Minuit quarante-cinq". Comme si, la nuit en question, ils avaient eu les yeux braqués en permanence sur une montre qu'ils n'ont pas.

Deux jeunes à vélo et un hippie dans un van Volkswagen patientent non loin du belvédère et les observent, attendant que Mary Pat s'en aille pour pouvoir acheter.

George les remarque.

— Faut que j'y aille.

— C'était ton ami.

— Quoi ?

— Noel, dit-elle. Il te considérait comme son ami.

— J'étais son ami.

— Tu tues tes amis ?

— Foutez-moi la paix, dit-il très tranquillement. Et ne revenez pas, madame Fennessy.

Elle tend la main et lui tapote le genou.

— George, s'il est arrivé quoi que ce soit à ma fille et que tu y es mêlé…

— J'ai dit foutez-moi…

— Marty ne pourra pas te sauver. Personne ne pourra te sauver. Jules, c'est mon cœur. (Elle serre son genou un peu plus fort.) Alors, ce soir, prie – à genoux, George –, prie pour que mon cœur réapparaisse sans une égratignure, sinon il se pourrait bien que je revienne et que je t'arrache le tien de ta putain de poitrine.

Elle plonge son regard dans ses yeux éteints jusqu'à ce qu'il cligne des paupières.

Au volant de Bess, elle passe devant la maison des Collins, mais la Plymouth Duster orange de Rum n'est pas là. Ça ne fait rien. Southie n'est pas grand si vous roulez dans une voiture orange.

Elle repère la Plymouth Duster vingt minutes plus tard, garée devant le Fields of Athenry (le bar que tout le monde, conformément à l'usage dans Southie, appelle simplement le Fields). C'est le fief de Marty Butler. Vous n'y entrez pas si vous n'êtes pas de Southie, et vous n'en ressortez pas sur vos deux jambes si vous vous y comportez d'une manière ne serait-ce qu'un tout petit peu incorrecte. En dix ans d'existence, il n'a jamais été bondé, même le jour de la Saint Patrick, et il n'a jamais connu la moindre bagarre. La seule personne connue pour avoir voulu se faire une ligne dans les toilettes a eu le nez cassé en plein milieu de son sniff par Frankie Toomey, alias Tombstone*, alias le tueur des tueurs de la bande de Butler.

Elle va garer Bess dans Tuckerman Street et revient à pied. Elle trouve Rum assis au coin du bar, en train de boire une bière avec un petit verre de whiskey. Ils traînent tous ici – tous ces garçons qui ont quitté le lycée sans projet et qui ont tout juste plus de couilles que de cervelle pour être, à l'occasion, utiles à Marty. Elle commande la même chose que Rum. En attendant d'être servie, elle l'ignore, bien qu'elle sente qu'il a les yeux fixés sur elle et qu'il respire

* *Tombstone*: pierre tombale.

superficiellement par la bouche. Du regard, elle fait le tour des autres gars dans le bar. Tim Gavigan, le jeune qui lui a apporté les pancartes, est là ; elle croit repérer Brian Shea là-bas, dans le fond, et, sans le moindre doute, elle remarque Head Sparks, qui a fait deux ou trois trucs avec Dukie, dans le temps. Il y a aussi quelques autres types qu'elle reconnaît mais dont elle ne pourrait dire les noms comme ça, des types qui font partie du milieu.

Le barman, Tommy Gallagher, de Baxter Street, lui apporte ses boissons, prend l'argent, puis les abandonne, elle et Rum, à eux-mêmes. Elle avale son petit verre d'alcool. Se tourne vers Rum. Prend une gorgée de sa chope de bière.

— Tu m'as menti.

— C'est pas vrai.

— Bien sûr que si. George n'a pas raccompagné Jules à la maison.

— Tout d'abord, je vous ai dit qu'elle était rentrée à pied, mais comme ça vous a mise en rogne, je vous ai dit que George l'avait raccompagnée juste pour que vous me lâchiez un peu.

Il hausse les sourcils, puis les abaisse tandis qu'il ingurgite sa bière.

— Donc elle est rentrée seule à pied ?

Il regarde son verre.

— C'est ce que j'ai dit, bordel.

— C'est ta version.

— Ouais, c'est ma version. Pourquoi vous…

Quand elle lui brise le nez avec son poing droit, ça fait le même bruit sec qu'une boule de billard lors de la casse. Tout le bar l'entend. Il pousse un hurlement de fille et elle le frappe de nouveau exactement au même endroit, faisant passer son poing entre les mains de Rum, qui couvraient mollement son nez. Puis elle lui donne un coup sur l'œil, faisant participer son poing gauche, cette fois.

Il dit quelque chose comme “Attendez” et aussi quelque chose comme “Putain de merde”, mais à ce moment-là, elle est déjà en train de balancer des enchaînements dans cette foutue tête d'abruti – œil gauche, œil droit, joue gauche, joue droite, deux directs rapides sur son oreille gauche et un seul crochet dévastateur à la mâchoire. Une dent – jaune de nicotine et rouge de sang – jaillit de sa bouche.

Ils viennent l'écarter de lui. Les mains qui l'agrippent sont dures, brutales. Elles envoient un message : *On ne plaisante pas.*

Mais dès qu'ils lui bloquent les bras, elle se sert de ses jambes. Aussi vite qu'elle peut, elle lui donne des coups de pied au visage, dans la poitrine, dans le ventre. Puis ses pieds frappent dans le vide.

Ils la traînent jusqu'à un tabouret de bar.

Elle entend une voix qu'elle reconnaît lui dire :

— Arrête. Mary Pat, arrête. S'il te plaît.

Elle plonge son regard dans les yeux Ajax Vitres de Brian Shea.

— Ça va, dit-il. D'accord ?

Elle souffle.

Les hommes qui la tiennent relâchent un peu leur étreinte, mais ils ne la libèrent pas complètement.

— Tommy, lance Brian Shea au barman, ressers la même chose à Mary Pat. Et puis une tournée pour nous tous.

Rum essaie de se relever sur les genoux, mais il s'effondre.

— Vous pouvez me lâcher, dit Mary Pat doucement.

Brian baisse la tête pour la regarder dans les yeux.

— Sûr ?

— Sûr. Je vais bien.

— Tu vas bien. (Ça le fait rigoler.) Elle va bien ! s'écrie-t-il aux types qui la tiennent, et tout le bar éclate de rire, un peu trop fort.

Il fait un signe de tête à quelqu'un et les mains – il y en avait au moins six – lâchent prise.

Rum réussit à se mettre à genoux, cette fois, mais il vomit et son vomi est tout rouge.

— Putain, peut-être qu'elle lui a perforé un poumon, dit Pat Kearns.

— Emmenez-le chez le toubib de G Street, dit Brian. Assurez-vous que le toubib a compris qu'il a pas droit au traitement Cadillac. Celui-là, c'est catégorie Dodge. Dodge d'occasion.

Ils se mettent à le traîner vers la porte.

Brian dit :

— La sortie de *derrière*, putain, bande d'abrutis.

Ils le traînent dans la direction opposée. Un moment après, ils atteignent la sortie de derrière, puis ils sont dehors, et le bar retrouve son niveau sonore habituel ce qui, ainsi que Mary Pat l'a toujours considéré, suscite un sentiment trouble et inquiétant, mais produit néanmoins un agréable brouhaha.

— C'est pas une broutille, ça, Mary Pat.

Elle avale son deuxième verre d'alcool de la soirée et regarde Brian dans les yeux.

— Je sais.

— Tu as provoqué une bagarre dans le bar de Marty. Son sanctuaire.

— C'était pas une bagarre, répond-elle.

— Ah bon ?

Elle secoue la tête.

— C'était une dérouillée. Cette petite lavette n'a pas donné un seul coup.

— Tu peux pas donner des *dérouillées* comme ça chez Marty. Si t'étais un mec, tu serais morte. Ou, tu sais, au moins plâtrée jusqu'au cou.

— Bon, alors mets-moi dans un plâtre jusqu'au cou, mais attends d'abord que j'aie retrouvé ma fille.

Il plisse les paupières. Avale son petit verre d'alcool.

— Jules ?

— Ouais.

— Elle est où ?

— C'est la question que je pose. Personne ne l'a vue depuis hier soir.

— Pourquoi tu l'as pas dit ?

— Je l'ai dit. (Elle pointe le pouce vers le sang et le vomi que Rum a laissés derrière lui.) À lui.

Il grimace.

— Ce pauvre couillon ? Demander un renseignement à ce type, c'est comme commander une pizza viande hachée fromage à un poteau téléphonique. (Il pointe deux doigts sur sa poitrine.) C'est *nous* qui apportons une aide. C'est *nous* qui rendons des services dans ce quartier. *Nous*, on aurait pu chercher Jules toute cette journée, si tu nous l'avais demandé. Personne n'a oublié ce que tu as fait pour nous, ce que Dukie a fait pour nous – on est là pour toi, Mary Pat.

Il sort un petit carnet de notes et un crayon. Il humecte le bout de son crayon tandis qu'il ouvre son carnet sur le comptoir avant d'ajouter :

— Dis-moi tout ce que tu sais.

Une fois qu'elle a terminé, il dit :

— Pour ce que tu as fait ce soir, je vais arranger ça avec Marty. (Il remet son carnet et son crayon dans la poche de son Baracuta.) Mais faut que tu nous laisses vingt-quatre heures.

— *Vingt-quatre heures ?*

— Ça demandera pas tant que ça. Ça va prendre, disons, trois heures, mais tu peux pas continuer à te balader comme ça en jouant les Billy Jack* – sacrée Mary Pat Jack – à dérouiller tout le monde. Tu peux pas faire ça. Ça va attirer l'attention.

— Je ne peux pas rester assise à ne rien faire pendant vingt-quatre heures.

Il soupire bruyamment.

— Alors donne-nous jusqu'à, disons, cinq heures demain. Une journée complète. Laisse-nous ça pour qu'on te la retrouve. Tu fais pas de vagues et surtout, tu vas pas voir ces putains de flics, tu nous laisses travailler pour toi.

Elle allume une cigarette, la tourne entre ses doigts, plusieurs fois. Elle ferme les yeux.

— C'est beaucoup demander.

— Je sais bien. Mais avec cette connerie de *busing* et ce nègre, là, qui s'est fait tuer hier soir, on n'a pas besoin qu'un regard extérieur de plus vienne fouiner dans le quartier. Parce qu'ils pourraient avoir l'idée de demander comment ça fonctionne vraiment, comment les choses se passent vraiment, et on peut pas laisser faire ça, Mary Pat. On ne peut absolument pas.

* Personnage de justicier adepte des arts martiaux.

Elle jette un coup d'œil autour d'elle dans le bar, elle sent que tout le monde avait les yeux fixés sur eux deux mais s'empresse à présent de faire semblant de regarder ailleurs. Elle se tourne de nouveau vers Brian Shea.

— Demain cinq heures. C'est ma limite de brave-petite-fille-obéissante.

Brian fait signe à Tommy de remettre une tournée.

— Très bien.

6

Elle ne dort pas plus de trois heures de toute la nuit et ce n'est pas un sommeil pris d'une traite, il arrive en petits bouts d'un quart d'heure suivis d'un qui-vive angoissé – pendant lequel elle garde les yeux grands ouverts sur la nuit, nerveuse, désespérée – suivi, deux heures plus tard, d'un autre quart d'heure de sommeil, suivi d'une veille les yeux grands ouverts sur la nuit.

Étendue dans son lit, les yeux fixés sur l'obscurité, elle se sent vue mais pas entendue par ce qui (quoi que ce soit) la regarde d'en haut. Au bout d'un moment, ce regard se détourne et elle se retrouve seule dans l'univers.

Au travail, elle est comme un zombie, accomplissant tant bien que mal les tâches de son service, espérant qu'aucun patient ne fera d'arrêt cardiaque devant elle, car elle ne sera pas en mesure de réagir efficacement. Dreamy a de nouveau pris sa journée, elles sont donc encore une fois en sous-effectif. Les commérages vont bon train dans les couloirs – Auggie Williamson s'est suicidé. Non, il a fait une overdose et il est tombé juste devant une rame. Il y a des témoins, mais ils ne se sont pas manifestés. Il a été poursuivi sur le quai. C'était une affaire de drogue, ça a mal tourné et il a essayé de s'enfuir, il a glissé sur le quai et il est tombé devant le train. *Krr-aaak.*

Mais aucune de ces rumeurs n'aborde la question de savoir comment il se fait que le conducteur n'a pas remarqué l'impact. Peut-être qu'il n'avait pas vu Auggie, mais il a bien dû sentir l'impact. On disait dans tous les journaux qu'Auggie était mort entre minuit et une heure du matin, mais que son corps n'avait été découvert que pendant l'heure de pointe du matin, coincé sous le rebord du quai. Alors, quel effet ça fait de terminer son service, rentrer à la maison et dormir huit heures, puis apprendre à son réveil que la rame de métro que l'on conduisait a heurté la tête de quelqu'un ? Le pauvre, dit l'une d'elles, il devra vivre avec ça tout le reste de sa vie.

Après le travail, Mary Pat enlève sa tenue dans le vestiaire et met les vêtements dans lesquels elle est venue, puis elle fait une chose dont elle n'arrive même pas à admettre qu'elle est en train de la faire jusqu'au moment où, ayant emprunté la Ligne Rouge, elle traverse la Charles River : elle est dans le métro pour Cambridge.

Elle descend à Harvard Station, s'engage sur Harvard Square, et c'est aussi insupportable que ce qu'elle craignait – des enfoirés de hippies partout, ça sent la marijuana et les odeurs corporelles ; tous les vingt pas, quelqu'un gratte une guitare en fredonnant une chanson qui parle d'amour, mec, de Richard Nixon, mec. Nixon a évacué la Maison Blanche en hélicoptère il y a près de trois semaines, mais il est toujours leur croquemitaine, à ces lavettes choyées, sur-éduquées, qui ont refusé d'aller à l'armée. Elle n'arrive même pas à compter combien sont pieds nus, à traîner dans les rues sales, avec leurs pantalons pattes d'éléphant élimés, leurs chemises multicolores, leurs colliers de perles et leurs longs cheveux, les filles sans soutien-gorge, les fesses débordant généreusement de leurs jeans coupés en shorts, remplissant l'air de la fumée de leurs cigarettes, de leurs cigarettes aux clous de girofle, de leurs joints, chacun et chacune d'entre eux étant une source d'embarras pour leurs parents qui ont dépensé des sommes faramineuses pour les envoyer dans la meilleure école du monde – une école dans laquelle pas un pauvre ne pourrait entrer, aucun doute là-dessus – et ils les remercient en traînant, les pieds sales, et en chantant leurs chansons folk merdiques qui parlent d'amour, mec, d'amour.

Quand elle entre sur le campus, la proportion de hippies par rapport aux étudiants qui ont l'air normal tombe à environ un sur trois, ce qui est quelque peu réconfortant. Les étudiants ressemblent aux étudiants de facs dans les films – mâchoires carrées et coupe de cheveux carrée, les filles en robe ou jupe et chemisier, les cheveux lissés et brillants, les garçons en chaussures à lacets et chino, se déplaçant avec la démarche assurée des classes supérieures.

Mais ce que les deux groupes ont en commun, c'est leur profonde perplexité à propos de ce qu'*elle* peut bien faire sur leur campus.

Elle n'est pas habillée comme une souillon des cités. En cet instant, elle est habillée comme bien des ménagères qui parcourent les rues de South Boston (ou de Dorchester, ou de Rozzie, ou de Hyde Park) – chemisier de polyester rouge, pantalon beige et, au mépris de la chaleur, surchemise écossaise. Elle a mis cette tenue pour aller travailler ce matin parce qu'elle voulait dire à ceux qui viendraient à la regarder : *Tout est sous contrôle. Je maîtrise la situation. Ne faites pas attention aux entailles et aux meurtrissures sur mes phalanges et ne voyez que la dame chic que vous avez sous les yeux.* Mais quelque chose en elle devait aussi savoir qu'il se pourrait qu'elle ne rentre pas directement chez elle après le travail, qu'il se pourrait qu'elle traverse le fleuve pour se rendre dans un monde qui lui est si étranger qu'elle se sentirait plus chez elle dans un autre pays. En Irlande, certainement. Au Canada, peut-être. Elle s'était dit qu'elle avait l'air élégante, ainsi mise, mais à en juger d'après les regards en coin que lui lancent les morveux et les hippies dans Harvard Yard, elle se fait remarquer pour ce qu'elle est précisément : une nana des classes populaires, débarquant de l'autre côté du fleuve dans leur monde, vêtue de ses ridicules habits du dimanche achetés dans le catalogue Sears. Ils présument qu'elle s'est trompée de métro et qu'elle se retrouve là, errant sur le campus de Harvard comme un gosse perdu dans un supermarché, avant de s'en retourner dans son monde crasseux pour raconter à ses enfants crasseux toutes les choses splendides qu'elle a vues mais n'a jamais pu toucher.

Elle est déjà venue ici une fois, avec Ken Fen, juste avant Noël, il y a deux ans, le lendemain du jour où il avait officiellement appris qu'il était engagé au service du courrier. C'était un samedi, au milieu de l'hiver, et il n'y avait que quelques étudiants emmitouflés sur le Yard et, en cette journée où il faisait -25 °C, aucun hippie ne traînait sur la place. Ils avaient rencontré son supérieur – elle ne se souvenait plus de son visage – et il avait donné à Ken les clés de la salle, ainsi que le passe-partout pour les casiers, et il lui avait expliqué les tâches à accomplir pendant son service, qui allait de midi à vingt heures trente chaque jour ouvrable. Puis il les avait laissés parcourir la salle seuls.

La salle du courrier était située dans le sous-sol du Memorial Hall, un bâtiment si monumental et imposant qu'il était difficile d'imaginer que quelqu'un comme Ken puisse travailler là jour après jour, sans qu'une partie de lui ne tremble devant la pure majesté de l'endroit.

Kenny Fennessy a grandi dans la cité de D Street, un endroit tellement pourri qu'en comparaison, Commonwealth et Old Colony ressemblent à Back Bay et Beacon Hill*. Un type balèze, Ken. Un mètre quatre-vingt-dix. Des mains qui se transformaient en rouleaux de fer à béton quand il serrait les poings. Si vous le faisiez chier, vous aviez intérêt à être trois, parce qu'il ne cessait le combat que lorsqu'un coroner l'ordonnait. Mais si vous ne le faisiez *pas* chier, Ken Fen ne levait jamais la main sur vous. Jamais il ne vous brutalisait ou vous bousculait. Il préférait de beaucoup écouter ce que vous aviez à raconter, vous fréquenter, découvrir ce que vous aimiez faire et le faire avec vous. Dès sa naissance, Ken n'avait eu d'autre choix que croire en la violence. En revanche, il n'avait jamais cru en la haine.

Quand elle l'avait rencontré, il était divorcé depuis peu et il payait une fortune en pension à une ex-femme qui lui avait dit un jour, avec une fierté pleine d'amertume, qu'elle n'était pas capable de donner de l'amour, mais que si elle l'était, elle ne le gaspillerait pas avec lui. Mary Pat et lui sont sortis ensemble pendant un an avant de se marier. Ken Fen n'avait jamais eu le moindre sou en poche, jusqu'au jour où

* Back Bay et Beacon Hill, deux quartiers chic de Boston, situés au nord-ouest de South Boston.

il avait décroché ce boulot au service du courrier à Harvard, ce qui avait donné l'impression que, peut-être, au bout de deux ou trois ans, une fois qu'il aurait épongé ses dettes, il pourrait les sortir de cet ensemble de logements sociaux.

Autre avantage de son emploi, il était autorisé à assister aux cours magistraux de Harvard gratuitement. Il ne pouvait pas obtenir de diplôme, mais il pouvait suivre les cours. C'est comme ça que les ennuis ont commencé. D'un seul coup, voilà qu'il se met à rentrer à la maison avec des livres (elle se souvient de *Siddhartha*, et d'un autre, *Le Tambour*), d'un seul coup, voilà qu'il se met à citer des gens dont elle n'a jamais entendu parler. C'est pas qu'elle ait entendu parler de tant de gens que ça, mais d'un seul coup, voilà qu'il se met à *citer*, et Kenny n'avait jamais été du genre à faire des citations.

Elle le trouve assis seul à une table au milieu de la salle du courrier. Elle s'est arrangée pour arriver à l'heure de sa pause déjeuner, mais il n'a pas de nourriture devant lui, il est juste assis là, en train de lire (évidemment), et il lève les yeux avec un large sourire quand elle entre. Le sourire s'efface vite, comme s'il lui avait été enlevé du visage par la plus rapide des mains, et elle comprend à cet instant qu'il s'attendait à voir arriver quelqu'un d'autre.

— Salut, dit-elle.

Il se lève de la table.

— Qu'est-ce que tu fais ici ?

— Est-ce que tu as vu Jules ?

Il secoue la tête.

— Pourquoi j'aurais vu Jules ?

— J'ai pensé qu'elle était peut-être venue te voir. Je n'arrive pas à savoir où elle est.

— Depuis quand ?

— Avant-hier soir.

— Bon Dieu, Mary Pat. (Il s'avance jusqu'à elle. Lui prend le coude.) Viens, assieds-toi.

Bien qu'il n'ait pas eu envie de la voir, bien qu'il soit toujours en colère contre elle (ou est-ce que le sentiment qu'il éprouve envers elle est pire, d'une certaine manière, que la colère ?), bien qu'il ait été si irrité et excédé la dernière fois qu'ils se sont parlé – au moment où elle en a besoin, il vient à elle. C'est un roc, Kenny. Il l'a toujours été. Le premier à apporter du soutien, le dernier à en demander.

Elle s'affaisse un peu quand il la conduit à la table et tire une chaise. Ses yeux se remplissent de larmes. La peur qu'elle a gardée soigneusement emprisonnée explose et transperce son enveloppe et un petit gémissement s'échappe de ses lèvres tandis qu'il l'aide à s'asseoir sur la chaise et en tire une autre pour lui en face d'elle.

Elle a besoin de quelques secondes pour retrouver sa respiration et quand elle commence à parler, elle ne peut plus s'arrêter. C'est un flot qui se déverse.

— Je ne l'ai pas revue depuis l'autre nuit, et j'ai ce sentiment. J'ai ce sentiment, Kenny, et c'est le pire sentiment, pire que tout ce que j'ai pu ressentir pendant toute cette année où Noel était au Vietnam, et pire que celui que j'ai eu le jour où Dukie, qu'il repose en paix, est sorti et je ne l'ai plus jamais revu. C'est comme si une partie d'elle n'avait jamais quitté mon ventre, tu sais ? C'est resté là, à l'intérieur, et c'est devenu autre chose, c'est devenu, comme… *fondu… dans* mon corps. À l'intérieur, avec le sang et les organes et tous les autres trucs sans lesquels on ne peut pas survivre ? C'est là qu'une partie d'elle est toujours restée vivante. Mais,

mais, mais je ne la sens plus là, pour la première fois depuis sa naissance. (Elle se frappe la poitrine, plus fort qu'elle n'en avait l'intention.) Elle n'est plus *là*.

Il lui tend des mouchoirs en papier qu'il a trouvés quelque part, elle s'en sert, et elle est surprise de les retrouver complètement trempés dans sa main. Il lui prend cette masse spongieuse et lui en tend deux autres propres, puis encore deux de plus, jusqu'à ce qu'elle ait le visage sec et le nez dégagé.

— Alors tu ne l'as pas vue et elle ne t'a pas donné de nouvelles ? demande-t-elle.

Les yeux tristes, il répond :

— Non.

— Elle s'adresserait à toi si elle avait des ennuis quelconques dont elle ne voudrait pas me parler.

— Probablement, oui.

— Elle t'aime beaucoup.

— Je sais.

— Elle a ton numéro ?

— Ouais.

Ça la blesse un peu. Elle n'a pas son numéro, elle, mais sa fille l'a.

— Bon, OK, dit-il. Reprenons. Dis-moi ce que tu sais.

Ça lui prend cinq minutes.

— Bon, dit-il de cette voix analytique qu'il prenait parfois pour expliquer une combinaison au football qu'elle n'avait pas comprise, ou, plus tard, au cours de leur vie ensemble, quand il expliquait ce que signifiait l'une de ses citations. Elle est avec les jeunes dans le parc jusqu'à minuit. Puis elle est à Carson Beach pendant encore quarante-cinq minutes. Elle rentre à pied. C'est leur version.

Elle hoche la tête en disant :

— Et ils n'en démordent pas.

— Ça m'a l'air d'être des conneries.

— Pourquoi ?

— Ils ont pas les idées claires, hein ? Ils boivent, ils planent un peu, fument de l'herbe ?

— Ouais, c'est ça.

— Mais ils savent tous quelle heure il est.

— À la minute près, ajoute-t-elle. Moi aussi, ça m'a paru bizarre.

Il réfléchit un moment, ses yeux, comme toujours, brillant d'une intelligence qu'il ne parvenait jamais à dissimuler totalement, malgré tous ses efforts – une chose qu'elle aimait en lui, presque autant qu'elle aimait sa gentillesse.

— Attends un peu, dit-il. Tout ce mystère – si on peut appeler ça comme ça – s'est passé entre minuit et une heure, dans la nuit de samedi, hein ?

— Oui.

— Bien, et qu'est-ce qu'il y a de l'autre côté de Columbia Park, Mary Pat ?

Elle hausse les épaules.

— Des tas de choses.

— Columbia Station, dit-il. Là où ce jeune Noir a été tué.

Elle ne le suit pas complètement.

— Ouais…

— Entre minuit et une heure du matin, dit-il. C'est ce que disent les journaux.

— Mais qu'est-ce que les deux choses ont à voir l'une avec l'autre ?

— Je ne sais pas, peut-être que ces gosses ont vu quelque chose.

Elle essaie de retourner ça dans sa tête.

— Ou bien, poursuit Ken Fen, peut-être qu'ils sont impliqués d'une manière ou d'une autre.

Elle le regarde en plissant les paupières et à cet instant, une fille noire avec une coiffure afro de la taille d'un marmot entre dans la salle avec un sac de nourriture. Mary Pat sent la nourriture – il y a quelque chose de frit à l'intérieur – et elle remarque deux bouteilles de Coca qui pendent des doigts de l'autre main de la fille. Elle remarque aussi la chaleur du sourire quand les yeux de la fille aperçoivent Kenny.

Alors, pense Mary Pat avec une sensation de dégoût et de gêne, *c'est elle.*

C'est pour elle que tu m'as quittée.

Cette négresse.

La fille – *Bon sang, elle est magnifique*, se dit Mary Pat avant de pouvoir s'en empêcher – lui adresse maintenant un sourire hésitant et, pour une raison qu'elle ne saurait expliquer, la première chose que Mary Pat pense à lui dire, c'est:

— Vous avez quel *âge*?

— Seigneur, dit Ken Fen en éloignant sa chaise de Mary Pat.

La fille s'avance vers eux avec, sur le visage, un petit sourire retenu.

— J'ai vingt-neuf ans. (Elle pose la nourriture sur la table et se tient derrière Kenny.) Et vous?

Mary Pat ne peut retenir un ricanement intérieur, mais elle n'en laisse rien paraître.

Un silence étrange s'installe dans la pièce. Plus il dure, plus il devient embarrassant. Pourtant, aucun d'eux ne le rompt pendant un temps infini.

Jusqu'au moment où Mary Pat se lève et dit à Kenny:

— Préviens-moi si tu as des nouvelles de Jules.

Kenny fait la grimace. Il désigne la femme-enfant noire qui est venue se mettre contre sa hanche.

— Mary Pat, je te présente…

— Je ne veux pas savoir son putain de *nom*.

La femme-enfant noire laisse échapper un éclat de rire surpris et elle écarquille les yeux.

Mary Pat sent la rage qui palpite derrière les siens. Elle les sent rougir. Elle a une vision de ces deux-là en train de traverser le pont de Broadway vers South Boston, la petite main noire de la fille dans la grande main blanche de Ken. Imaginer cela est presque insupportable – les regards qu'ils attireraient ! L'humiliation qui s'élèverait telle une vague avant de s'abattre sur Mary Pat et Jules et qui salirait même la mémoire de Noel, qu'il repose en paix.

Kenny Fennessy, de la cité de D Street, revient à Southie traître à sa race, amoureux d'une putain de moricaude.

Que Ken Fen et la fille afro survivent ou meurent sur le trajet – Mary Pat doutait qu'ils puissent parvenir vivants jusqu'à C Street, ils n'iraient certainement pas plus loin que E Street –, la honte qui resterait attachée à Mary Pat et Jules aussi longtemps qu'elles garderaient le nom Fennessy, et probablement pendant des décennies après, serait impossible à surmonter.

Mais c'est Kenny et la femme-enfant noire qui la dévisagent, *elle*, avec mépris. Comment est-ce possible ?

— Comment tu peux avoir la conscience tranquille, siffle-t-elle à Kenny, c'est un grand mystère.

— Comment *moi* je peux avoir la conscience tranquille ? dit Kenny, tandis que la femme lui saisit le bras, mais il s'en dégage pour venir se planter devant Mary Pat.

Tout à coup, elle se sent complètement perdue. Elle n'a pas voulu *ça*. L'espace d'un instant, elle ne trouve rien à dire, elle veut juste s'éclipser d'ici, elle veut juste repartir à la recherche de Jules. Mais ça fait si longtemps qu'elle accumule tout ça en elle, depuis que Kenny l'a quittée, et les mots sortent tout seuls de sa bouche :

— On était heureux.

Il dit :

— On était *heureux* ?

Elle s'en rend compte tout à coup – ils ne l'étaient pas. Elle l'était. Mais lui n'a jamais paru l'être.

— On a rencontré quelques turbulences.

— Ce n'étaient pas des turbulences, Mary Pat. C'était notre vie pourrie qui se ratatinait. Depuis que j'ai appris à marcher, tout ce que j'ai vu autour de moi, c'est la haine et la rage, des gens qui s'abrutissaient d'alcool pour ne pas s'en apercevoir. Et puis ils se levaient le lendemain matin pour refaire la même chose. Et ça pendant des dizaines d'années, putain. J'ai passé toute ma vie à mourir. Quel que soit le temps qui me reste, je veux le vivre. J'en ai marre de me noyer.

La belle fille noire les regarde tous les deux avec un calme que Mary Pat trouve à la fois admirable et insultant.

Mary Pat se retourne vers Kenny et voit, au-delà de sa colère (et de la sienne propre), l'espoir dans ses yeux – tout petit mais frémissant – comme s'il disait, *Vis cette nouvelle vie avec moi.*

Et une certaine partie d'elle est presque sur le point de dire, “Oui, partons”. Une certaine partie d'elle est presque sur le point de saisir le visage de Ken et d'écraser ses lèvres sur les siennes et de dire entre leurs dents qui s'entrechoquent, “Foutons le camp”.

Mais sans qu'elle sache trop pourquoi, les mots qui sortent de sa bouche disent :

— Ah, c'est ça, tu es trop bien pour nous ?

Un *pouhhh* désespéré s'échappe des lèvres de Kenny. Un bruit qui se situe quelque part entre le hurlement étouffé et le soupir sonore. La mini-lueur d'espoir qui vivait dans ses yeux se fait la malle et maintenant, il la regarde avec des pupilles mortes, des iris morts, avec tout mort.

— Barre-toi d'ici, dit-il tout bas. Si Jules s'amène, je te l'enverrai.

7

CINQ heures arrivent, puis passent, sans nouvelles de Brian Shea.

Six heures, sept heures, toujours rien.

Elle se rend jusqu'au Fields, à pied. Une pancarte sur la porte annonce : *Fermé pour Affaire Privée.*

Putain, qu'est-ce que ça veut dire ? a-t-elle envie de crier. *Ce bar n'est jamais autre chose qu'une affaire privée.*

Mary Pat frappe à la porte. Une douzaine de fois au moins. Suffisamment pour réveiller les douleurs dans sa main droite, toujours là depuis qu'elle a collé une bonne dérouillée au minable qui sert de petit ami à sa fille.

Personne ne vient ouvrir.

Elle essaie ensuite la maison de Brian Shea. Là-bas, sur Telegraph Hill, c'est une des maisons mitoyennes anciennes en brique rouge qui font face au parc. Sa femme, Donna, vient ouvrir. Donna et Mary Pat (ainsi que Brian) étaient dans la même classe à l'école primaire, et dans la même classe aussi à Southie High. Mary Pat et Donna étaient comme les deux doigts de la main, mais ça, c'était avant que leurs vies ne prennent des directions différentes, et Mary

Pat s'est retrouvée à élever deux gosses dans une cité de logements sociaux tandis que Donna Shea (née Dougherty) épousait un Marine, voyageait partout dans le monde avant de revenir après que ledit Marine eut été tué par une grenade lancée par ses propres gars dans un endroit appelé Binh Thúy. Revenue sans enfant, Donna est allée vivre chez sa mère sénile et elle envisageait un lent déclin jusqu'à sa propre sénilité quand sa rencontre avec Brian Shea a complètement changé le cours de sa vie. Sa mère est morte, Brian a été promu commandant en second dans la bande de Butler, ils ont emménagé dans cette maison mitoyenne de Telegraph Hill et, dans la foulée, Brian lui a payé une Mercury Capri bicolore. Pas de gosses, pas d'animal familier, pas de difficultés matérielles. Donna a touché le tiercé gagnant dans l'ordre. Tout ce dont elle a à s'inquiéter désormais, ce sont les rendez-vous annulés chez la manucure et toute grosseur suspecte sur sa poitrine.

Donna regarde Mary Pat depuis l'autre côté du seuil et dit :

— Qu'est-ce que je peux faire pour toi ?

Comme si Mary Pat avait frappé à sa porte pour lui vendre une assurance-vie.

— Salut, dit Mary Pat. Comment ça va ?

— Je vais bien. (Donna paraît ennuyée. Elle jette un coup d'œil dans la rue par-dessus l'épaule de Mary Pat.) Qu'est-ce qu'il y a ?

— Je cherche Brian.

— Il est pas là.

— Tu sais où il est ?

— Pourquoi tu veux savoir où est mon mari ?

— Il se renseignait sur quelque chose pour moi.

— C'est quoi ?

— Où ma fille pourrait se trouver. Elle a disparu depuis avant-hier soir.

— Qu'est-ce que ça a à voir avec lui ?

— Il m'a proposé de se renseigner.

— Alors, attends sa réponse.

— Il a dit qu'il me contacterait vers cinq heures aujourd'hui.

— Eh ben, il est pas là.

— OK.

— OK.

— Bon.

— Bon.

— Je veux juste…

— Quoi ?

— J'essaie juste de retrouver ma fille, Donna.

— Alors, retrouve-la.

— J'essaie, répond-elle, alors que ce qu'elle a envie de dire/hurler, c'est *Mais pourquoi tu te comportes comme une conasse ?*

Elle ne trouve rien d'autre à ajouter, elle fait demi-tour et descend les marches.

— Mary Pat, dit Donna à voix basse.

Mary Pat lève les yeux vers elle, en haut des marches.

— Quoi ?

— Excuse-moi. Je sais pas ce que j'ai en ce moment.

Elle invite Mary Pat à entrer.

— Pourquoi je ne suis pas heureuse, je n'en ai pas la moindre idée, dit Donna après être allée chercher une bière pour chacune d'elles. Mais je ne le suis pas. Je veux dire, j'ai tout ce qu'il me faut. Pas vrai ? Regarde cet endroit. Brian est un type bien, il s'habille bien. Il prend soin de moi. Il ne m'a jamais frappée. Je peux même pas me souvenir de la dernière fois qu'il m'a crié dessus. Alors, qu'est-ce qui m'empêche d'être heureuse ?

Du bras elle montre la salle à manger. Le vaisselier, aussi grand qu'une chambre froide de boucher, le lustre au-dessus d'elles si énorme que les ombres qu'il projette ruissellent sur les murs comme des plantes grimpantes, la table à laquelle elles sont assises, avec un plateau en marqueterie, assez grande pour douze personnes. Elle répète :

— Pourquoi je ne suis pas heureuse ?

— Comment veux-tu que je le sache ? répond Mary Pat avec un rire gêné.

Donna tire une bouffée de sa cigarette.

— Tu as raison. Tu as raison, tu as raison, tu as raison.

— Je ne sais pas si j'ai *tant* raison que ça, dit Mary Pat. Je ne sais tout simplement pas pourquoi tu n'es pas heureuse.

— Il me baise bien, dit Donna. Il prend soin de moi. Il m'achète tout ce que je veux.

Mary Pat jette un coup d'œil à l'horloge de parquet ancienne dans un coin de la pièce : huit heures vingt. Presque trois heures et demie après l'heure limite promise par Brian Shea.

— Donna, dit-elle. Je n'arrive pas à trouver Jules. Et Brian m'a promis de se renseigner. Alors il faut que je le trouve.

— T'as pas envie de baiser avec lui ?

— Non, je n'ai pas envie de baiser avec lui.

— Pourquoi pas ?

— Parce que j'ai baisé avec lui quand on était au lycée et j'ai pas trouvé ça si génial que ça.

Donna prend la couleur d'une pomme de terre bouillie – un blanc translucide. Ses yeux s'agrandissent comme des balles de base-ball.

— Tu as baisé avec mon Brian ?

— Au temps du lycée.

— *Mon* Brian ?

— Il n'était pas à toi à cette époque-là.

— On était amies à cette époque-là.

— Ouais.

Donna écrase sa cigarette, sans détacher les yeux de ceux de Mary Pat.

— Pourquoi tu ne m'en as pas parlé ?

— Parce que t'en pinçais pour lui.

— Non, pas du tout.

— Mais si.

— Mais je sortais avec Mike Atardo.

— C'est vrai. Mais t'en pinçais pour Brian.

— Je ne t'en ai jamais parlé.

— Mais je le savais.

— Alors tu as baisé avec le gars pour qui tu savais que j'en pinçais ?

— J'étais ivre. Lui aussi.

— Ah.

— Ouais.

— Et moi, j'étais où ?

— À Castle Island avec Mike Atardo.

Donna pousse un cri d'excitation.

— La nuit où j'ai perdu mon pucelage ?

— Ouais.

Donna pousse encore un cri d'excitation. Mary Pat en fait autant. Ça leur fait du bien, l'espace d'un instant : se souvenir de celles qu'elles ont été avant de devoir se retrouver de nouveau avec celles qu'elles sont devenues.

Quelques petits gloussements plus tard, Donna dit :

— Ah, merde, Mary Pat, qu'est-ce qui s'est passé ? Comment on en est arrivées là ?

— Où, là ?

— Là. Où on est pratiquement des étrangères l'une pour l'autre. On était *amies*.

— Tu es partie.

— C'est vrai.

— T'as vécu au Japon.

— Beurk.

— En Allemagne.

— Deux fois beurk.

— À Hawaï, j'ai entendu dire.

Donna allume une autre cigarette.

— Là, c'était chouette.

— Je suis désolée pour la mort de ton mari.

— Je suis désolée pour le tien aussi.

— Non, il m'a juste quittée.

Donna secoue la tête.

— Le premier. Dukie ?

— Ah, oui. (Mary Pat hoche la tête.) C'était il y a longtemps.

— Ça doit encore être douloureux.

— Il me cognait pas mal.

— Ah. Et le deuxième ?

— Jamais. C'était un type bien.

— Mais il t'a quittée.

— Ouais.

— Pourquoi ?

Cela prend tellement de temps à Mary Pat pour parler que lorsqu'elle ouvre enfin la bouche, Donna a fini sa cigarette et la lumière dans la pièce a changé.

— Je lui faisais honte.

— Comment cela ?

— Je sais pas.

— Tes cheveux ?

Ils sont pas bien mes cheveux ?

— Ton visage ? Tes nichons ? Ton… quoi ?

— Ma haine, dit Mary Pat avant de s'allumer une cigarette.

— Je ne comprends pas.

— Moi non plus. (Mary Pat rejette un long ruban de fumée.) Mais c'est ce qu'il a dit le jour où il est parti. Il a dit : "Ta haine me fait honte."

Donna émet un grognement.

— Ça fait type imbu de sa personne.

— C'est ce qu'il est.

— Alors qu'il aille se faire foutre. Et, comment je dirais, lui, la haine il connaît pas ? C'est un foutu saint ?

— Exactement.

— Tu as de la veine d'en être débarrassée.

— Euh…

— Non ?

— Je me retrouve seule. J'ai quarante-deux ans.

— Tu vas rencontrer un autre type.

— Je l'aimais bien.

— Un type qui sera mieux.

Mary Pat hausse les épaules.

— Mais *si*, je te dis.

— Peut-être que je pourrais rencontrer un type qui sera mieux pour moi, mais je ne rencontrerai jamais un type qui sera mieux que lui.

Elles restent assises en silence un moment. Mary Pat a l'impression que cette maison est trop grande et trop froide – même au beau milieu d'une vague de chaleur – pour imaginer qu'il puisse y avoir de la joie dans cet endroit. Si elle ressentait de l'envie à l'égard de Donna en entrant, elle doute qu'elle en ressentira encore en sortant.

— Pourquoi tu perds ton temps avec Brian ? dit Donna brusquement. Pourquoi tu ne vas pas directement à la source ?

— Marty ?

— Non. La source. Le petit ami de Jules.

— Je suis allée voir Rum deux fois. La seconde fois, je lui ai foutu une de ces raclées. Je ne sais pas s'il va être, euh… très bavard à partir de maintenant.

— C'est pas Rum, le petit ami de Jules.

— Quoi ?

— Mary Pat, voyons, t'es au courant.

— Ben non.

— Merde. Merde, merde, merde. Mais que je suis conne. Merde.

Donna devient d'un blanc si pâle que ses lèvres roses en paraissent écarlates.

Mary Pat la surveille comme on surveille une casserole qui est sur le point de déborder.

— C'est qui, le petit ami de Jules, Donna ?

Pendant un moment, elles écoutent la grande horloge faire tic-tac. De nouvelles ombres se déposent dans la pièce. Des feuilles mortes raclent le trottoir dehors.

— Elle est avec Frank.

— Frank comment ?

— Frank-tu-te-fous-de-ma-gueule-ou-quoi. Quel Frank tu crois que c'est ?

Mary Pat n'a même pas envie de dire son nom.

— Frank Toomey ?

— Ben, ouais.

— Tombstone Frankie ?

— Oui.

Frankie Toomey est marié et il a quatre enfants. Son attachement à sa famille est depuis longtemps considéré comme la qualité qui compense un peu le reste chez lui, en dehors de sa belle gueule et de sa belle voix de chanteur. (Et c'est vrai qu'il est beau, dans le genre acteur de cinéma ; sa ressemblance avec James Garner est frappante.) Plus encore qu'un physique avantageux, il a du charisme à revendre, mais il ne l'utilise que sur les gosses du quartier. Il leur achète des bonbons et des glaces, aux plus pauvres il glisse quelques dollars en plus "pour aider ta maman". C'est Frankie, et non pas Marty, que les petits garçons veulent être quand ils seront plus grands. Et apparemment, c'est avec Frankie, et non pas Marty, que les filles veulent être quand elles seront plus grandes. Il se promène non seulement comme si les rues lui appartenaient, mais comme si c'était lui qui les avait construites. Il appelle tout le monde par son nom et il a un rire franc qui porte à plusieurs rues de distance. C'est ça, le Frank Toomey que tous les gosses voient tandis qu'ils grandissent.

Les adultes savent qu'on l'appelle Tombstone parce qu'il a plus de cadavres dans son CV que la section locale des Hells Angels. Quand il ne tue pas pour les Irlandais, il est prêté aux Italiens. Pendant la guerre des McLaughlin*, au début des années 1960, Frankie a buté tant de types qu'un jour, un certain Al Coogan, le voyant s'approcher de son salon de coiffure, s'est enfui dans la rue, au milieu de la circulation, pour lui échapper et s'est fracturé la hanche. En fait, Frankie voulait juste se faire couper les cheveux.

— Ma fille ? murmure Mary Pat.

Donna a l'air affligée.

— Je croyais que tu le savais. Tout le monde le savait.

— C'est qui, tout le monde ?

— Tu sais bien. Tout le monde.

— Sauf moi.

— Je suis désolée.

— Tu l'es vraiment ?

— Désolée ? Ouais. Tu sais, quand on fait partie du monde de Marty, du monde de Brian, on ne vit que dans ce monde-là. On ne passe du temps que les uns avec les autres. On ne sait que ce qu'on sait.

— Mais ce que tu savais, c'est que Frankie Toomey voyait ma petite Jules, une fille qui a sept ans de moins que la *moitié* de son âge à lui.

— Ouais.

— Et ça ne te dérangeait pas ?

Chacune soutient le regard de l'autre et le temps s'écoule, et les filles qu'elles ont été autrefois pourraient peut-être, mais peut-être seulement, devenir les anges posés sur l'épaule de celles qu'elles sont aujourd'hui.

Mais les yeux de Donna se font distants.

* Les frères McLaughlin furent à l'origine d'une guerre des gangs à Boston qui dura plusieurs années et fit des dizaines de victimes.

— Je ne suis la gardienne de personne, Mary Pat.

— Tu es la deuxième personne à me dire ça cette semaine. (Mary Pat se lève.) Tu vois, on n'arrête pas de répéter qu'ici, on défend certaines valeurs. On n'a peut-être pas grand-chose, mais on a le quartier. On a un code. On fait attention les uns aux autres.

D'une chiquenaude, elle renverse sa canette de bière. Elle regarde le liquide couler sur le plateau en marqueterie de Donna Shea. Et ajoute :

— Quel tas de conneries.

Elle sort pendant que Donna court chercher des torchons.

8

Les deux types appuyés contre la voiture marron pisseux qui est garée devant son immeuble ont tellement l'air de flics qu'ils auraient dû rester en uniforme. Le plus jeune et plus grand des deux a une moustache de bandit et de longs favoris. Son épaisse chevelure descend jusqu'aux épaules de son manteau trois-quarts en similicuir noir et une chaîne en or autour de son cou reflète la lumière du réverbère, le scintillement fait comme un clin d'œil à Mary Pat tandis qu'elle s'approche. Elle parierait qu'il a vu *Serpico* au moins trois fois.

L'autre est plus petit, bien en chair, en passe de devenir grassouillet s'il ne fait pas attention. Il a le genre de visage qu'elle associe généralement aux boxeurs et aux usuriers. Il porte un chapeau pork pie. Il est un peu engoncé dans ses vêtements et sa cravate est de travers depuis le jour où il l'a achetée. Divorcé, devine-t-elle, des tas de plateaux repas devant la télé, un verre ou deux, seul. Une description – elle s'en rend compte rapidement (mais rejette l'idée tout aussi rapidement) – qui pourrait s'appliquer à elle-même. En y regardant de plus près, elle situe son âge au milieu de la trentaine, dix ans de moins que son estimation initiale, mais il y a des années difficiles incrustées quelque part dans ces décennies.

Ils montrent leur insigne. Le plus jeune s'identifie comme étant l'inspecteur Pritchard. Le plus âgé est l'inspecteur Coyne.

— Est-ce que Julie est là ?

Coyne a une voix étonnamment douce qui ne va pas avec le reste de sa personne.

— Non, elle n'est pas là.

— Puis-je vous demander où elle pourrait se trouver ?

Encore une fois, le ton est presque courtois.

— Je ne sais pas. Moi-même je la cherche.

— Depuis quand ?

La question vient du jeune flic au manteau trois-quarts. Le style est sec et sans le moindre soupçon de gentillesse.

— Je ne l'ai pas vue depuis… (quelque chose se bloque dans sa gorge au moment où elle s'en rend compte)… quarante-huit heures.

— Vous l'avez signalé à quelqu'un ?

— À qui ?

— À nous ?

— Qu'est-ce que *vous* allez faire ? Vous la rechercheriez activement ?

— Sans preuve formelle qu'on est en présence d'un acte criminel ? (Le plus âgé secoue la tête.) Non, ça on ne le fait pas.

— Alors ça servirait à quoi de le signaler ?

Ils se regardent, hochent la tête et haussent les épaules en même temps. Remarque pertinente.

— Est-ce qu'on peut entrer ? demande Coyne.

Pas question que Mary Pat soit vue en train de faire entrer de son plein gré deux flics dans son immeuble. Ça serait comme amener un pornographe à un repas de Noël.

— C'est le foutoir chez moi.

Coyne sourit poliment, mais ses yeux disent qu'il ne la croit pas.

— Il y a un banc, là-bas, ajoute-t-elle en l'indiquant de la tête.

Ils vont s'asseoir sur un banc face à un terrain de basket où il n'y a pas d'anneaux pour les paniers, juste les poteaux et les panneaux, sous des lumières qui donnent à l'atmosphère une couleur de moutarde brune. De temps à autre, une chauve-souris passe au-dessus de leurs têtes dans une trajectoire folle, comme un cerf-volant pris dans une tempête.

Coyne dit :

— Donc, la dernière fois que vous avez vu Julie, elle…

— Jules.

— Pardon ?

— Personne ne l'appelle Julie. C'est Jules.

— Compris. La dernière fois que vous l'avez vue ?

— Avant-hier soir. Vers huit heures.

Pritchard écrit cela dans son calepin.

— On pourrait sauter cette connerie de va-et-vient question-réponse ? demande-t-elle.

— Bien sûr, dit Coyne sur un ton décontracté, et elle aime sa décontraction.

C'est peut-être le premier flic qu'elle rencontre qu'est pas un enfoiré de coureur de jupons à moitié bourré. Ou peut-être qu'il est juste passé maître dans l'art de ressembler à un type bien.

Mary Pat glisse une cigarette entre ses lèvres et Coyne est là avec son Zippo avant même qu'elle ait pu trouver son Bic. Le Zippo porte l'emblème du corps des Marines – l'aigle, le globe, l'ancre – et des dates de service qu'elle ne distingue pas bien. Elle hoche la tête une fois que sa cigarette rougeoie et il retire son briquet avec un clic discret.

— Ma fille, commence-t-elle, n'est pas rentrée à la maison samedi soir. Depuis, je la cherche. J'ai appris qu'elle était avec plusieurs personnes qui disent qu'elles se trouvaient à Columbia Park, puis à Carson Beach entre onze heures et minuit quarante-cinq. Ces personnes sont Ronald Collins, Brenda Morello, George Dunbar, ainsi que ma nièce, Peg McAuliffe.

Elle attend que Pritchard ait fini de noter les noms dans son petit calepin avant de continuer.

— Il y avait d'autres gosses là, mais je ne sais pas qui exactement. Ma nièce est partie avant minuit. George Dunbar et Ronald Collins affirment que ma fille les a quittés à minuit quarante-cinq pour rentrer à la maison à pied, et c'est la dernière fois qu'elle a été vue par quelqu'un.

— Cette histoire, vous y croyez ? demande Pritchard tout en continuant à prendre des notes.

— Non.

— C'est pour ça que vous avez cassé la gueule à Ronald Collins dans le bar de Marty Butler hier soir ?

— Je ne sais pas de quoi vous voulez parler.

Coyne se met à rire.

— Toute la ville en parle, madame Fennessy.

Pritchard dit :

— Putain, et vous lui avez coupé les couilles, pendant que vous y étiez ?

— Hé-là, lâche Coyne sèchement.

— Quoi ?

— On ne jure pas devant une femme. Et on ne parle pas des parties génitales.

— Des parties quoi ?

Mary Pat lance un regard reconnaissant à Coyne. C'est un truc du quartier : on ne jure pas devant une femme qu'on ne connaît pas, même si elle, n'hésite pas à jurer comme un charretier. C'est considéré comme impoli. La même règle s'applique concernant les parties génitales.

— Vous êtes d'où ? demande-t-elle à Coyne, parce que maintenant, elle sait que c'est un gars des cités, quelque part.

D'un mouvement de la tête il indique la direction de Dorchester.

— Savin Hill.

— Surine-Ville, dit-elle.

— Vous avez du cran pour nous parler comme ça, dit-il en regardant autour de lui le désert de briques rouges de Commonwealth.

Elle lui lance un sourire qui veut dire “touché”.

— Jules n'a contacté personne, ni moi, ni son beau-père, ni ses amis – en tout cas d'après eux. Une mère sait des choses sur ses enfants.

— Et qu'est-ce que vous savez ?

— Qu'elle a des ennuis, répond Mary Pat en exhalant une bouffée de fumée grise et humide. Pourquoi vous voulez la voir ?

— À votre avis ?

Les yeux de Coyne ne quittent pas ceux de Mary Pat.

Elle regarde vers le terrain de basket vide, elle entend la chauve-souris quelque part, là-haut, en train de tournoyer désespérément dans le ciel. Elle se rappelle ce à quoi elle a pensé depuis que Ken Fen a suggéré cette possibilité.

— C'est en rapport avec Auggie Williamson. Le gamin qui est mort à Columbia Station.

Le visage de Coyne reste impénétrable.

— Pourquoi dites-vous cela ?

— Parce qu'elle se trouvait dans le coin avec quelques-uns de ses enfoirés d'amis, et maintenant vous posez des questions sur elle. Un plus un.

Elle expédie d'une pichenette sa cigarette à travers le grillage, sur le terrain de basket.

Coyne en allume une pour lui et pose son briquet entre eux deux. Elle aperçoit la moitié du mot – "Viet" – qui ressort légèrement dans l'ombre qui tombe sur le banc.

— Vous avez servi où ?

Une seconde, il ne comprend pas, puis il remarque sur quoi elle a fixé son regard.

— Un peu partout. C'était pas encore la guerre à l'époque. J'étais "conseiller".

— C'était déjà un vrai merdier ?

— Oh, ça oui, dit-il. C'était juste plus joli. On n'avait pas encore tout détruit. Le Viêt-Cong non plus. Mais on savait que ça allait partir en vrille, même déjà à ce moment-là, en soixante-deux. Vous connaissez quelqu'un qui y est allé ?

Elle hoche la tête.

— Mon fils.

Elle surprend Pritchard en train de lancer à Coyne un regard qui signifie *Faisons-la revenir à ce qui nous intéresse,* mais Coyne se contente de faire baisser les yeux de son jeune équipier.

— Il s'en est sorti ? demande-t-il à Mary Pat.

— D'une certaine façon, répond-elle.

— Comment ça, d'une certaine façon ?

Du regard, il balaie le terrain de basket, comme si Noel pouvait s'y trouver à cet instant précis.

— Il a fait une overdose, dit-elle en jetant un coup d'œil à Coyne. Alors, d'une certaine façon il s'en est sorti et d'une certaine façon il s'en est pas sorti.

Pendant un moment, on dirait qu'il a oublié comment bouger. Sa peau d'un blanc crayeux trouve le moyen de prendre une nuance encore plus blanche et elle suppose qu'il a perdu quelqu'un de proche – un fils ou un frère – à cause de la poudre brune. Quand il prend son briquet sur le banc pour le remettre dans sa poche, elle remarque le très léger tremblement de sa main. Il laisse échapper un nuage de fumée.

— Je suis désolé, madame Fennessy.

Elle lui dit :

— Vous savez quel est le quartier qui a envoyé le plus de jeunes au Vietnam ?

Il essaie de deviner :

— Southie ?

Elle secoue la tête.

— Charlestown. Mais Southie vient en deuxième. Ensuite Lynn. Puis Dorchester. Roxbury. J'ai une cousine qui travaille au service de conscription. C'est elle qui m'a dit tout ça. Vous savez qui n'en a pas envoyé beaucoup au Vietnam ?

— Je peux imaginer, dit-il avec une amertume tellement ancienne qu'elle a un air d'apathie.

— Les gens de Dover, dit-elle. De Wellesley, de Newton et de Lincoln* – leurs gosses vont se planquer dans des facs et des grandes écoles, et ils ont des docteurs pour certifier qu'ils souffrent d'acouphènes, qu'ils ont les pieds plats, des becs de perroquet ou toutes sortes de conneries de ce genre. Et ce sont exactement les mêmes gens qui veulent que je mette ma fille dans un bus pour l'emmener à Roxbury, mais qui ne laisseraient pas un Noir faire deux pas dans leur quartier une fois qu'ils ont fait tondre leur pelouse et que le soleil se couche.

— Je ne vais pas vous contredire, répond Coyne. Et Jules, qu'est-ce qu'elle en pense, de devoir être transportée en bus jusque là-bas ?

Elle le regarde fixement pendant un temps si long qu'il finit sa cigarette et commence à se sentir mal à l'aise.

— Madame Fennessy ?

Elle voit où il veut en venir, maintenant.

— Un jeune Noir se précipite devant une rame de métro et vous pensez que des jeunes Blancs sont impliqués d'une manière ou d'une autre parce que ça leur fout les boules de devoir prendre ces bus ?

— Je n'ai pas dit ça.

— Ce n'était pas nécessaire.

— Et ce gosse ne s'est pas précipité devant une putain de rame, dit Pritchard.

Les mâchoires de Coyne se crispent et ses yeux aimables lancent un regard froid et pas du tout aimable à son équipier.

— Il est mort comment ? demande Mary Pat.

* Dover, Wellesley, Newton et Lincoln sont des villes de banlieue résidentielles proches de Boston.

— On attend encore une confirmation à ce sujet, répond Coyne.

— Pourquoi vous ne le demandez pas à votre fille ? lance Pritchard.

— Vince, dit Coyne à son équipier, tu veux bien la fermer, s'il te plaît ? Fais-moi ce plaisir, tu veux ?

Pritchard lève les yeux au ciel et hausse les épaules comme un adolescent.

Coyne se retourne vers Mary Pat.

— Nous avons des témoins qui ont vu August Williamson avoir des mots avec un groupe de jeunes Blancs aux abords de Columbia Park vers minuit. Ensuite ces jeunes l'ont poursuivi jusque dans Columbia Station, où il est mort. On ne peut pas confirmer que votre fille faisait partie de ce groupe de jeunes, mais ce qu'elle a de mieux à faire, c'est venir nous trouver avant qu'on la trouve, nous. Donc, madame Fennessy, si vous savez où elle est, rendez-vous à vous-même un énorme service et dites-le-nous.

— Je ne sais *pas* où elle est, répond Mary Pat. Je m'arrache les cheveux pour essayer de la retrouver.

Il soutient son regard.

— Je veux bien vous croire.

— Je me fous pas mal que vous me croyiez ou non, je veux seulement retrouver ma fille. Alors si vous voulez vous lancer à sa recherche, je vous en prie, les gars, ne vous gênez surtout pas.

Coyne hoche la tête.

— Connaissez-vous un endroit où elle serait susceptible de se cacher ?

Si Jules se cache, elle se cache quelque part dans sa vie secrète. Celle qui implique probablement Frank Toomey.

Qui impliquerait, par association, Marty Butler. Et dire quoi que ce soit à un flic qui pourrait les conduire à Marty Butler, ça reviendrait à se fourrer la tête dans un four, ouvrir le gaz et allumer une dernière cigarette.

— Non.

Elle s'efforce de ne pas laisser l'espoir transparaître dans ses yeux et sa voix, parce qu'il y a là enfin quelque chose qui tient debout – si Jules s'est trouvée impliquée dans une connerie absurde quelconque qui a entraîné la mort de ce jeune Noir, alors elle peut très bien se cacher quelque part dans un rayon de dix rues autour de l'endroit où Mary Pat est assise en ce moment même. Et si c'est le cas, eh bien, Mary Pat se sent capable d'affronter n'importe quel sale pétrin dans lequel sa fille a pu se fourrer, ça, elle peut s'en arranger.

Coyne lui tend une carte de visite – *Lieutenant Michael Coyne, Police de Boston, Brigade criminelle.*

Brigade criminelle. Cri-mi-nelle. C'est pas la connerie habituelle qui vous vaudrait la visite d'un flic. C'est pas une affaire de vol à l'étalage ou de chèque sans provision. Ça, c'est aussi sérieux qu'une tumeur à un ovaire.

Coyne pointe le doigt sur sa carte.

— Si elle montre le bout du nez, vous appelez ce numéro et vous leur demandez de vous passer ce poste. Ou alors vous demandez juste mon nom.

— Lieutenant Michael Coyne.

— Bobby, dit-il. Tout le monde m'appelle Bobby.

— Pourquoi ?

Il hausse les épaules.

— Votre deuxième prénom, c'est quoi ?

— David.

— Mais tout le monde vous appelle Bobby ?

Il hausse de nouveau les épaules.

— C'est la vie. Vous voyez ? Allez y comprendre quelque chose.

— OK, Bobby.

Elle met la carte dans sa poche.

Il se lève, frotte les plis de son pantalon. Pritchard referme son calepin.

— Si vous voyez votre fille, dit Coyne, faites ce qu'il y a de mieux à faire, madame Fennessy.

— Et ça serait quoi ?

— Faire en sorte qu'elle nous appelle sans tarder.

Elle hoche la tête.

— C'est un oui ?

— C'est un hochement de tête.

— Pour "je vais y réfléchir" ?

— Pour j'ai bien entendu les mots qui sont sortis de votre bouche.

Elle ramasse ses cigarettes, puis se dirige vers son immeuble et rentre chez elle.

9

ELLE s'endort dans le fauteuil relax et se réveille une heure plus tard, quand quelqu'un tambourine à la porte. Elle se précipite et ouvre sans vérifier qui est de l'autre côté, tout son corps palpitant de ce hurlement d'espoir que c'est elle, c'est Jules, c'est elle.

Mais ce n'est pas Jules. Ce n'est personne. Il n'y a personne là. Elle regarde des deux côtés dans le couloir. Toujours personne. Elle se retourne vers son appartement. Il est vide comme jamais il n'a été vide, même après le départ de Dukie, de Ken Fen ou même de Noel. Il est vide de la même manière que les cimetières sont vides – remplis à craquer des restes de ce qui ne pourra plus jamais être.

En cinquième, il y a longtemps, Sœur Loretta leur disait que même si l'enfer n'était pas des grandes flammes avec des démons cornus armés de fourches comme le supposaient les gens au Moyen Âge, c'était, il ne fallait pas s'y tromper, un vide.

C'était être séparé de l'amour pour l'éternité.

Quel amour ?

L'amour de Dieu.

L'amour de n'importe qui.

L'amour, quel qu'il soit.

La douleur infligée par une fourche ou même par une flamme perpétuelle n'est rien comparée à la douleur de ce vide.

— Un exil sans fin, disait Sœur Loretta. Le cœur vide et abandonné à tout jamais.

Mary Pat retourne à l'intérieur juste le temps d'attraper ses cigarettes et son briquet.

Quand elle arrive au Fields, la pancarte est toujours accrochée – *Fermé pour Affaire Privée* – et les lumières sont baissées derrière l'unique fenêtre haute, mais elle se met à frapper et elle ne s'arrête pas. Elle se sert de sa main gauche parce que la droite est toujours écorchée du contact avec la tête de cet abruti de Rum. Cela fait une bonne minute qu'elle martèle la porte quand quelqu'un vient tirer les verrous. Trois verrous. L'un après l'autre. Puis rien. C'est son dernier avertissement – si tu veux entrer, tu ouvres la porte. Ta dernière chance de partir.

La peur est là, bien sûr. Tout à coup, c'est la seule chose qu'elle sent. Une présence qui a du corps. Aussi réelle et tangible qu'un autre être humain se tenant près d'elle sur le trottoir. D'autres personnes ont passé cette porte, elle le sait, et ne sont jamais ressorties. Cette porte n'est pas simplement la porte d'un bâtiment, c'est une frontière entre deux mondes.

Lui revient subitement l'image de Jules en train de danser autour de la table dans son peignoir, l'autre matin, faisant semblant de boxer, avec ce sourire en coin bien à elle, découvrant toutes ses dents, et Mary Pat pousse la porte.

Le type qui se tient derrière le bar a une cigarette allumée entre les lèvres et il plisse sa paupière pour se protéger de la fumée qui monte dans son œil droit, tandis qu'il se sert une rasade de rhum. C'est un type que tout le monde appelle Weeds* parce qu'il est maigrichon et désagréable à regarder. Il a un bec-de-lièvre, son œil gauche flotte dans son orbite et une rumeur court selon laquelle il aurait poussé son jeune frère du haut d'un toit quand ils étaient petits rien que pour entendre le bruit que le pauvre gosse ferait en atterrissant. Il ne porte pas son Baracuta ce soir, juste un T-shirt qui a l'air sale dans la lumière tamisée.

Larry Foyle est assis à une table le long du mur. Le corps de Larry ressemble à des pneus empilés les uns sur les autres et le cou n'est pas beaucoup plus mince. Sa tête est énorme, comme celle d'une statue. Il a des mains telles qu'il pourrait tenir un élan dans le creux de sa paume. Il vit encore avec ses parents et on peut souvent l'apercevoir en train de pousser le fauteuil roulant de son grand-père sur Day Boulevard. Larry est généralement affable, un farceur espiègle, mais ce soir il regarde sa bière et pas une seule fois en direction de Mary Pat. Comme Weeds, il ne porte qu'un T-shirt. Elle ne peut pas distinguer dans quel état est ce T-shirt, ni même sa couleur, mais elle sent son odeur corporelle à dix pas.

Il n'y a que ces deux hommes dans la salle. Au bout du bar, la porte du fond est ouverte ; elle regarde Weeds. Il bat des paupières une fois dans la faible lumière – une indication qu'elle doit se diriger vers cette porte arrière. Puis il avale d'un trait son petit verre et s'en sert un autre.

Tandis qu'elle traverse le bar, elle s'attend à entendre le raclement des pieds d'une chaise, un bruissement de membres en action, des pas se précipitant derrière elle. Une

* *Weed* : mauvaise herbe, mais aussi : gringalet.

veine palpite dans un endroit de sa gorge où elle ne savait même pas qu'il y en avait une. La salle du bar donne sur un étroit couloir sombre qui mène aux toilettes et à la porte de derrière. Ça sent le Lysol et les blocs désodorisants pour urinoirs. La brise nocturne est humide et chaude sur son visage.

Brian Shea l'attend dehors. Elle n'est jamais sortie par là auparavant et elle est légèrement surprise de voir qu'ils en ont fait une sorte de terrasse, avec des pavés couvrant le sol et des guirlandes d'ampoules tendues entre les murs extérieurs du bar et le club de gym voisin. Quelques tables et chaises en fer forgé, des plantes en pot et un tonnelet à bière pression çà et là. Tout au fond, il y a une maison bleue de trois étages avec les contours de fenêtres blancs. Cette maison a été l'objet d'un tas de rumeurs au fil des années – c'est la véritable résidence de Marty Butler ; c'est une planque ; c'est un casino haut de gamme ; c'est un bordel haut de gamme ; c'est là que sont cachés tous ces tableaux volés au Fogg Museum en 1971. Jusqu'à ce soir, elle ne l'avait jamais vue en entier, seulement l'étage du haut, aperçu depuis la rue. Elle n'a pas l'air extraordinaire, elle ressemble à toutes les maisons de trois étages dans Southie et Dorchester, mais la peinture a été entretenue.

Brian Shea ne lui offre pas de siège, mais elle prend tout de même celui qui est en face de lui. La première chose qu'il dit, avec un soupçon de cruauté dans son esquisse de sourire, c'est :

— Tu es allée *chez moi* ?

— Oui.

— Pourquoi tu as fait ça ?

— Tu n'as pas tenu ta parole.

— Ma quoi ?

— Ta parole. Tu m'as dit que me contacterais au plus tard à cinq heures. Tu ne l'as pas fait.

Le sourire se fait un peu plus large, un peu plus cruel.

— Tu es dans le coin depuis assez longtemps, Mary Pat, pour savoir que quelqu'un comme toi n'a pas à avoir d'exigences vis-à-vis de quelqu'un comme moi.

— Et tu es dans le coin depuis assez longtemps, Brian, pour savoir que je me fous complètement de ce que tu penses que je suis censée savoir pour avoir été assez longtemps dans le coin.

Il place la paume de sa main sur sa nuque et la dévisage avec ses yeux Ajax Vitres. Son T-shirt n'est pas aussi sale que celui de Weeds, mais elle remarque des traînées de résidus crayeux sur ses bras et une tache de même nature sur sa joue.

Ces types auraient-ils cambriolé une école ? Ou fait démarrer une bétonnière en bricolant les fils ?

— Tu savais que ma fille avait une liaison avec Tombstone ?

— Il n'apprécie pas beaucoup ce surnom.

— Il préférerait peut-être Pédophile ?

— Elle a dix-sept ans.

— Donc tu le savais.

Un petit mouvement vif des yeux vers le bas.

— Je savais.

Elle a la tête qui lui tourne pendant un instant. Comme si elle était sur le point de tomber de sa chaise.

— Elle est avec lui en ce moment ? Avec Frankie ?

Il secoue la tête.

— Ça fait des jours que Frankie ne l'a pas vue.

— Comment tu le sais ?

— Il me l'a dit. Je t'avais promis que je me renseignerais, je l'ai fait.

— Je vais lui demander moi-même.

— Non, certainement pas. (Il y a une pointe de fureur dans sa voix et elle sait que la menace est bien plus forte, parce que ce n'est pas une menace, mais une promesse.) Frank a une femme et des gosses, et il est probable que la police de Boston ou les fédéraux l'ont mis sous surveillance vingt-quatre heures sur vingt-quatre. Pas question que tu ailles faire une scène chez Frank Toomey. Tu m'entends ?

— Alors où est-elle ?

— Je t'ai demandé si tu m'avais entendu, putain de merde.

— Je t'ai entendu.

Les tendons du cou de Brian se relâchent. Il se cale contre son dossier.

— Alors, où est-elle ?

— Je ne sais pas.

— Tu as dit que tu t'étais renseigné.

— Oui.

— Et qu'est-ce que tu as entendu ?

— Que la dernière fois que Jules a été vue ce soir-là, elle rentrait à la maison à pied.

— Je ne te crois pas.

— Ça m'est égal.

— Les flics sont passés chez moi.

— T'es sûre que c'est pas toi qui es allée les voir ?

Elle fait une grimace.

Il écarquille ses yeux.

— Eh ben, je sais pas, Mary Pat. Je ne sais plus qui tu es, là maintenant. T'as complètement perdu la boule.

— Ma fille a disparu.

— Des filles de son âge qui disparaissent, c'est fréquent. Peut-être qu'elle est en train de faire du stop en direction de San Francisco, ou je sais pas, moi, de la Floride.

— Les flics ont dit…

— Tu cites les flics maintenant ?

— Ils ont dit qu'elle était mêlée à ce truc, là, où ce garçon s'est fait tuer.

— Quel garçon ?

— Le garçon à la station de métro.

— Le nègre ? Le dealer ?

— Comment tu sais que c'était un dealer ?

Un ricanement.

— Oh, OK, il cherchait le bureau du Peace Corps et il s'est perdu. Ça te va comme ça ?

— Les flics ont dit…

— Arrête de dire "les flics ont dit", "les flics m'ont raconté". Ma parole, t'es devenue complètement dingue. On ne parle pas aux flics par ici.

— Je ne leur parle pas, c'est eux qui m'ont parlé. Ils m'ont raconté qu'un groupe de gamins blancs ont poursuivi ce gamin noir jusque dans la station. Ils pensent que ces gamins pourraient être George Dunbar, Rum, Brenda Morello et ma fille.

Elle allume une cigarette.

Brian la dévisage, l'air d'attendre quelque chose, mais cet air disparaît peu à peu.

— C'est tout ? Des flics te disent que des jeunes Blancs qui *auraient* pu être ta fille et ses amis *auraient* peut-être poursuivi un dealer noir jusque dans Columbia Station, où il *aurait* pu tomber sur sa tête de zoulou et clamser ? Et tu veux faire quoi avec cette information ?

— Découvrir si c'est vrai pour m'aider à retrouver ma fille.

Il remarque la craie sur ses bras et la fait partir en tapant dessus. Il lui indique quelque chose qu'elle n'avait pas remarqué auparavant – une masse, posée contre une caisse à outils, près des marches de la maison à trois étages de Marty.

— Je me suis crevé le cul toute la journée à aider le patron qui fait des travaux dans sa maison et je suis claqué. Épuisé. Et pendant ce temps, toi tu vas chez moi, tu déranges ma femme et tu renverses une bière sur la table de ma salle à manger comme une souillon qui sait pas se tenir. Et après tu débarques ici – *deux fois* – pendant qu'on se casse le cul à refaire le salon du patron. Et pourquoi, Mary Pat ? Pourquoi ? Parce que ta foutue fille est probablement en train de planer ou de se faire baiser et qu'elle a oublié d'appeler ? Ou alors parce qu'elle a dit : "Tu sais pas ? J'en ai ras le bol de cette merde, ras le bol de cette ville, marre de ces gens qui vont envoyer un bus de chimpanzés dans mon école, je file en Floride." Parce que je te parie mille dollars sur mes fonds personnels que c'est là qu'elle est partie. Alors je te suggère de te dire que ta fille est en Floride, en train de siroter des cocktails et de se faire bronzer. Je te suggère de te rappeler que les gosses s'en vont, c'est ce que font les gosses, mais les voisins, eux, restent. C'est eux qui déneigent ton allée quand tu es malade, te préviennent quand quelqu'un observe ta maison d'une drôle de façon, ce genre de choses. (Il s'allume une cigarette, ses yeux bleu pâle ne quittant pas ceux de Mary Pat au travers de la flamme.) Mais toi, en ce moment même, t'es pas terrible comme voisine. Et on commence tous à en avoir un peu marre.

— Tu commences à en avoir marre ?

— Tout le monde en a marre.

— Eh bien, dis à tout le monde que je commence tout juste à me mettre en train.

D'une pichenette, il lui envoie sa cigarette dans la poitrine. Il fait ça nonchalamment, puis il fixe sur elle un regard vide tandis qu'elle enlève les étincelles et les morceaux de braise avant qu'ils ne brûlent le tissu de son chemisier.

— Les histoires de merde, dit-il en prenant une autre cigarette dans son paquet, ça arrive aux voisins de merde.

Elle n'arrive pas à penser à une réplique – à cet instant, elle n'arrive pas vraiment à penser à quoi que ce soit ; elle a la tête qui tourne – alors elle s'en va.

10

Le lendemain matin, quand elle se rend à son travail, elle a les nerfs tellement à fleur de peau qu'elle a l'impression d'être toute hérissée de piquants effilés. Maintenant, toutes les autres savent que cela fait trois jours qu'elle n'a pas revu sa fille et elles font tout pour l'éviter. Quelques-unes ont l'air de songer à l'assurer de leur soutien ou… de quoi que ce soit d'autre, mais elles sont trop prudentes pour l'approcher.

Dans la salle de repos, pendant la pause-café, toutes les conversations tournent autour d'Auggie Williamson.

À présent, les journalistes ont reconstitué certains faits de cette nuit-là. La voiture d'Auggie Williamson – une Rambler de 1963 – est tombée en panne dans Columbia Road. Cela plaçait Auggie devant deux options, dont aucune n'était idéale. La première consistait à poursuivre à pied dans Columbia Road sur plus d'un kilomètre et demi, jusqu'à Upham's Corner, puis prendre Dudley Street et là, il serait parmi les siens. Mais cela signifiait devoir marcher dans un quartier blanc sur une bonne distance pour gagner un quartier légèrement mixte avant d'en atteindre un à majorité noire.

La seconde option, celle qu'il a choisie, était de marcher quelques centaines de mètres jusqu'à Columbia Station. Là, il pouvait emprunter la ligne de métro en direction du sud, en espérant ne pas rencontrer de bandes de Blancs pendant le trajet de quatre stations qu'il y avait entre Columbia et Ashmont, où il prendrait un bus jusqu'à Mattapan, et là, il serait de nouveau en sécurité parmi les siens.

C'est cette option qu'a choisie Auggie Williamson, mais pendant ces quelques centaines de mètres, ou bien il a dit ce qu'il ne fallait pas aux mauvaises personnes, ou bien il a essayé de faire un coup tordu de nègre comme voler une voiture pour rentrer chez lui, ou bien braquer quelqu'un pour pouvoir se payer un taxi.

Et il a eu ce qu'il cherchait.

C'est en tout cas ce à quoi se résument les théories des filles dans la salle de repos.

Mary Pat lit les journaux pendant que les autres bavardent.

Auggie Williamson rentrait chez lui après son travail au grand magasin Zayre, à deux pas de Morrissey Boulevard. Il avait travaillé jusqu'à minuit parce qu'ils faisaient l'inventaire ce week-end-là et qu'il était stagiaire dans le cadre d'une formation en gestion. Selon les journaux, Auggie Williamson avait vingt ans. Il avait été distingué pour ses performances au base-ball à Boston English, où il avait obtenu une moyenne générale de B- tout au long de ses quatre années de lycée. Après son diplôme de fin d'études, il avait travaillé dans une pizzeria de Mattapan Square avant d'être accepté dans cette formation en gestion chez Zayre.

Mary Pat se dit qu'elle a déjà vaguement entendu Dreamy lui donner certains de ces détails au fil des années. Vaguement entendu parce qu'elle ne l'écoutait que vaguement.

Dreamy a deux filles, Ella et Soria; Mary Pat est au courant, mais elle ne se rappelle jamais leurs noms. Élevées dans le même foyer qu'Auggie, avec le même père, le mari de Dreamy, Reginald, un homme poli, respectueux et gentil. Dreamy travaille avec Mary Pat, et Reginald est employé de bureau au Service des Travaux Publics de la ville, Ella est au lycée, Soria est en cinquième. Tout cela donne l'image d'une famille honnête de la classe ouvrière avec des perspectives d'avenir. Auggie n'avait aucun antécédent judiciaire.

Elle tombe sur une photo d'Auggie en tenue de base-ball, dans le *Herald American* d'hier.

— Regarde comment ils essaient de le faire passer pour un petit saint.

C'est Dottie, qui vient tout à coup de se poster au-dessus d'elle, un mégot éteint entre les lèvres. Elle l'allume maintenant avant de poursuivre :

— Ils arrêtent pas de dire que c'était un bosseur, que son père est un bosseur, et blablabla. On verra bien. (Elle hoche la tête en direction des autres filles.) On verra bien.

— Mais, dit Mary Pat tranquillement.

— Quoi ?

Dottie se penche pour l'écouter.

— Mais c'est le fils de Dreamy. On connaît toutes Dreamy, et on sait toutes que c'est une bosseuse.

Les autres filles murmurent et échangent des regards de possible acquiescement.

Dottie ne veut pas en entendre parler.

— Il arrive que les mères soient des saintes – on en voit des exemples tous les soirs aux infos. Mais les fils, les fils, Mary Pat, on le sait bien, toutes, c'est des criminels-nés. Ils ont pas de père, alors ils…

— Lui il avait un père.

— Et regarde où ça l'a mené. (Dottie ricane et balaie toutes les autres du regard.) Dreamy est peut-être bien sympa, mais qui laisserait son porte-monnaie avec son fils seul dans cette pièce ? Est-ce qu'il y en a une ?

Toutes les filles secouent la tête.

Dottie se retourne vers Mary Pat.

— Et toi ?

— Fiche-lui la paix, Dot, dit Suse. Elle traverse un truc, là.

Dot adresse un sourire compatissant à Mary Pat.

— Je te demande juste – est-ce que tu laisserais ton porte-monnaie sans surveillance avec cet Auggie Williamson ?

— Non, répond Mary Pat.

Mais avant que Dot ne puisse fanfaronner, elle ajoute :

— Je ne le ferais avec personne.

— OK. Est-ce qu'il y en a une ici qui laisserait sa *fille* seule avec lui ?

Elles secouent toutes la tête. Dot regarde Mary Pat avec un air triomphant. Elle recule d'un pas quand elle voit ce qui s'anime dans les yeux de Mary Pat.

Mary Pat se lève, un papier froissé dans la main qu'elle ne se souvient pas avoir froissé.

— Je ne peux laisser ma fille seule avec personne parce que je n'arrive pas à la *retrouver*, putain de merde.

Dottie lève une main.

— Je suis désolée, Mary Pat.

Mary Pat incline la tête en entendant cela.

— Ah oui, vraiment ? Parce que tu l'ouvres beaucoup, Dottie, sur les nègres, sur le fait que c'est tous des paresseux, qu'ils viennent tous de foyers brisés, que les hommes n'arrêtent pas de baiser à droite et à gauche, qu'ils abandonnent leur famille et n'élèvent pas leurs gosses.

Un petit sourire méchant monte jusqu'aux petits yeux verts de Dottie.

— Parce que c'est la vérité.

Et une question qui trotte dans la tête de Mary Pat depuis un moment – peut-être depuis toujours, qui sait ? – parvient jusqu'à ses lèvres :

— Mais c'est aussi une vérité qui te concerne, pas vrai ?

Certaines filles laissent échapper des bruits audibles – quelque chose entre le hoquet et le gémissement.

— Qu'est-ce que tu viens de dire, là ? demande Dottie.

— Tu ne viens pas d'un foyer brisé ? Ton mari n'a pas baisé à droite et à gauche avant de t'abandonner et de te laisser élever seule tes gosses ? J'ai remarqué que ceux qui déblatèrent le plus sur les gens de couleur et leurs défauts, généralement ils ont exactement les mêmes défauts. Tiens, c'était quand la dernière fois que tu as fait ne serait-ce que la moitié du travail que le reste d'entre nous fait ici ?

Dottie serre le poing et se précipite vers Mary Pat.

— Écoute un peu…

— Dottie, tu vas desserrer ce poing avant que je te l'arrache et que je te l'enfonce dans ton gros cul.

Dottie jette un coup d'œil aux autres filles. Au bout de quelques secondes, elle essaie de rire. Mais quand son regard revient se poser sur Mary Pat, ses petits yeux verts sont remplis de peur.

— Je ne me répéterai pas, dit Mary Pat.

Lentement, les doigts de Dottie se déplient. Elle essuie sa paume sur son pantalon.

— Tu n'es plus toi-même. (Elle se tourne vers les filles.) Elle n'est plus elle-même. On peut pas lui en vouloir.

Elle tire une bouffée de sa cigarette, son coude posé sur la paume de sa main pour l'empêcher de trembler. Elle tourne son regard de nouveau vers Mary Pat.

— Qui pourrait t'en vouloir ?

Elle contracte son visage en une grimace qui est censée ressembler à de la compassion. Elle cligne des paupières une fois – juste une fois – pour faire savoir à Mary Pat que c'est un instant qu'elle se gardera d'oublier. Ou de pardonner. Puis, esquissant un sourire triste, elle lâche avec une affectation destinée à la salle :

— Ma pauvre chérie.

La pause terminée, Mary Pat s'attarde pour fumer une autre cigarette et lire les journaux. Si cela pose un problème aux sœurs, qu'elles viennent en discuter avec elle. Étant donné son humeur actuelle, il vaudrait mieux pour elles qu'elles soient diablement courageuses.

Des témoins dont le nom n'est pas cité ont vu un homme noir entrer en courant dans Columbia Station à minuit vingt, suivi par au moins quatre jeunes Blancs. Un témoin pense avoir vu quatre garçons avec des cheveux longs, un autre pense que c'étaient deux garçons et deux filles. (*Est-ce qu'une de ces filles était la mienne ?* se demande Mary Pat. Mais elle ne se le demande pas vraiment. *Jules. Putain de merde. Jules.*) Un témoin a clairement entendu quelqu'un siffler, à la manière dont on siffle un chien. Un autre a entendu quelqu'un crier "On veut juste discuter".

La police a établi qu'il y avait d'autres personnes sur le quai quand Auggie Williamson et ses quatre poursuivants sont arrivés. Elle demande à ces personnes de se faire connaître. Elle pense – bien que cela ne soit pas encore prouvé – qu'Auggie Williamson est tombé ou a été poussé devant la rame. Que le choc à la tête l'a fait pivoter sur le quai et que, sans que l'on sache comment, il est ensuite tombé sur la voie et a roulé sous le rebord du quai.

Tout cela lui semble sacrément louche. Si Mary Pat veut bien croire que quelqu'un pourrait tendre la tête devant une rame de métro en marche sans que le reste de son corps ne soit heurté et projeté sur les rails devant la rame, elle ne peut en aucun cas admettre qu'Auggie ait pu ensuite tituber sur place assez longtemps pour que la rame soit entièrement passée, puis tomber comme par hasard en avant sur la voie, et rouler en arrière sous le rebord du quai.

Aucune drogue n'a été trouvée sur lui. Les journaux prennent bien soin de le mentionner. Tout ce que cela signifie pour les personnes autour de Mary Pat (et pour la plupart des Blancs de West Roxbury, de Neponset, de Milton et de partout ailleurs dans la ville et ses environs où la population est restée uniformément blanche), c'est que ceux qui ont tué Auggie Williamson – intentionnellement ou par accident – l'ont dépouillé de la drogue qu'il avait sur lui.

Et s'il n'y avait pas dans tout cela un aspect qui la concernait personnellement – si Auggie n'était pas le fils de Dreamy Williamson, si Jules n'était pas une "suspecte potentielle" dans sa mort – Mary Pat s'en serait désintéressée tout autant que les autres.

Mais en lisant les journaux, fumant une Virginia Slim après l'autre, elle laisse émerger dans son esprit l'image d'un Auggie Williamson qui pouvait très bien ne pas être un dealer, qui ne venait certainement pas d'un foyer brisé, qui n'a peut-être pas essayé de voler une voiture ou de voler quelqu'un pour pouvoir se payer un taxi, mais qui était, tout simplement, un jeune de vingt ans dont la voiture est tombée en panne dans le mauvais quartier.

Et de quel quartier s'agit-il, Mary Pat ?

De mon quartier.

Quand elle sort du travail, à la fin de son service, l'AMC Matador couleur caramel de Marty Butler est garée le long du trottoir. Weeds se tient près de la portière arrière, et dès que Mary Pat sort de Meadow Lane Manor, il ouvre cette portière et elle aperçoit Marty assis à l'arrière.

Pendant un instant, elle demeure immobile et reste là, sur le trottoir, faisant comme si elle avait plusieurs options. Une fois que cette petite fantaisie se heurte à la réalité, elle monte dans la voiture à côté de Marty.

Il sourit, lui embrasse la joue et lui dit qu'elle a l'air toujours aussi jolie que le jour où elle a épousé Dukie, façon de lui rappeler qu'il était présent à son premier mariage, de lui rappeler que Dukie travaillait pour lui, de lui rappeler qu'il n'est pas seulement maître du présent, il est aussi maître de l'histoire.

Quand on voit Marty, on pourrait croire qu'il sort tout droit d'une publicité pour les magasins JCPenney. Le Mannequin Père de famille en cardigan, avec un ballon de football incliné dans la main, ou feignant de rire avec d'autres Mannequins Pères de famille. Coupe de cheveux carrée, mâchoire carrée, fossette au menton. Des yeux qui sourient sans la moindre parcelle de joie. Jamais un cheveu qui dépasse, jamais de poil ou d'ombre sur les joues. Les dents blanches et régulières. Il est beau de la plus fade des façons et on dirait qu'il n'a pas vieilli depuis au moins vingt ans.

Ce qui a fait que Marty est Marty reste un mystère. Il y en a qui disent que c'est son temps de service en Corée. D'autres chuchotent, aussi bas que possible, qu'il a toujours été complètement fêlé. Un gars avec lequel Dukie avait l'habitude de boire, et qui avait grandi avec Marty dans Linden Street, avait raconté à Dukie :

— À l'époque du lycée, tu te souviens, Marty avait une sœur qui est morte de la tuberculose. Au lieu d'aller à son enterrement, il est allé jouer au basket. Il a marqué vingt-quatre points.

Tandis que Weeds les ramène à Southie, Marty demande à Mary Pat :

— Tu seras à la manifestation, vendredi ?

— Ah oui, c'est vrai.

La vérité, c'est que Mary Pat avait oublié. Cette scandaleuse histoire de *busing*, qui semblait enflammer tout le monde dans Southie en ce moment – et qui l'avait enflammée jusqu'à trois jours auparavant –, lui était sortie de la tête.

— "Ah oui, c'est vrai" ? répète Marty avec un petit rire. C'est seulement l'avenir de notre mode de vie qui est en jeu, Mary Pat.

— Je sais, dit-elle. Je sais.

— Est-ce que tu sais quels sont les pays vraiment heureux ? Le Danemark, la Norvège, la Nouvelle-Zélande, l'Islande. Tu n'entends jamais rien de mal au sujet de ces endroits. Ils ne font pas la guerre, ils sont préservés de toute agitation. Tu ne les vois jamais aux infos à la télé. Ils connaissent la cohésion et la prospérité parce qu'ils restent entiers. Ils restent entiers parce que les différentes races ne se mélangent pas, tout simplement parce qu'il n'y a pas de races différentes à mélanger. (Il pousse un soupir, soufflant l'air entre ses lèvres.) D'abord ils nous disent où nos gosses peuvent aller à l'école, ensuite ils nous diront quel Dieu on a le droit de prier.

— Tu pries ?

Elle n'a pas l'intention de l'insulter, mais il ne lui est jamais venu à l'idée que quelqu'un comme Marty Butler s'adonne à la prière.

Il hoche la tête.

— Je prie tous les soirs.

— À genoux ?

Elle a vraiment du mal à se le représenter.

— Sur le dos. Dans mon lit. (Il lui fait une grimace amusée.) Principalement pour demander la sagesse, parfois pour des faveurs spéciales pour des membres de notre troupeau.

Notre troupeau. Le sien et celui de Dieu. Tout s'explique.

— Tu te souviens quand la petite Deirdre Ward a eu le cancer ? Bien sûr, elle n'avait que sept ou huit ans. J'ai beaucoup prié à ce moment-là, et tu sais pas, le cancer est entré en phase de rémission. Le Seigneur écoute, Mary Pat. Le tout c'est d'avoir le cœur pur quand tu Lui demandes quelque chose.

— Et ça va me ramener ma fille Jules ?

Il lui fait un sourire lointain et lui tapote la jambe. Il lui étreint fermement la cuisse au-dessus du genou. Son pouce et son index s'enfoncent carrément dans la chair. Puis il tapote de nouveau légèrement avant d'enlever sa main tandis qu'ils traversent le pont pour entrer dans Southie.

— Et comment va ta voiture ? demande-t-il. Elle roule toujours ?

Elle hoche la tête.

— Aussi improbable que ça puisse paraître.

Il adresse à son propre reflet ce sourire lointain bien à lui.

— Il y a des choses qui ne savent pas quand s'arrêter.

— Pourquoi le faudrait-il ? demande-t-elle. Tant qu'elle me transporte là où j'ai besoin d'aller.

Il la regarde et remue les sourcils de haut en bas comme s'ils partageaient une plaisanterie.

— Et ton appartement, là ? À Commonwealth ?

Elle hausse les épaules.

— Toujours pareil.

— Parce que je suis entré en possession de quelques pots de peinture, Mary Pat. Des caisses entières. Tout ça, c'est dans un entrepôt, là-bas, dans West Second. Toutes les couleurs de l'arc-en-ciel. Ça t'intéresserait pas de donner un coup de neuf à ton intérieur ? D'y mettre un peu de couleur ?

— Si tu as quelques pots dont je peux te débarrasser, bien sûr, Marty, ça serait chouette.

Il agite la main devant l'absurdité de la proposition.

— Non, non, ma chérie. Il ne nous viendrait jamais à l'idée de te laisser refaire tes peintures toi-même. Tu t'en vas quelque part pendant quelques jours, nous on débarque et on te repeint tes murs comme des professionnels. Tu vas revenir dans un appartement tellement joli que tu ne le reconnaîtras même pas.

— Ça en fait des travaux ces temps-ci, non, Marty ?

— Comment ça ?

— Eh bien, d'abord chez toi et maintenant chez moi ?

Il la regarde d'un air tellement déconcerté qu'elle comprend qu'il n'a aucune idée de ce dont elle parle.

— La maison derrière le Fields, dit-elle.

De nouveau un regard surpris. Toujours pas la moindre idée.

Weeds, depuis le siège avant, intervient :

— Elle parle des travaux qu'on fait dans la cuisine, patron.

— Ah ! dit Marty. Bien sûr, bien sûr. (Une autre petite tape sur le genou de Mary Pat.) Le problème, c'est que je ne pense pas à cette maison comme étant "chez moi", Mary Pat. Je vis toujours au même endroit, là où j'ai toujours vécu, sur Linden.

Elle sourit et hoche la tête, essayant de ne pas le laisser lire dans la partie de son cerveau qui sait qu'il ment. Brian Shea a affirmé qu'ils travaillaient dans la salle de séjour. Weeds vient d'affirmer que c'était la cuisine. Et Marty n'en avait pas la plus petite idée avant que Weeds ne lui donne le renseignement.

— Bon, en tout cas, pense à la peinture, dit Marty.

La voiture s'arrête au bord du trottoir devant Kelly's Landing. Un petit restaurant datant de l'époque de la Prohibition – les meilleures palourdes frites de la ville – qui a fermé le mois dernier. Les parents de Mary Pat s'étaient donné leur premier rendez-vous chez Kelly ; sa mère se souvenait que son propre père l'emmenait là quand elle était petite, comme elle-même y emmenait Mary Pat, et comme Mary Pat y avait emmené Jules et Noel. Et maintenant, il y a des planches clouées qui bouchent toutes les ouvertures. Un endroit qui avait procuré nourriture et souvenirs à des générations entières. Les propriétaires, à ce qu'on raconte, ont décidé que le temps était venu d'essayer quelque chose de nouveau, le temps du changement.

Le changement, pour ceux qui n'ont pas leur mot à dire, est juste une façon plus jolie de parler de la mort. La mort de ce dont vous avez envie, la mort de tous les projets que vous avez pu faire, la mort de la vie telle que vous l'avez toujours connue.

Ils sortent de la voiture et passent devant chez Kelly pour s'avancer sur la promenade.

— L'odeur me manque, dit Marty. L'odeur de cette friture. Toute ma vie, je suis passé ici, et il y avait cette odeur dans l'air. Maintenant, ça ne sent plus que la marée basse.

Mary Pat ne dit rien.

— Comment ça se fait qu'on en est là ? demande Marty Butler.

Il ne parle pas de la promenade où ils sont en train de marcher. Il parle de là où ils en sont de leur relation, telle qu'elle est. Le ciel est constamment resté nuageux, le soleil prenant sa journée pour se cacher derrière un mur de gris cotonneux. Pas la moindre goutte de pluie dans l'air, mais pas le moindre rayon de soleil non plus. Marty et elle se dirigent vers le Sugar Bowl, un petit parc ovale entouré de bancs. Le Sugar Bowl est situé à sept ou huit cents mètres de l'extrémité de la baie, là où les deux promenades en arc de cercle se rejoignent. Il y a des gens qui pêchent sur les jetées. Mary Pat et Marty passent près de ces hommes et de ces femmes qui lancent leurs lignes, les uns pour tromper leur ennui, les autres pour attraper leur dîner. Ken Fen avait l'habitude de venir pêcher ici, et il lui arrivait de revenir avec des flets qui n'étaient pas mauvais du tout. Mais il admettait que la plupart du temps, il venait là pour se vider un peu la tête. Les pêcheurs et les pêcheuses saluent tous Marty d'un signe de tête, mais personne ne lui adresse la parole et personne ne s'approche.

— Comment ça se fait qu'on en est là ? demande Marty une nouvelle fois.

Comme s'il ne le savait pas. Comme s'il ne savait pas jusque dans le moindre détail ce qu'elle a fait depuis qu'elle a commencé à rechercher Jules.

— Je ne sais pas, répond-elle. J'essaie juste de retrouver ma fille.

— Ça semble tellement inutile, dit Marty. Tout ce... (Il cherche le terme approprié dans les nuages, et en ressort avec le mot :) conflit.

— Je ne cherche pas le conflit, dit-elle. Je ne cherche pas la bagarre.

— Dis-moi ce que tu veux.

— Je veux Jules. Je veux ma fille.

— Et nous, nous voulons la paix autour de nos affaires, répond-il. La paix et la tranquillité et que personne ne s'intéresse à nous.

— Je comprends ça.

— Tu comprends ça, mais tu viens filer une trempe à un gamin dans mon bar ? Tu comprends ça, mais tu vas faire du foin partout dans le quartier ?

— Il s'agit de ma fille, Marty.

À cela, il réagit par un mouvement vif de la tête, les lèvres pincées, comme s'il s'agissait d'un sujet complètement différent, ou comme s'il parlait anglais et qu'elle lui répondait en mandarin.

— Ce dont il s'agit, Mary Pat, c'est une question d'ordre. Tout fonctionne quand tout fonctionne de façon prévisible.

Regarde cette baie. (Du bras il désigne l'eau devant eux. Pleasure Bay. Encerclée par les deux promenades et le parc minuscule où elles se rencontrent.) Aucune vague. Aucune surprise. Pas comme là-bas. (Il fait un geste en direction de l'océan, au-delà de la baie.) Là-bas, tu as les vagues, tu as la houle, tu as les courants. (Il tourne vers elle son visage insipide.) Je n'aime pas les océans, Mary Pat, j'aime les baies, j'aime les ports.

Ils passent près d'une femme en train de donner à manger aux mouettes. Elle jette aux oiseaux des morceaux de pain dur qu'elle sort d'un sac en papier blanc parsemé de taches de graisse. Elle est étonnamment jeune pour quelqu'un qui donne à manger aux oiseaux, elle ne semble pas plus âgée que Mary Pat, mais ses yeux brûlent d'un sentiment de perte. Impossible de dire ce qu'elle a perdu – l'amour, l'espoir, l'esprit. Mais la perte est là. Les mouettes criaillent et font du sur-place, terrifiées, devant la femme. Effrayées de s'approcher, trop affamées pour ne pas en prendre le risque.

— Je n'ai pas l'intention de causer des ennuis, dit Mary Pat à Marty.

— Tu en causes déjà.

Il sort un paquet de Dunhill de son Baracuta et en allume une avec un mince briquet en or, se tournant pour se protéger de la faible brise. Elle aperçoit le dessus de son crâne et remarque que ses cheveux bruns sont orange à cet endroit, et elle en déduit qu'il se teint les cheveux, et se demande un instant s'il ne serait pas secrètement pédé. Si c'était le cas, ça expliquerait enfin des tas de choses au sujet de Marty.

— Si je cause des ennuis, dit-elle prudemment, ce n'est pas parce que je veux te causer des ennuis *à toi*. C'est parce que je veux retrouver ma fille.

— Mais qu'est-ce que ça a à voir avec moi ?

— Elle était la maîtresse de Frank Toomey.

Il fait la grimace, comme s'il venait de croquer dans quelque chose de désagréable. Il tourne sa grimace vers la mer un instant, puis il soupire doucement.

— Je suis au courant.

— Putain, Marty, t'es *au courant* ?

Il met une main sur son oreille, car c'est un homme qui déteste entendre une femme proférer des grossièretés.

— Frank m'a assuré qu'il n'avait pas vu ta fille depuis deux semaines. J'ai demandé à tous mes hommes. Elle n'a pas été vue avec Frank, elle n'a pas été vue au Fields.

— Alors où est-elle ?

— Ce n'est pas la question.

— C'est exactement la question, putain de merde.

Il secoue la tête.

— Ta fille a disparu. Mon cœur saigne pour toi. Mais le fait qu'elle soit partie, quel que soit l'endroit où elle est allée, ne saurait annuler mon droit à poursuivre mes activités dans ce quartier.

— Personne ne t'empêche de poursuivre tes activités.

— Si, toi. (Il n'élève pas la voix, mais elle se fait clairement plus ferme.) C'est ce que tu fais.

— *Comment* ?

— Tout le monde a les yeux fixés sur nous. Si cette abominable histoire de *busing* se concrétise ? Les caméras vont affluer dans le quartier comme s'il s'agissait d'une arrivée sur la lune. Et maintenant, avec ce jeune Noir qui se fait tuer et ta fille qui est peut-être impliquée dans l'affaire, ils vont envoyer encore plus de caméras dans le coin. Et le seul endroit sur lequel il ne faut pas que ces gens braquent leurs caméras ? C'est moi. Et mes proches. Mais si tu continues à agir comme tu le fais en ce moment, ma chérie ? Je crains fort qu'ils n'aient pas le choix.

— Je veux juste retrouver ma fille.

— Alors retrouve-la. Mais va la rechercher ailleurs que dans mon organisation.

— Mais si quelqu'un de ton organisation sait quelque chose qu'il ne te dit pas ?

— Aucun d'eux n'oserait.

Ils sont tout près du Sugar Bowl et Mary Pat est surprise de constater qu'il est presque désert. Un seul homme est assis sur le banc du milieu et il les observe approcher. Le Sugar Bowl n'est jamais vide un jour d'été. Mais là, il n'y a que cet homme, personne d'autre.

Est-ce que c'est ici que je meurs ? se demande-t-elle. *Est-ce que mon crime est déjà grave à ce point ?*

Ce ne serait pas la première fois (ni la cinquième) – elle ne le sait que trop – que Marty Butler ferait disparaître un problème en faisant disparaître quelqu'un.

Ils arrivent au bout de la promenade ; l'individu qui se lève de son banc est un homme qu'elle n'a jamais vu. Il porte un costume décontracté bleu et un col roulé blanc. Ses cheveux bruns sont coiffés en arrière et plaqués sur son crâne. Il se tient là, debout, une sacoche de médecin dans la main droite et baisse les yeux sur Mary Pat. Il est très grand.

Marty dit :

— C'est un de mes amis, il vient de Providence. Tu peux l'appeler Lewis. Tu vois cette sacoche dans la main de Lewis, Mary Pat ?

Elle hoche la tête. Lewis la regarde de la même façon qu'un corbeau regarde un ver de terre.

— Moi, je veux te donner cette sacoche, Mary Pat, dit Marty. Lewis voulait te donner autre chose. Parce que ce n'est pas seulement à mes affaires que tu nuis en ce moment avec tout ton remue-ménage. Tu nuis à celles de Lewis. Et celles des gens avec qui il travaille à Providence.

— J'essaie seulement…

— Ne dis pas que tu *essaies seulement de retrouver ta fille*. C'est un peu plus compliqué que ça. Et tu le sais. Alors, tu vois, Lewis voulait mettre un terme à tout ça à sa façon. Mais je l'ai convaincu d'essayer ma façon d'abord.

Lewis lui tend la sacoche.

— Ouvre-la, dit Marty.

Elle s'aperçoit, avec une bonne dose d'humiliation, que ses mains tremblent tandis qu'elle défait le fermoir sur le milieu de la sacoche, puis elle écarte les deux côtés. Elle est à moitié remplie d'argent – des liasses de billets de cent usagés, toutes tenues par un élastique.

— Brian me dit que Jules est allée en Floride, dit Marty.

L'homme de Providence la fixe du regard sans jamais ciller.

— Brian en est tout à fait sûr, insiste Marty.

— Je n'en sais rien, parvient à dire Mary Pat.

— Ah, dit Marty, c'est là que tu dois faire preuve de confiance. Tes amis l'ont cherchée pour toi, ces amis à qui les gens ne mentent pas. Et ces amis-là ne l'ont pas trouvée. Alors tu dois avoir confiance dans leur opinion qu'elle ne se trouve plus dans la région. Mais ce n'est pas seulement de la confiance que je réclame. Ce que je te dis, c'est : va en découvrir la preuve toi-même.

— Et je fais ça comment ?

— Prends l'argent de cette sacoche et utilise-le pour te rendre en Floride, prends-toi une chambre dans un bon hôtel et passe ton temps à chercher ta fille. Avec l'argent qu'il y a dans cette sacoche, Mary Pat, tu pourrais rester là-bas quelques années.

Lewis allume une cigarette et l'observe à travers la flamme.

Marty se tient devant elle. Ses yeux sont immobiles.

— Je vais raccompagner mon ami Lewis sur le chemin par lequel on est venus. Reste ici un moment et rassemble tes pensées avant de prendre une décision. Si tu décides de garder la sacoche, j'espère que tu en profiteras bien et tu as ma bénédiction. Si tu décides de rendre la sacoche, tu sais où me trouver. Quelle que soit la décision que tu prends, le sujet dont nous avons parlé ? Nous n'en reparlerons plus jamais. Est-ce que tu me comprends ?

Elle ne se sent pas capable de parler. Elle parvient à hocher la tête.

— Alors on se comprend, ma chérie.

Marty lui étreint l'épaule avant de repartir avec Lewis sur la promenade en direction de la ville.

Une fois qu'ils sont hors de portée de voix, elle cesse de contracter son visage et le sanglot qu'elle retenait quitte son arrière-gorge comme une balle de bile propulsée hors de sa bouche. Elle regarde l'argent dans la sacoche et ses larmes ruissellent sur les billets.

Elle sait maintenant que sa fille est morte.

Elle sait que sa fille est morte.

II

Bobby Coyne et Vincent Pritchard traversent Southie pour aller interroger l'ultime témoin sur leur liste – jusqu'à maintenant – de la dernière soirée d'Auggie Williamson. Ce témoin, un certain Seamus Riordan, conducteur de grue, a accepté de les rencontrer pendant sa pause déjeuner, au terminal à conteneurs Boyd, le long de Summer Street.

À l'instant où ils entrent dans Southie, Bobby sent une différence dans l'air. Bobby a grandi à seulement quelques kilomètres de là, à Dorchester, une paroisse exclusivement blanche et majoritairement irlandaise ; il suppose qu'une distance de quelques kilomètres entre deux enclaves qui partagent des caractéristiques ethniques identiques ne représente pas une différence de culture énorme dans la plupart des endroits en Amérique. Mais franchir la frontière de Southie lui donne toujours le sentiment qu'il vient d'entrer dans la jungle d'une tribu mystérieuse. Dont les membres ne sont pas spécifiquement hostiles, ni dangereux par nature. Mais, au plus profond d'eux-mêmes, opaques.

En passant dans Broadway, il voit un jeune type descendre d'un bus, puis se tourner pour aider à y monter une vieille femme qui attendait à l'arrêt. De toute sa vie, Bobby n'a jamais vu autant de gens aider les vieilles dames à traverser la rue, à éviter les flaques d'eau ou les nids-de-poule, à porter leurs courses ou à trouver leurs clés de voiture dans des sacs à main bourrés de chapelets et de mouchoirs en papier humides.

Ici, tout le monde connaît tout le monde ; ils s'arrêtent les uns les autres dans la rue pour prendre des nouvelles des conjoints, des enfants et des cousins au deuxième degré. L'hiver venu, ils déneigent des allées ensemble, se groupent pour dégager les voitures des congères, se passent généreusement des sacs de sel ou de sable pour les trottoirs verglacés. L'été, ils se réunissent sur des vérandas ou des porches, ou se rassemblent sur des chaises longues le long des trottoirs pour tailler une bavette, s'échanger les journaux et écouter Ned Martin commenter les parties des Sox sur HDH. Ils boivent de la bière comme si c'était de l'eau du robinet, fument des cigarettes comme si le paquet allait s'autodétruire à minuit et s'interpellent – d'un trottoir à l'autre, depuis ou en direction de leurs voitures ou bien en direction de fenêtres lointaines – comme si l'impatience était une vertu. Ils aiment l'église, mais ils ne sont pas fous de la messe. Ils n'aiment que les sermons qui leur fichent la frousse et se méfient de ceux qui font appel à leur empathie.

Ils ont tous un surnom. Aucun James ne peut être qu'un simple James ; c'est nécessairement Jim ou Jimmy ou Jimbo ou JJ, voire, dans un cas particulier, Tantrum. Les Sullivan sont si nombreux qu'appeler quelqu'un Sully n'est pas suffisant. Au cours de ses différentes incursions ici, au fil des ans, Bobby a rencontré un Sully Un, un Sully Deux, un Sully le Vieux, un Sully le Jeune, un Sully le Blanc, un Sully le Bronzé, un Sully l'Infidèle, un Sully le Nez et Petit Sully (qui est foutrement grand). Il a rencontré des gars appelés Bridé, Queue de Billard, Rôti en Cocote, Sac de Frappe (fils de Sully le Bronzé). Il est tombé sur Pare-Chocs, Petite Dose, Destop, Conjonctivite (qui est aveugle), Gambette (qui boite) et Mains Baladeuses (qui n'en a pas).

Tous les types ont le regard vide et lointain. Toutes les femmes ont du caractère. Tous les visages sont plus blancs que la peinture la plus blanche que vous ayez jamais vue et, juste sous la surface, voilés d'un éternel rose irlandais qui parfois se transforme en acné, et parfois non.

Ce sont les gens les plus amicaux qu'il ait jamais vus. Jusqu'au moment où ils ne le sont plus. Et là, ils sont capables de renverser leur propre grand-mère pour enfoncer votre foutu crâne dans un mur en briques.

Il n'a aucune idée d'où ça vient, tout ça – cette loyauté et cette rage, cette fraternité et ce soupçon, cette bienveillance et cette haine.

Mais il imagine que cela a quelque chose à voir avec le besoin de trouver un sens à la vie. Bobby est un enfant des années 1940 et 1950. Une époque où – il s'en souvient – vous saviez qui vous étiez. Sans vous poser la moindre question.

Et c'est ce "sans vous poser la moindre question" qui l'a toujours tracassé depuis. Pendant qu'il parcourait le Vietnam. Pendant qu'il se colletait avec la seringue. Pendant qu'il patrouillait au cœur des quartiers noirs de la ville – Roxbury et Mattapan, Egleston Square et Upham's Corner.

Il veut questionner. Il a *besoin* de questionner. Un jour, dans une boîte de Saïgon, une pute vietnamienne qu'il prenait pour une amie, s'est approchée de lui et a essayé de lui trancher la gorge avec une lame de rasoir coincée entre ses dents. Jusqu'à la dernière microseconde, Bobby a cru qu'elle se penchait pour l'embrasser, et puis il a senti une voix dans sa poitrine murmurer et hurler à la fois, *Non. Putain, non.* Mais alors même qu'il la repoussait brusquement de ses genoux, il avait éprouvé une étrange sympathie pour elle – s'il avait été une fille de bar vietnamienne, lui aussi aurait eu envie de faire la peau au type qu'il était.

En observant Southie de sa voiture maintenant, tandis que l'animation de Broadway défile sous ses yeux dans sa blancheur uniforme – un bébé blanc promené dans une poussette par une mère blanche, tandis que trois Blancs adeptes de la gonflette dans leur T-shirt blanc moulant sortent du drugstore et passent devant un couple de Blancs âgés assis sur un banc, que toute une troupe de filles blanches courent sur le trottoir, frôlant un garçon blanc assis sur une boîte aux lettres l'air malheureux, et que tout autour d'eux, à proximité comme à l'arrière-plan, il n'y a que des Blancs –, Bobby se souvient d'une taxi-girl de Hué qui lui expliquait qu'elle ne pourrait plus jamais retourner dans son village, maintenant que l'on savait qu'elle avait couché avec un Blanc. (Pas Bobby, un autre type, longtemps avant Bobby.) Ça l'avait choqué, cette idée qu'elle pouvait être méprisée parce qu'elle avait couché avec un homme *blanc*. Qu'est-ce que ça pouvait foutre, d'où venait Bobby. C'était ce qu'il lui avait dit. Et il avait ajouté :

— Nous, on est ceux qui apportent une solution aux problèmes. C'est pour ça qu'on est ici.

Sa taxi-girl, Cai, avait répondu :

— On devrait laisser les gens tranquilles.

Est-ce que c'est ça, la solution ? se demande-t-il tandis qu'il observe Broadway. *Est-ce que tout le monde devrait laisser tout le monde tranquille, tout simplement ?*

C'est ce que semble penser Seamus Riordan. Ce sont les premiers mots qui sortent de sa bouche quand ils le rencontrent dans le mobile home aménagé en salle de repos au terminal à conteneurs Boyd :

— Vous auriez pas pu me laisser tranquille, tout simplement ?

Seamus Riordan est un gars de Southie, donc c'est un dur à cuire. Il va leur casser les couilles, juste par principe.

— Pourquoi vous étiez sur ce quai cette nuit-là ? demande Bobby.

— Je rentrais chez moi.

— D'où ? veut savoir Vincent.

— J'étais sorti.

— Sorti où ?

— Sorti de ma maison.

— Donc, vous êtes sorti de votre maison, dit Bobby aimablement. Pour aller à un endroit particulier ?

— Ouais, répond Seamus en croisant les bras.

— Où ?

— Particulièrement ?

— Oui.

— J'étais, ben, vous savez.

— Non, je ne sais pas.

— Je traînais avec quelqu'un.

— Une amie ?

— Bien sûr.

— Hé ! lance Vincent. C'est pas bientôt fini, ces conneries ?

Vincent semble sur le point de péter un câble. Comme un tas de types qui veulent à tout prix montrer qu'ils méritent le respect, il a très peu de tolérance à l'égard des gens quand il s'aperçoit à juste titre qu'ils ne le respectent pas. Cela l'entraîne dans toutes sortes de confrontations qui lui ont valu deux plaintes pour usage excessif de la force au cours des dix-huit derniers mois. Alors le fait qu'il ait, à un âge relativement jeune, intégré la brigade criminelle, le haut de l'échelle dans la carrière, signifie que sa médiocrité est inexplicablement récompensée, et cela ne peut vouloir dire qu'une chose : il est lié à une grosse légume de la police de Boston. Il est le neveu de quelqu'un, le cousin de quelqu'un, le jeune prostitué de quelqu'un.

Mais il n'est pas très bon dans le rôle du Méchant Flic. Il fait plus Flic Râleur, Flic Pleurnicheur, voire Flic Ado Gênant.

C'est ce qui provoque chez Seamus Riordan un sourire grand comme ça.

— Qu'est-ce qu'est pas bientôt fini ?

— Ces conneries.

Vincent allume une cigarette et souffle la fumée grise par les narines, ce qui explique pourquoi les poils de son nez sont plus fournis qu'ils ne devraient l'être chez un type qui approche la trentaine.

Seamus Riordan regarde Bobby.

— Est-ce que je suis considéré comme un suspect ?

— Pas du tout.

— Je ne suis qu'un témoin potentiel ?

— Exact.

— Donc, si je n'aime pas l'attitude de ce petit trou du cul, je peux tout simplement m'en aller et remonter en haut de ma grue, on est bien d'accord ?

Bobby plaque une main sur la poitrine de Vincent prêt à bondir.

— Vous pouvez.

Seamus Riordan lance à Vincent un regard qui veut dire *va te faire foutre* et lui dit :

— Alors vous devriez surveiller votre attitude à la con, Serpico.

À présent, Vincent hésite entre embrasser la comparaison avec son idole (non pas Serpico, l'homme, dont il ne partage pas la morale, mais Al Pacino dans le rôle de Serpico, son modèle), ou bien prendre cette comparaison pour une insulte – et Bobby ne doute pas un seul instant que c'est bien ainsi que Seamus Riordan l'entendait.

Vincent penche pour la première option.

— *Vous*, surveillez votre attitude à la con, mon petit gars.

Des yeux, Seamus adresse un petit sourire ironique à Bobby, comme pour dire, *Ah, ces gamins, aujourd'hui, j'ai pas raison ?*

Bobby allume une cigarette. Tend son paquet à Seamus. Seamus en prend une et Bobby lui donne du feu, puis donne du feu à Vincent et, tout à coup, les voilà tous amis. Prêts à aller ensemble au bar une fois que ça sera terminé, ce genre d'ambiance.

— C'était fini quand je suis sorti de la rame, dit Seamus.

— Racontez-moi, dit Bobby.

— Il y avait ces quatre gamins…

— Blancs ?

— Ouais.

— Garçons ou filles ?

— Deux garçons, deux filles. La rame de la ligne intérieure venait de repartir et ils se tenaient au bord du quai et les garçons se hurlaient dessus, il y en avait un qui traitait l'autre de demeuré, j'ai entendu ça. Et une des filles, elle était, je dirais, en train de hurler ? Hurler comme si elle devenait hystérique. Alors l'autre fille lui a donné une gifle et ça l'a calmée.

Voici où en sont Bobby et Vincent dans la chronologie des événements de la nuit. Ce qu'ils ont recueilli des autres témoins :

1. Auggie est poursuivi et entre dans la station.

2. Auggie saute par-dessus les tourniquets.

3. Quatre jeunes Blancs – pour l'instant non encore formellement identifiés mais présumés être George Dunbar, Rum Collins, Brenda Morello et Jules Fennessy – sautent immédiatement par-dessus les tourniquets derrière lui.

4. Auggie court sur le quai tandis que la rame de la ligne intérieure s'approche de la station.

5. Les jeunes Blancs se ruent derrière lui.

6. Un des garçons blancs crie "On veut juste te parler".

7. Une fille blanche crie "Tu cours pas vite pour un nègre".

8. Un des quatre jeunes (personne n'a pu dire lequel) jette une bouteille de bière.

9. La bouteille atterrit près du pied droit d'Auggie Williamson, ce qui le fait regarder par-dessus son épaule. Ce qui le fait s'emmêler les pieds.

10. La rame entre dans la station.

11. Auggie Williamson trébuche.

12. Un des quatre jeunes (une fille) hurle "Putain, t'es pas dans le bon quartier".

13. Un bruit sourd. Chacun des cinq premiers témoins a entendu un bruit sourd. Le bruit de l'impact – un objet qui frappe un corps. (Le conducteur, pendant ce temps – il avait peut-être bu en service et il est à un

an de la retraite –, déclare n'avoir strictement rien vu ni entendu.)

14. Auggie Williamson pivote sur place et s'écroule comme une masse sur le quai.

À partir de ce point, les souvenirs des témoins deviennent flous. Il y avait ces quatre jeunes violents et bruyants sur le quai. Personne n'avait envie de croiser leurs regards par erreur. Personne n'avait envie de se trouver mêlé à ça. D'être la personne suivante à s'entendre dire qu'elle n'était pas dans le bon quartier.

Alors ils ont regardé ailleurs.

Ensuite, il y en a trois qui sont partis. Ils ont quitté la station. Ils ont tenté leur chance et essayé de trouver un taxi.

Deux ont attendu la rame de la ligne extérieure par laquelle Seamus Riordan est arrivé. Ils ont gardé les yeux fixés sur les rails jusqu'au moment où ils ont vu les lumières de la rame qui approchait. Mais aucun des deux n'a regardé en direction de ces quatre jeunes et de ce qu'ils faisaient à celui qu'ils avaient pourchassé.

La rame est arrivée. Les deux témoins sont montés dedans.

Seamus en est descendu. À minuit vingt, il était le seul passager à descendre.

— Et c'est là que j'ai vu les cinq.

— Vous voulez dire quatre.

— Les quatre et le jeune nègre.

— Un instant, dit Bobby, qu'est-ce que vous dites ?

— Les quatre jeunes Blancs et le jeune Noir, dit Seamus. Quatre plus un, ça fait cinq.

— Mais il était tombé du quai, à ce moment-là.

Seamus Riordan plisse les paupières.

— Il était étendu à leurs pieds.

— *Après* le départ de la rame ?

— Ouais.

— Vous n'inventez rien, là ? demande Vincent.

— Qui irait *inventer* un truc comme ça ? Vos parents, ils ont aussi eu des gosses qu'étaient pas des foutus demeurés ?

Bobby Coyne regarde son équipier, s'assurant qu'il ne présente pas de signes de violence prochaine, mais à présent Vincent est comme un chien à qui on les a coupées. Si Seamus continue à l'insulter comme ça, il va finir par se rouler sur le dos pour qu'on lui caresse le ventre.

— Donc, dit Bobby, la rame est partie, la victime est toujours sur le quai avec les gamins autour de lui ?

— Ouais.

— Et ensuite ?

Seamus écarquille les yeux.

— Putain, j'en sais rien. Si j'ai réussi à vivre jusqu'à quarante-trois ans dans cette putain de ville, c'est pas en m'attardant sur place quand je vois quatre personnes penchées au-dessus d'un corps.

— Donc il était mort ?

— J'ai pas dit ça.

— Vous avez dit "un corps".

— Ouais, genre, quelqu'un qu'est étendu par terre. Il bougeait un peu, d'un côté et de l'autre. Ça je l'ai vu. Après je suis parti.

— Mais il était bien *sur* le quai ?

— Combien de fois il faut que je le dise ? Vous voulez pas essayer une autre langue ? Putain, j'sais pas, le flamand, ça serait mieux ? Il était sur le quai. Il roulait un peu d'un côté et de l'autre. Nan, il roulait pas. C'était plus comme… des soubresauts. (Il hausse les épaules.) Comme un, j'sais pas, comme un poisson qu'on vient de décrocher de l'hameçon.

Vincent scrute Seamus Riordan.

— Mais quel genre de poisson ?

— Une morue noire, répond Seamus.

Et Vincent et lui se marrent comme des baleines.

Ce n'est pas la première fois – ni même la quatre-vingtième – que Bobby se met à haïr le genre humain. Il se demande si le crime le plus impardonnable commis par Dieu n'a pas été de nous créer, tout simplement.

— Ensuite vous êtes parti ? demande-t-il à Seamus Riordan.

Le rire de Seamus s'estompe.

— Ouais, je suis parti.

— Et un gosse est mort.

Quelque chose flotte dans les yeux de Seamus Riordan. Une lueur de honte, peut-être. Ou est-ce simplement Bobby qui se prend à espérer ?

Parce que deux secondes après, Seamus hausse les épaules et dit :

— C'était pas mon gosse.

12

Après son service, Bobby va boire quelques sodas au JJ Foley avec deux inspecteurs chargés des enquêtes pour vol, puis il rentre chez lui, dans la maison de Tuttle Street, où il vit avec ses cinq sœurs et son frère, Tim, le prêtre raté. Aucun des enfants Coyne n'est marié. Trois, dont Bobby, ont essayé et ont échoué. Deux ont été à deux doigts de se retrouver devant l'autel, mais ne sont pas allés jusqu'au bout. Les deux autres n'ont même jamais eu de relations durables.

C'est un grand mystère pour la famille Coyne élargie et les familles auxquelles les générations précédentes ont été liées par le mariage – les McDonough, les Donnelly, les Kearney et les Mullen –, ainsi que pour le quartier dans son ensemble, parce que plusieurs des filles Coyne sont vraiment des beautés, ou en tout cas, l'ont été dans leur jeunesse.

La maison est l'une des dernières vastes demeures victoriennes à n'abriter toujours qu'une seule famille dans Tuttle Street. La plupart des autres, construites pour de véritables tribus irlandaises entre les deux grandes guerres de la première moitié du siècle, ont été transformées en logements pour deux familles. Certaines ont même été divisées en plusieurs appartements. Mais pas la maison des Coyne. Elle est restée exactement semblable à ce qu'elle était tout le temps où ils y ont grandi, découvrant tous ses grincements, toutes ses cachettes et l'origine de ses tristes gémissements par les impitoyables nuits d'hiver.

Il trouve Nancy et Bridget assises à la table de la cuisine, en train de siroter leur whiskey à l'eau du soir et de fumer leurs cigarettes – Parliament pour Nancy, Kent pour Bridget. Il prend une bière dans le frigo et un cendrier vide avant de les rejoindre à la table. Nancy, qui travaille à l'urbanisme, se plaint d'un collègue auprès de Bridget, qui est infirmière aux urgences du City Hospital. Nancy, toujours aussi canon au début de la quarantaine, peut vous soûler de paroles à n'en plus finir ; Bridget, douce, effacée, et bourrée en permanence quand elle ne travaille pas, prononce à peine une phrase complète dans la journée.

Nancy finit de fulminer contre ce type nommé Felix et la machine à café dans la salle de repos, puis jette un coup d'œil à Bobby.

— Tu as quelques kilos à perdre, Michael. Tu ne penses pas qu'il a du poids à perdre, Bridge ?

Bridget baisse les yeux sur ses genoux.

— Voilà une façon guère gentille de saluer un homme, dit Bobby en arrachant la languette de sa canette.

— Je veux que tu aies une longue vie.

— Avant, tu me disais que j'étais trop maigre.

— Mais ça, c'était l'héroïne.

Un “Oh !” de surprise horrifiée jaillit de la bouche de Bridget.

— Ben quoi, c'est pas un secret ! dit Nancy.

— En fait, si, un peu, dit Bobby.

— Pour le monde extérieur, répond Nancy avec un geste en direction des fenêtres. Mais pas ici.

Claire entre par la porte sur le côté, venant de l'allée et suspend son parapluie à un crochet.

— Qu'est-ce qui n'est pas ici ?

— On parle du problème de Michael.

— Cette histoire de drogue ?

Claire débouche une bouteille de vin rouge, se sert un verre. Elle embrasse Bobby légèrement sur la tête en passant derrière lui pour prendre une chaise.

— Oui, cette histoire de drogue, dit Nancy. Il croit qu'on va aller raconter ça à tout le monde.

— Pourquoi on ferait ça ?

— Personne n'a dit que vous alliez faire ça, corrige Bobby. Je trouve juste que c'est gênant d'en parler.

— Tu es un sacré héros, dit Claire, et Bobby est touché de voir Bridget le regarder avec des yeux écarquillés et un vigoureux hochement de tête. Tu sais combien de personnes arrivent à se libérer de cette merde ?

— Très peu, admet Bobby.

— Mais toi, tu as réussi.

Claire lève son verre et boit à sa santé.

— Je lui disais juste qu'il pourrait perdre quelques kilos, dit Nancy et ça a débouché sur cette histoire.

— Mais quelle histoire ? dit Bobby.

— Vous voyez, ça le met en rogne.

— Je ne suis pas en rogne.

— Si, tu l'es.

— Seigneur.

— C'est ce que je disais. En rogne.

Bobby soupire et demande à Claire si elle a passé une bonne journée.

— On va au-devant d'un foutu merdier, dit Claire en faisant décrire un petit rond à son verre de vin sur la table. Je crois que personne ne s'en rend compte pour l'instant.

Claire est secrétaire à la caserne de police de la Metropolitan District Commission de Southie. Les flics de la MDC s'occupent des plages et des parcs et laissent la criminalité dans les cités aux flics de la ville. C'est la raison pour laquelle la plupart des flics de la ville pensent que ceux de la MDC sont des lavettes, mais Bobby a toujours trouvé qu'ils étaient la meilleure source d'informations pour tout ce qui concernait Southie.

— Avec cette histoire de *busing* ? demande Bobby.

Claire hoche la tête.

— Les renseignements qui nous parviennent sont très inquiétants. Une agitation de masse plutôt inquiétante.

— Ça va se calmer, dit Bobby, juste pour se montrer optimiste.

— Je ne pense pas, répond Claire. Tu travailles sur la mort de ce jeune homme de couleur, c'est ça ?

— Oui.

— C'était un dealer ? demande Nancy.

Bobby fait non de la tête.

— Alors qu'est-ce qu'il faisait là ?

— Sa voiture est tombée en panne.

— Il aurait dû en prendre davantage soin.

— Oh, alors c'est sa faute, intervient Claire en levant les yeux au ciel.

— Je ne dis pas que c'est sa faute, réplique Nancy, juste que s'il en avait pris davantage soin, sa voiture ne serait pas tombée en panne et il ne serait pas mort.

Claire insiste :

— On a l'impression que tu dis que c'est sa faute.

— J'ai dit exactement le contraire !

Claire se tourne vers Bobby.

— Vous allez bientôt procéder à des arrestations ?

— Non, à moins qu'on ait de gros coups de veine. On est presque sûrs de savoir qui a fait ça. Mais entre le savoir et pouvoir le prouver, tu sais, il y a une énorme différence.

— Bon, mais filez-nous le tuyau si vous pensez que vous allez arrêter un Blanc de Southie aux alentours de la rentrée des classes. Parce que cette ville est sur le point d'*exploser*.

Elle se verse un autre verre de vin.

— Je sais pas, dit-il, tout à coup fatigué.

— Qu'est-ce que tu ne sais pas ? demande sa sœur Diane.

Elle arrive par le couloir de l'entrée principale, rentrant de son travail à la bibliothèque municipale d'Upham's Corner. Elle va directement à la cuisinière et fait chauffer la bouilloire pour son thé.

— On parle du jeune qui s'est fait tuer à Columbia Station, dit Nancy.

— C'est toi qui as hérité de ça ? demande Diane à Bobby.

— Oui.

— J'ai entendu dire que des types de Marty Butler étaient impliqués, dit Claire.

— Euh… Plutôt des gars qui aimeraient bien être des types à lui. Mais… (Bobby songe à George Dunbar un instant) si Butler y prend un intérêt personnel, il pourrait créer des problèmes, c'est sûr.

La bande de Butler a des tas de flics à sa solde. À la fois au niveau local et au niveau de l'État du Massachusetts.

Même si vous n'êtes pas un flic corrompu, vous hésitez à contrarier ou dénoncer ceux qui le sont (ou pourraient l'être ; c'est rare qu'on le sache avec certitude). Si vous foncez et montez un dossier contre Marty ou un de ses gars, les preuves ont une drôle de façon de disparaître, les témoins sont frappés d'amnésie et les affaires ont tendance à connaître une mort rapide en audience publique. Après quoi, parmi les flics qui étaient à l'origine de ces affaires, on ne compte plus ceux qui ont été rétrogradés ou affectés ailleurs. Alors si vous vous attaquez à la bande de Butler, vous avez intérêt à ne pas vous rater. Pas si certaines petites choses vous tiennent à cœur, comme, par exemple, un salaire décent, une retraite à la fin de votre carrière, ou un toit au-dessus de la tête. Des conneries de ce genre.

Claire a une connaissance des tenants et des aboutissants des mœurs dans la police que les autres dans la famille n'ont pas. Elle tapote la main de Bobby et lui dit :

— Sois prudent. Aucune vie ne vaut que tu perdes la tienne.

Bobby a participé à une guerre – bon d'accord, une "opération de police" – dans un pays situé à près de quinze mille kilomètres en essayant de prouver le contraire.

Nancy, toujours la première à appuyer là où ça fait mal, ajoute son grain de sel :

— Et puis tu dois penser à Brendan.

Brendan est le fils de Bobby. Il a neuf ans et vit avec sa mère, sauf le week-end, où il vient ici passer quarante-huit heures avec son père, cinq tantes gâteau un peu dingues, et l'oncle Tim, le gentil prêtre raté au cœur sombre. Bobby aime Brendan d'une façon qui défie toutes les idées qu'il a pu se faire de l'amour avant que son fils ne vienne au monde. Il l'aime au-delà de tout ce que peut concevoir la pensée rationnelle. Il l'aime plus que toutes les autres personnes, toutes les choses et tous les rêves réunis – y compris lui-même, y compris les siens.

— Personne, dit-il à sa sœur, pas même Marty Butler n'est assez dingue pour s'en prendre à un flic. Et même s'il l'était, il ne lui viendrait pas à l'idée de s'en prendre au fils d'un flic. Pas s'il veut encore voir se lever le jour suivant. Comment tu peux imaginer une connerie pareille, Nance ?

Nancy, qui n'est pas du genre à reconnaître une erreur, esquive.

— Je ne parlais pas de dommage physique, *Michael*, je parlais du risque de perdre ton boulot, ta retraite. Et dans ce cas, qu'est-ce que cette vipère tordue à laquelle tu étais marié ferait de nos week-ends avec Brendan ?

— Remarque pertinente, dit Diane, et même Bridget acquiesce de la tête.

La famille de Bobby aime son fils presque autant qu'il l'aime. Même Tim, qui flotte dans un brouillard fait à la fois d'amertume et des lectures les plus ésotériques que Bobby ait jamais vues, parvient à s'éclairer le week-end. Et ce n'est pas juste parce que Brendan est leur seul neveu (ou nièce). Brendan est, pour le dire simplement, un être merveilleux. À neuf ans, il est réfléchi, plein d'empathie, profondément curieux, drôle comme pas deux et chaleureux. C'est comme s'il avait hérité tous les bons côtés des membres de sa famille sans aucun des mauvais. Jusqu'à présent, en tout cas.

Les sœurs de Bobby diraient :

— C'est seulement parce que Shannon ne l'a pas entièrement pour elle toute seule.

Mais la vérité est que Shannon est une bonne mère. Épouse épouvantable, et elle ne s'est pas montrée vraiment au-dessus de tout reproche non plus en tant que fille et en tant que sœur, mais elle aime son fils et elle se consacre à son éducation comme jamais elle ne s'est consacrée à quoi que ce soit ou à qui que ce soit dans sa vie.

— Je ne vais perdre ni mon boulot, ni ma retraite, ni mon garçon, dit maintenant Bobby à ses sœurs.

— Tant que tu ne fais pas le con avec Marty Butler.

— C'est un putain de criminel, répond Bobby. Et moi je suis flic.

— C'est un criminel qui a *des relations*, lui rappelle Claire.

Marty Butler n'a pas que des flics dans sa poche. Il a des juges, c'est certain, probablement au moins un membre du Congrès ou un sénateur du Massachusetts. Et peut-être, mais juste peut-être, murmure-t-on dans les coulisses les plus sombres, quelqu'un ou possiblement une demi-douzaine de quelqu'un bien placés dans la hiérarchie policière au niveau fédéral. Au fil des années, trop de témoins potentiels contre Marty ou ses associés – dont les identités étaient pourtant gardées secrètes – ont disparu ou ont été tués.

— Je sais, leur assure Bobby. C'étaient des gamins qui ont pourchassé Auggie Williamson dans la station. Et quoi que je découvre, ça n'a pas l'air d'être un assassinat. Probable que ça n'ira pas au-delà d'un homicide involontaire. (Il bâille derrière son poing, épuisé.) Mesdames, je vais au pieu.

Il met sa canette dans la poubelle, donne un petit baiser sur la joue de chacune de ses sœurs et va se coucher.

Après avoir pris une douche, il s'assied près de la fenêtre et fume une cigarette en regardant la nuit. Ce qu'il a dit à ses sœurs est vrai – il doute que les jeunes ayant joué un rôle décisif dans les événements qui ont conduit à la mort d'Auggie Williamson risquent de lourdes peines de prison. Et c'est cette constatation, il s'en rend compte maintenant, qui a provoqué en lui cette soudaine sensation d'épuisement.

Il était aux côtés des parents, Reginald et Calliope Williamson, quand ils ont identifié leur fils à la morgue. Ils n'ont pas pleuré, ils n'ont pas poussé de gémissements. Ils sont allés de part et d'autre de leur fils étendu sur la table en métal et chacun a passé une main le long d'un de ses bras – Reginald sur le gauche, Calliope sur le droit. Puis ils ont fait la même chose sur ses joues. Avec leurs mains là, chacun en posant une sur le visage de leur fils – Reginald a dit :

— Je t'aime, mon fils.

Et Calliope a ajouté :

— Nous sommes toujours avec toi.

Bobby a vu beaucoup de parents venir identifier un enfant mort. Cela fait quelque temps que ça ne le touche plus vraiment. Mais la façon dont les Williamson ont contemplé leur fils, dont ils ont caressé ses bras et son visage, comme si, en faisant cela, ils pouvaient lui transmettre un peu de chaleur pour son voyage de l'autre côté, n'a pas quitté son esprit de presque toute la journée.

Si quatre jeunes Noirs avaient pourchassé un jeune Blanc, occasionnant le choc avec une rame de métro, ils risqueraient la prison à vie. En négociant et en acceptant de plaider coupables, ils ne pourraient espérer mieux que vingt ans minimum de prison ferme. Mais les jeunes qui ont poursuivi Auggie Williamson, Bobby le sait, ne risquent pas plus de cinq ans. Et encore.

Et parfois, une telle disparité provoque en lui cette sensation de fatigue insupportable.

Il finit sa cigarette et se met au lit.

Quand il ferme les yeux, il voit les mains de Reginald et Calliope glisser très lentement sur les bras nus de leur fils mort.

Ce n'est pas comme ça que vous aviez imaginé que ça finirait, vingt ans après lui avoir fait faire son premier rot et avoir changé ses couches.

Bobby a tué deux garçons dans sa vie. Ils n'avaient probablement pas plus de dix-huit ans. Il est possible que l'un d'eux n'ait eu que quinze ou seize ans. Bobby n'a aucun moyen d'en être sûr. Il les a tués tous les deux au Vietnam, le même jour, alors qu'il défoliait les buissons près de sa base. La végétation offrait des cachettes au Viêt-cong. La végétation procurait de la nourriture au Viêt-cong. Alors l'Oncle Sam a envoyé Bobby et son peloton, ainsi qu'un peloton de Sud-Vietnamiens pour empoisonner toute la campagne autour de leur base. Ils avaient des pulvérisateurs à main, et des camions pulvérisateurs. Plus au sud, ils utilisaient des hélicoptères. Un jour prochain – Bobby l'avait entendu dire – ils envisageaient d'envoyer des avions pour lâcher leur merde.

Les gosses sont sortis des buissons de chaque côté de la route, des petits enfoirés tout maigrichons avec des têtes carrées et des fusils ou des machettes plus grandes qu'eux, en tiraillant et faisant tournoyer leurs coupe-coupe, genre ça passe ou ça casse, c'est maintenant ou jamais. En l'occurrence, ça devait être jamais. Bobby en a abattu un d'une balle de son M14 en plein visage, avant d'être plaqué au sol, au milieu de la route, par un autre, armé d'une saloperie de machette, mais qui n'a pas pensé à s'en servir avant de projeter Bobby à terre. Bobby a mis le canon de son calibre 45 sur l'abdomen du gosse et il a fait feu à deux reprises. L'œsophage du gosse s'est éparpillé en petits morceaux. Bobby regardait le garçon dans les yeux tandis que les balles lui perforaient le corps. Il le regardait encore dans les yeux, quelques secondes plus tard quand le garçon est mort, tandis que Bobby pensait, *Pourquoi tu ne t'es pas servi de ta machette avant de me plaquer au sol ?*

Ça, c'était à l'époque où le Viêt-cong tâtonnait encore. Ce matin-là, Bobby et les autres gars en avaient tué quinze, toute la bande. Un peu plus tard, les corps avaient été alignés sur la route, et il était clair, à voir leur cage thoracique, qu'aucun de ces garçons n'avait mangé un repas complet depuis des mois.

Deux d'entre eux étaient morts parce qu'ils avaient essayé de tuer le caporal Michael "Bobby" Coyne, de Dorchester, dans le Massachusetts. Mais Bobby savait qu'en fait ils étaient morts parce qu'ils constituaient un obstacle. Au profit. À une certaine philosophie. À une vision du monde selon laquelle les règles ne s'appliquent qu'aux gens qui ne sont pas en charge de les établir.

Appelez-les niaks, appelez-les nègres, appelez-les youpins, "micks"*, métèques, ritals ou bouffeurs de grenouilles, appelez-les comme vous voulez, pourvu que vous leur colliez un nom quelconque qui enlève une couche d'humanité à leur corps quand vous les évoquez. C'est ça, le but

* Mick : terme injurieux utilisé aux États-Unis pour désigner les Irlandais.

recherché. Si vous pouvez faire ça, vous pouvez faire en sorte que des jeunes hommes traversent des océans pour aller tuer d'autres jeunes hommes, ou vous pouvez aussi les faire rester ici, chez eux, et leur faire faire la même chose.

Bobby est couché dans un lit moelleux et confortable, à quinze mille kilomètres et douze ans de distance de ces garçons morts sur la route, et il décide que demain, il ira épingler ces quatre jeunes de Southie.

13

Le lendemain matin, il envoie quatre voitures pour embarquer les jeunes. Mais les flics en uniforme reviennent avec deux d'entre eux seulement. Julie Fennessy semble être toujours introuvable ; personne ne l'a vue depuis la nuit où Auggie Williamson est mort. Une rumeur circule dans la rue selon laquelle elle serait en Floride, mais personne ne sait exactement où. Ça embête Bobby – la mère était visiblement inquiète au sujet de sa fille. Mais si celle-ci était impliquée dans la mort de quelqu'un, filer en Floride pourrait paraître une bonne idée, surtout pour une jeune fille de dix-sept ans.

L'autre absent est George Dunbar, le dealer. C'est le fils de la nana que s'envoie Marty Butler, ce qui pourrait signifier que les flics ne se sont pas trop fatigués à le chercher, ou peut-être même qu'ils ne l'ont pas cherché du tout.

Ce qui veut dire que lorsque Vincent et Bobby descendent aux cellules de détention, les deux seuls trous du cul qui les attendent dans la salle d'interrogatoire sont Ronald Collins et Brenda Morello. Ronald Collins, un gosse de Southie, issu d'une lignée de Collins qui remonte à l'époque de la Grande Famine*, est aussi bête que ses frères aînés, son père et ses trois oncles, dont la plupart, selon les récentes recherches effectuées par Bobby, ont fait de la prison. C'est un dur à cuire, non parce qu'il est particulièrement dur, mais parce qu'il est trop con pour savoir qu'on n'est pas obligé de se comporter de cette façon.

En revanche, avec Brenda Morello, yeux humides et menton tremblotant, c'est le jackpot. Elle est prête à tout déballer depuis l'instant où elle s'est fait embarquer tandis qu'elle se rendait à son job d'été, chez Sullivan, à Castle Island. Quand Bobby et Vincent entrent dans la salle d'interrogatoire, elle lève les yeux vers eux, le visage ruisselant de larmes, et les premiers mots qui sortent de sa bouche sont :

— S'il vous plaît, est-ce que je peux rentrer à la maison ?

Bobby prend le siège en face d'elle.

Vincent reste debout, ce qui, évidemment, rend Brenda encore plus nerveuse.

Bobby lui adresse son sourire le plus amical.

— On veut juste te poser deux ou trois questions.

— Et après je pourrai rentrer à la maison ?

Elle peut se lever et sortir tout de suite – elle ne fait l'objet d'aucune accusation –, mais elle n'en a pas conscience, et l'éclairer sur ce point ne fait pas partie de leur boulot.

— Peux-tu nous dire ce que tu as fait samedi soir ?

Brenda fait semblant de réfléchir un moment, les yeux levés au plafond.

— Je sais pas. J'ai traîné un peu.

— Où ?

* La Grande Famine irlandaise (*The Irish Potato Famine*, 1845-1852) a fait un million de morts selon certaines estimations et provoqué une importante vague d'émigration aux États-Unis.

— Vous savez bien.

— Non, on ne sait pas.

— Dans le coin.

— Dans le coin de Columbia Park? demande Bobby.

Elle le regarde fixement, sa tête se met à fonctionner furieusement maintenant que la question confirme toutes ses craintes au sujet de la raison de sa présence ici.

— Tu y étais avec Ronald Collins, George Dunbar et Jules Fennessy.

Elle tente un:

— Peut-être?

— Pas de connerie de peut-être, dit Vincent en passant derrière elle.

Les yeux de Brenda s'emplissent de larmes. Vincent repasse derrière elle et elle se raidit, s'attendant à une gifle.

— Brenda, dit Bobby gentiment, regarde-moi.

Elle obéit.

— On sait que tu y étais. Et puis il s'est passé quelque chose.

— Qu'est-ce qui s'est passé?

— Pourquoi tu ne nous le dis pas?

Bobby voit bien que tout à coup, ça la ronge – cette chose terrible qu'elle sait et qu'elle garde au fond d'elle depuis bientôt une semaine.

Mais elle répond:

— Il s'est rien passé. Je me souviens de rien de particulier.

Bobby ouvre sa mallette et en sort une photo d'Auggie Williamson qu'il pose sur la table. Pas n'importe quelle photo. Bobby ne prend pas de gants – c'est la photo de la morgue.

Elle produit l'effet désiré. Le visage de Brenda s'affaisse et elle suffoque comme un poisson dans un seau.

— Non, dit-elle. Il s'est rien passé.

À cet instant, Vincent la frappe vraiment. Juste une petite tape rapide avec les doigts à l'arrière de sa tête. Elle pousse un cri. D'indignation plus que de douleur.

Bobby met un doigt sur la photo.

— Ce jeune homme est mort. Et nous savons de source sûre, Brenda, que tu fais partie des dernières personnes à l'avoir vu vivant.

Elle secoue la tête plusieurs fois.

— Non.

Vincent se tient juste derrière elle.

— Dis non encore une fois, petite merdeuse, et tu vas voir où ça te mène. T'as déjà passé un peu de temps dans une unité de soins intensifs ?

Bobby lui lance un regard du genre *on se calme un peu*, puis il attend que Brenda tourne les yeux de nouveau vers lui avant de lui demander :

— Est-ce que c'est toi qui as dit "Tu cours pas vite pour un nègre" ?

La bouche de Brenda s'arrondit en un O choqué.

— J'ai jamais dit ça.

— Non ? (Bobby regarde Vincent une seconde.) On a entendu dire que tu l'avais dit.

— Eh ben, y a quelqu'un qui raconte des foutus mensonges, parce que j'ai pas dit ça.

— Mais tu étais sur le quai de Columbia Station quand *quelqu'un* l'a dit.

— Je… quoi ? Non, j'étais… Non, j'étais sur aucun quai. J'étais à Columbia *Park* avec mes amis et je me suis disputée avec mon copain et je suis partie. Et eux, ils sont allés à la plage.

— Nous avons des témoins qui t'ont vue sur le quai du métro.

— Eh ben, ils mentent.

— Pourquoi ils mentiraient ?

— Je sais pas. Demandez-leur.

— On peut aussi te faire participer à une séance d'identification.

Cette éventualité provoque un nouveau tremblement de son menton.

— Si on fait ça, cette dame que t'as bousculée, elle va se souvenir de toi, Brenda.

— J'ai fait tomber aucune dame, dit Brenda avec une réelle indignation.

— Ce n'est pas ce qu'elle a dit, intervient Vincent.

— Eh ben, elle ment.

— Alors tout le monde ment, hein, c'est ça, Brenda ?

— Peut-être pas, mais elle, oui.

— Elle était plutôt convaincante, dit Bobby. Elle a le coude tout égratigné. Elle dit qu'elle sortait de la rame de la ligne extérieure et que tu l'as heurtée.

— On n'était pas sur le quai de la ligne extérieure, dit Brenda. On était du côté de la ligne intérieure.

Elle se rend compte de son erreur une seconde trop tard. Elle baisse la tête, regarde ses chaussures. Quand elle relève la tête, Bobby voit dans ses yeux qu'ils ont brisé sa résistance. Elle va tout leur déballer, à présent. Elle va continuer de parler jusqu'au lever du jour.

On frappe un petit coup à la porte, Vincent l'ouvre et se trouve face à Tovah Shapiro, avocate. Avant même de franchir le seuil, Tovah Shapiro s'empresse déjà de dire à Brenda :

— Tu la boucles, maintenant.

Tovah Shapiro est de la pire espèce d'avocats de la défense – auparavant elle était procureur, alors elle sait comment les flics pensent. Comment ils s'organisent. Comment ils agissent.

— Est-ce qu'ils t'ont lu tes droits ?

Brenda n'a aucune idée de qui est cette femme.

— Est-ce qu'ils l'ont fait ?

— Non, parvient à répondre Brenda.

— Je m'appelle Tovah Shapiro. Je suis ton avocate.

Elle s'assied à la table, près de sa "cliente".

— Vous ne voulez pas plutôt dire que vous êtes l'avocate de Marty Butler ? demande Bobby.

Tovah incline la tête pour le regarder.

— Salut Bobby. Comment ça va ?

— Bien, Tovah. Et vous ?

— Super. Vous vivez toujours dans la maison de maman et papa ?

Avant que Bobby puisse répondre, elle se tourne vers Brenda.

— Donc ils n'ont pas respecté tes droits Miranda* ?

— Quoi ?

— Est-ce que quelqu'un a prononcé les mots "Vous êtes en état d'arrestation" ?

— Non.

— Alors on peut partir.

— Là, tout de suite ?

— Là, tout de suite, mon chou.

En se levant, Brenda désigne Vincent du menton :

* Droits Miranda : la décision de la Cour suprême (1966), dite "décision Miranda", oblige la police à informer de ses droits toute personne arrêtée.

— Il m'a frappée, lui.

Tovah siffle doucement et dit à Vincent :

— Avec des plaintes contre vous déjà en cours ? Oh, Vinny, vous nous rendez la tâche trop facile.

Bobby met la photo d'Auggie Williamson devant les yeux de Brenda. Brenda la regarde, puis se détourne rapidement.

— C'était un être humain, Brenda. Tu sais ce qui lui est arrivé. On peut te proposer un marché.

Tovah éclate d'un rire perçant.

— Il faut pouvoir accuser quelqu'un de quelque chose avant de proposer un marché, Bobby.

— On s'en occupe et ça ne va pas tarder.

Tovah lève au ciel ses yeux ténébreux. Tout en elle est ténébreux. Ténébreux et diablement sexy – sa façon de bouger, sa façon de rire, sa façon de se mordre la lèvre inférieure avant de lâcher une bombe ou une autre.

— Vous n'avez rien.

Elle scrute son regard à la recherche d'une confirmation.

Bobby espère qu'en réponse il ne lui offre que des yeux vides. Il essaie aussi fort qu'il peut.

— On a des tas de choses.

Les yeux de Tovah s'acharnent à sonder les siens. À l'affût. Si elle continue longtemps comme ça, il va avoir besoin d'une douche froide.

— Je le répète, vous n'avez rien.

Ils sortent de la salle d'interrogatoire et trouvent Rum Collins dans l'entrée en compagnie de Boon Fletcher, du cabinet Fletcher, Shapiro, Dunn & Levine. En voyant Bobby, Boon roule les yeux d'un air condescendant, comme pour dire qu'il s'attendait à mieux de sa part, et Bobby se sert de son majeur pour se gratter l'arête du nez.

Vincent et lui restent dans l'entrée et observent les deux jeunes de Southie sortir avec deux avocats qu'ils ne pourraient pas s'offrir même s'ils gagnaient à la loterie tous les jours pendant un mois, et Bobby sait que s'ils veulent résoudre cette affaire maintenant, c'est devenu vachement plus difficile.

Après avoir terminé sa journée, Bobby sent les anguilles se faufiler dans ses veines et ça commence à le démanger. Dans le passé, la principale manière d'apaiser cette démangeaison était la seringue, la cuiller et la poudre brune. Aujourd'hui, il y voit le signe que cela fait trop longtemps qu'il n'est pas allé à une réunion.

Il en trouve une dans le sous-sol d'une église de Roxbury. Il descend les marches menant à la salle qui sent comme sentent toutes les salles de réunion des Narcotiques Anonymes : le café, la fumée de cigarette et les donuts.

Il prend un siège dans le cercle. Assistance clairsemée ce soir – neuf personnes pour vingt-cinq chaises, et aucune n'est très bavarde. Un homme d'affaires blanc avec un attaché-case a l'air vraiment en rogne ; une Portoricaine vêtue comme une femme de chambre paraît gênée. Il y a un type noir, trapu, avec de grosses chaussures de chantier couvertes de la même poussière de plâtre que celle qui saupoudre ses cheveux. Une femme aux allures de maîtresse d'école, un homme d'âge moyen avec les yeux tristes d'un chien à la fourrière, un jeune gars d'une vingtaine d'années, probablement là sur décision judiciaire et dont on dirait qu'il est peut-être bien défoncé en ce moment même. Bobby est sûr d'avoir déjà rencontré trois d'entre eux à d'autres réunions – l'hôtesse de l'air noire de la Pan Am, le chauffeur routier polonais, la femme qui fait penser à un oiseau et qui a perdu un de ses enfants dans un incendie. Mais ce soir, personne n'est d'humeur partageuse. Finalement, le type qui dirige le groupe, Doug R., se tourne vers Bobby et dit :

— Et toi, l'ami ? Envie de partager ?

Cela fait des mois que Bobby n'a pas partagé à une réunion. Il a été prévenu par son parrain, Mel, un flic à la retraite, que c'est un signe supplémentaire annonçant une possible rechute. S'enfermer dans ses propres conneries est une forme de malhonnêteté en soi.

Après quelques toussotements secs et quelques tentatives avortées, il parvient à sortir deux phrases.

— J'ai fait ce rêve l'autre nuit. Ma mère et un ami à moi des Marines me cherchaient dans une rue, à Hué.

— Ah ouais, quoi ? demande une femme aux cheveux blonds frisottés et aux yeux verts perçants.

C'est celle dont Bobby avait pensé qu'elle pourrait être institutrice.

— Hué. C'est une ville au Vietnam. J'y ai été affecté pendant un moment. Alors, bon, ma mère, qui est morte quand j'étais gosse, et mon copain, Carl Johansen, qui est mort pendant que j'étais là-bas, ils marchent dans cette rue à ma recherche. Et je les vois parce que je suis à l'intérieur de cette… vous voyez, cette vitrine de magasin vide qui s'étend tout au long de la rue. Et je cours, parallèlement à eux en hurlant "Hé, Je suis là ! Je suis là !" Mais ils ne m'entendent pas. Je me mets à taper sur les vitres, mais ils ne m'entendent toujours pas. Puis j'arrive au bout du bâtiment. Et je ne peux pas sortir. Ma mère et Carl continuent de marcher et de m'appeler jusqu'à ce que je ne puisse plus les voir. Et puis, au bout d'un moment, je ne les entends plus. Alors je me retourne dans ce magasin vide, et il y a une table avec mon briquet, ma cuiller et ma poudre. La seringue est plaquée de laiton. Il y a une chaise qui a l'air vraiment confortable pour m'asseoir. Alors je m'y installe. Et je… vous voyez, je prépare mon truc et je me shoote. Je vais pas vous mentir… c'était génial.

Les gens s'agitent sur leurs sièges. Il sent braqué sur lui le regard insistant de Doug, qui se demande s'il n'a pas fait une erreur en demandant à Bobby de partager.

— Je pense, poursuit Bobby, que Carl était dans mon rêve parce que, pendant longtemps, je me suis servi de la guerre comme excuse pour me shooter. "J'ai vu cette horreur-ci, j'ai vu cette horreur-là, alors je me suis retrouvé déboussolé." Mais ce n'est pas la guerre qui m'a déboussolé. J'en suis revenu sans une égratignure. En revanche, c'est bien là-bas que je me suis retrouvé déboussolé. Parce que j'étais de nouveau comme un enfant. Je ne connaissais rien, même pas la langue. Je ne connaissais pas leurs dieux, je ne connaissais pas leurs coutumes, quelle était la bonne ou la mauvaise façon de se conduire. J'étais juste un gars de vingt-deux ans avec un fusil.

Il jette un coup d'œil au groupe, il ne peut pas dire, d'après leurs regards ou leurs expressions corporelles, s'il est trop long ou s'il a établi un contact avec l'un ou l'autre d'entre eux. Mais il continue, laborieusement, trébuchant dans chaque phrase comme un tout petit enfant qui apprend à marcher.

— Cette ville, ici, elle est grise tout le temps, en quelque sorte. Vous voyez ? (Il lève les yeux vers le plafond.) En ce moment, le soleil brille la journée, mais il fait sacrément gris sept mois de l'année. Ou, je sais pas, peut-être que c'était gris juste dans la maison où j'ai grandi. Je pense à ma maison après la mort de ma mère – peut-être même quand elle était encore en vie – et j'ai l'impression que tout avait la couleur du trottoir, même l'air.

"Mais sur le théâtre des opérations ? Au Vietnam ? (Il promène son regard tout autour du cercle.) Vous n'avez jamais vu la couleur verte tant que vous n'êtes pas allé au Vietnam. Ça fait des années que j'essaie de la décrire et que j'y arrive pas – les rizières, le matin, avec la brume qui monte de l'eau et le ciel d'une teinte orange sanguine le soir, et les oiseaux qui rasent la surface des deltas et, je sais pas, on dirait un endroit que des dieux pourraient choisir pour partir en vacances. Un émerveillement permanent. Mais cette beauté s'est trouvée mêlée à la mort et a foutu la merde dans ma tête une fois que je me suis rendu compte que la mort, c'était *moi*, en train de me balader partout avec mon grand fusil. C'était moi qui tuais toute cette beauté. (Il s'aperçoit qu'il a involontairement baissé la tête et corrige sa position. Il les regarde tous dans les yeux.) Mais quand je me shootais, tout ça, ça disparaissait, et je ne sentais plus que l'émerveillement. Quand je me shootais, j'avais comme l'impression que… (Il observe le visage de la femme blonde, il voit dans ses yeux quelque chose qui semble désespéré et plein d'espoir en même temps.) L'impression que toute cette beauté se répandait dans mes veines. Elle était comme chez elle dans mon corps. Et je me sentais parfait. Je me sentais entier.

La femme blonde cligne des paupières. Une seule larme tombe de son œil et, en arrivant sur sa pommette, elle se brise en trois petites larmes que Bobby voit comme un trio de mots sacrés commençant par C : communion, consécration, consommation.

La femme détourne le regard, mais Bobby sent posés sur lui les yeux des autres dans la salle. Il hausse les épaules, subitement gêné d'avoir parlé si longtemps.

Doug R. dit :

— Merci pour le partage.

Quelques applaudissements polis.

Le type qui a l'air en colère dans son complet-veston dit, avec une prononciation très claire :

— Je suis accro à l'héroïne parce que Dieu, s'Il n'est pas mort, est certainement en congé sabbatique.

Bobby sent que tout le monde s'efforce de ne pas grogner.

Sur les marches de l'église, quand Bobby quitte les lieux, la femme blonde descend à côté de lui. Elle dit :

— Est-ce que les gens là-dedans savent que vous êtes flic ?

Il la regarde attentivement et se rend compte que son visage lui est vaguement familier.

— Ce n'est pas quelque chose que je vais crier sur les toits.

— Vous m'avez arrêtée une fois. Il y a deux ans.

Merde. C'est exactement la raison pour laquelle Bobby ne donne pas sa profession dans ces réunions.

— Je ne vous ai jamais oublié, dit-elle. Le visage dur mais la voix gentille. (Elle allume une cigarette et le dévisage à travers la fumée quand elle exhale.) Vous consommiez, à cette époque-là ?

— Il y a deux ans ? (Il hoche la tête.) Ça devait être juste avant que j'arrête.

— Alors, vous consommiez, mais vous arrêtiez des drogués comme moi.

Bobby essaie de ne plus se cacher de ses vilaines vérités.

— Oui.

Tous les autres ont regagné leur voiture. Il n'y a plus qu'eux deux devant l'église. Une petite brise se glisse dans les arbres et agite les mèches de leurs cheveux. Ils entendent, au loin, la circulation sur la voie rapide du sud-est – un bref coup de klaxon, le crépitement et le bruit étouffé des pneus des camions.

Elle sourit. Un sourire chaleureux et soudain.

— Vous m'avez arrêtée, mais vous n'avez pas retenu de charge contre moi.

— Ah bon ?

Elle secoue la tête.

— Vous m'avez mise dans une voiture et vous avez pris la direction du poste de police. Mais ensuite, vous m'avez demandé qui j'étais avant de devenir accro, et je vous ai répondu que j'étais une droguée *fonctionnelle*, merci. J'avais un bon job comme…

— Assistante sociale, dit-il avec un sourire, le souvenir lui revenant. Vos cheveux étaient différents.

— Au naturel, ils sont châtain terne, alors je fais une teinture maintenant. Et une permanente.

— C'est seyant.

À peine a-t-il dit cela qu'il a envie de se tirer une balle dans la tête. *Seyant ?* Où il est allé chercher ce mot à la con ?

— Vous m'avez conduite à une clinique de Huntington Avenue, dit-elle. Vous vous en souvenez ?

— Un peu.

— Vous êtes entré avec moi et vous m'avez dit : "Vous pouvez encore redevenir celle que vous êtes vraiment."

— Ça a marché ?

— Ça a pris encore six mois. Mais je suis clean depuis quatre cent quatre-vingt-un jours maintenant.

— Bravo.

— Ça fait encore peur. Ça vous fait peur aussi ?

— Oh oui.

Elle lui tend la main.

— Carmen.

— Vous n'avez pas l'air d'une Carmen.

— Je sais. Mais ma mère était fan d'opéra.

Bobby sourit, comme s'il savait quel rapport il pouvait y avoir entre les deux choses. Il serre la main tendue.

— Michael. Mais tout le monde m'appelle Bobby.

— Mon Dieu, pourquoi cela ?

— C'est une longue histoire.

— Vous pourriez me la raconter en allant jusqu'à ma voiture ? Je suis garée à plusieurs rues d'ici et c'est un petit peu craignos dans le coin.

— Bien sûr.

Ensemble, ils s'engagent sur le trottoir.

C'est une douce soirée d'été qui sent la pluie. Bobby accompagne Carmen jusqu'à sa voiture. À un moment, il lance un regard de côté, la surprend en train de lui lancer aussi un regard de côté avec un sourire discret, et il songe à la possibilité que ce n'est peut-être pas l'amour qui est le contraire de la haine. C'est l'espoir. Parce que la haine prend des années à se former, tandis que l'espoir peut déboucher au coin de la rue alors même que vous avez les yeux ailleurs.

14

Le téléphone n'arrête pas de sonner. Mary Pat le regarde fixement, elle est incapable de dire depuis combien de temps elle est assise sur le canapé de la salle de séjour, incapable de dire depuis combien de temps ce téléphone sonne. Il s'arrête. Et puis une minute plus tard, il recommence. Il s'arrête après neuf sonneries. Une minute de silence. Peut-être plus. Peut-être cinq minutes. Et puis, de nouveau, il se met à sonner. Une fois. Deux fois. Trois fois. C'est au milieu de la quatrième sonnerie que Mary Pat débranche doucement le fil à l'arrière.

C'est probablement Meadow Lane. Elle devrait être au travail en ce moment même. Quand elle en prend conscience, l'idée transperce presque l'engourdissement dans lequel elle est plongée depuis qu'elle a ouvert la sacoche que lui a donnée Marty Butler. Mais l'engourdissement est encore trop fort. C'est de la Novocaïne de la tête aux pieds. C'est un engourdissement pesant – ça n'a rien de ouaté ou de calmant. Il lui comprime la peau, le sang, le cerveau et les terminaisons nerveuses. C'est comme une main qui lui agrippe la nuque et lui plaque le visage sur le sol, parce que cet engourdissement redoute ce qui arrivera si jamais elle pose le pied par terre.

Mais il n'a rien à redouter. Mary Pat n'imagine pas une seconde retrouver ses jambes. Pas d'une façon qui compte vraiment. Elle n'imagine pas une seconde retourner au travail pendant un bon moment. Elle doute qu'il y ait encore du travail pour elle quand elle sera prête à y retourner. Et c'est très bien ainsi.

Elle a trouvé une station sur sa radio – WJIB – qui ne passe que de la musique classique et elle l'écoute en permanence. Elle ne la ferme même pas quand elle va se coucher (non qu'il y ait beaucoup de sommeil dans sa vie ces jours-ci). Depuis son enfance, elle a toujours été fan du hit-parade, jamais d'un groupe en particulier, juste de la musique du jour. Cet été, elle a adoré *Rock the Boat*, *Billy Don't Be a Hero* et sa préférée, *Don't Let the Sun Go Down on Me*. Mais à présent, toutes ces chansons lui paraissent stupides parce qu'elles n'ont pas été écrites en ayant à l'esprit quelqu'un comme elle. Même ces paroles "Tout perdre, c'est comme si le soleil se couchait sur ma vie" lui semblent insuffisantes, parce que tout perdre, ce n'est pas comme si le soleil se couchait sur sa vie, c'est comme si une bombe atomique avait explosé à l'intérieur d'elle-même, et maintenant elle fait partie du nuage en forme de champignon, mille petits fragments d'elle se désintégrant et voltigeant dans l'espace, dans mille directions différentes.

En ce qui concerne les airs classiques, elle ne connaît pas les titres, ni les noms des compositeurs (à moins que l'animateur n'intervienne à la fin d'un ensemble de quatre ou cinq morceaux, et dans ce cas, les premiers entendus sont déjà trop loin pour qu'elle puisse attribuer les noms aux airs appropriés), mais cette musique parle à sa douleur comme rien d'autre ne peut le faire. Elle se glisse *à travers* la Novocaïne. Pas suffisamment pour parvenir jusqu'à son cœur, mais suffisamment pour parvenir à sa tête. Mary Pat flotte sur les notes comme si ces notes étaient des courants dans une vaste étendue d'eau – une étendue d'eau sombre, elle en est certaine, un grand fleuve dans la nuit – et elle atteint une région de son esprit où toute son histoire et celle de sa famille avant elle et de la famille qu'elle a formée s'entremêlent. Elle pressent – bien qu'elle ne puisse ni la sentir ni l'exprimer – une connexion entre tous ceux de sa lignée qui ont vécu et qui sont morts. Bien sûr, une partie de cette connexion est un héritage ethnique – tous étaient irlandais et tous n'ont épousé que des Irlandais depuis que les premiers d'entre eux, Damien et Mare Flanagan, sont descendus du navire à Long Wharf en 1889 –, mais l'autre partie de la connexion est plus insaisissable. Et pourtant, portée par le courant de Beethoven, Brahms, Chopin ou Haendel, elle peut toucher une parcelle d'elle-même qui lui semble bien plus vraie que réelle, une Mary Pat Originelle, une Mary Pat Ève biblique, une Mary Pat dont les racines remontent si loin qu'elle a peut-être rendu le dernier soupir dans une tourbière du village de Tully Cross dans le canton de Gorteenclough au XIIe siècle. Et cette Mary Pat Originelle comprend quelque chose dans la musique concernant les liens qui les unissent tous dans cette famille – depuis le premier Flanagan né américain (Connor) jusqu'à la dernière Fennessy née américaine (Jules) – qui donne du sens à l'histoire de la lignée. La Mary Pat d'aujourd'hui ne parvient pas à mettre le doigt sur ce que c'est, mais elle écoute les notes avec la vague conviction qu'il se pourrait qu'elle y parvienne un jour.

Par sa fenêtre, elle voit un buste passer en se baissant. Deux flics poursuivent un des frères Phelan (qui peut dire lequel ? ils se ressemblent tous les neuf, tous promis à la prison dès l'instant où ils ont quitté la maternité) à l'intérieur de Commonwealth et le plaquent au sol sur l'asphalte devant le bâtiment Morris. Un des frères Phelan qui se fait arrêter, il n'y a là rien de sensationnel – c'est comme une feuille qui tombe d'un arbre –, seulement voilà, l'un des flics est noir. Ça fait sortir les voisins à grande gueule, qui se mettent à hurler, les nègres par-ci, les nègres par-là, et puis des gosses montent sur le toit des immeubles et les bouteilles et les pierres se mettent à pleuvoir. Rapidement, les voitures noir et blanc et les paniers à salade envahissent les allées qui serpentent entre les bâtiments de la cité. Les véhicules s'arrêtent dans un crissement de pneus. Les portières s'ouvrent et se referment en claquant.

Les parents battent en retraite, mais les gosses sur les toits ont déniché des sacs-poubelles quelque part et ils commencent à bombarder les flics avec des laitues pourries et des boîtes de conserve Dinty Moore vides, des pommes de terre avariées qui explosent quand elles atterrissent sur une voiture ou sur une tête. Au bout d'un moment, les gosses déguerpissent et tout se calme. Un des flics regarde les éclaboussures de pommes de terre blanc cassé projetées un peu partout, les fenêtres criblées de nouvelles fêlures et d'éclats de vitres brisées par les pierres, et les bouteilles fracassées qui jonchent le sol, et il lance en direction des moustiquaires de fenêtres autour de l'endroit où la mêlée a eu lieu :

— Vous nettoierez tout ça vous-mêmes. Pas question qu'on vous envoie les services de la voirie, bande d'animaux.

Et ils se retirent comme une armée d'occupation, écœurés par ceux qu'ils sont forcés de gouverner.

Plus tard, les femmes et les gosses qui ont fait ça (plusieurs d'entre eux arborent de nouvelles contusions ou un œil au beurre noir, cadeaux des hommes qui les ont engendrés) sortent avec des balais, des pelles et des seaux et entreprennent de nettoyer toutes ces saletés. Normalement, Mary Pat ne ferait ni une ni deux et se précipiterait pour les aider – c'est là-dessus que se fonde la communauté, a-t-elle toujours pensé, donner un coup de main –, mais elle est incapable de se lever de son canapé. C'est comme si elle y était clouée.

Et puis, où est cette communauté en ce qui la concerne ? À présent, elle sait que tout le quartier doit être au courant – personne n'a revu Jules depuis six jours. Le bruit doit aussi courir qu'il est préférable de ne pas poser de question à son sujet non plus. Donc tout le monde sait – tout autant qu'elle – que sa fille est morte.

Mais personne ne vient la voir. Personne ne lui passe un coup de fil.

Big Peg est venue une fois. Elle a tapé trois ou quatre coups à la porte, mais Mary Pat n'a pas répondu. Elle savait que quelles que soient les preuves qu'elle pourrait présenter à Big Peg que c'étaient les gars de Marty Butler qui avaient tué Jules, Big Peg ne voudrait rien entendre. Marty n'est pas simplement le protecteur de Southie. Il n'est pas simplement l'enfant chéri de Southie. Marty n'est pas simplement pour eux tous le rebelle qui fait un pied de nez à l'ordre établi. Marty *est* Southie. Croire que Marty est mauvais – pas seulement un criminel, pas seulement l'auteur de magouilles et de manigances, pas seulement celui qui dirige un milieu qui doit bien être dirigé par quelqu'un, et donc pourquoi pas lui ? – c'est croire que Southie est mauvais. Et Peg ne pourrait jamais s'y résoudre. Alors, plutôt que mettre son âme à nu devant une sœur qui tournerait le dos à cette âme et lui demanderait de se rhabiller au nom d'une décence élémentaire, Mary Pat n'est pas allée ouvrir la porte.

Elle finit tout de même par aller l'ouvrir quand les Sœurs du groupe SWAB lui rendent visite. Elles sont une demi-douzaine, elles ne sont pas liées par le sang ou le mariage, mais elles s'appellent ainsi parce qu'elles sont amies depuis au moins vingt ans et qu'elles ont été la première association formée en réaction à la décision du Comité de l'Enseignement d'*entendre* les revendications des familles de couleur qui ont porté plainte dans l'affaire Morgan contre Hennigan. SWAB signifie *Southie Women Against Busing**. Mary Pat a assisté à une de leurs premières réunions, c'était en 1971, longtemps avant que qui que ce soit ne commence à croire que cette histoire de *busing* pouvait déboucher sur du concret ; elle était arrivée juste au moment des donuts et du Lambrusco Riunite. À l'époque, SWAB ne comptait que les six femmes qui se présentent maintenant à sa porte, le septième jour après la disparition de Jules : Carol Fitzpatrick, Noreen Ryan, Joyce O'Halloran, Patty Byrnes, Maureen Kilkenny et Hannah Spotchnicki (née Carmody).

Mary Pat a accepté de devenir membre à part entière en 1973, quand il est apparu que, putain de merde, cette connerie de *busing* pourrait bien devenir réalité, mais elle n'est pas ce qu'on appellerait un membre militant. Elle veut bien faire quelque chose si elles le lui demandent, mais ce n'est pas elle qui va les voir. La plupart des femmes du SWAB (qui

* Femmes de Southie contre le *busing*.

en compte deux cents aujourd'hui) sont comme Mary Pat, mais les Sœurs du SWAB, les six d'origine, ces garces, sont de vraies missionnaires zélées.

Le visage de leur meneuse, Carol Fitzpatrick, apparaît dans le judas de la porte de Mary Pat, les cinq autres sont disposées en éventail derrière elle. Mary Pat vient de sortir d'une douche qu'elle ne se souvient pas avoir prise, et elle est là, dans un peignoir qui a connu des jours meilleurs avant les débats Kennedy-Nixon, et se sentant plus engourdie que jamais. Les femmes de l'autre côté du judas ont l'air tout droit sorties d'un dessin humoristique – peut-être pas inoffensives, mais comiques, sans aucun doute. Carol n'a besoin de frapper que quelques fois avant que Mary Pat ne lui ouvre.

Elles ont l'air surprises, comme si elles ne s'attendaient pas vraiment à la voir. Ou alors c'est qu'elles s'attendaient à ce qu'elle ait meilleure allure.

— Mary *Pat* ! dit Carol en tapant des mains joyeusement. Mais où étais-tu ?

— Ici, répond Mary Pat en s'écartant pour les laisser entrer.

Aucune d'elles ne semble remarquer l'évier qui déborde de vaisselle, les cendriers archipleins, les canettes de bière vides dans tous les coins, les verres poisseux de restes d'alcool, les boîtes de pizzas, le carton de poisson pané-frites à emporter, les sacs de McDonald's froissés en boules sur le plan de travail de la cuisine.

— Il faut qu'on t'aide pour que tu sois prête, dit Joyce.

— Prête pour quoi ? demande Mary Pat, ce qui les fait toutes rire.

— Prête pour *quoi* ! dit Patty Byrnes. Ah, t'es un sacré numéro, toi !

— Viens, viens.

Maureen Kilkenny l'emmène dans le couloir jusqu'à sa chambre.

Une seconde plus tard, ou c'est l'impression qu'elle a, Carol les a rejointes et les deux femmes fouillent dans le placard peu fourni de Mary Pat. Elles jettent une robe sur le lit, suivie d'une autre. Puis un ensemble corsage-jupe. Viennent ensuite les chaussures – Mary Pat n'a que deux paires de chaussures habillées, une à talons hauts, l'autre à talons plats, ce qui réduit immédiatement le choix.

Elles tiennent chaque robe, puis l'ensemble corsage-jupe, devant Mary Pat et elle se regarde les laisser faire, elle les entend gazouiller au sujet de ce qui lui convient le mieux et qui pourrait aller avec les chaussures – ça ne peut être que les plates, selon Carol, personne ne peut supporter des talons hauts tout le temps qu'elles vont devoir rester debout, et en plus, ça enverrait un message contradictoire. Mary Pat se voit plantée là, dans sa chambre, mais ce n'est pas elle, c'est la Mary Pat Novocaïne, l'engourdie, la perdue, la vaincue. Carol et Maureen se décident en faveur de l'ensemble corsage-jupe. Le corsage est rouge vin et la jupe est un modèle à carreaux, vaguement écossais. Les chaussures sont noires. Une fois les vêtements enfilés, elles s'occupent de ses cheveux et du maquillage dans la salle de bains, et quand Mary Pat s'aperçoit dans le miroir, elle éprouve une étrange fierté en constatant qu'elle a un air de goule, une sorte de créature vidée de tout son sang, mais qui continue tout de même à marcher parmi les vivants.

Elles la ramènent en vitesse dans la pièce principale où attendent les quatre autres. Les emballages de fast-food et les canettes ont disparu, les cendriers sont vides, les verres sont en train de sécher sur l'égouttoir.

— On va où ? demande Mary Pat.

De nouveau, elles éclatent toutes de rire devant l'absurdité de la question.

Puis Hannah Spotchnicki lance :

— La manif !

— Au City Hall, dit Carol.

— Ah, parvient à dire Mary Pat. C'est vrai.

— On peut pas y aller sans toi, idiote ! s'exclame Noreen Ryan sur un ton bien trop enjoué si l'on considère la peur dans son regard.

— On a besoin de tout le monde, dit Carol. Toutes les personnes sur qui on peut mettre la main.

L'absurdité de la phrase dans sa situation actuelle n'échappe pas à Mary Pat. Elle sourit à Carol.

— Toutes les personnes sur qui vous pouvez mettre la main ?

— Hmm-hmm.

— Et si vous pouvez pas ?

— Quoi ?

— Mettre la main sur la personne ?

Mary Pat n'a aucune idée de combien de temps elles la regardent toutes fixement – ça pourrait être une seconde, ça pourrait être cinq minutes –, mais à les voir, on dirait bien que presque toutes préféreraient prendre leurs jambes à leur cou et filer de là en vitesse.

Peut-être, se dit Mary Pat, *que je vais devenir une de ces femmes qui poussent tout ce qu'elles possèdent dans un caddie et qui dorment dans les jardins publics.*

— Tu as besoin d'air frais, dit Carol. Tu as besoin de faire partie de quelque chose de significatif. Tu as besoin d'avoir un but, Mary Pat. Maintenant plus que jamais.

Maintenant plus que jamais.

Donc elles savent.

— D'accord, s'entend dire Mary Pat.

Elles lui font franchir la porte comme si elle était sur un diable.

Sur la chaussée, juste à la sortie de la cité, un bus scolaire attend. Si l'une d'elles saisit l'ironie, elle la passe sous silence. Le bus est d'un bleu jean délavé avec, en lettres spectrales, l'inscription *Franklin Middle School* encore visible sous une couche de vieille peinture. Les pneus ont l'air complètement lisses. Une vingtaine de femmes ont attendu tout ce temps à l'intérieur. Elles ont baissé les vitres et laissent pendre à l'extérieur le bras qui tient une cigarette. Plusieurs d'entre elles s'éventent. Il ne fait pas encore une chaleur infernale – il n'y a pas de soleil, la matinée est nuageuse – mais l'humidité de l'air est insupportable.

Mary Pat connaît la plupart de ces femmes. Presque toutes ont des coiffures en forme de ruche, ce qui n'a rien d'inhabituel à Southie. Ce qui est inhabituel, en revanche, c'est qu'elles ont mis des petits drapeaux américains et ce qui a l'air d'être des sachets de thé au milieu de leurs ruches. Elles croisent à peine son regard tandis qu'elle prend place à l'avant avec les Sœurs du SWAB, mais elle les observe assez longtemps pour confirmer que, oui, ce sont bien des sachets de thé. Tandis que le bus s'engage lourdement sur la chaussée, Mary Pat jette un coup d'œil dans l'allée centrale et elle repère Mary Kate

Dooley, Mary Jo O'Rourke, Donna Ferris, Erin Dunne, Tricia Hughes, Barbara Clarke, Kerry Murphy et Nora Quinn. De vieilles amies, toutes. Mais aucune ne croise son regard. Empilées à l'arrière, occupant les quatre sièges du fond et l'espace derrière eux, elle aperçoit les pancartes – dont certaines, Mary Pat en est sûre, ont été assemblées par elle-même quelques soirées auparavant, sur le sol de son appartement.

Elles quittent South Boston dans la grisaille humide. Elles fument et échangent des banalités et le centre-ville se rapproche un peu plus à chaque intersection qu'elles franchissent.

— J'ai pas envie de parler d'elle, dit Joyce O'Halloran à Carol, les mains sur les oreilles.

— Alors pourquoi tu en parles ? demande Carol.

— J'en parle pas. C'est juste que c'est une foutue, tu sais… elle est invivable. Voilà ce qu'on récolte à les gâter et avec la télé et la musique qu'ils écoutent, où tout le monde fait l'apologie de la drogue et de l'amour libre. Ah ça, c'est sûr, c'est pas comme ça qu'on a été élevées, nous, mais elle, elle trouve que c'est bien de parler à tort et à travers à propos de tout. Mais *tout*, je te dis, merde. Si moi je crois une chose, elle croit le contraire. Et pas parce qu'elle y croit. Mais parce qu'elle veut me faire de la peine.

— Elle veut te faire de la peine, acquiesce Carol.

— Elle veut te faire de la peine, fait chorus Hannah.

— C'est qui ? demande Mary Pat.

— Ma fille, répond Joyce avec un geste désinvolte de la main. Cecilia. Une petite garce. Mon mari et moi, on élève cinq enfants, il y en a quatre, ça va, mais celle-là ? Celle qu'est au milieu ?

— Ceux qui sont au milieu, c'est toujours du souci, dit Noreen Ryan.

Les Sœurs du SWAB hochent toutes la tête pour confirmer.

— C'est juste une adolescente, dit Maureen. Ils traversent tous des périodes comme ça.

— Hmm, fait Joyce, visiblement pas convaincue.

Le bus traverse le pont de Northern Avenue en cahotant et prend à droite dans Atlantic Avenue et maintenant elles sont officiellement sorties de South Boston, elles sont dans Boston proprement dit. Le City Hall n'est plus qu'à un kilomètre et demi.

— C'est le moment pour nous, les filles.

Carol plonge la main dans son sac et en sort une poignée de petits drapeaux et de sachets de thé.

Mary Pat prend un drapeau. Au lieu de le planter dans ses cheveux, elle glisse la petite tige en bois dans une boutonnière de son corsage.

Joyce, Carol et Noreen choisissent un drapeau. Patty, Maureen et Hannah optent pour le sachet de thé.

Mary Pat les observe s'entraider à les mettre en place dans leurs cheveux et elle ne peut pas s'empêcher de leur demander :

— C'est quoi, ces sachets de thé ?

— Tu ne t'en souviens pas ? On en a parlé à une réunion.

— J'ai dû rater celle-là.

— La *Tea Party*, Mary Pat. La *Boston Tea Party** ? dit Hannah. Quand ils ont balancé tout le thé dans le port ?

* En 1773, des colons jettent dans le port de Boston toute une cargaison de thé pour protester contre les mesures fiscales et douanières imposées par la Couronne britannique. Cet acte, connu sous le nom ironique de *Boston Tea Party*, est généralement considéré comme le point de départ de la Guerre d'Indépendance.

— Ça je sais, répond Mary Pat.

— Eh ben, nous on commence notre propre rébellion contre la tyrannie, ajoute Patty. D'où les sachets de thé.

— Est-ce que les gens vont saisir l'allusion ? demande Mary Pat.

Quelques-unes des femmes pâlissent et Mary Pat entend murmurer dans son dos, mais il est trop tard pour discuter parce qu'à présent, elles quittent Sudbury Street pour s'engager dans Congress Street, le JFK Federal Building se profilant dans la fenêtre au coin nord-est de City Hall Plaza, et Mary Pat distingue une marée humaine qui afflue sur l'esplanade de toutes les directions, à ce qu'il semble. La circulation est maintenant très ralentie. Tandis que le bus avance au pas, on aperçoit les arêtes de béton du City Hall. C'est un édifice d'une grande laideur, sans couleur, à part un peu de brique à la base, sans grâce de haut en bas. À l'intérieur, c'est pire. Ce bâtiment semble avoir été construit dans le seul but de faire comprendre à ceux qui ont une affaire à régler avec la ville – avant même qu'ils y soient entrés – que c'est toujours la municipalité qui gagne.

— On attend combien de personnes ? demande Mary Pat au groupe.

— Quinze cents, peut-être ? répond Carol.

Le bus s'arrête au bord du trottoir. Tandis qu'elles descendent, le chauffeur remet un autre sachet de thé à tout le monde.

Elles ouvrent la porte arrière et chacune d'elles attrape une pancarte. Celle de Mary Pat dit : NON À LA DICTATURE JUDICIAIRE. La femme près d'elle en brandit une qui proclame : BOSTONIENS : UNION SACRÉE. Mary Pat se surprend à regretter de ne pas avoir pris celle-là – l'acronyme est plus pertinent.

Elles prennent l'escalier qui mène de l'arrière du bâtiment à l'esplanade. Les nuages se sont dissipés. Le soleil, éclatant et brûlant, vrille immédiatement la nuque de Mary Pat. La foule qui monte les marches, si dense que Mary Pat et ses compagnes de bus semblent n'être que des grains de poussière dans la multitude qui les entoure, est déjà en sueur, la chaleur fait rosir les visages. Il y a des tas de drapeaux – drapeaux américains, drapeaux irlandais, et draps tendus entre de longs bâtons portant le nom de quartiers : Southie, pour la plupart, mais aussi Dorchester, Hyde Park, Charlestown et East Boston. À mi-hauteur des marches, la foule se met à scander le Serment d'allégeance au drapeau, et Mary Pat doit admettre que cela lui fait du bien, tandis que les mots sortent de sa bouche, particulièrement à la fin, quand la foule hausse le ton de plusieurs crans et éructe la dernière formule : "la liberté et la justice pour *TOUS* !"

Elle commence à se dire qu'ils sont plus de quinze cents, et quand ils atteignent le haut des marches et se déversent sur l'esplanade, elle est bouleversée de constater qu'ils sont des *milliers*. Elle ne voit pas où se termine cette foule. Ils doivent être neuf mille, dix mille peut-être.

Carol conduit le groupe jusqu'à une fontaine où elles ajoutent leurs sachets de thé aux centaines qui sont déjà là, le thé donnant à l'eau une teinte de rouille. Une fois encore, Mary Pat se demande si quelqu'un va comprendre. Elle imagine un vieux flic planté devant la fontaine un peu plus tard, en train de dire "Ah bon sang, ces abrutis savent pas que le thé a meilleur goût quand on fait chauffer l'eau comme il faut ?"

À l'autre extrémité de la foule, elle remarque les contre-manifestants – la plupart d'entre eux se tenant prudemment de l'autre côté de la rue, au 3 Center Plaza. Des hippies, majoritairement blancs et débraillés, et tous entretenus par leurs parents ; quelques Noirs portant avec arrogance coiffures afro et dashikis, et, pour finir, un noyau d'hommes et de femmes qui ressemblent à Mary Pat et aux gens qu'elle connaît, des gens de la classe ouvrière, Irlandais, Polonais et Italiens. Ils ne sont pas très nombreux, mais ils sont là et brandissent des pancartes proclamant des choses du genre STOP À LA SÉGRÉGATION (pas terrible non plus, comme acronyme) et L'ÉDUCATION EST UN DROIT CIVIL. Mary Pat est choquée d'apercevoir dans ce groupe quelques personnes d'un certain âge qu'elle reconnaît : Mme Walsh, d'Old Colony Avenue ; le vieux Tyrone Folan, de Baxter Street ; toute la famille Crowley, de M Street.

Avant qu'elle ait eu le temps d'en identifier d'autres, elle est emportée par la vague avec ses compagnes, ballotée et entraînée par quelque étoile polaire invisible qui les conduit jusqu'à un endroit situé à une dizaine de pas de la scène. Là, pas de contre-manifestants. *Qui oserait ?* Les gens sont entassés sur des centaines de rangs – pas seulement Southie, le secteur blanc de Dorchester, Hyde Park, Charlestown et East Boston, mais cette foutue *ville* tout entière, Revere, Everett, Malden, Chelsea, Roslindale, à l'exception (évidemment) de Mattapan, Roxbury et des secteurs de Dorchester qui sont devenus totalement noirs à présent. Dans ce qu'il est désormais convenu d'appeler la Phase 1, la ville va mettre fin à la ségrégation dans cinquante-neuf des deux cents établissements scolaires que compte le système éducatif public, les premières mesures prenant effet dans moins de deux semaines. Dans les deux ans à venir, la totalité de ces deux cents établissements sera affectée. Et c'est ce qui explique cette foule – au bout du compte, *tous* seront concernés par ce problème.

Les trois premiers orateurs sont des membres du Comité de l'Enseignement de Boston, ceux qui se sont le plus battus, depuis presque une dizaine d'années, pour que les écoles restent telles qu'elles devraient être. La première personne à prendre la parole, Shirley Brackin, de la paroisse St William, à Dorchester, répète ce que tous les gens présents savent déjà – à savoir, aucun de ceux qui ont décidé de mettre fin à la ségrégation des écoles d'une façon aussi aberrante que le *busing* ne réside dans les quartiers concernés par la mesure qu'ils ont décrétée ; aucun d'eux n'envoie ses enfants dans une école publique ; aucun d'eux – les Blancs, en tout cas – ne vit dans un quartier multiracial (parce qu'il n'y a tout simplement pas de quartiers multiraciaux à Boston). L'oratrice suivante, Geraldine Guffy, de la paroisse St Augustine à Southie, s'en prend à la destruction inévitable de leur mode de vie : leur quartier leur offre une vie de village à l'intérieur d'une grande ville, où tout le monde connaît ses voisins parce qu'ils ont tous grandi ensemble, ont fréquenté les mêmes écoles, joué sur les mêmes terrains de jeux, pratiqué les mêmes sports, si bien connu les parents et les grands-parents des uns et des autres que, tenez, si un de ces gosses faisait un pas de travers, ces parents et ces grands-parents se sentaient libres d'intervenir et de le corriger – d'une tape sur la joue ou sur les fesses, ou juste une sévère remontrance – comme si le gosse en question était le leur.

— Ils nous disent que cela va changer le quartier en bien, dit Geraldine Guffy (qui doit ensuite attendre que retombe le tollé des huées et des sifflets), que dans un pays de conte de fées tout sucre tout miel, nos enfants et ceux des personnes de couleur vont devenir amis. Mais nos enfants et les enfants de couleur vont rentrer chez eux tous les soirs pour retrouver leurs amis et leurs familles dans leurs quartiers. Ils ne vont pas devenir amis, juste des camarades de classe. Et nos traditions, notre mode de vie, notre sentiment de sécurité ? Nous ne pourrons plus les retrouver. On ne peut pas retrouver quelque chose qui a disparu. Et toutes ces choses auront disparu à l'instant même où vous verrez le premier de ces bus passer dans la rue en direction de *notre* lycée.

La foule explose dans un mélange d'euphorie et de menace. Mary Pat regarde par-dessus son épaule et il lui est impossible d'en mesurer l'importance. Elle est au centre de l'esplanade, mais cette foule est si immense qu'elle ne parvient pas à voir l'une ou l'autre des rues qui y mènent.

Elle sent la puissance de ces gens, leur indignation et leur tristesse, et elle est surprise d'éprouver subitement les mêmes sentiments qu'eux. Pour la première fois depuis qu'elle a ouvert cette sacoche pleine d'argent et compris ce que cela signifiait, elle ressent *quelque chose*. Elle pensait qu'après avoir perdu sa fille, il ne lui restait plus rien, et c'est encore vrai en grande partie, mais elle ne doit pas oublier qu'il lui reste son mode de vie. Il lui reste son quartier et tous les gens qui y vivent. Il lui reste la communauté. Et ce que ces ingénieurs sociaux et ces gens de gauche qui roulent en limousine sont en train de faire, c'est balancer un boulet de démolition dans tout cet édifice. Dans son mode de vie. La seule vie qu'elle ait jamais connue, la seule chose qui lui reste à défendre dans ce monde.

Quand le troisième orateur, Mike Dowd de la paroisse du Très Précieux Sang, de Hyde Park, monte sur la scène, il ne peut sortir qu'une phrase ou deux avant d'être noyé par les rugissements de la foule. Il attend qu'elle se calme, prononce encore deux phrases et les rugissements repartent de plus belle. Mary Pat et la demi-douzaine de Sœurs du SWAB sont là, au milieu de la foule, hurlant à s'en casser la voix.

— Dieu nous a faits, braille Mike Dowd. Dieu nous a faits femmes et Dieu nous a faits hommes et Dieu ne commet pas d'erreurs, pas vrai ?

La foule est un peu moins sûre de la manière de réagir à cela, mais la plupart s'écrient :

— Vrai !

Mike Dowd se penche vers le micro :

— Et Dieu nous a faits blancs et noirs et bruns et asiatiques. Et *ça*, est-ce que c'était une erreur ?

Là encore, petite hésitation, comme si les gens étaient perturbés parce que personne ne les a prévenus qu'il faudrait répondre à des questions, mais au bout d'un moment un "Non !" rugissant monte vers le ciel.

Mike Dowd hurle :

— Exactement ! Non. Dieu n'a pas commis d'erreur. Il a choisi de nous faire blancs, noirs, bruns et asiatiques et même Indiens rouges. C'étaient les couleurs qu'Il a voulues. S'Il avait voulu qu'on se mélange, alors Il nous aurait mélangés. Il nous aurait faits moitié jaunes, moitié bleus. Violets et blancs. (Des ricanements approbateurs parcourent la foule.) Il ne nous a pas mélangés parce qu'Il ne voulait pas qu'on se mélange.

Bon, est-ce que ce n'est pas vrai ? pense Mary Pat. *Est-ce que ça n'est pas ça, l'essentiel, en fin de compte ? Nous avons notre mode de vie, les gens de couleur ont le leur. Les Hispaniques, le leur. Les Asiatiques ont Chinatown, bon Dieu et vous ne voyez personne essayer de les forcer à se séparer et se disperser à travers la ville. Non, ils savent rester à leur place. Et tant qu'ils y resteront, on les laissera tranquilles, on les laissera s'occuper de leurs affaires. Et c'est tout ce qu'on veut, nous aussi.*

Mais à mesure que la matinée s'avance, les orateurs deviennent plus bruyants (et beaucoup plus répétitifs), et Mary Pat a commencé à sentir son indignation faiblir quand elle aperçoit une femme qui a les mêmes cheveux que Jules se faufiler à travers la foule. Le visage est plus rond et plus âgé que celui de Jules, mais les cheveux sont pratiquement identiques. Et tout d'un coup, c'est comme si elle la perdait de nouveau. Comme si elle la perdait encore et encore. Comme si elle revoyait Jules bébé, elle la tient dans sa main, toute nue, en train de brailler, et puis elle revoit en accéléré toute la vie de sa fille, elle l'observe comme on observe un train qui passe devant vous à toute allure – les premières dents, les premiers pas, la première grippe, les genoux égratignés, les dents de devant qui tombent, les couettes du cours préparatoire, la queue-de-cheval du cours élémentaire, le cœur définitivement brisé en cours moyen quand Mary Pat lui dit papa ne reviendra *plus jamais* à la maison, l'acné à douze ans, des seins à treize, en même temps qu'une apathie *générale*, le diplôme en fin de collège, les soirées de bal du lycée, la fin de la phase apathique, coïncidant avec le déclin final de Noel, le retour de son culot, de son humour, de son rire sonore et loufoque… – et puis elle n'est plus là, sa fille n'est plus là, elle a quitté cette vie, elle s'en est allée dans un grand vide. Il y a dans le cœur de Mary Pat des cavités qu'elle était certaine d'avoir hermétiquement fermées et qui s'ouvrent d'un coup, et s'y engouffre, tel un raz-de-marée, un sentiment de perte abyssal. Soudain, elle ne parvient pas à se rappeler ce qu'elle fait là, ni pourquoi elle devrait en avoir quelque chose à foutre de la raison pour laquelle des Noirs, des Juifs ou des Asiatiques traversent le pont pour venir dans Southie.

Jules.

Jules.

Pourquoi m'as-tu quittée ?

Où es-tu allée ?

Est-ce que la douleur s'est calmée, mon bébé ?

Est-ce qu'il fait bon là où tu es ?

Est-ce que tu attendras que je t'y retrouve ?

S'il te plaît, attends.

L'espace d'un moment, elle a envie de s'effondrer, de se laisser simplement tomber à genoux et hurler le nom de sa fille. Et elle aurait pu le faire si, à cet instant, la foule ne s'était pas précipitée sur la droite comme si elle ne faisait qu'un seul corps, et Carol, près d'elle, souffle un mot :

— *Teddy.*

Mary Pat regarde dans la foule et maintenant elle l'aperçoit, flanqué de son service de sécurité et de deux flics de la MDC, ses cheveux noirs lissés en arrière, assortis à son costume noir. Edward M. Kennedy. Le frère du président assassiné qui a donné son nom au bâtiment fédéral à cinquante mètres de là. Le *sénateur* Edward Kennedy sur la scène nationale, mais ici, à Boston, il est Teddy. Principalement parce qu'il est irlandais, et les Irlandais ne se donnent pas de grands airs, alors le Président Kennedy a toujours été Jack, et le ministre de la Justice, Robert F. Kennedy, a toujours été Bobby, mais peut-être qu'il est Teddy aussi parce que, des trois, il est celui qu'ils prennent tous ici un peu moins au sérieux. Il est si manifestement le plus jeune, si manifestement le plus en manque, en besoin urgent de reconnaissance. Et, bien sûr, ils savent tous qu'il s'est fait virer de Harvard pour avoir triché, qu'il a abandonné sa maîtresse prisonnière d'une voiture qui s'enfonçait dans une rivière près de Martha's Vineyard et qu'il est attiré par d'autres femmes que la sienne, surtout quand il fait la noce dans les pubs de Beacon Hill et Hyannis Port. Tout ça ne serait pas un problème pour ses électeurs, les bonnes gens de Southie, Charlestown et la moitié de Dorchester, après tout, il est l'un des leurs, un Irlandais, un "Mick", un "Paddy*" – sauf que la bonne foi de Teddy est devenue suspecte ces derniers temps. Particulièrement en ce qui concerne les questions de race, et encore plus particulièrement le principe du *busing*, qu'il a pleinement approuvé au cours de plusieurs interviews récentes.

Mary Pat sent l'hostilité de la foule à son égard avant qu'il ouvre la bouche, avant même que les gens aient ouvert la leur. Qui est-il pour venir faire son petit tour ici avec son beau costume, sa coupe de cheveux soignée, sa cravate et ses chaussures de luxe, et leur expliquer ce qui est important ? Ils savent ce qui est important.

— Hé, Teddy, crie un type, tes gosses vont où à l'école, Teddy ?

Teddy ignore la voix, bien que le type continue à répéter la même question toutes les quinze secondes.

À ce moment, Teddy a pratiquement atteint la scène, mais la foule s'est massée sur les marches pour l'empêcher de monter. Il se tourne vers l'un des organisateurs, Bernie

* *Paddy* : forme dérivée de Patrick, terme péjoratif désignant un Irlandais.

Dunn, qui porte un costume marron beaucoup moins coûteux que celui de Teddy, et il dit :

— Ils vont me laisser monter ?

— Ça n'en a pas l'air, répond Bernie. Écoutez-moi, Teddy. Je…

— Ils doivent me laisser monter sur la scène, dit Teddy.

— Non, ils ne doivent pas. Vous ne nous entendez pas. Ce qui se passe est indigne, Teddy.

— Je comprends votre position, mais…

— Mais rien. Nous ne laisserons pas un juge nous dire comment nous occuper de nos affaires, nous dire où nos enfants vont aller.

— Je comprends, mais vous devez admettre qu'il fallait faire quelque chose.

— Ils vont découper nos quartiers, paroisse par paroisse et vous les laissez faire. Et même vous les aidez.

— Est-ce que vous allez me laisser parler ? demande Teddy.

— Non. (Bernie semble un peu surpris lui-même.) Nous avons déjà entendu tout ce que vous avez à dire.

Et Bernie tourne le dos à un Kennedy.

Tous ceux qui sont près de lui font de même, puis le groupe suivant les imite. Et peu à peu le mouvement se propage dans toute la foule. Quand il atteint Mary Pat et les Sœurs du SWAB, Mary Pat a une sensation de vertige au moment où elle tourne le dos au sénateur Edward M. Kennedy de l'État du Massachusetts. C'est comme si elle tournait le dos au pape.

Ceux qui ne se détournent pas de Teddy se tournent vers lui, et d'après ce que Mary Pat peut entendre, les choses s'enveniment rapidement.

— Tes putains de gosses vont où à l'école, Teddy ?

— Tu vis où, toi, Teddy ?

— Tu fais honte à ton frère et à ton peuple.

— Retourne dans ta banlieue chic de Brookline, espèce d'enfoiré de tapette.

— T'es plus un des nôtres !

— Va te faire foutre, copain des nègres ! Va te faire foutre ! Va te faire foutre ! Va te faire foutre !

Elles entendent toute cette agitation et se retournent pour voir les flics de la MDC et les gars du service de sécurité en train d'évacuer Teddy vers le bâtiment qui porte le nom de son frère. Mary Pat reste perplexe devant le dos du costume de Teddy. Il est presque complètement blanc, à présent, comme si tout un vol d'oiseaux lui avait chié dessus. Il lui faut une seconde pour comprendre que ce n'est pas de la merde d'oiseaux.

Ce sont des crachats.

La foule crache sur un Kennedy.

Mary Pat en est malade. *N'y a-t-il pas une ligne que l'on ne devrait pas franchir ?* a-t-elle envie de demander à la foule. *N'y a-t-il pas un endroit où l'on devrait s'interdire d'aller ?*

La foule continue à cracher sur le sénateur jusqu'au moment où ses gardes du corps et les deux flics le font entrer dans le bâtiment fédéral. La façade de l'immeuble est en verre transparent, si bien que Mary Pat peut les voir le pousser vers les ascenseurs, et on aurait dû en rester là – tout le monde aurait dû reprendre ses esprits – mais un panneau de verre grand comme un semi-remorque vole en éclats.

De la foule s'élève une clameur d'approbation. Des cris de joie déchirent l'air comme du petit plomb.

Une demi-douzaine de policiers se précipitent dans la foule depuis le bord de l'esplanade. Cela sert de rappel à tout le monde : il y a un poste de police au grand complet à deux pas de là, aussi, personne ne se précipite à l'intérieur de l'immeuble. Les flics ne donnent pas de coups de matraque et n'ont pas de gestes inconsidérés, ils se contentent de tendre les mains, paumes en avant, pour que la foule recule de quelques pas. Ils répètent des “Allons, allons, on comprend” et des “On se rend compte, vraiment”, comme s'ils parlaient à des enfants qui piquent une crise.

La foule continue de hurler – au moins une centaine de voix invectivant le juge Garrity et Kennedy et criant on est là et on y restera –, mais la violence se limite à ce seul panneau de verre, sauf si on compte les crachats.

— Eh bien, ils nous ont entendus, dit Carol aux autres Sœurs du SWAB. Y a pas de doute, là ils nous ont entendus.

La fille de Joyce O'Halloran, Cecilia, s'approche du groupe de femmes, la mine renfrognée. Elle a les pommettes saillantes de sa mère, ses lèvres minces et son absence de menton. Ses yeux sont rouges d'avoir pleuré peu de temps auparavant.

Joyce semble la remarquer sans la *voir* véritablement, parce que son ton reste léger.

— Regardez un peu qui pointe son nez.

— Vous entendez ça ? demande Cecilia, désignant la foule, ses yeux devenant plus rouges.

Joyce allume une cigarette et regarde fixement sa fille difficile.

— On entend quoi ?

— *Ça.*

Mary Pat le remarque à présent. Les slogans de la foule se sont fondus en un seul. Au début, c'était un assortiment de "Ré-sis-tance !" et "Non-à-la-dictature !" et "Southie ne cédera pas !", mais maintenant, il n'y a plus qu'un seul et unique slogan :

— Aux chiottes, les nègres ! Aux chiottes, les nègres ! Aux chiottes, les nègres !

— Je ne vois toujours pas de quoi tu parles, dit Joyce.

Les yeux de la fille s'agrandissent.

— Tu n'entends pas ça ?

Les lèvres minces de Joyce deviennent encore plus minces et elle souffle sa fumée presque au visage de sa fille.

— J'entends des tas de choses. J'entends des gens qui se moquent de toi et des bouts de tes seins qui pointent sous ton T-shirt de hippie. Quand tu porteras ça dans ton école noire la semaine prochaine, tu me feras savoir comment ils t'ont traitée.

— Je n'ai pas peur d'aller à Roxbury High, m'man. C'est vous, les parents, qui transformez ça en cauchemar, pas nous, les jeunes. *Nous*, ça va.

— Mets un soutien-gorge, dit Joyce, et cette fois-ci, sa fumée va directement au visage de sa fille.

Les traits de Cecilia se crispent. Sa mâchoire se contracte, puis se relâche, et ses yeux deviennent froids.

— Je peux mettre un soutien-gorge, sans problème. Mais toi, comment tu soignes ta connerie ?

Joyce donne un coup de poing sur la tempe de sa fille. Joyce est grande, sa fille est petite et l'impact envoie Cecilia à terre. Quand elle essaie de se relever, Joyce l'attrape par les cheveux et veut la frapper dans le cou, poing fermé, mais

Mary Pat passe son bras comme un crochet autour de celui de Joyce et bloque le coup.

Elle regarde Joyce dans les yeux. Il y a là deux doses de rage – une pour Cecilia, une pour Mary Pat.

— Non, dit Mary Pat. Arrête.

Derrière elle, Cecilia se relève précipitamment.

Mary Pat se détache de Joyce et à présent, elles se font face, à moins d'un mètre l'une de l'autre.

Les autres Sœurs du SWAB restent figées de stupeur.

— Mary Pat, dit Joyce, écarte-toi.

Mary Pat secoue la tête.

— Écarte-toi ! dit Carol.

— Écarte-toi ! crie Maureen.

— Mary Pat, dit Joyce, la respiration courte. Je corrige ma fille comme bon me semble.

Mary Pat secoue la tête encore une fois.

— Mais putain, dégage de son chemin ! hurle Hannah Spotchnicki.

— Personne ne touchera à cette fille, dit Mary Pat.

Joyce se rue en avant ; elle est stoppée net quand Mary Pat lui enfonce son poing dans le plexus solaire. Joyce tombe sur la hanche et reste étendue par terre, la bouche ouverte, cherchant désespérément à reprendre une respiration qu'elle ne retrouvera pas avant une bonne dizaine de secondes encore.

Trois des cinq Sœurs restantes – Hannah, Carol et Patty – passent à l'attaque simultanément. Elles doivent s'imaginer qu'elles sont coriaces parce qu'elles sont de Southie et qu'elles font régner la terreur sur leur mari et leurs enfants depuis des années, se dit Mary Pat. Mais être de Southie est une chose ; être de la cité de logements sociaux Commonwealth en est une autre.

Mary Pat baisse la tête comme un taureau et percute tout ce qui se présente. Elle ne se contente pas de tamponner – elle pince, elle griffe, elle tire. C'est une vraie bagarre de rue comme elle n'en a plus connu depuis le jour où elle s'était fait agresser par trois filles à Old Colony, à l'époque du lycée. Elle arrache des boucles d'oreille, cogne dans les parties génitales, empoigne des seins flasques comme si elle trayait une vache. Elle piétine les chevilles, donne des coups de pied dans les genoux, mord quelques doigts qui essaient de lui lacérer les joues. Elle perd une poignée de cheveux, récolte des égratignures sur tout le visage et les oreilles, mais bien vite, il y a trois garces de plus par terre en train de gémir et Mary Pat reste debout – aucune d'elles n'ayant réussi à lui faire perdre l'équilibre – et elle essuie le sang qui lui coule dans les yeux.

Elle cherche Cecilia du regard, mais la fille est partie depuis longtemps. Noreen et Patty lèvent les mains pour lui faire comprendre qu'elle ne doit pas s'en prendre à elles. Elles paraissent toutes deux pétrifiées et indignées.

Mary Pat se retourne vers ses victimes, assises ou étendues sur le pavé au milieu des morceaux de vêtements déchirés, des petits drapeaux en plastique, des éclaboussures de sang et des sachets de thé écrasés. Carol tient délicatement ses doigts ensanglantés et lève les yeux sur elle avec une fureur stupéfaite. La peau autour de son œil droit prend déjà une teinte pierre bleue. Il lui faut un moment pour réussir à former une phrase complète, mais quand elle y parvient, les mots sonnent aussi clairement qu'une cloche.

— Tu es morte pour nous, dit-elle. Et quand ce que tu as fait ici aujourd'hui va se savoir, tu seras morte pour tout le monde à Southie.

Mary Pat hausse les épaules. L'heure n'est plus aux discussions. Elle se détourne et s'en va, fendant la foule qui s'écarte sur son passage.

15

La première chose qui vient à l'idée de Mary Pat quand elle regagne son appartement, c'est qu'elle a été cambriolée pendant qu'elle était à la manifestation. Plus rien ne lui semble familier. Elle se demande si par hasard elle ne serait pas entrée dans un autre logement – même disposition que le sien, oui, mais le plan de travail dans la cuisine est propre, les sols ont été balayés, les cendriers vidés. Pas une seule canette de bière, pas un seul verre poisseux, pas une seule boîte à pizza en vue.

Mais deux secondes plus tard, elle se souvient…

Ce sont ces garces qui ont nettoyé mon appartement.

Serait-ce la raison pour laquelle elle a pris autant de plaisir à leur filer une bonne trempe ?

Possible. Tout à fait possible.

Elle va dans le couloir, entre dans sa salle de bains, se plante devant le lavabo et se regarde dans le miroir. Il y a comme une souris qui est en train de grossir sous son œil gauche, des griffures sur son front (aucune vraiment profonde), une dans le cou (très profonde, celle-là, et le col de son corsage est trempé de sang), et sa lèvre supérieure est enflée. En plus, ce que le miroir ne montre pas, c'est le tintement dans son oreille droite, comme une saleté de téléphone qui n'arrête pas de sonner. Elle s'est aussi tordu le genou gauche bien comme il faut et quelqu'un lui a marché sur la cheville de la même jambe.

Elle s'occupe d'abord de son cou, se servant de tampons de coton et d'eau oxygénée, surprend son reflet dans le miroir en train de sourire alors qu'elle se crispe sous la douleur. “La douleur, ça veut dire que l'eau oxygénée fait de l'effet, disait toujours sa mère. Se nettoyer, ça fait mal.”

Mary Pat colle un large pansement couleur chair sur la plaie une fois qu'elle l'a désinfectée. Elle a tout un panier de sparadraps, de pansements, de compresses, de teinture d'iode, de ciseaux chirurgicaux et d'antiseptique sous ce lavabo. C'est comme aux urgences du City Hospital, ici. À l'époque où Dukie était dans le milieu, elle en avait besoin, bien sûr. Après sa mort, elle avait tout gardé pour Noel qui ne pouvait jamais affronter un conflit sans le faire dégénérer en bagarre.

Telle mère tel fils.

Elle sourit de nouveau. La vérité, c'est qu'aussi loin qu'elle s'en souvienne, elle a toujours aimé se battre. Littéralement. Son plus ancien souvenir concret digne de ce nom, c'est celui de Willie Pike en train de passer à vélo dans la flaque d'eau devant le petit bout de pelouse où Mary Pat, âgée de quatre ans, était assise et s'occupait amoureusement de la chevelure de sa poupée de chiffon Raggedy Ann. Elle avait vu le regard malicieux dans les yeux de ce petit enfoiré, tandis qu'il dirigeait son vélo vers la flaque d'eau. Et il avait vu qu'elle avait vu. Et il s'était mis à pédaler encore plus vite, le petit merdeux. Et il était entré dans la flaque, ses roues faisant gicler sur Mary Pat et Raggedy Ann cette eau boueuse qui ne venait probablement pas de la pluie – ces flaques apparaissaient dans tout Commonwealth même pendant les semaines de temps sec et elles sentaient le soufre et l'eau de Javel. Mary Pat avait poursuivi Willie Pike sur la longueur de quatre immeubles, jusqu'au moment où il avait dérapé dans un virage. Et quand elle lui était tombée dessus, elle ne s'était pas arrêtée – un signe avant-coureur : elle ne s'arrêtait *jamais* dans une bagarre –, elle s'était déchaînée. Il avait six ans et c'était un garçon, alors elle n'avait aucune chance de gagner, mais il saignait des deux narines et il pleurait comme une lavette quand il était enfin parvenu à prendre le meilleur sur elle. Il lui avait filé quelques beignes avant que la Vieille McGowan ne vienne le saisir par le col et lui donne une paire de claques sur les joues pour faire bonne mesure. Pour sûr, lui avait dit la Vieille McGowan, son père n'allait pas manquer de lui filer une bonne rouste à coups de ceinture sur les fesses pour avoir battu une petite fille. La Vieille McGowan lui avait donné encore quelques coups dans l'épaule avec ses doigts, histoire de ponctuer ce qu'elle disait, puis elle avait raccompagné Mary Pat jusqu'à la flaque d'eau afin de récupérer Raggedy Ann. Quand Mary Pat avait ramassé sa poupée, elle avait eu l'impression de brandir un trophée.

Elle s'était battue encore une vingtaine de fois au moins avant d'entrer en sixième – et ça, ça n'étaient que les bagarres à l'extérieur de la maison. À l'intérieur, chez les Flanagan, c'était la foire d'empoigne du lever, à sept heures du matin, jusqu'à l'extinction des feux, à dix heures du soir. Les garçons – John Patrick, Michael Sean, Donnie, Stevie et Bill – partageaient la même chambre. À un moment donné, la dernière année de John Patrick à Southie High et la première année de cours élémentaire de Bill, tous les cinq s'y trouvaient en même temps. Le père de Mary Pat, les jours où elle se souvenait l'avoir effectivement vu à la maison, disait que dans leur chambre, ça sentait comme dans le trou du cul d'un poisson. Après le départ de John Patrick (il était parti vers l'Ouest en stop et personne n'avait plus eu de ses nouvelles pendant vingt ans), une bataille avait eu lieu pour son lit du haut. Donnie, qui était plus fort que Michael Sean, l'avait eu les premiers mois, mais Michael Sean avait passé toute cette année-là à s'entraîner à la salle de sport de L Street jusqu'au moment où il était devenu le plus costaud. Environ une semaine de castagne et deux nez cassés plus tard, Michael Sean avait eu le lit du haut, mais Stevie ne pouvait pas supporter le bruit que Michael Sean faisait en ronflant avec son nez cassé, et il avait essayé d'étouffer son frère avec un oreiller (Stevie, qui possédait le regard le plus effrayant que Mary Pat ait jamais vu, avait toujours été complètement fêlé), et leur mère était intervenue pour l'en empêcher. Stevie – treize ans à ce moment-là, petit et d'une férocité de bête sauvage comme leur mère – avait projeté la tête de celle-ci contre une fenêtre et avait cassé la vitre. Cette fois, il avait décroché la timbale : ils l'avaient fait embarquer à l'asile St Luke pour garçons perturbés, et ils n'en avaient plus jamais reparlé, même quand ils avaient vu son nom dans les journaux, dix ans plus tard, à propos de ce hold-up qui avait tourné au drame affreux à Everett.

Les points de suture – noirs, épais et durs comme du métal, tous les sept – étaient restés à l'arrière de la tête de leur mère pendant trois semaines, et quand les fils étaient tombés, ça n'avait pas arrangé grand-chose. Tout le restant de sa vie, les cheveux de Louise Flanagan avaient poussé autour de cette cicatrice, refusant obstinément de retomber par-dessus, si bien qu'on avait l'impression qu'il suffisait de baisser une fermeture Éclair rougeâtre à l'arrière de son crâne pour avoir accès à toutes ses pensées, tous ses secrets, toutes ses hontes.

Non que sa mère n'ait pas été capable de distribuer autant de gnons qu'elle en prenait. Aujourd'hui encore, Mary Pat ne peut pas voir une cuiller en bois sans se rappeler la douleur cuisante d'un coup sur son poignet, sa joue, ou d'un coup du manche dans le ventre. Et ça, c'était pour les petites bêtises. Pour les grosses, c'était la chaussure de Weezie. Elle en avait trois paires, toutes datant d'avant-guerre, toutes faites pour durer. Tous les cinq ou six ans, elle faisait mettre des semelles neuves et là, tout le monde marchait sur des œufs pendant des semaines, espérant ne pas être celui ou celle qui serait choisi pour les assouplir un peu.

Quand le vieux était là, il fallait se méfier de ses mains, des articulations de ses phalanges, aussi dures et saillantes que des écrous de roue de voiture, du coup de son index qui s'écartait de son pouce pour cogner contre votre tempe, de ses doigts qui vous empoignaient les cheveux pour vous traîner sur le sol jusqu'à sa ceinture (comme il l'avait fait le soir où Mary Pat n'avait rapporté que des zéros sur son carnet de notes). Jamie Flanagan aimait cette ceinture par-dessus tout. Il l'accrochait à un clou juste à côté de la porte de la salle de bains et la réservait à cet usage exclusivement – pour tenir son pantalon, il en avait une autre.

Et puis, il y avait les escarmouches internes – entre deux frères, entre deux sœurs, entre un frère et une sœur, ou, les pires de toutes, entre deux d'un côté et un seul ou une seule de l'autre. Après que Stevie et son caractère de grenade dégoupillée eurent été évacués de la maison, c'était Donnie et Big Peg qu'on évitait le plus possible, parce qu'on ne savait jamais à quoi s'en tenir avec ces deux-là. Mais Mary Pat et Bill, une fois qu'il eut grandi, étaient ceux que tout le monde se gardait bien de mettre *vraiment* en colère parce que ni l'un ni l'autre ne possédait de bouton d'arrêt.

Après sa dernière bagarre avec Big Peg, Mary Pat avait passé deux nuits à l'hôpital avec commotion cérébrale et fractures multiples à la tête parce que Big Peg l'avait frappée en plein visage avec une brique, mais ce que personne n'avait jamais oublié, c'était qu'avant l'arrivée de l'ambulance, Mary Pat avait repris connaissance et avait *terminé* cette foutue bagarre avant de s'évanouir de nouveau.

— Je t'ai frappée avec une brique, avait dit Big Peg quand on l'avait poussée dans son fauteuil roulant dans la chambre d'hôpital où ils rendaient visite à Mary Pat. Une brique.

— La prochaine fois, prends un parpaing, avait répondu Mary Pat.

Cela fait des années qu'elle n'a pas revu un seul de ses frères. Michael Sean s'est engagé dans la marine marchande des États-Unis et parfois, à Noël, il envoie une carte postale de ports où il fait escale et dont elle ignorerait l'existence sinon – Cap-Vert, Maldives, Sandwich du sud. Donnie vit à Fall River et il installe des gouttières. Il n'y a pas de rancune entre eux, juste la prise de conscience tacite qu'ils n'ont jamais été rattachés par d'autre lien que celui du sang. La dernière fois qu'ils ont entendu parler de Bill, il purgeait une peine de dix ans pour avoir poignardé quelqu'un au Nouveau-Mexique, ce qui avait de quoi surprendre. Pas les coups de couteau, mais le Nouveau-Mexique. La chaleur l'avait toujours rendu irritable, ce qui, à bien y réfléchir, expliquait peut-être les coups de couteau.

Mary Pat finit de se nettoyer et jette toutes les boules de coton tachées de sang dans la poubelle et essuie le lavabo avec une giclée d'alcool à 90°. Elle se regarde dans le miroir. À voir son visage, on pourrait croire qu'elle a été éjectée de l'arrière d'un camion sur un tas de gravier. Ses mains la brûlent – pas seulement les articulations, mais les poignets aussi. Ses côtes sont douloureuses. Son oreille tinte toujours autant. Son genou et sa cheville ont besoin d'une poche de glace.

Elle en prend dans le congélateur. Elle allonge la jambe sur une chaise de la cuisine, pose une serviette pleine de glaçons sur sa cheville et une autre sur son genou. À l'extérieur, Commonwealth est étrangement calme. Tout le monde doit encore être à la manifestation ou dans les bars aux alentours du City Hall. Elle reste assise là et fume, faisant tomber sa cendre dans un cendrier tout propre. Elle n'arrive pas à croire à quel point sa cuisine est impeccable. Elles ont vraiment fait du bon boulot. *Du travail de pro*, se dit-elle avec un sourire.

Pour la première fois depuis une semaine, elle aime la façon dont elle se sent – meurtrie, avec des plaies en train de former une croûte, le goût du sang dans la bouche que certains disent amer mais qu'elle a toujours trouvé plutôt proche d'une saveur beurrée. Elle tend la main derrière elle et allume la radio, et le présentateur, juste après un intermède publicitaire, l'invite à s'installer confortablement pour écouter du Mozart, un enfant prodige qui a commencé à composer à l'âge de cinq ans.

— La Sonate pour piano n°11, dit le présentateur d'une voix douce comme du caramel, est aussi connue sous le nom *Rondo Alla Turca.* Composée comme une bagatelle, elle est devenue, au fil du temps, un de ses morceaux les plus populaires dans le monde entier.

Elle a l'impression que la voix du présentateur lui parvient de la plus sombre des pièces. Elle l'imagine dans l'obscurité, entouré des ombres noires des étagères de livres.

La musique commence, Mary Pat ferme les yeux et se met à flotter dans la danse légère des touches de piano.

Mozart savait ce qu'il était censé faire. Il n'a pas passé son temps à chercher à quoi il était bon – à cinq ans, il ne cherchait pas. C'est *elle* qui l'a trouvé. La grandeur. Tout comme elle a trouvé le bras, les yeux et les jambes de Ted Williams, le joueur de base-ball. Tout comme elle a trouvé la plume de James Joyce. (Non que Mary Pat ait lu une ligne de Joyce, mais elle sait qu'il est le plus grand écrivain irlandais de tous les temps.) Le travail ne vous fait avancer que jusqu'à un certain point. Il faut se consacrer à ce pour quoi vous êtes fait.

Mary Pat, d'aussi loin qu'elle s'en souvienne, a été battue, parfois légèrement, parfois durement. Elle a reçu des coups de poing, on l'a fait tomber, elle a été frappée avec un cintre, frappée avec un manche à balai, avec une batte de base-ball, avec ces cuillers en bois, les chaussures de sa mère, la ceinture de son père. Un jour, Donnie lui a lancé un pain de savon brun derrière la tête qui l'a carrément fait tomber par terre. Dans la rue, elle s'est battue avec des filles, avec des garçons et même avec des bandes des deux. Chaque fois qu'une personne s'en est prise à elle, elle a riposté, tout au long de son histoire, contre tous ceux qui l'ont maltraitée, qui lui ont tiré les cheveux, une oreille ou le bout d'un sein, tous ceux qui lui ont hurlé dessus, qui lui ont mal parlé, qui l'ont frappée avec une ceinture ou une chaussure. Tous ceux qui l'ont fait se sentir comme une petite fille effrayée, se demandant dans quel foutu merdier elle était née.

Elle ne se souvient pas de cette fille-là, mais elle la *sent*. Elle sent sa confusion et sa terreur. Face au bruit et à la fureur. Face à ce déchaînement de rage qui tourbillonnait autour d'elle et la faisait tourner sur elle-même jusqu'à lui donner un tel vertige qu'elle avait dû apprendre à marcher dans cette tourmente sans tomber pour le restant de sa vie.

Et elle a bien appris. Elle n'est jamais plus heureuse que lorsqu'elle est face à l'hostilité, jamais plus ravie que lorsqu'on lui a causé du tort.

La douleur de son deuil lui a fait perdre les quatre derniers jours de sa vie.

OK.

Le deuil n'est pas terminé – loin s'en faut –, mais elle décide, tandis qu'elle se lève et jette la glace dans l'évier, qu'il peut bien faire une petite pause.

Elle ouvre toutes les canettes de bière du frigo, l'une après l'autre, et elle les verse dans l'évier, avant de balancer les canettes vides à la poubelle. Puis elle s'attaque aux bouteilles – de whiskey, de vodka, et même – *bon Dieu, qui a bien pu apporter ça chez moi ?* – de liqueur de pêche. Elle rince l'évier jusqu'à ce que l'odeur ait disparu, puis elle l'essuie avec les serviettes dans lesquelles elle avait mis la glace, et les met aussi à la poubelle.

Elle jette un coup d'œil à son plan de travail et décide qu'il restera tel qu'il est. À partir de maintenant, c'est plan de travail clair et net. Plan de travail clair et net, idées claires et nettes.

Elle remplit les bouteilles vides d'eau du robinet et les met dans un carton. Elle ajoute du papier toilette, des sachets de chips et de cacahuètes, du pain. Elle fait le tour de l'appartement avec une autre boîte où elle entasse tous les vêtements dont elle aura besoin au cours des quelques jours à venir. Elle prend le panier de produits pharmaceutiques sous le lavabo de la salle de bains. Elle porte les deux boîtes et le panier jusqu'à Bess et elle charge tout dans le coffre.

De retour à l'appartement, elle va chercher le sac à outils de Dukie dans un coin de son placard. C'est ainsi qu'il l'appelait toujours : son "sac à outils". Il est en toile vert foncé et, s'il s'était fait arrêter en sa possession, ce sac aurait ajouté quelques années de plus à une condamnation pour cambriolage. Il contient les outils de sa profession : des rossignols, un coupe-verre et une ventouse, du ruban isolant, un stéthoscope, deux coupe-boulons (un petit et un grand), plusieurs montres (dont les piles sont mortes depuis longtemps), des bas en nylon pour en faire des masques, plusieurs paires de gants, un poinçon-repoussoir, du ruban adhésif en toile, des jumelles et des menottes avec la clé.

Seigneur, Dukie, pense-t-elle, *des menottes pour quoi faire ?*

— Peu importe, dit-elle tout haut. Je veux pas le savoir.

Elle laisse les montres qui ne fonctionnent plus, va dans la cuisine et fourre dans le sac tous les couteaux bien tranchants. Elle prend le sac plein d'argent de Marty dans le tiroir de sa commode et va ranger le tout dans le coffre de Bess avec le reste.

Revenue dans son appartement pour la dernière fois, elle reste là, à le contempler un petit moment. Elle vit là depuis ses vingt-deux ans. Peut-être le reverra-t-elle plus tard.

Peut-être pas.

16

Bobby sort par l'arrière du commissariat central de Boston et trouve Mary Pat Fennessy assise sur le capot de la caisse la plus moche qu'il ait jamais vue, juste après le parking. Bobby prend la ligne T pour aller au travail et la sortie du parking mène à une ruelle qui fait une large boucle et se termine derrière la station de métro. Mary Pat et sa "voiture" sont garées juste à l'entrée de la ruelle et sont manifestement en train de l'attendre.

Bobby s'arrête et allume une cigarette.

— Est-ce que cette chose est en règle ?

— À cent pour cent, répond Mary Pat.

Bobby fait le tour de la voiture. Elle donne l'impression que si jamais on souffle dessus, même doucement, elle va se désintégrer façon dessin animé. Il sourit en voyant le pot d'échappement – de la ficelle de cuisine n'est certainement pas un moyen réglementaire pour fixer un pot d'échappement – et il s'étonne de l'absence totale de sculptures sur les pneus. Jamais derrière de bébé n'a été plus lisse que ça. Il se penche, regarde sous le châssis et ne voit pendre aucune partie du moteur ni garniture de frein. C'est déjà ça. Il retourne à l'avant, près de Mary Pat.

— À cent pour cent, hein ?

Elle lui adresse un tout petit sourire.

— Peut-être quatre-vingt-dix.

— Essayez plutôt soixante.

En s'approchant, il constate que son visage donne l'impression qu'elle a été attaquée par des arbres vivants comme dans un conte de fées. Ils l'ont cinglée avec leurs fines branches jusqu'à ce qu'elle ait atteint le bout de la forêt enchantée. Elle arbore un grand pansement couleur chair qui se confond presque avec la peau de son cou. Ses mains sont meurtries, ses phalanges gonflées. Elle porte un chemisier sans manches à carreaux blancs et jaunes sur un jean retroussé dans le bas des jambes et des Converse basses en toile. Quand elle le regarde, ses yeux sont un peu trop brillants au goût de Bobby. C'est le genre d'éclat qu'il a déjà vu dans les yeux de personnes qu'on ne peut plus atteindre.

Il contemple ses plaies, ses ecchymoses, ses pansements.

— Qu'est-ce qui vous est arrivé ?

Elle hausse les épaules.

— Vous auriez dû voir les autres filles.

— Au pluriel ?

Elle hoche la tête.

— J'ai jamais pu respecter ces garces qui oublient que quand on commence une bagarre, on a intérêt à savoir comment la terminer.

Il sent le sourire s'esquisser sur son visage une seconde avant de songer à le réprimer.

— Que puis-je faire pour vous, madame Fennessy ?

— Appelez-moi Mary Pat.

— Que puis-je faire pour vous, Mary Pat ?

— Je me demandais si vous étiez toujours à la recherche de ma fille.

— Et comment. Vous savez où elle se trouve, par hasard ?

Quelque chose trouble l'éclat brillant des yeux de Mary Pat l'espace d'un instant, une lueur d'incertitude et de douleur, mais elle disparaît aussitôt, et l'éclat brillant revient.

— Non, je ne sais pas.

— Alors pourquoi êtes-vous ici ?

— Cela pourrait m'aider à la retrouver si je savais – si je savais vraiment – pourquoi vous êtes à sa recherche.

Il penche la tête en la regardant et attend la suite.

— Quoi ? demande-t-elle.

— Vous savez pourquoi je la recherche.

— Parce que vous pensez qu'elle se trouvait sur le quai quand Auggie Williamson est mort.

— C'est un peu plus que "penser", maintenant.

— Très bien, dit-elle. Alors comment ça se fait qu'il n'y a pas eu d'arrestations ?

— Parce qu'il y a des lois qui empêchent d'arrêter quelqu'un au hasard sans preuve formelle.

— Mais vous pouvez les embarquer pour interrogatoire.

— Qui dit que nous ne l'avons pas fait ?

— Si vous l'aviez fait, vous auriez des preuves.

— C'est comme ça que ça marche ? (Il ricane en jetant sa cigarette dans la ruelle.) Votre premier mari n'était pas un certain Dukie Shefton ?

Elle incline la tête pour le regarder.

— Quelqu'un a fait ses devoirs.

— Et Dukie faisait partie du milieu. Je veux dire, cet homme était une légende parmi les voleurs.

Mary Pat sent monter en elle une petite bouffée d'un orgueil ancien au souvenir de son premier mari et de la réputation qu'il avait dans la rue.

— Effectivement.

— Et c'était un indépendant, c'est bien cela ? dit Bobby. Il n'était affilié à aucune bande.

— Il était indépendant, sans aucun doute.

Mary Pat allume sa cigarette.

— Mais, poursuit Bobby en martelant ses mots pour ponctuer sa phrase, il donnait tout de même un pourcentage de son butin à Marty Butler.

Elle hausse les épaules.

— C'est comme ça que ça se passe à Southie.

— "C'est comme ça que ça se passe à Southie." Nous sommes bien d'accord là, Mary Pat. Donc, si j'embarque des gens pour interrogatoire mais que je ne peux tirer d'eux aucune preuve parce que je n'arrive même pas à leur parler cinq minutes avant qu'un avocat ne frappe à la porte, vous en pensez quoi ?

Elle l'observe un long moment, faisant rouler sa cigarette entre ses doigts.

— J'en pense que ces gens ont beaucoup moins peur de vous que de quelqu'un d'autre.

— Eh oui.

Elle tire une bouffée songeuse, laisse s'échapper une série de ronds de fumée qui dérivent vers la ruelle avant de se dissiper l'un après l'autre.

— Alors vous êtes en train de me dire que ce crime restera non résolu ?

— Bon Dieu, non, répond-il. Personne ne va laisser tomber celui-là.

— Parce qu'un jeune Noir est mort ?

— Parce qu'un jeune Noir est mort à la frontière entre Southie et Dorchester à la veille de la mise en application du *busing*. C'est le genre d'histoire que les journaux ont tendance à exploiter au maximum.

— Pourtant personne n'est en prison.

— Parce qu'on n'a pas encore creusé de brèche dans la digue. Mais on va y parvenir. Et à ce moment-là, tous les dominos vont tomber.

— Ou ce sont des corps qui vont tomber.

— Excusez-moi ?

Elle change de position sur le capot de la voiture, y met une jambe et saisit sa cheville.

— Vous savez aussi bien que moi que si tout ça conduit à Marty Butler, *tous* les jeunes qui étaient sur le quai ce soir-là sont aussi morts qu'Auggie Williamson.

— Pourquoi avez-vous dit cela de cette façon ?

— De quelle façon ?

— Vous avez dit “tous” les jeunes comme s'il y en avait qui mourront de toute façon.

— Si Marty Butler n'obtient pas ce qu'il veut en vous payant un avocat, dit-elle au bout d'un moment, il tranche dans le vif et paie votre enterrement.

— Ce qui pourrait être la raison pour laquelle nous ne mettons pas trop de pression.

— Mais si vous attendez trop longtemps, ils vont peaufiner leurs versions, Marty paiera des gens qui leur fourniront des alibis et vous n'obtiendrez aucun résultat.

— C'est le risque, dit Bobby en posant un pied sur le pare-chocs.

— Vous pensez que ma fille est impliquée et je sais qu'elle ne l'est pas. Si nous parvenons à établir ce qui s'est passé, je pourrai prouver son innocence.

— Et alors, peut-être qu'elle sortira de sa cachette ?

Elle s'absente un instant. Comme si elle quittait son corps – *pouf* – et il reste là, à contempler une statue perchée sur le capot d'une voiture.

Puis elle revient, mais sa voix est étouffée et faible.

— Oui. Alors elle sortira de sa cachette.

Il examine son visage aussi attentivement qu'il le peut et demande :

— Mais elle est bien cachée quelque part ? N'est-ce pas ?

Elle tire sur le lacet d'une de ses tennis.

— Elle est cachée, c'est sûr.

— Alors, il va juste vous falloir patienter un peu, madame Fennessy.

— Mary Pat.

— Il va vous falloir patienter, Mary Pat. Si je veux parvenir à prouver quelque chose, il faut que je fasse les choses convenablement.

En voyant son air, il devine qu'elle pense qu'il ne lui ment pas seulement à elle, il se ment aussi à lui-même.

— Et si moi je leur parlais ? dit-elle.

— À qui ?

— Aux gens qui ne veulent pas parler.

— Non, répond-il. Pas une bonne idée.

— Pourquoi ?

Il montre la main et le visage de Mary Pat.

— Votre type de négociation s'appelle aveux sous la contrainte. Ça n'a aucune valeur devant un tribunal.

— Seulement *si* – elle frappe l'air avec sa cigarette – un représentant de la loi en a eu connaissance au préalable.

— Vous avez lu le code pénal ou quoi ?

— J'étais mariée à Dukie. Il a réussi à échapper à la prison la plus grande partie de sa vie tout en volant, à un moment ou à un autre, tout ce qui pouvait avoir de la valeur et qui n'était pas rivé au sol dans cette ville. Il était le code pénal à lui tout seul.

— Qu'est-ce qui est arrivé à Dukie ? demande Bobby.

— Il ne s'est pas incliné.

— Devant qui ?

— La personne devant laquelle vous êtes censé vous incliner.

Debout, là, en face d'elle, il a la sensation soudaine de sa grande solitude. De tout cet enchaînement de traumatismes, grands et petits, qui a constitué sa vie.

— Madame Fennessy, s'il vous plaît, rentrez chez vous.

— Pour faire quoi ?

— Tout ce que vous faites quand vous êtes chez vous.

— Et puis *après*, quoi ?

— Vous vous levez le lendemain et vous recommencez.

Elle secoue la tête.

— Ce n'est pas vivre, ça.

— Ça l'est si vous savez en découvrir les petits bonheurs.

Elle sourit, mais ce qui brille dans ses yeux est une lueur de souffrance.

— Tous mes petits bonheurs ont disparu.

— En êtes-vous sûre ?

— Oh, j'en suis sûre.

— Alors, trouvez-en de nouveaux.

Elle secoue la tête.

— Il n'y en a plus à trouver.

Bobby est frappé de constater que quelque chose d'irrémédiablement détruit et de totalement indestructible à la fois vit au plus profond de cette femme. Et ces deux caractéristiques ne peuvent pas coexister. Une personne détruite ne peut pas être indestructible. Une personne indestructible ne peut pas être détruite. Et pourtant, Mary Pat Fennessy est assise là, devant lui, détruite, mais indestructible. Ce paradoxe fiche une trouille pas possible à Bobby. Au cours de sa vie, il a déjà rencontré des gens dont il est convaincu qu'ils vivaient comme les anciens shamans, un pied dans chaque monde : ce monde-ci et celui de l'au-delà. Quand vous rencontrez des gens comme ça, mieux vaut les fuir comme la peste, sinon, ils peuvent très bien vous entraîner avec eux dans l'autre monde quand ils partent.

Parce qu'ils sont sur le départ. Il ne faut pas s'y tromper. Prêts à tirer leur foutue révérence.

— Mary Pat, dit-il avec douceur. (Elle lève les yeux vers lui.) Est-ce que vous avez quelqu'un à qui parler ?

— Parler de quoi ?

— De ce que vous traversez en ce moment.

— Je suis en train de vous parler.

Pas faux.

— Et je vous écoute, dit Bobby.

Mary Pat scrute son visage un instant.

— Mais vous n'entendez pas.

— Qu'est-ce que je n'entends pas ?

Assise sur le capot de cette misérable voiture, les yeux encore bien trop brillants au goût de Bobby, elle fait tournoyer un doigt pointé vers le ciel, et lui répond :

— Le silence.

Bobby tente de formuler une réponse. Rien ne lui vient à l'esprit.

Mary Pat descend du capot, s'avance jusqu'à la portière de son épave et s'installe au volant. Elle fait marche arrière, repart en avant et s'en va, sans même paraître le voir.

17

QUELQUES heures plus tard, Bobby dîne avec Carmen Davenport au Jacob Wirth, un restaurant allemand situé dans le quartier du théâtre. Bobby a choisi ce restaurant parce qu'il est suffisamment haut de gamme pour que deux fonctionnaires sentent que c'est une occasion spéciale, mais pas assez haut de gamme pour qu'il soit obligé d'avoir recours à un usurier pour payer l'addition. Mais son esprit ne cesse de s'égarer ; il ne parvient pas à oublier son étrange rencontre avec Mary Pat. Ce n'est pas à ça qu'il a envie d'avoir la tête au cours du premier rendez-vous qu'il a réussi à avoir en dix mois. Mais il n'arrête pas de penser à ce doigt qu'elle a fait tournoyer en le pointant vers le ciel pour évoquer "le silence".

Quel silence, bordel ?

— Bon, allez, accouchez, dit Carmen.

— Quoi ?

— Sortez ce qui vous rend distrait.

— Peut-être que je suis un peu nerveux.

— Hmm, nan. (Elle étale sa serviette sur ses genoux, rectifie la position de sa chaise par rapport à la table.) Vous n'êtes pas là. Dans ce restaurant. Avec moi. Et je me suis faite plutôt belle, au cas où cela vous aurait échappé.

Elle porte une blouse paysanne blanche sur une jupe en jean et des bottes qui lui arrivent aux genoux de la même couleur acajou que le bar. Ses cheveux sont coiffés un peu différemment du soir où ils se sont rencontrés, lui tombant sur les yeux en une courbe plus marquée, et elle a plus de bijoux – un tour de cou en argent qui va avec le bracelet à son poignet gauche et de fines créoles en or blanc aux oreilles. Le vert de ses yeux est si pâle qu'il est presque translucide ; cela donne à Bobby l'impression qu'elle peut voir jusqu'au fond de lui.

Il lui dit qu'elle est belle.

— Pas trop tôt, répond-elle. OK, maintenant arrêtez de vous torturer comme ça – qu'est-ce que vous avez en tête ?

— Vous.

Elle ricane et lui fait un doigt d'honneur.

— Je préférerais que vous me disiez ce qui vous préoccupe plutôt que rester préoccupé et finir par me mettre en rogne.

On leur sert leurs boissons – vin rouge pour elle, une bière pression pour Bobby – et ils portent un toast à leur premier rendez-vous avant de boire.

Bobby lui parle d'Auggie Williamson et de tous les témoins qui ont vu les quatre jeunes le poursuivre près de la rame de métro. Il lui raconte qu'Auggie a été découvert mort au bord des rails le lendemain matin. Et que certains témoins ont confirmé qui pouvaient être ces quatre jeunes – tous les quatre de Southie, deux filles, deux garçons. Et que juste au moment où ils en tenaient deux, des avocats associés à Marty Butler ont débarqué et les ont sortis de là.

— Et les deux autres jeunes ? demande-t-elle.

— Il y en a un, c'est un dur. En fait, c'est le plus coriace des quatre, et il est personnellement lié à Marty, donc il ne dira pas un mot.

— Et l'autre, la fille ?

— Personne ne sait où elle est.

— Elle est morte ?

— Le bruit court qu'elle serait en Floride.

— Vous n'avez pas l'air de le croire.

— J'ai des doutes sur cette hypothèse, admet-il. De ces quatre jeunes, je ne vois pas pourquoi elle représenterait une menace particulière. C'est là-dessus que je bute.

Carmen réfléchit à la question en prenant une gorgée de vin, et elle l'observe avec une intensité tranquille qu'il trouve si séduisante qu'il a tout de suite envie de fuir. C'est un trait de famille chez les Coyne – au moindre sentiment de bonheur, on fuit. Parce que la seule chose susceptible d'arriver après le bonheur est la souffrance. *Merci, M'man*, pense Bobby. *Merci P'pa. Quelle vision des choses vous avez donnée à vos enfants. Vous avez été vraiment super, tous les deux.*

— Vous avez là une fille qui a peut-être été témoin d'un meurtre, dit Carmen.

— Qui a peut-être été *impliquée* dans ce meurtre.

— Ou non. (Ses yeux pâles s'agrandissent pour souligner cette idée.) Elle est simplement avec eux au moment où ils le commettent. Et après, peut-être qu'elle a des remords inopportuns.

— Ça se pourrait, convient-il.

Bobby a une brève vision de Mary Pat aujourd'hui. Cette lueur trop brillante dans ses yeux, ces éclairs soudains de désespoir et de souffrance.

Le silence.

— Vous avez des enfants ? demande-t-il à Carmen.

Elle fait oui de la tête.

— J'en ai un. Il est à la fac maintenant. Une chose au moins que je n'ai pas ratée. Je m'en suis occupée tout au long des années de lycée avant qu'il prenne son envol.

Bobby la regarde avec attention.

— Vous l'avez eu quand vous étiez au lycée ?

Elle sourit.

— Malicieux et beau parleur. Non, Bobby, je ne l'ai pas eu au lycée. J'avais dix-neuf ans. Et lui en a dix-neuf aujourd'hui, alors faites le calcul.

Bobby ouvre la bouche en feignant la surprise horrifiée.

— Vous avez quatre ans de plus que moi.

— Ouais, mais, manifestement, j'ai davantage pris soin de moi.

Bobby éclate de rire. Il ne se souvient pas quand il a ri aussi librement pour la dernière fois. Une seconde après, Carmen éclate aussi de rire. Elle lui prend la main dans la sienne et fait glisser son pouce au creux de sa paume.

— On commande ? demande-t-elle.

— Bien sûr.

Mais ils ne le font pas avant un certain temps. Ils restent assis là, à se jauger mutuellement.

— Vous avez des enfants ? demande-t-elle.

— Un seul. Il a neuf ans. Il vit avec sa mère les jours de la semaine.

— Alors, permettez-moi de vous poser la question – que feriez-vous si quelqu'un faisait du mal à votre enfant et si la police refusait de faire quoi que ce soit à ce sujet ?

Bobby voit Brendan, ses yeux et son sourire pleins d'espoir, sa gentillesse et son désir manifeste de voir heureux tous ceux qui sont autour de lui, un désir qui fait peur à Bobby, autant qu'il l'émeut. Si le monde lui faisait du mal – lui faisait *vraiment* du mal – resterait-il quelques morceaux de Bobby qu'il serait possible de ramasser et de recoller ?

— Je ne suis pas sûr de savoir ce que je ferais, répond-il à Carmen. Je veux dire, pour être honnête – je sais ce que j'aurais envie de faire –, mais je suis quelqu'un qui croit évidemment en la loi et l'ordre. Si nous étions, je ne sais pas, en pleine nature sauvage, dans un convoi de chariots dans l'Ouest il y a cent ans, et que quelqu'un faisait du mal à mon fils ? Eh bien, oui, il serait aussi mort qu'Abraham Lincoln.

Elle hoche la tête.

— Je pense la même chose, la plupart du temps – c'est tellement facile de dire qu'on tuerait la personne qui aurait fait du mal à notre enfant. Mais il y a des lois. Et des conséquences. Vous tuez quelqu'un, vous allez en prison. Votre enfant grandit sans vous.

— La loi est tout ce qui nous sépare du règne animal.

— Est-ce que les parents de cette fille voient les choses de cette façon ?

— Il n'y a que la mère.

— Et comment est-elle ?

Bobby laisse échapper un petit rire.

— C'est un sacré numéro. Si j'en avais eu une douzaine comme elle dans mon peloton au début du Vietnam, on aurait probablement pu éviter toute cette guerre à la con.

— Nous parlons bien d'une *femme*, là ?

— Une femme des cités de Southie. Ils les font d'une espèce un peu différente là-bas.

— Elle vous plaît.

— Oui, admet-il, puis, voyant le regard de Carmen : Non, non, non. Pas de cette façon. Pas comme vous me plaisez, vous.

— Alors comment ?

— Elle est... (Il réfléchit. Comment décrire Mary Pat ?) Personne n'a jamais dit à cette femme comment laisser tomber. Probable que personne ne lui a jamais dit que ce n'était pas un crime.

— De laisser tomber ?

— De lâcher prise. De... je sais pas, moi, de pleurer ? De ressentir ? (Il réfléchit un instant.) De ressentir quelque chose qui ne soit pas de la colère, en tout cas. Chaque fois que je vois mon fils ? Je le prends dans mes bras et le serre si fort qu'il se plaint. Je sens ses cheveux et sa peau. Je colle mon oreille contre son dos parfois, juste pour entendre son sang et le battement de son cœur. Je veux dire, il arrive à un âge où il va bientôt en avoir marre, alors j'emmagasine tout ça pendant que je le peux.

Elle hoche la tête, les yeux adoucis, son pouce encore plus doux au creux de la paume de Bobby.

— Je parierais que Mary Pat Fennessy n'a jamais été serrée comme ça de toute sa vie, poursuit Bobby.

— J'imagine que vous êtes un bon père.

— Ne dites de personne que c'est un bon père avant qu'il soit mort.

Elle lève les yeux au ciel et dit :

— Ça n'est *pas* ça, la citation.

Il lui sourit.

— Vous connaissez le grec ancien ?

— Je connais mes classiques. Les religieuses y ont veillé.

— Je n'aime pas les religieuses, laisse-t-il échapper.

— Je ne les aime pas non plus. Mais elles sont pas gâtées dans leur boulot. Les curés, ils ont le vin et tous les honneurs, les religieuses, elles ont quoi ? Un couvent ?

La serveuse apparaît et ils retirent leur main pour pouvoir regarder le menu et commander.

Une fois la serveuse repartie, Carmen remet la main sur la table et le regarde en haussant un sourcil. Il lui donne la sienne et elle place son autre main par-dessus.

— Est-ce que cette femme a d'autres enfants ?

— Elle avait un fils, mais il est mort.

— Un mari ?

— Elle en a eu deux. Les deux l'ont quittée, l'un en étant officiellement déclaré mort.

Elle retire une main pour boire une autre gorgée de vin.

— Donc, s'il est vraiment arrivé quelque chose de terrible à sa fille, qu'est-ce qu'il lui reste comme raison de vivre ?

À cet instant, un fantôme traverse Bobby. Il est parfaitement adapté à la taille de son corps et touche chaque centimètre carré de sa personne, depuis le sommet de son crâne jusqu'à la plante de ses pieds, avant de ressortir par sa poitrine.

— Je n'ai pas la réponse à cela, dit-il à Carmen.

Après dîner, il la raccompagne chez elle à pied. Elle n'habite pas très loin – à dix minutes de marche – mais ils ne se pressent pas, faisant durer la promenade. Ils passent sous des arbres au feuillage fourni qui sentent la chaleur du jour, et après qu'ils ont traversé Park Square, les rues s'étendent devant eux comme des canyons de lumière et d'obscurité.

Pendant le dîner, il en a appris un peu plus sur le travail de Carmen, qui dirige à Roxbury un centre d'hébergement pour femmes battues ayant fui leur mari, emmenant souvent leurs enfants avec elles. Maintenant, tandis qu'ils marchent dans les rues par une nuit calme d'été, il lui demande pourquoi elle fait ce qu'elle fait.

Elle raconte à Bobby qu'elle rêvait de devenir avocate quand elle était petite fille, elle se souvient même avoir aussi rêvé, à un certain moment, de devenir flic, mais quand elle est entrée à la fac grâce à une bourse d'études, elle avait encore du mal à joindre les deux bouts, à payer son loyer et sa nourriture. Quelqu'un l'a branchée sur un boulot dans un refuge pour fugueurs. Et là, dit-elle à Bobby, elle a découvert qu'elle avait un don pour convaincre les gens – certaines personnes en tout cas, pas toutes, loin s'en faut – qu'ils avaient la possibilité de changer le cours de leur vie.

— Et vous avez mordu à l'hameçon, dit Bobby.

Elle lui donne une petite claque sur le bras en signe d'acquiescement.

— J'ai effectivement mordu à l'hameçon.

— Vous devez voir beaucoup de souffrances dans ce boulot. Des femmes battues ? *Bon Dieu.*

— Et c'est vous qui dites ça ?

— Nan, nan, nan, dit-il. Je vois pas mal de saloperies, évidemment, mais généralement dans mon boulot les choses sont claires. Quelqu'un meurt, je vais chercher qui est responsable. Parfois je l'attrape, parfois je ne l'attrape pas, mais je ne vis pas avec l'espoir que l'existence de quelqu'un pourrait devenir meilleure grâce à moi. Vous, vous devez placer votre foi dans ces femmes qui, la moitié du temps, vont retourner vivre avec ces enfoirés, soit de leur plein gré, soit après avoir été traquées et persuadées par ces types de retourner auprès d'eux. Combien de fois ça finit de cette façon ?

— Dans plus de cinquante pour cent des cas, admet-elle. Le tableau est sombre, je ne mentirai pas. Pendant un moment, j'ai cherché la lumière dans la seringue. Mais ça a fini par éteindre toute lumière.

— Et vous la trouvez où maintenant ?

— Dans la foi.

— En Dieu ?

— Dans les gens.

— Hou, dit-il en faisant une grimace. Mauvais pari.

— Vous ne croyez pas que les gens peuvent changer ?

— Non, je ne le crois pas.

Elle incline la tête et s'écarte de lui de quelques pas.

— Comment allez-vous réussir à me mettre dans votre lit avec une mentalité aussi merdique que ça, Bobby Dont le Vrai Nom Est Michael ?

— C'est juste que je ne suis pas sûr de savoir où l'espoir peut nous mener, parvient-il à dire.

Elle revient vers lui.

— Vous ne croyez pas ce que vous dites. Vous avez mis suffisamment d'espoir en moi pour me conduire dans un centre de désintoxication plutôt qu'en prison. C'est grâce à ça que j'ai encore mon emploi. Vous avez suffisamment d'espoir en cette mère de Southie pour être obsédé par sa situation toute la soirée d'un rendez-vous avec *moi*. Et j'ai pourtant une *allure folle*.

— Effectivement, admet-il.

Elle s'approche tout près de lui, l'attrape par ses revers et l'attire à elle, puis elle l'embrasse pour la première fois – un baiser léger, légèrement chaste/légèrement humide sur les lèvres.

— Vous souhaiteriez ne pas avoir le moindre espoir, mais vous en avez. C'est pour ça que vous me plaisez.

Elle lâche ses revers et se remet à avancer.

— Je vous plais ? demande-t-il.

Elle regarde par-dessus son épaule avant de répondre :

— Gardez ça pour vous

Ils s'arrêtent devant la maison où habite Carmen, dans Chandler Street, une *brownstone* à mi-chemin dans une rue pleine d'autres *brownstones*, dans un environnement qui n'est pas ce que Bobby qualifierait de zone à forte criminalité, mais il ne dirait pas non plus que c'est une zone à faible criminalité. Comme le reste de la ville aujourd'hui, ce quartier est déchiré par des glissements tectoniques, pris entre ce qu'il a été autrefois et ce qu'il n'est pas encore devenu – et pourrait ne jamais devenir. Carmen montre une lumière au deuxième étage et dit à Bobby que c'est sa salle de séjour.

Leur premier baiser mis à part, il est entendu, sans que cela ait été dit, qu'il ne montera pas ce soir et cela lui va très bien. Le temps qu'il a passé au Vietnam lui a brouillé les idées en ce qui concerne les femmes – il n'y a connu que des filles de bar, des taxi-girls et les putes qui arpentaient les larges trottoirs aux alentours de la Cité impériale, à Hué, et qui lançaient leurs invites dans un mélange presque incompréhensible de vietnamien, de français et d'anglais argotique qu'elles avaient retenu des films de gangsters américains. De retour aux États-Unis, il s'en était tenu aux strip-teaseuses et aux barmaids pendant ses premières années dans la police. Puis il avait rencontré Shannon, une femme (avec le recul, il en était sûr) qu'il n'avait jamais aimée. Shannon était froide, autoritaire et étonnamment dure à l'égard de l'humanité, et quand elle s'était entichée de lui, Bobby avait pris cela pour le signe qu'il était une personne de valeur – si quelqu'un qui n'aime personne se met à vous aimer, est-ce que ça ne fait pas de vous quelqu'un d'unique ? Il tirait une certaine fierté, mais aucun plaisir, d'avoir à son bras une femme aussi belle et aussi impitoyable. Pour être juste envers Shannon, il faut dire qu'il ne lui fallut pas longtemps après le mariage pour comprendre que Bobby ne l'aimait pas. Le problème, c'était qu'elle l'aimait, elle (dans la mesure où Shannon pouvait aimer quelqu'un), et quand elle s'était rendu compte qu'il ne l'aimerait jamais en retour, son cœur déjà égoïste s'était transformé en un morceau de granit. Seul Brendan pouvait y avoir accès – et Bobby se demandait si cela durerait une fois qu'il se mettrait à lui répondre. Après Shannon, Bobby était retourné à des relations sexuelles totalement dénuées de sens. Pas nécessairement avec des prostituées, mais avec des femmes qui ne souhaitaient rien de plus que des relations d'ordre transactionnel, tout comme lui.

Quand il était devenu clean, il avait fui tout ce qui déclenchait ses deux prédilections jumelles pour l'autodestruction et le dégoût de soi, et pendant un long moment, cela avait signifié se tenir à l'écart du genre de femmes qu'il avait le plus souvent fréquentées.

À présent, devant l'immeuble de Carmen Davenport, tandis qu'il tient ses doigts dans ses mains, qu'elle lui dit qu'elle a passé une belle soirée, qu'il lui répond que lui aussi et qu'ils se sourient tous les deux, l'air un peu stupide, se demandant s'ils ne devraient pas tenter un deuxième baiser, il comprend que ce qui lui fait peur en elle est ce qui lui fait peur chez toutes les femmes intelligentes – à savoir qu'elle est assez futée pour s'apercevoir très rapidement qu'il est complètement à la ramasse. Il ne sait pas ce qu'il fait ; il ne l'a jamais su. Il ne sait pas où il va ; il n'en a jamais eu la moindre idée. Il se sent, au fond de lui-même, comme un tout petit bébé qu'une cigogne vient de lâcher et qui continue à tomber en direction d'une cheminée. Tout ce qu'il montre d'autre au monde n'est que du déguisement.

Ils essaient un autre baiser, plus profond, cette fois, plus long. Bobby est gêné de sentir un léger tremblement lui parcourir le corps et il espère que Carmen ne s'en rend pas compte. Bon Dieu, il a quoi, douze ans ?

Quand elle interrompt leur baiser, elle a les yeux toujours fermés. Il les regarde s'ouvrir et le vert pâle lui rend son regard avec cette intelligence tranquille qui lui fiche une frousse terrible.

— Appelez-moi demain, dit-elle en montant les marches.

— Quand ?

— Faites-moi la surprise.

Une fois qu'elle est rentrée, il attend un instant avant de se diriger vers le métro.

Chez lui, il a à peine franchi la porte que sa sœur Erin, l'actuaire, s'avance dans le couloir pour lui demander où il était.

— Je suis sorti. Pourquoi ?

— Le boulot, ils t'ont appelé, disons, cinq fois.

— Ils ont laissé un message ?

— Ouais.

Il attend, mais Erin se contente de le regarder fixement.

— C'était quoi, le message ?

Encore un regard muet. Erin n'a jamais pardonné à Bobby de lui avoir présenté son ex-mari. Ou d'être resté ami avec le pauvre gars après qu'elle l'a quitté.

Elle s'éloigne en lançant :

— Ils ont dit de rappeler.

Il va à la table du téléphone, se glisse sur le petit siège tandis qu'il compose le numéro. Quand il a Pritchard au bout du fil, il demande :

— Qu'est-ce qui se passe ?

— Tu sais, ce jeune, Rum Collins, qu'on a embarqué l'autre jour ?

— Ouais.

— Il est là.

— Qu'est-ce que tu veux dire ?

— Je veux dire qu'il est arrivé en boitant, du sang partout sur son pantalon, et il a dit qu'il voulait nous raconter ce qui est arrivé à Auggie Williamson.

— Eh ben, prends sa déclaration.

— Il ne veut parler qu'à toi.

— J'arrive.

— Dis, Bobby.

— Ouais ?

— Il a pissé dans son froc. Je veux dire, littéralement. Il a dit que la seule chose qu'on doit lui promettre, c'est de pas le renvoyer dans la rue.

— Bon. Il a dit pourquoi ?

— Ouais. C'est parce qu'*elle* y est.

18

À PEU près au moment où Bobby et Carmen Davenport commandent leur premier verre au Jacob Wirth, Mary Pat Fennessy observe Rum Collins et un autre employé du supermarché adepte de la fumette en train de partager un joint à l'arrière du quai de chargement du Purity Supreme. Mary Pat est garée à côté, sous un arbre, sur le parking d'un fast-food Henry's Hamburgers qui a fait faillite en 1972 quand quelqu'un a fait analyser deux hamburgers dans un laboratoire et découvert qu'il y avait beaucoup de cheval et très peu de vache dedans.

Deux voitures sur le parking du Purity Supreme – la Plymouth Duster de Rum et une Chevy Vega, qui appartient probablement au copain fumeur de joint, suppose Mary Pat. Tous les autres sont partis, y compris l'agent de sécurité. Ils ont branché l'alarme à l'intérieur, baissé les grilles métalliques et les ont fermées à clé ; voilà à quoi se limitent les mesures de sécurité la nuit pour le Purity Supreme.

Le copain de Rum sort un fume-joint et ils aspirent le reste du mégot d'une manière qui les fait ressembler à deux poissons, puis ils s'en serrent cinq et se dirigent vers leurs voitures respectives. Là, c'est la partie délicate. Si le copain de Rum s'attarde près de sa voiture ou prend trop de temps pour démarrer, tout le plan tombe à l'eau. Tout dépend de ça : Copain de Fumette doit quitter les lieux avant que Rum ne mette son moteur en marche.

Copain de Fumette monte dans sa voiture le premier, mais il ne démarre pas tout de suite. Et maintenant, Rum ouvre sa portière et il est sur le point de s'installer au volant. Mary Pat jaillit de sa voiture et cherche autour d'elle jusqu'à ce qu'elle ait trouvé une pierre de la taille d'une voiture miniature. Elle la lance en hauteur, comme une chandelle, et pendant un instant se demande si elle l'a lancée comme il fallait. Mais ensuite elle entend le *clac* lointain de la pierre heurtant le toit de la Duster de Rum.

Rum sort de sa voiture. Copain de Fumette, qui n'est pas conscient de ce qui se passe, fait rugir son moteur. Il baisse sa vitre pour demander quelque chose à Rum. Rum examine le toit de sa voiture. Il regarde autour de lui, pour vérifier s'il y a des arbres à proximité. Il lève une main pour dire à son ami que tout va bien.

Et Copain de Fumette s'en va

Rum regarde un peu partout sur le parking. Pendant un instant, on dirait même qu'il regarde au-delà du parking du Purity Supreme, vers celui de l'ancien Henry's Hamburgers. Mais il ne regarde pas attentivement et il ne regarde pas longtemps. Il remonte dans sa Duster. Met le contact. Le moteur ronfle.

Et cale.

Il essaie de nouveau. Cette fois, il s'écoule un bon moment avant qu'il se mette à tourner.

Et il cale aussitôt.

Les quatre tentatives suivantes ne donnent rien. Juste un vrombissement aigu tandis que le moteur s'efforce d'entrer en relation avec un réservoir vide. Après avoir siphonné toute l'essence, Mary Pat a versé une livre de sucre brun, histoire de faire bonne mesure. La seule façon dont la Plymouth Duster orange de Rum Collins quittera ce parking, ce sera remorquée par une dépanneuse.

Rum sort de sa voiture. Regarde sous le capot. Au bout d'un moment, il referme le capot. Passe la tête à l'intérieur de la voiture. La ressort une minute plus tard. Il va à l'arrière et se glisse dessous. Il approche son oreille du réservoir et frappe dessus avec son poing fermé.

Il se relève, fronce les sourcils. Reste les sourcils froncés quelque temps. Jette un coup d'œil au réservoir deux ou trois fois.

Il regarde vers le Henry's Hamburgers. Les ouvertures condamnées. L'allée envahie par les mauvaises herbes. Des mauvaises herbes aussi sous la cabine du téléphone, près de l'ancienne porte d'entrée. Mais c'est un téléphone à pièces, et il est éclairé.

Rum plonge la main dans sa poche. Baisse les yeux sur ce que Mary Pat présume être des pièces de monnaie au creux de sa paume.

D'un pas traînant, il traverse le parking du Purity Supreme, passe par un trou dans la clôture affaissée et se dirige vers la cabine du téléphone. Mary Pat avait laissé son moteur tourner au ralenti tout ce temps et elle enclenche la marche avant, sort Bess lentement de sa place de parking, tous phares éteints, enfonçant l'accélérateur progressivement, si bien qu'elle est pratiquement sur Rum au moment où il entend la voiture et pense à se retourner pour voir. Elle met le pied au plancher et le contourne par sa droite, la roue avant passant à moins de trente centimètres de lui, mais la portière côté conducteur s'ouvre complètement et le heurte de plein fouet, avec suffisamment de violence pour le faire décoller du sol et le projeter sur une parcelle herbue au milieu de l'ancienne allée du drive-in (le premier installé dans le quartier – une véritable sensation à l'époque).

Quand il parvient à se relever, elle a empoigné sa chemise. Il trébuche et chancelle tandis qu'elle le traîne sur un trottoir et le pousse dans l'entrée latérale du restaurant, dont elle a forcé la porte avec une pince-monseigneur quelques heures plus tôt. Elle le jette sur le sol, au milieu des vestiges de l'ancienne cuisine. Quand il essaie de se relever, elle lui balance un enchaînement un-deux-trois-quatre au visage, comptant plus sur la brutale rapidité de ses gestes que sur sa force réelle pour lui faire perdre toute velléité de résistance. Et cela réussit. Il retombe en arrière en gémissant et se couvre le visage, n'enlevant ses mains de là que lorsqu'il sent qu'elle déboutonne son pantalon. Avant qu'il puisse l'arrêter, elle a baissé son jean et son caleçon Fruit of the Loom sur ses genoux et elle s'est assise à califourchon sur lui avec un cutter à la main, un de ces cutters minces comme une tablette de chewing-gum Juicy Fruit mais, comme il doit le savoir grâce à son expérience d'employé de supermarché, capables de trancher le couvercle d'une caisse de conserves aussi facilement que si le carton était fait de mouchoirs en papier.

Avant même qu'il puisse se rendre à l'évidence qu'elle lui a vraiment baissé son pantalon, elle a déjà tiré sur ses couilles et donné un coup de lame sous le scrotum.

Elle avancerait volontiers l'hypothèse qu'il n'a jamais poussé un cri aussi fort ni aussi aigu de sa vie. Le sang coule abondamment de l'entaille.

— Raconte-moi tout au sujet de la nuit sur le quai de Columbia Station.

Il lui raconte. Il ne s'arrête que lorsqu'elle est suffisamment sûre qu'il lui a dit tout ce qu'il sait. Il lui raconte même les choses qui ne font pas honneur à Jules, qui ne donnent pas du tout d'elle une bonne image.

Quand il a fini, elle met ses genoux sur les épaules de Rum. Elle baisse les yeux sur lui un moment. Avec désinvolture, presque comme si elle était curieuse de ce qui pourrait se passer, elle donne un coup de lame tout près de sa gorge et de son cou à plusieurs reprises. Les larmes, aussi brûlantes que du thé, suppose-t-elle, coulent du coin des yeux du jeune homme et glissent dans ses oreilles.

— Vous allez me tuer.

— J'y songe. (Elle hausse les épaules.) Où est Jules ?

— Je ne sais pas.

Un coup de lame près de la chair sous le menton.

— Mais tu sais qu'elle est morte.

Il plisse les yeux et des larmes jaillissent.

— *Oui.*

— Comment ?

— Tout le monde le sait, dit-il simplement.

— Ouvre les yeux.

Il obéit.

— Tu vas appeler la police. Et tu vas leur dire ce que tu viens de me raconter. Si tu ne le fais pas, Rum, tu m'écoutes ? Dis que tu m'écoutes.

— J'écoute.

— Si tu ne le fais pas, je vais revenir te trouver. Rien ne m'arrêtera. Rien ne te sauvera. Peu importe ce qui arrive, Rum, peu importe qui tu penses connaître ou qui tu penses capable de te protéger, personne ne pourra te sauver. Pas contre moi. Je te trouverai, exactement comme je t'ai trouvé ce soir. Et je te couperai les couilles. Après, je te couperai la queue. Et je les jetterai dans une bouche d'égout pour que les rats les bouffent pendant que tu te videras de ton sang là où je t'aurai laissé. (Elle se lève.) Va à cette cabine de téléphone, appelle la police et dis-leur que tu veux leur avouer ta responsabilité dans la mort d'Auggie Williamson.

Elle commence à s'éloigner, puis elle s'arrête. Fait demi-tour. De toutes les convictions qu'elle garde précieusement dans son cœur, celle qui lui est la plus chère est celle qu'elle pourrait maintenant mettre en danger en posant une simple question. C'est la conviction que Jules était la meilleure partie d'elle-même. Que Jules était meilleure qu'elle, ou que Dukie, ou que Noel. Et que, quel que soit l'endroit où son âme s'en est allée, elle est allée là où vont les bonnes âmes.

Elle s'éclaircit la gorge.

— Ces choses que tu m'as dit que Jules avait faites – est-ce qu'elle les a vraiment faites ?

L'expression sur le visage de Rum donne à penser qu'il comprend qu'il aurait dû changer cette partie de l'histoire.

— Est-ce qu'elle les a faites ? répète Mary Pat, détachant chaque mot. Et pas de mensonge, parce que je le saurai.

— Oui, dit-il.

Elle reste sur le pas de la porte un long moment, sa lèvre inférieure tremblant doucement.

— Bon, c'est moi qui l'ai élevée, n'est-ce pas ? dit-elle. Alors j'imagine que c'est moi la coupable.

Puis elle s'en va.

19

Bobby n'a pas encore franchi la porte du commissariat que Pete Torchio, le sergent de garde, tend un téléphone au bout de son bras et dit :

— Pour toi.

— Qui ?

Pete fait un clin d'œil.

— Il dit que son nom est Spécial.

— Quoi ?

— Agent *spécial* Stansfield.

Pete se croit très drôle. C'est la raison pour laquelle il en est à sa troisième femme alors qu'il n'a que trente-deux ans.

Bobby pointe le doigt vers son bureau quand il franchit la barrière.

— Passe-le-moi.

— Ça me comble d'aise, Bobby. Ça me chatouille là où je pense. Tu sais ça.

Bobby arrive à son bureau, le téléphone sonne, le bouton de la ligne deux clignote. Il appuie dessus et met le combiné à son oreille.

— Giles ?

— Bobby. Comment va ?
— Oh, tu sais bien. Toi ?
— T'as appris que les manifestants contre le *busing* avaient démoli une des baies vitrées de notre bâtiment ?
— Oui.
— Ils ont hurlé le slogan "Aux chiottes, les nègres !" pendant plus d'une demi-heure, Bobby. (Il y a un ton dans sa voix qui suggère, d'une certaine manière, que Bobby est a) responsable, ou b) capable d'expliquer ce comportement.) Je veux dire une demi-*heure*.
— Ça fait long pour un seul et même slogan, dit Bobby. On se dit qu'ils auraient pu le mélanger à d'autres.
— On devrait les mettre en cage, des gens comme ça.
Giles Stansfield a grandi dans le Connecticut. Il est allé à Brown University, puis à la Faculté de Droit de Yale. Jusqu'au moment où il a rejoint le Bureau*, il n'a probablement jamais rencontré une personne noire qui n'occupait pas un emploi de service pour les Stansfield ou à Yale. Et cela vaut également pour les Blancs pauvres.
— Quoi de neuf, Giles ?
— J'ai entendu dire que tu vas renifler du côté de la bande de Butler.
Sa voix se fait tout à coup conviviale, comme s'ils devisaient aimablement au-dessus d'un bol de punch à une garden-party.
— T'as entendu ça où ?
— Je me disais juste que tu pourrais peut-être avoir envie de communiquer avec nous, pour éviter tout risque de quiproquo.

* *The Bureau* désigne familièrement le FBI.

— Quel genre de quiproquo il pourrait y avoir ?

— Juste, euh, des quiproquos.

La voix de Giles est toujours conviviale, mais un peu soucieuse aussi, comme si cette conversation ne se déroulait pas exactement comme elle s'était déroulée dans sa tête.

— Pourquoi tu ne me dis pas de quels quiproquos il pourrait s'agir, comme ça je saurai si je risque d'en provoquer ?

Il entend Giles s'efforcer de ne pas soupirer.

— C'est la faute de Nixon.

— Je ne vois pas ce que tu veux dire, répond Bobby en rangeant son arme de service dans son tiroir, avant d'y ajouter ses clés de voiture pour faire bonne mesure.

— C'est lui qui a créé cette connerie de Drug Enforcement Administration*. En fusionnant le Bureau des Stups avec l'ODALE**. Après, ils ont pris une bande de cow-boys et de flics marginalisés dans les commissariats de quartier de tout le Nord-Est, et maintenant ils appellent ça une agence.

— Je croyais qu'ils appelaient ça une administration.

Bobby ne sait pas pourquoi il adore faire chier les types du FBI à ce point, mais c'est un fait.

— Peu importe le nom qu'ils lui donnent, ces minables vers de terre avec leurs flingues, ces minables gerbilles avec leurs insignes, ils en ont après la bande de Butler, eux aussi, apparemment, ce qu'on ignorait, jusqu'au moment où ils ont embarqué un de ses gars.

— Où est le problème ?

* DEA : agence de lutte contre les stupéfiants.

** ODALE : *Office of Drug Abuse Law Enforcement.*

— C'était un type à *nous*. Depuis six mois il dirigeait un atelier de désossage de voitures volées qui appartient à Marty et la DEA a débarqué et ils ont tout fait foirer.

— Ah, c'est moche.

Bobby tâte ses poches à la recherche de cigarettes, sent une bouffée de panique quand il se rend compte qu'il n'en a pas. Affolé, il regarde autour de lui, les aperçoit juste là, sur son bureau, où il les a posées trente secondes plus tôt.

À l'autre bout de l'espace commun, Vincent passe la tête à la porte de la salle d'interrogatoire B et, les yeux écarquillés, jette en direction de Bobby un regard chargé du message *Amène-toi ici*. Il fait la grimace et referme la porte.

— Ouais, c'est moche, dit Giles. Le chevauchement des activités, ça n'aide personne. La solution, c'est tout simplement de désigner une seule équipe pour diriger l'enquête.

Bobby attrape ses cigarettes et des allumettes.

— Super idée, dit-il avec un sourire fendu jusqu'aux oreilles. On prend.

— Oh, non, s'empresse de répondre Giles. Vous autres, vous avez bien trop de boulot sur les bras. Pourquoi vous ne nous laisseriez pas nous occuper de ça ?

— Pourquoi on ne programmerait pas une réunion pour en discuter ?

— Bien sûr, mais en attendant, on pourrait se contenter d'un accord oral qui…

— Je vais demander à ma secrétaire de prendre contact avec la tienne. On retient une date pour une réunion.

— OK, mais Bobby…

— Faut que j'y aille, Giles, dit Bobby avant de raccrocher.

Demander à ma secrétaire de prendre contact avec la tienne. Mais où il va chercher des conneries pareilles ?

Dans la salle d'interrogatoire B, Ronald "Rum" Collins est assis de l'autre côté de la table et on dirait que quelqu'un s'est entraîné au golf sur son visage. Une partie des dégâts est plus ancienne, et Bobby se souvient que Mary Pat lui est tombée dessus dans un bar il y a environ une semaine. Les nouveaux dégâts consistent en une arcade sourcilière droite éclatée, une oreille gauche tuméfiée, l'orbite de l'œil droit noire et enflée (en plus de l'ancienne ecchymose jaunie de la semaine dernière), des dents noircies par le sang, des estafilades à son cou qui ont l'air d'avoir été faites avec une lame de rasoir ou par un couteau extrêmement tranchant.

Mais comme Vincent l'a dit à Bobby, le pire se situe juste sous la ceinture. Il sent la pisse et même un peu la merde, et son jean reste collé à sa peau avec le sang séché.

— Quoi de neuf, Rum ?

Bobby s'assied en face de lui, s'efforçant de ne pas rire devant l'absurdité de la question qu'il vient de poser. Pourquoi est-ce que tout est si drôle, ce soir ? Et d'un seul coup, cela lui vient à l'esprit : *Parce que – pour le moment en tout cas – j'ai quelqu'un dans ma vie. Ça rend tout un peu plus gai.*

Et la pensée suivante : *Seigneur, faites que celle-ci dure.*

Rum se mord la lèvre comme si sa vie en dépendait. Bobby ne veut même pas savoir à quoi ça ressemble à l'intérieur.

— Elle va me tuer.

— Qui ?

— Je peux pas le dire.

— Laisse-moi deviner, au hasard – Mary Pat Fennessy.

— Je peux pas le dire, merde ! Je dirai rien, putain !

Bobby se penche par-dessus la table et examine l'entrejambe ensanglanté du jean de Rum.

— Qu'est-ce qu'elle t'a fait, mon gars ? Elle te l'a coupée ?

— Non ! (Rum détourne le regard un instant, mordillant sa lèvre inférieure comme un lapin, maintenant.) Mais elle a dit qu'elle le ferait.

— Alors d'où vient ce sang ?

— Elle, disons, elle a fait une entaille.

— Dans ta queue ?

— Sous mes couilles.

— On parle bien de Mary Pat Fennessy, là ?

Rum fait presque oui de la tête, mais il se reprend et une odeur de peur – fétide et métallique – monte soudain de tous ses pores comme une vague.

— Je dirai rien, merde, vous pouvez me demander tant que vous voudrez.

— D'accord, dit Bobby en lui offrant une cigarette. Alors, qu'est-ce que tu veux nous dire ?

Rum accepte la cigarette et la flamme que lui tend ensuite Bobby.

— Je vais vous dire ce qui s'est passé sur le quai du métro ce soir-là.

Derrière Rum, Vincent hausse les sourcils vers Bobby comme pour dire : *Tu vois ?*

Bobby pose un cendrier devant lui.

— Ça te dérange si mon équipier prend des notes ?

Rum secoue la tête, les yeux baissés sur la table.

— D'accord.

Derrière Rum, Vincent rayonne, les yeux grands comme des phares d'auto.

Quand le groupe des jeunes se sépare à Columbia Park, vers minuit, Rum, George Dunbar, Brenda Morello et Jules Fennessy prennent la direction de Carson Beach. Mais juste avant d'arriver à Day Boulevard, qu'ils vont traverser pour atteindre la plage, Brenda s'aperçoit qu'elle a oublié ses clés quelque part dans le parc. Elles sont sur un anneau avec une patte de lapin blanche et un décapsuleur, cet objet ayant servi des dizaines de fois ce soir-là.

Ils retournent donc au parc pour chercher les clés. Ils sont sur le point d'abandonner quand Jules aperçoit quelque chose de blanc sous un des sièges des gradins et – voilà – les clés de Brenda. Columbia Park est désert, à présent, alors ils se rassoient pour décapsuler quatre bières de plus, et George fait circuler un joint. C'est de la bonne, leur dit-il, pas les colitas *mexicaines qu'il vend aux andouilles, mais de la* sinsemilla *du sud de la Californie. Pour dire la vérité, Rum Collins est incapable de faire la différence, mais il s'imagine que c'est toute la bibine qui a endormi ses papilles.*

C'est à ce moment-là que George Dunbar regarde vers la route et dit :

— C'est ça, n'essaie même pas de poser les yeux sur moi.

D'abord, personne ne sait à qui il s'adresse, mais ensuite ils se tournent tous vers la voiture qui passe tout près d'eux, le pot d'échappement crachant un nuage de fumée, avec un jeune Noir au volant en train de les regarder.

— Baisse les yeux, sale nègre, dit George d'une voix si basse qu'ils l'entendent à peine. Sinon je réponds pas de ce que je vais faire.

Le jeune Noir baisse effectivement les yeux – soit par coïncidence, soit en raison d'un sixième sens l'avertissant d'un danger imminent – et la voiture poursuit sa route en crachant sa fumée et en toussotant, roulant à si faible allure qu'on dirait qu'elle flotte. Elle passe sous la voie rapide, ils la perdent de vue dans l'immense zone d'ombre du pont routier et ils ne l'entendent plus.

Jules parle à Brenda – des chuchotements virulents et désespérés. Elle dit :

— Je vais l'appeler.

Brenda répond :

— Non. Attends demain. Calme-toi.

— Il est pas obligé de dire que c'est le sien, faut juste qu'il paye.

Bobby arrête Rum un instant.

— T'es en train de dire que Jules Fennessy était enceinte ?

— Quoi ?

Bobby répète :

— Elle a dit, "Il est pas obligé de dire que c'est le sien, faut juste qu'il paye".

Rum réfléchit.

— Peut-être qu'elle parlait d'autre chose.

— De *quoi*, par exemple ?

— J'sais pas. Un chat, par exemple. Ou un véhicule.

Putain, ce débile peut voter, se désespère Bobby. *Et faire des enfants.*

— Très bien, dit-il à Rum, après qu'elle a dit qu'elle allait l'appeler – au fait, c'est qui ce "il" ?

Rum garde le silence un bon moment avant de cracher le morceau :

— Eh ben, Frankie.

Bobby a besoin de quelques secondes, puis, sans pouvoir expliquer pourquoi, il sait à qui, parmi tous les Frankie du monde, le gosse fait référence.

— Frank Toomey ?

— Ouais.

Putain de merde. Bobby se tourne sur sa chaise, son regard croise celui de Vincent. Vincent paraît aussi sidéré que l'est Bobby.

— Jules Fennessy sortait avec Frank Toomey ?

— Ouais.

— Et tu nous racontes ça maintenant parce que... ?

— Parce qu'elle a dit qu'elle me tuerait si je ne le faisais pas.

Bobby baisse les yeux sur la table du côté de Vincent pour s'assurer qu'il n'a pas noté ce dernier échange dans le rapport. Vincent tient son stylo en l'air, alors Bobby sait qu'il ne l'a pas écrit.

Plus de questions à Rum sur la raison pour laquelle il parle, se corrige Bobby, *laissons-le parler, tout simplement.*

— Revenons à ton histoire, lui dit-il.

Jules décide qu'elle va appeler Frank chez lui. Là où il vit avec sa femme et ses enfants. À minuit et quart. Tous pensent que ce n'est pas une bonne idée. Ils essaient tous de l'en dissuader. Mais elle traverse Columbia Road, une pièce de dix cents dans la main, elle s'arrête au téléphone public juste à l'entrée du métro et glisse sa pièce dans la fente. Les garçons ne bougent pas de là où ils sont, mais Brenda traverse la route en courant pour rejoindre Jules et rester près d'elle pendant qu'elle parle au téléphone et Jules finit par hurler quelque chose du genre :

— *Eh bien, tu vas sortir ton fric !*

Elle raccroche le téléphone si brutalement qu'ils entendent le bruit de l'autre côté de la route.

Rum et George Dunbar songent à rejoindre les filles, mais ils devinent à la façon dont Jules agite les mains et grimace affreusement qu'elle est en train de pleurer, et merde, qui a envie de se mêler de ça ? Et puis le même nègre qui était passé dans sa voiture agonisante sort de l'ombre projetée par le pont routier, et qui sait ce qu'il a en tête, parce qu'on dirait qu'il observe les filles, alors Rum et George traversent en courant juste à temps pour l'entendre dire :

— *Vous allez bien ?*

— *On n'a pas d'argent, dit Brenda.*

— Qui a demandé de l'argent ? dit alors Bobby à Rum.

— Quoi ? Personne.

— Alors pourquoi Brenda a-t-elle répondu qu'elle n'avait pas d'argent ?

Rum hausse les épaules.

— Pourquoi il leur parlait si c'était pas pour ça ?

Même Vincent, pas vraiment copain des Noirs, en reste perplexe.

— Pour savoir si tout allait bien ?

— Connerie, répond Rum. Il a pas à poser une question comme ça.

— Pourquoi pas ?

— Parce que c'est pas ses affaires. Écoutez, on sait tous comment ça marche. Vous peut-être pas, mais nous si. On ne se parle pas. C'est aussi simple que ça. Je veux pas d'ennuis dans ma vie, vraiment pas, mais si j'étais assez bête pour m'approcher de quelques filles de couleur à Mattapan

Square et leur parler et que leurs petits amis s'amenaient ? Je m'attendrais à ce qu'ils me cassent la gueule bien comme il faut. Y a rien de personnel. C'est juste comme ça que ça marche. Mais c'est ça la différence entre moi et cet abruti de nègre – moi, je vais pas m'approcher de deux filles noires et je vais pas leur parler. De quoi que ce soit. Parce que je cherche pas d'ennuis.

— Mais Auggie Williamson en cherchait ?

— Ben, ouais.

Bobby et Vincent échangent un regard.

— Continue, dit Bobby.

— Ce nègre vous a demandé de l'argent ? dit George Dunbar à Brenda.

Brenda regarde George dans les yeux et sent immédiatement un changement radical d'atmosphère sur ce trottoir.

— Allez, fous le camp d'ici, lance-t-elle au garçon de couleur.

Il essaie de suivre son conseil, mais George lui barre le passage.

— Tu essaies de soutirer de l'argent à ma petite amie ?

— Non, répond le gars tranquillement avec un petit sourire dont il n'a peut-être pas conscience. Je lui ai juste demandé si son amie allait bien.

— Pourquoi tu t'intéresses à son amie ?

La voix de George est si basse qu'on peut à peine l'entendre. Et ils savent tous ce que cela veut dire.

— Je ne m'y intéresse plus.

Le type noir lève les mains et essaie de contourner George.

— Laisse-le foutre le camp, intervient Jules.

— T'as raison, acquiesce George. Tu le reverras probablement au lycée la semaine prochaine.

Jules relève brusquement la tête et quelque chose de déraisonnable se loge dans son regard.

— Je t'ai dit de foutre le camp.

Le jeune Noir répond :

— C'est ce que j'essaie de faire.

Il semble si effrayé. Terrorisé. Par eux. Rum en est tout surpris. Et choqué en même temps. Peut-être qu'ils ressentent tous la même chose parce que voilà ce qui se passe ensuite :

— T'es content ? hurle Jules. (D'abord, personne ne sait sur qui elle hurle comme ça.) Vous avez vos bus, vous avez notre lycée, et maintenant, vous allez envahir notre quartier peut-être ?

Le jeune Noir se met à marcher beaucoup plus vite.

Un large sourire fend le visage de George, qui vide sa bière d'un trait. Pratiquement dans le même mouvement, il jette la bouteille en direction du type. Ça fait comme une explosion quand elle se fracasse.

Brenda rit. Jules aussi. Rum n'a jamais vu quelqu'un rire et avoir l'air aussi désespéré en même temps. Cet air est resté gravé dans son esprit pendant des jours.

— Hé, attends, dit George juste au moment où le type tend la main vers une des portes de la station. Attends.

Maintenant, le jeune Noir se met vraiment à filer.

— On veut juste te parler, lance George.

Et ils emboîtent tous le pas à George tandis qu'il bondit pratiquement vers les portes de la station. Quelle que soit la façon dont cela va finir, c'est en marche, maintenant. Il n'y aura pas de retour en arrière.

Et qui le souhaiterait ? Rum ne s'est pas senti aussi vivant depuis des années. Peut-être même jamais de sa vie.

À l'intérieur de la station, le type a déjà sauté par-dessus les tourniquets. Ils sautent tous également derrière lui.

Brenda s'écrie :

— Tu cours pas vite pour un nègre.

Jules ajoute :

— Ouais, je croyais que vous étiez tous des dieux du stade et ce genre de connerie.

— Hé, hurle George de nouveau, on veut juste te parler.

Sur le quai, tandis qu'ils entendent tous la rame de métro approcher à toute allure de la station, George lance une autre bouteille de bière. Elle explose aux pieds du jeune Noir et le gars se retourne en levant les mains et dit :

— Bon, on oublie tout ça.

— Tout ça quoi ? demande George.

Le type trébuche en s'emmêlant les pieds et tombe à la renverse et George, ainsi que les deux filles trouvent ça hilarant. Et puis…

— Un instant, dit Bobby à Rum Collins. T'es où, toi, dans tout ça ?

— Hein ?

— Tu es où dans cette histoire ?

— Moi, ben disons, je regarde ?

— Alors qui a lancé la deuxième bouteille de bière, espèce de nouille ? demande Vincent.

Rum les regarde fixement, vide d'expression.

— George a jeté une bouteille de bière sur Auggie Williamson à l'extérieur de la station, d'accord ?

Hochement de tête.

— Donc, cette bouteille, on n'en parle plus. Maintenant, tu veux nous faire croire qu'il a lancé une autre bouteille sur lui *à l'intérieur* de la station.

— Ouais.

— Où est-ce qu'il l'a prise ?

Rum devient un peu plus blanc que blanc. Ses lèvres s'entrouvrent, mais aucun mot ne sort de sa bouche. Quelque part dans ce caillou qui lui sert de méninges, ça creuse à grands coups de pelleteuse.

— C'est *toi* qui as lancé la deuxième bouteille, dit Bobby.

— Non.

— Alors tu as lancé la première, enchaîne Vincent.

— Non.

— Choisis, l'une ou l'autre.

— Non.

— Choisis, putain !

Vincent balance un cendrier noir en plastique dur à la tête du garçon. Le cendrier rate la cible, mais le message fait mouche.

— J'ai jeté la deuxième, lâche Rum.

— Eh ben voilà, on avance, dit Bobby.

— On oublie quoi ? demande George Dunbar, debout au-dessus d'Auggie Williamson.

— Tout ce que vous voulez, dit Auggie, et ils entendent tous les tremblements dans sa voix et ils les voient dans ses mains. On oublie ce qui s'est passé.

— On ne peut pas, répond George, parce que vous n'arrêtez pas de venir dans notre quartier.

C'est Jules qui donne le premier coup de pied.

— Jules Fennessy lui a donné un coup de pied ?

Rum fait oui de la tête.

— Elle était fumasse, fallait voir. Complètement hors d'elle. On aurait presque pu dire qu'elle avait pitié de lui, voyez ? Et plus elle avait pitié de lui, plus elle était furieuse. C'était dingue.

Brenda donne le deuxième coup de pied au gars. Et puis George.

— Ensuite, toi, dit Vincent à Rum Collins.

Rum les regarde un moment et finit par hocher la tête.

Quand Rum donne un coup de pied au nègre étendu sur le dos, il ressent un plaisir qu'il ne se souvient pas avoir ressenti depuis peut-être son neuvième anniversaire, quand on lui a offert ce vélo à trois vitesses qu'il demandait depuis ses sept ans. Rum sait ce qu'il a comme perspective – le reste de sa vie à Southie, chaque jour ressemblant exactement au précédent. Peut-être peut-il espérer une promotion au supermarché, progresser du rayon fruits et légumes au rayon traiteur, mais après cela, il ira où ? Il n'est pas doué pour les chiffres, il n'est pas un meneur d'hommes, ça il le sait. Cela signifie que tout poste de responsable est hors de question. Donc, il passera sa vie aux fruits et légumes, ou au rayon traiteur, ou au rayon crémerie. Sa vie. D'aujourd'hui à ses soixante-cinq ans. Il se trouvera une femme du genre harpie négligée, fera quatre ou cinq petits Rum, et il les regardera perdre la seule bonne chose dans la vie que leur père ait connue – au moins quand il était gosse, on connaissait ses voisins. On avait la même nourriture, les mêmes rituels et la même musique. Rien ne changeait. C'était la seule chose qu'ils pouvaient pas vous prendre.

Mais ils pouvaient. Ils le feraient. Ils étaient en train de le faire. Ils vous imposaient leurs idées, leurs manières et leurs mensonges. Oui, leurs mensonges, parce qu'ils vous disaient que le changement allait vous rendre plus heureux, il allait vous rendre plus riche, il allait rendre votre monde plus lumineux.

Il n'est pas lumineux. Il est foutrement sombre. Rum donne un coup de pied et il continue à frapper, jusqu'au moment où il rate son coup, ce qui le fait tomber sur le derrière à son tour, et là, ses "amis" se moquent de lui, et le type noir se relève et se précipite...

En plein sur la rame de métro qui arrive.

— Donc la rame le percute.

Le stylo de Vincent est en suspens au-dessus de son carnet.

— Disons, c'est plutôt lui qui percute la rame, corrige Rum.

— Explique.

— Il a rebondi sur la rame. Peut-être, il a dû penser qu'il allait sauter sur les rails et s'enfuir ? Mais bon, à ce moment la rame n'était pas là. Et la seconde d'après, elle était là. Et en se précipitant, il est rentré en plein dedans. Ça l'a fait pivoter et il a été projeté contre le mur – vous voyez, là où il y a le tableau avec les lignes et les stations ? – et après, ouais, il s'est écroulé sur le quai.

— Et il a roulé et il est tombé sur la voie ? dit Bobby obligeamment.

— Ouais.

Bobby et Vincent se font un signe de la tête. Ça se tient.

Bobby sourit à Rum.

— Tu sais quel espace il y a entre une rame de métro et le bord du quai ?

Rum hausse les épaules, il sent la déflagration avant même que la bombe ne soit lâchée.

— Vingt centimètres. Apparemment, c'est un écart normalisé. Et en plus, on a mesuré.

Rum donne l'impression d'avoir cessé de respirer. Il est paralysé.

Bobby lève la main pour que Vincent arrête d'écrire.

— Bon, Rum, dit-il. Compte tenu de l'état de ton visage et du fait que tu es venu ici pour nous dire toute la vérité, je ne pense pas que ce soit le moment de te mettre à raconter des conneries. Tu n'es pas assez futé pour nous vendre des salades, quelles qu'elles soient, et si tu ne joues pas franc jeu avec nous…

— Comme en ce moment, par exemple, intervient Vincent.

— … eh bien, on va te foutre dehors d'ici et faire en sorte que tout le monde sache que tu n'as pas été très coopératif avec nous. Ce qui, dis donc, va te valoir une réputation d'enfer d'un bout à l'autre de Broadway. Mais est-ce que ça va te valoir la faveur de Mary Pat Fennessy ?

Rum recommence à se mordiller la lèvre comme si ses dents étaient des engrenages d'horloge.

— Quelle couille elle va lui couper en premier ? demande Vincent à Bobby.

— Ça dépend si elle se sert de sa main droite ou de sa main gauche, répond Bobby.

Vincent demande à Rum :

— Elle est droitière ou gauchère ? T'as remarqué ?

Rum ne dit rien. C'est comme s'il glissait doucement dans un état de choc.

— Il a pas remarqué, dit Vincent.

— Si elle est droitière, dit Bobby, on doit supposer que c'est le côté gauche de ses couilles qui est le plus facile à…, tu sais, à empoigner et sectionner.

Vincent fait la grimace et croise les jambes.

— Si elle est gauchère, elle s'attaque à la couille droite.

— Et sa queue ?

Bobby répond :

— Alors là, il faudrait vraiment être dans sa tête. Je veux dire, est-ce qu'elle veut simplement l'attraper, tirer dessus comme du caramel mou et la sectionner net à la base ?

— Arrêtez, murmure Rum.

— Ou bien, est-ce qu'elle commencerait au bout et la trancherait au milieu dans la longueur comme une banane ?

Rum laisse échapper un haut-le-cœur, et quand ils le regardent, sa langue sort de sa bouche et sa tête se projette loin en avant de son cou. Il a d'autres haut-le-cœur.

Mais il ne vomit pas. À leur grand soulagement. Parce que la merde et la pisse, ça suffit. S'il fallait ajouter à cela un autre fluide corporel écœurant dans la pièce, toute la fumée de cigarette du monde n'y pourrait rien.

C'est maintenant le tour des larmes. Elles jaillissent sous ses yeux et lui font perdre cinq ans.

— Si elle me coupe la queue, dit-il, c'est pas comme si j'allais simplement me retrouver sans queue. Je veux dire, je vais mourir, hein ?

— Ça dépend si t'es loin ou pas d'un hôpital, répond Vincent.

— Et de ce que tu as sous la main pour arrêter l'hémorragie, ajoute Bobby.

— Ouais, ça va sans dire, acquiesce Vincent.

— Tu crois ? Ce gosse ne s'est jamais fait couper la queue avant, alors peut-être qu'il ne sait pas toutes ces choses-là.

Une autre série de haut-le-cœur. Ils attendent qu'il ait terminé.

— Vous pouvez pas l'empêcher de faire ça ?

Les larmes tombent.

— On peut l'arrêter, dit Bobby. Bien sûr. Tu fais une déposition, tu jures qu'elle t'a menacé. Et nous on l'embarque.

— Et après ?

Bobby pousse une boîte de mouchoirs en papier vers lui sur la table.

— Elle se retrouve devant un juge.

— Elle va aller en prison ?

Bobby regarde Vincent pour avoir son opinion.

— Peu probable, dit Vincent.

— Et pourquoi pas, merde ? (Le garçon chiale et braille pratiquement, maintenant.) Elle a dit qu'elle allait me couper les couilles. *Et* la queue. Elle m'a tabassé.

— Bon, mais *si* nous parlons bien de Mme Fennessy, elle n'a pas d'antécédents.

— Citoyenne modèle, précise Vincent.

Bobby décide d'en rajouter une couche :

— Un pilier de la communauté.

— Alors elle s'en tire avec une petite caution.

— Et encore, *si* elle a une caution à payer.

— Effectivement. C'est une LiSSPE à tous les coups.

— C'est quoi, une LiSSPE ?

— Libérée sur son propre engagement.

— Ça veut dire quoi ?

— Ça veut dire qu'elle n'aura pas de caution à payer.

— Et qu'elle ne passera pas une seule nuit en prison.

— Mais elle a menacé de me couper les couilles.

— Qui donc ? Qui est cette "elle" dont tu as si peur, Rum ? Donne-nous un nom.

Il secoue la tête.

— Alors, finis de nous raconter ce qui s'est passé la nuit où Auggie Williamson est mort.

— Et ne nous débite pas tout un tas de foutaises du genre, il a rebondi sur la rame, puis il a rebondi sur un mur avant de tomber sur la voie, parce qu'on sait que ce sont des conneries.

— Comment ?

— Des témoins. Le rapport du légiste. Et dix ans de ce foutu métier de flic.

— Tu peux nous dire la vérité. (Bobby donne une autre cigarette à Rum et lui tend du feu.) Ou alors tu peux tenter ta chance et sortir d'ici.

— Et si je vous dis la vérité et qu'il se trouve que j'ai fait quelque chose de mal ?

— Alors on t'arrêtera.

— Et je serai pas obligé de sortir d'ici ?

— Pas tant que tu n'auras pas payé ta caution.

— Tu seras à l'abri, bien peinard dans une chouette petite cellule. On te donnera même un oreiller.

Rum tire longuement sur sa cigarette et souffle encore plus longuement la fumée en regardant au plafond. Puis il dit :

— Il est vraiment allé percuter la rame et il a vraiment été projeté contre le mur. Ça l'a assommé et, bon, il était étendu sur le quai, il avait des convulsions et tout ça, et après, ça s'est arrêté, alors on a cru qu'il était mort.

— Mais il ne l'était pas ?

Il secoue la tête.

— Je veux dire, on a cru qu'il était mort, mais…

Ils attendent.

Au bout d'un moment, Bobby dit :

— Il faut nous en dire un peu plus à propos de ce "mais".

Quand la tête du type est heurtée par la rame, ça les fait tous rire, George Dunbar plus que les autres. Quand le gars est projeté contre le mur et qu'il s'écroule sur le quai comme si on l'avait largué d'un hélicoptère, ça les fait rire encore plus. Mais ensuite, tandis que les portes des voitures s'ouvrent, ils remarquent qu'il est pris d'une sorte de crise bizarre, comme s'il avait été électrocuté. Ses talons martèlent le sol, ses bras s'agitent et battent contre ses côtés, sa tête roule de droite à gauche et ses yeux se renversent si loin dans son crâne qu'on dirait des blancs d'œufs.

Ils sont tous les quatre autour de lui, si bien qu'il est difficile pour quelqu'un qui passe de bien voir ce qu'ils entourent.

La rame quitte la station.

George dit à un couple :

— Qu'est-ce que vous avez à regarder comme ça ?

Et le couple se dépêche de quitter le quai.

Le jeune Noir ne bouge plus. Un filet d'écume blanche coule du coin de sa bouche. Du sang goutte de ses oreilles.

Rum remarque qu'une rame de la ligne extérieure quitte le quai d'en face et il voit un type s'en aller, la tête baissée. Un type costaud, pas le genre que vous avez envie d'emmerder, mais il connaît la musique dans le coin – si vous ne voyez pas quelque chose, personne ne pourra vous faire dire que vous l'avez vu.

Tout à coup, ils se mettent à se crier les uns sur les autres. Rum est incapable, jusqu'à aujourd'hui, de vous dire exactement ce qui est dit, mais il sait que George s'inquiète au sujet des témoins, Brenda s'inquiète du fait que ses parents pourraient l'apprendre, et Jules n'arrête pas de hurler – de vraiment hurler – que tout ça c'est leur faute, qu'ils vont aller en prison. Rum se souvient leur avoir fait remarquer que les coups de pied mis à part, ils n'ont pas réellement blessé ce type. Il s'est blessé tout seul. Rum a tabassé deux ou trois gars dans sa vie, il sait faire la différence.

Brenda donne une gifle à Jules pour qu'elle arrête de hurler. Ensuite, George traite Rum d'espèce de demeuré et dit :

— Tirons-nous.

Ils laissent le type de couleur sur le dos, par terre, et montent les marches de la sortie côté Columbia Road, et quand ils poussent les portes, il y a là Frankie Toomey, appuyé contre sa voiture, en train de les attendre. Frank les ignore tous, sauf Jules. C'est monnaie courante avec lui. Jules affirmait à Brenda qu'il pouvait être drôle et étonnamment tendre, mais si c'était vrai, il réservait cet aspect de sa personnalité pour des moments en privé ou pour les gamins qu'il charmait dans Broadway. Sinon, il était aussi froid et dur que le suggérait son surnom Tombstone. Son corps était dur, son visage était dur, ses yeux étaient aussi morts que ceux de la poupée G.I. Joe. Il ouvre la portière de sa voiture et Jules monte. C'est là que le groupe se sépare – George et Brenda partent dans la voiture de George, Frankie et Jules partent dans la voiture de Frankie. Et Rum, celui qui est toujours de trop, rentre chez lui à pied.

— Revenons un peu en arrière, dit Bobby.

Rum engloutit le verre d'eau qu'ils lui ont apporté, avec, sur le visage, l'air de celui qui sait qu'il n'arrivera jamais à faire avaler ces conneries à personne.

— Oui, bien sûr.

— Comment Auggie Williamson a pu finir *sous* le rebord du quai ?

— Je sais pas. Peut-être que… il a pu rouler ?

— OK…

— Nous, on l'a laissé où il était.

— Sur le quai, avec une écume blanche qui sortait de sa bouche ?

— Seulement d'un côté de sa bouche.

— Donc, vous montez l'escalier, dit Vincent, et Frank Toomey est là à vous attendre ?

Un hochement de tête.

— Quelle est son humeur ?

Un haussement d'épaules.

— Allons. Dans quel état d'esprit semble être ce type ?

Rum a l'air extrêmement mal à l'aise, comme si, peut-être, l'entaille sous ses couilles commençait à montrer les premiers signes d'infection. C'est ça ou alors il est maintenant sous l'influence d'une nouvelle source de terreur.

— Je ne sais pas. Je ne le connais pas. Je ne peux pas juger son "état d'esprit".

— Tu le connais, dit Bobby. Tu as grandi en le voyant traîner dans le quartier. Il est connu pour entrer dans une boutique et acheter des bonbons pour tous les gamins. Dans Broadway, il est un peu comme l'oncle préféré de tous les gamins.

— Ouais, bon, ça c'était avant.

— Sans compter que tu es sa couverture, dit Vincent.

— Bien vu, dit Bobby.

— Sa *quoi* ?

— Sa couverture, répète Vincent avant d'expliquer : Tu lui sers de couverture en te faisant passer pour le petit ami de Jules Fennessy pour que sa femme ne se doute pas que Frank baise une gamine de seize ans.

— Jules a dix-sept ans.

— Ah, dit Bobby en agitant son index en direction de Rum. Mais elle ne les avait pas quand elle a commencé cette histoire avec Frankie, pas vrai ?

Les yeux de Rum roulent dans leurs orbites comme des billes qu'on jette dans un bol.

— Je suis pas ici pour parler de ce Frankie.

— Et pourtant on est là, en train de parler de lui.

— Tu veux savoir son "état d'esprit" ? Ce type, c'est la mort. C'est ça son putain d'état d'esprit. C'est l'enculé le plus froid et le plus monstrueux que j'ai jamais rencontré.

Rum lève les mains.

— Je dirai rien sur Frankie Toomey.

— Rien ?

Rum leur sert sa meilleure imitation d'un dur à cuire – paupières mi-closes, petit sourire narquois – et il secoue la tête doucement.

— Que dalle.

— Alors, dit Bobby en allant ouvrir la porte, tu es libre de partir.

Rum regarde Vincent refermer son carnet et remettre son stylo dans la poche intérieure de son manteau en faux cuir.

— Allez, on se bouge, lance Bobby à Rum. Je veux rentrer chez moi.

Rum répond :

— Hé, les gars, vous avez dit que vous alliez m'inculper.

— Pour quel motif ?

Vincent allume une cigarette avec son briquet en imitation or qui ne fonctionne qu'une fois sur trois.

— Pour ce qui s'est passé.

— Tu ne nous as pas dit ce qui s'est passé, réplique Bobby. Tu nous as raconté des conneries au sujet d'Auggie

Williamson qui a percuté une rame en courant, ce qui, étant donné que tu le poursuivais, pourrait peut-être conduire à une inculpation pour homicide involontaire…

— Et aucun procureur ne va perdre son temps avec un truc comme ça. (Vincent rejoint Bobby à la porte.) Je vais faire un saut chez JJ. Et toi ?

— Je vais peut-être te tenir compagnie.

— De la Nickle'Gansies de minuit à deux heures.

— À la pression ?

— Ouais.

Bobby fait la grimace.

— La Narragansetts pression, ça me donne la chiasse le lendemain.

— À moi aussi. Mais, bon, je suis en congé demain.

Ils quittent la salle d'interrogatoire. Traversent la grande salle commune. Bobby voit qu'il a trois messages collés sur l'abat-jour de sa petite lampe de bureau. Il les lit.

— Revenez ! lance Rum depuis la salle d'interrogatoire.

— Tu vas vraiment chez JJ ? demande Bobby à Vincent.

— J'y pense. J'ai faim, aussi. Je vais peut-être me prendre un sous-marin quelque part en chemin. Et toi ?

— J'étais censé ne pas être de service ce soir, dit Bobby. J'ai juste envie de rentrer chez moi.

— Revenez !

Vincent baisse légèrement la voix.

— Tu connais cette nana qui travaille à Property ? Une avec de grands yeux marron ? Et de ces lèvres ?

Bobby se met à rire.

— Quoi ? (Vincent est déjà à moitié outré.) Tu sais de qui je parle ?

— Deb DePitrio ? dit Bobby.

— Allez ! Revenez ! lance Rum, qui se tient maintenant dans l'encadrement de la porte.

— Ouais, Deb.

— Elle ne sort qu'avec des docteurs.

— C'est une *employée* de bureau.

— Qui ressemble à Raquel Welch. Tu te fous de ma gueule ou quoi ? T'as plus de chances de sortir avec la vraie Raquel Welch qu'avec Deb.

— C'est quoi, une amie à toi ?

— En quelque sorte, oui.

— Alors tu penses que *toi*, t'as une chance avec elle.

Bobby pouffe de rire à cette idée.

— Je suis un flic pas très en forme de dix ans de plus qu'elle. J'ai aucune chance. Et je le sais. Et c'est pour cette raison que ça ne la dérange pas de bavarder un peu avec moi. Toi, en revanche, je parie que tu vas te mettre de l'Aqua Velva pour aller te pencher au-dessus de son comptoir et lui sortir "C'est quoi la couleur de votre rouge à lèvres ?"

— Va te faire foutre.

— "Vous faites quelque chose à vos cheveux ?"

— Non, vraiment. Va te faire foutre.

— Messieurs les agents, s'il vous plaît !

— On est des putains d'*inspecteurs*, crie Vincent, puis se tournant vers Bobby : Aucune chance, alors ?

Bobby secoue la tête.

— Vous deux, échoués sur une île déserte, elle attendrait probablement deux ou trois ans – au moins – au cas où on viendrait à votre secours.

— T'es vraiment un emmanché.

Bobby réfléchit un instant.

— Pas faux.

— *S'il vous plaît !*

Ils se tournent tous les deux vers lui. Il est appuyé contre le montant de la porte, peu enclin à se risquer dans une salle pleine d'hommes lourdement armés qui, s'ils daignent regarder dans sa direction, le font avec un air méprisant. Son jean taché de sang séché est complètement collé à ses cuisses et à son bas-ventre. Ses yeux sont de nouveau larmoyants.

— Je peux pas retourner dehors.

Bobby et Vincent l'observent, l'œil vide.

— S'il vous plaît, m'obligez pas.

— On a rien pour te retenir, dit Bobby.

— Que Dieu te garde, dit Vincent.

— *Arrivederci*, dit Bobby.

— *Vaya con dios*, dit Vincent.

— Tu viens déjà de le dire, lui dit Bobby.

— Non, j'ai dit “Que Dieu te garde”.

— Frank Toomey nous a demandé de retourner dans la station, lance Rum.

Quelqu'un dans la salle de la brigade émet un sifflement, doucement et longuement. Tout le monde a les yeux braqués sur Rum Collins à présent.

Rum regarde Bobby comme un type qui sait que sa vie ne sera plus jamais la même.

— Il nous a dit qu'on devait finir le boulot.

20

SELON Rum, après leur avoir dit de retourner "finir le boulot", Frank Toomey est resté où il était. Appuyé sur sa voiture.

— Alors il n'est pas allé avec vous ?

— Non.

— Et il n'a pas expliqué ce que signifiait "finir le boulot" ?

— Non.

— Il n'a pas précisé davantage ?

— Hmm-hmm, répond Rum en secouant la tête.

Bobby voit déjà l'avocat de Frank déclarer : "Donc, 'finir le boulot' aurait pu vouloir dire rentrer à la maison pour cette nuit, nettoyer le verre des bouteilles cassées, *ou* cela aurait même pu vouloir dire aider à transporter Auggie Williamson chez un docteur."

Finir le boulot, Bobby le sait bien, pourrait vouloir dire *n'importe quoi*.

Quant à ce qu'ils ont fait quand ils sont retournés sur le quai, Rum est sûr que quelqu'un a fait rouler Auggie Williamson sur la voie mais, étrangement, il ne sait pas qui ce quelqu'un a pu être.

Et comment est-ce possible ?

— J'étais occupé à pisser, affirme Rum.

Quel boulot à la con, se dit Bobby. On les tient, ils sont acculés, prêts à parler, et puis le germe malsain d'une idée vicieuse fait son chemin dans leur cerveau de hamster et ils se disent, *je peux m'en sortir*.

Et vous vous retrouvez à la case départ.

Bobby est trop fatigué – une nuit où il n'est pas de service, en plus – pour retourner à la case départ.

— Rum, dit-il, il faut être deux pour faire rouler un corps. Sinon, ce corps part à droite quand tu veux le faire aller à gauche, ou il part à gauche quand tu veux le faire aller à droite, c'est toute une affaire. Donc, George et toi, vous avez fait tomber Auggie Williamson du quai en le roulant. En tombant, l'arrière de son crâne a heurté quelque chose et il est mort. Ce n'était pas ton intention, mais c'est ce qui s'est passé.

Rum répond :

— C'est pas comme ça que ça s'est passé.

— Mais si.

— Bon d'accord, on l'a fait rouler et il est tombé du quai, OK, c'est nous.

Bobby hoche la tête.

— Mais après, il s'est relevé.

— Il a fait quoi ?

— Il s'est relevé. Il s'est mis debout, quoi.

Vincent arrête de prendre des notes. Bobby et lui observent Rum Collins. Il ne regarde plus en l'air et sur la droite – signe infaillible que la personne ment. Il regarde droit devant lui – signe infaillible que la personne se souvient.

— Il s'est relevé. Puis il est retombé. Et là, il s'est mis à genoux. Les filles pleuraient parce que c'était un peu… pathétique, voyez ? Alors on est descendus sur la voie.

— Tous les quatre ?

Rum les regarde. Il fait oui de la tête.

— Et ensuite, qu'est-ce qui s'est passé ?

— Quelqu'un a ramassé une pierre.

— Qui ?

Rum les regarde, mais ne dit rien.

— Qui a ramassé la pierre ?

— C'était pas moi.

— C'était qui, alors ?

Rum grince des dents.

— C'était pas moi.

Bobby l'observe un instant. Un coup d'œil à Vincent, qui lui fait très discrètement non de la tête – ils en sont à un stade où ils pourraient le perdre.

— Oublions un instant qui l'a ramassée, dit Bobby. Dis-nous juste ce que cette personne a fait avec la pierre.

Rum tourne et retourne ça dans sa tête. Il est trop stupide pour comprendre qu'en l'état actuel des choses, il a déjà reconnu sa responsabilité dans une demi-douzaine de crimes, dont une tentative de meurtre.

Il ouvre la bouche et, en une phrase, il s'implique dans cette affaire pour le reste de sa vie.

— Elle – cette personne – l'a frappé derrière la tête avec la pierre.

— Frappé Auggie Williamson.

— Ouais.

C'était la pièce manquante, celle qui faisait défaut dans toutes les histoires qu'ils avaient entendues, et dans toutes les hypothèses qu'ils avaient échafaudées sur les événements de cette nuit-là – comment Auggie Williamson avait-il eu cette fracture à la base du crâne ?

Désormais, ils savent.

— Et qu'est-ce qui est arrivé à M. Williamson ensuite ?

— Monsieur qui ?

Pour une raison quelconque, ça énerve Bobby. Si vous tuez quelqu'un, la moindre des choses est quand même de connaître son nom.

— Williamson, répète Bobby entre ses dents serrées. Le type noir.

— Il est tombé la tête en avant. N'a plus jamais bougé.

Rum contemple ses pouces un moment avant de lever les yeux vers Bobby et Vincent, clignant des paupières sous les néons.

— Maintenant que je vous ai raconté ce qui s'est passé, poursuit-il, vous pouvez arranger les choses avec elle ?

— Avec qui ?

— La, euh, la bonne femme qui a menacé de me couper la queue.

Bobby répond :

— Je ne pense pas que tu aies encore à t'inquiéter en ce qui la concerne.

— Génial, dit Rum en poussant un gros soupir.

Vincent dit :

— Ronald Collins, vous êtes accusé d'homicide involontaire sur la personne d'Augustus Williamson.

Rum, en train de mordiller une envie, s'écrie :

— Quoi ?

— Vous avez le droit de garder le silence. Tout ce que vous direz…

— Attendez un peu ! Putain, c'est *quoi* ça ?

— … pourra être utilisé contre vous…

Rum se tourne vers Bobby.

— C'est pas moi.

— Tu étais présent, dis Bobby, et tu ne l'as pas empêché. Aux yeux de la loi, cela te rend aussi coupable que celui ou celle qui a frappé avec cette pierre.

— Non, dit Rum. Puis, avec plus de force : Non.

Vincent lui dit :

— Ta seule chance de te balader de nouveau dans les rues de Southie avant, je sais pas, moi, disons 2004 ? C'est de nous dire qui a frappé avec cette pierre.

— Je veux voir mon avocat.

— Dis-le-nous.

— Je veux voir mon avocat.

— Dis-le-nous !

— Je veux voir mon avocat. (Il les regarde, des larmes ruissellent sur ses joues, mais il est étrangement calme.) Et tout de suite.

Bobby et Vincent se lèvent.

— D'accord.

— T'es un dur ? dit Vincent. Tant mieux. Parce que tu vas faire de la taule avec des tas de durs. (Il empoigne son bas-ventre.) Durs comme des forets de perforateur.

— Tout ça pour un nègre ?

Rum les regarde fixement avec une incrédulité totale.

Bobby hoche la tête.

— Tu peux parier tout ce que tu as de plus cher là-dessus, y compris ton cul de Blanc à la con, espèce d'enfoiré.

21

Les deux principaux dealers au service de George Dunbar – Joe-Dog Fitz, de H Street, et Quentin Corkery, d'Old Colony – travaillent pour lui au belvédère de Marine Park. Dans la journée, George lui-même ne montre jamais le bout de son nez. Vers le milieu du deuxième jour, après la grosse affluence de midi, avec les ouvriers du bâtiment et quelques chauffeurs poids lourds qui font le trajet Boston-Buffalo, Joe-Dog et Quentin ont une conversation urgente avec leurs petits revendeurs, tous parlant très vite à la base du belvédère. À une vingtaine de mètres d'eux, la vitre de Bess baissée, Mary Pat parvient à saisir quelques mots et bouts de phrases, dont les plus importants sont "bientôt à court de *beauties** et de Pepsi", et elle présume que cela signifie qu'ils vont manquer d'amphets et de coke. *Mon Dieu*, pense-t-elle, *j'espère que vous êtes encore bien fournis en héroïne, mes petits chéris.*

Quentin Corkery quitte le perchoir. Il descend la pente de Marine Park et saute dans une Datsun Z jaune garée

* *Beauties* (ou *black beauties*) : un des nombreux noms argotiques des amphétamines.

près de la statue. Il s'arrache du bord du trottoir dans un long hurlement de pneus. Mary Pat le suit dans Day Boulevard, où, moins de trois kilomètres plus loin, il s'engage dans Old Colony. Les deux ensembles de logements sociaux de cette partie de Southie, Old Colony et Old Harbor, sont des cités jumelles de Commonwealth. Les trois ont été construites à moins de dix ans d'écart, toutes sur le même plan. Mary Pat reste à distance, avançant au ralenti dans la rue étroite que Quentin a empruntée en direction d'un parking situé à l'arrière. Il s'arrête juste devant un petit porche noir, bondit hors de sa voiture et s'engouffre dans l'immeuble. À une époque, Mary Pat est sortie avec un type qui habitait là – Paul Bailey, aux dernières nouvelles, il purgeait une peine de huit à dix ans à la prison de Walpole – et elle se souvient que la disposition des lieux est identique à celle de Commonwealth : long couloir traversant au milieu, avec les portes de tous les logements qui donnent sur cette artère principale. Elle ne parvient pas à être en position à temps pour voir dans quel appartement Quentin entre, mais elle est postée sur le petit porche avec une vue dégagée à travers la vitre de la porte jaune, et quand il réapparaît elle constate qu'il sort du quatrième logement sur la gauche. Elle pose ses fesses sur le haut de la rambarde, fait pivoter son corps, se laisse tomber, et elle est déjà aplatie contre le mur au moment où Quentin quitte l'immeuble, saute au volant de sa Datsun et repart, laissant une fois encore suffisamment de gomme sur l'asphalte pour que Mary Pat se demande si ce n'est pas juste pour pouvoir se payer de nouveaux pneus qu'il vend de la drogue. Mary Pat retourne jusqu'à Bess, qui l'attend dans un coin du parking où elle l'a garée.

Elle ouvre le coffre et fouille dans le sac de Dukie jusqu'à ce qu'elle ait trouvé ce dont elle pense avoir besoin, puis elle referme le coffre.

Elle enfile des gants avant d'atteindre la porte d'entrée. Une fois à l'intérieur, elle remarque que le couloir a une odeur légèrement différente de ceux de Commonwealth. Ça sent toujours le Lysol, les éclaboussures de bière, les pommes de terre, le chou et le corned beef bouillis tous les dimanches dans au moins un quart des appartements. Mais il y a quelque chose d'autre. Un léger relent de moisissure, peut-être ? La senteur d'un trottoir humide en avril, ou d'une piscine voisine, mais il n'y a pas de piscine dans le coin, ça c'est sûr. La quatrième porte sur la gauche est le numéro 209. Elle frappe et attend, l'oreille collée contre le battant. Elle n'entend rien. Elle frappe une seconde fois, pour être sûre. Elle a le poinçon-repoussoir plaqué sous son chemisier, contre le bas de sa colonne vertébrale, au cas où, mais le rossignol de Dukie entre dans la serrure comme si c'était une clé. Cela lui prend moins de trente secondes et elle est à l'intérieur.

Ça sent le joint, la fumée de cigarette et une hygiène douteuse. Dans la chambre du fond, elle trouve un vieux matelas sans drap, avec un seul oreiller, taché de transpiration. Dans la salle de séjour, il y a un canapé déchiré, plusieurs chaises de plage en plastique et une télé en noir et blanc posée sur une pile de cinq annuaires des pages jaunes, dont quatre sont toujours sous film plastique.

La salle de bains a l'air de n'avoir jamais été nettoyée ; il est possible que l'odeur de moisi qu'elle a sentie dans le couloir vienne exclusivement de cette seule salle de bains, car le mur derrière le lavabo est noir et des langues de moisissure cotonneuse grisâtre montent sur le carrelage dans le coin de la baignoire.

Elle inspecte la chasse d'eau, mais il n'y a rien de caché là. Elle inspecte sous le lavabo, pareil. La chambre ne donne rien, l'évier dans la cuisine non plus. Mais à la cinquième tentative – elle se sert d'un balai pour soulever le faux plafond du placard dans l'entrée –, des sacs Ziploc tombent sur l'étagère du haut tandis que d'autres s'éparpillent sur le sol. Elle prend une chaise, grimpe dessus et passe la main pour ramasser tous les sacs restants. Une fois qu'elle les a tous ramenés, elle sent autre chose là-haut, juste le bord d'un objet, quelque chose de dur. Elle se hisse et s'étire, tend les doigts et elle sait que c'est un revolver à l'instant où elle empoigne la crosse. Elle sort un calibre 38 Smith & Wesson à canon court avec une crosse pleine d'éraflures et dont le caoutchouc commence à s'effriter. Elle descend de la chaise et ouvre le barillet. Il s'ouvre facilement, au moins l'arme est graissée et peut-être même correctement entretenue. Six balles sont logées dedans.

Elle grimpe de nouveau sur la chaise, passe la main une dernière fois dans le faux plafond et en retire une petite boîte en carton avec quelque chose à l'intérieur qui fait du bruit. Elle l'ouvre et y trouve six autres balles.

Elle place tous les sachets sur la table de la kitchenette, dont le plateau en Formica poisseux est encore plus abîmé que celui de sa cuisine. Les sacs Ziploc très grand format contiennent de l'herbe – dans certains elle est verte et elle a une odeur âcre, dans d'autres elle est moins verte et friable, parsemée de tiges. Les sacs grand format contiennent une poudre brune qu'elle reconnaît immédiatement avec un coup au cœur, ou une poudre blanche qu'elle suppose être de la cocaïne. Elle repère tout de suite un sac de *black beauties* (Dukie était friand de ses amphétamines) et elle devine que les autres comprimés sont, respectivement, du Quaalude, du LSD et de la mescaline. Ça ne représente pas une énorme quantité de drogue, pas pour un dealer ; si elle devait deviner, elle dirait qu'ils ont vendu peut-être deux tiers de leur stock à cet instant. Une telle perte ne va pas leur faire grand tort à long terme, mais demain ça va leur faire mal.

Elle emporte le tout.

Et le revolver.

Quelques heures plus tard, un des petits revendeurs s'amène, entre dans l'appartement, puis en ressort l'air désespéré et fiche le camp de là à toute vitesse.

Un quart d'heure après, Quentin et Joe-Dog débarquent dans la Datsun Z de Quentin. Ils se précipitent à l'intérieur. Ils y restent un peu plus longtemps que le revendeur. Quand ils ressortent, ils ont l'air abattus. Et effrayés. Ils s'assoient sur le capot de la Datsun de Quentin et fument des cigarettes sans rien dire.

Environ une demi-heure plus tard – *Qu'est-ce qui t'a retenu si longtemps, George ?* – George Dunbar arrive. George conduit une Impala beige de la fin des années 1960. Une voiture remarquablement quelconque. George est manifestement le seul membre de sa bande à avoir une petite idée des avantages qu'il y a à ne pas attirer l'attention quand on s'adonne à des activités criminelles de façon régulière. George et ses deux dealers se mettent à pointer des doigts accusateurs – George désignant Quentin et Joe-Dog ; Quentin et Joe-Dog se désignant réciproquement.

George se rue dans l'appartement. Les deux autres le suivent.

Pendant qu'ils sont à l'intérieur, Mary Pat démarre Bess. Une fois que Bess tourne au ralenti, tout va bien, mais au démarrage, ce n'est pas joli joli. Le pot d'échappement crache des bouffées de fumée qui s'élèvent dans le rétroviseur et le moteur s'éclaircit la gorge une demi-douzaine de fois avant de se calmer. Quand ils vont ressortir, elle en est pratiquement sûre, ils vont quitter les lieux. Il vaut mieux que Bess soit fin prête à partir aussi.

Elle entend la porte s'ouvrir et claquer contre le mur quand ils apparaissent. Ils s'arrêtent devant la Datsun, où George lâche une dernière engueulade, suivie d'un doigt furieux pointé d'abord vers Quentin et ensuite vers Joe-Dog.

Il saute dans son Impala et s'arrache de là. Quentin et Joe-Dog restent sur place plus longtemps que ne l'avait espéré Mary Pat. Quand ils baissent les yeux pour allumer leur cigarette, elle joue le tout pour le tout et commence à rouler, longeant l'arrière du parking, le regard fixé droit devant elle.

S'ils la remarquent, ils ne semblent pas y accorder une attention particulière.

Elle retrouve George Dunbar garé trois rues plus loin, en train de téléphoner dans une cabine publique devant un magasin de vins et spiritueux. Ses lèvres ne bougent pas beaucoup, il hoche surtout la tête. Énormément. Et il a les yeux écarquillés. Mary Pat se dit qu'il y a fort à parier qu'il a droit à sa propre engueulade.

Il raccroche comme si le combiné risquait de le mordre. Il remonte dans son Impala, repart et Mary Pat lui file le train, laissant trois voitures entre elle et lui.

Rapidement, il s'engage sur la voie rapide Sud-est et, quelques kilomètres seulement plus loin, il sort et l'emmène longer le quartier de Dorchester, puis il franchit le pont au-dessus du fleuve Neponset. De là, il la conduit dans Squantum, une pointe de terre qui saille de la main de North Quincy comme un pouce victime d'un accident industriel. À l'exception de la base de ce pouce, Squantum est complètement entouré par l'océan et Mary Pat suit l'Impala anonyme de George jusqu'à une maison dans Bayside Road, au nord d'Orchard Beach. C'est une petite maison de style Cape Cod avec un toit en shingles brun foncé et des contours de fenêtres blancs, un petit jardin et une superbe vue sur le port, juste de l'autre côté de la rue.

George se gare devant la maison, et avant même qu'il soit descendu de voiture, elle est là – sa mère. Lorraine Dunbar en personne. Ce n'est pas une beauté, pour dire la vérité, un visage mince, avec quelque chose de rapace, sous une abondante chevelure d'un roux vif, des yeux trop rapprochés, un menton si brutalement carré qu'on dirait que c'est ce qui est resté après une amputation. Mais elle a toujours le corps d'une pom-pom girl de seize ans – des jambes fermes, un cul qui vous donne l'impression que vous pourriez jouer de la conga dessus et des nichons qui défient tout à la fois la gravité, la logique et le temps. À tous ceux qui veulent l'entendre, Lorraine affirme que c'est grâce à son régime – viande maigre et légumes, fanfaronne-t-elle, et rien de sucré – et son jogging. Comment elle en est arrivée au "jogging", personne n'en sait fichtre rien, mais Mary Pat l'a vue des dizaines de fois courir dans Broadway ou dans la boucle du Sugar Bowl, les genoux montant si haut qu'ils touchaient presque son menton, joues gonflées et lèvres pincées, vêtue de ces hauts et de ces pantalons à fermeture Éclair, aux couleurs coordonnées avec des passepoils blancs, et généralement un bandeau assorti pour compléter le tout. Chaque fois que le sujet est évoqué parmi les femmes de Commonwealth, il s'en trouve une pour émettre l'idée que, pour des nichons et un cul comme ça, elles pourraient peut-être toutes se mettre au jogging aussi, mais la suggestion ne dure pas plus longtemps que la fumée de la cigarette suivante.

Lorraine étreint son fils, puis regarde dans la rue. Lorraine est la maîtresse de Marty Butler, alors elle a été bien formée à chercher d'éventuelles menaces dans tout ce qui paraît inhabituel. Elle aurait probablement repéré Mary Pat et Bess si Mary Pat n'avait pas fait marche arrière dès qu'elle avait vu George s'arrêter. Elle est garée à l'entrée d'un virage, une trentaine de mètres plus loin dans la rue, sous un arbre qui projette une ombre bien agréable en cette fin d'après-midi. Pour la voir, il faudrait que Lorraine se plante au milieu de la rue et profite de la bonne lumière.

Lorraine et George entrent dans la maison.

Mary Pat s'installe confortablement.

À un moment, elle tourne la tête et voit Jules assise à côté d'elle, sur le siège passager. Jules bâille et lui adresse un sourire fatigué.

C'est le hors-bord qui la réveille.

Il fait sombre. Des insectes sont massés sous l'unique réverbère. Au bruit d'une moustiquaire qui s'ouvre en grinçant avant de se refermer en claquant, elle tourne la tête et voit George Dunbar sortir de la maison puis traverser la route en direction de la petite crique. Il est en short et pieds nus.

Mary Pat sort les jumelles du sac de Dukie et les braque sur le bateau qui coupe son moteur et, balloté par les vagues, glisse jusqu'au rivage. Brian Shea saute du canot tandis que George patauge à sa rencontre et tous deux tirent l'embarcation à terre. Brian éteint la lumière sur le bateau et maintenant les jumelles ne servent plus à rien.

Mary Pat éteint son plafonnier et sort de Bess. Elle referme doucement la portière et traverse la chaussée. Il n'y a là qu'un seul arbre derrière lequel se cacher et le muret qui longe la plage n'arrive même pas à la hauteur de ses genoux. L'arbre est à au moins vingt mètres de Brian et George. Mais il n'y a personne d'autre dans les parages et pas grand-chose pour étouffer le bruit, si seulement ils voulaient bien parler un peu plus fort. Elle se poste derrière l'arbre et tend l'oreille.

Brian Shea dit à George :

— Faut que tu… Merde, on n'a pas… on n'a rien sans rien.

George tourne le dos à Mary Pat et ses paroles sont emportées par le vent. Il est beaucoup plus difficile à comprendre. Elle croit l'entendre dire "Je sais" deux ou trois fois. Et un mot qui pourrait être "laiton", mais sans pouvoir dire pourquoi, elle sait que ce n'est pas ça. Elle sait aussi que ce n'est pas "bâton", mais ce qui est sûr, c'est que ça finit par "ton".

Une brise soudaine lui apporte les trois phrases les plus claires de Brian Shea :

— Tu étais déjà en dette. Maintenant, tu l'es encore plus. Personne ne va prendre ça à la plaisanterie.

La brise retombe.

— Je…, répond George.

— … déplace… Blue Hill Ave… j'en ai rien à foutre.

— … je dis juste…

— … des excuses que tu te trouves. Allez.

Ils sortent quelque chose du bateau. Ils portent la chose à deux dans l'obscurité, l'un à environ un mètre vingt de l'autre. En traversant la route, ils passent à la limite du halo du lampadaire et Mary Pat voit qu'il s'agit d'un sac marin. Il est vert foncé, semblable à celui que portait Noel quand il est rentré de l'armée, sauf qu'elle est sûre que celui-ci a une fermeture Éclair au milieu. George ouvre le coffre de son Impala et ils chargent le sac dedans.

La voiture n'est qu'à cinq ou six mètres de là ; Mary Pat les entend bien à présent, tandis que Brian met les mains sur les épaules de George.

— Tu dis à cette bande de singes défoncés de Moreland Street que j'attends un retour maximum sur investissement.

George hoche la tête.

Brian lui donne une tape sur la joue. Pas si légère que ça.

— Tu m'entends ?

— Oui, oui.

— Assure-toi qu'ils ont bien compris que si leur action ne fait pas la une des journaux, on coupe l'approvisionnement de toute leur putain de filière.

— OK.

— Et puis tu déménages le reste de la marchandise.

— Ouais, ouais.

— Pas le mois prochain, pas l'année prochaine. Maintenant. On est bien d'accord ?

— D'accord.

— T'es pas de la famille, mon petit gars. (Brian s'approche et fait comme s'il allait donner une autre gifle à George, mais au dernier moment, il lui tapote la joue.) T'es juste le fils de la nana qui baise avec mon boss.

— Je sais.

— Tu *quoi*? dit Brian d'une voix brusque.

— J'ai dit je sais. Je sais.

Brian Shea le fixe du regard un instant avant de retraverser la route. Il tire son bateau dans l'eau avec quelques éclaboussures et quelques grognements, puis il démarre le hors-bord et file.

Une heure plus tard, quand George quitte la voie rapide, Mary Pat se dit qu'il a dû se tromper – au lieu de tourner à droite en direction de Southie, il prend à gauche en direction de Roxbury. Elle imagine qu'il est distrait et qu'il ne va pas tarder à faire demi-tour, mais il s'enfonce dans Roxbury, empruntant des rues où elle n'est jamais venue auparavant, dans des secteurs de la ville qui lui semblent aussi étrangers que Paris. Mais Paris se trouve de l'autre côté de l'Atlantique; ces rues se trouvent à moins de dix kilomètres de Commonwealth. C'est dimanche et il est minuit, pourtant certaines rues sont aussi animées que pour une fête de quartier – des gens de couleur se réunissent sur leurs porches, ou sont rassemblés sur le trottoir autour de leurs voitures. D'autres rues sont aussi tranquilles qu'un cimetière, sans même un miaulement de chat de gouttière pour rompre le silence. Elle a l'impression que, partout, des yeux sont braqués sur elle. Elle se demande si quelqu'un ne va pas bondir devant sa voiture en hurlant: "Une femme blanche !" avant qu'ils ne lui tombent tous dessus et la mettent en pièces.

C'est bien le genre de truc qu'ils font dans le coin, non ? À l'affût de la Blanche qui ne se méfie pas, d'une Blanche paumée, d'une bonne poire de sale Blanche ? Et ils vont lui montrer qui sont vraiment les maîtres dans ces rues et à quel point ils ont la rage.

Elle n'a aucune idée de la raison pour laquelle ils la haïssent tant, mais elle sent leur haine dans les regards qu'elle ne veut pas croiser, les regards qu'elle ne voit pas véritablement, mais elle sait qu'ils sont là, ces regards lancés de sous des paupières lourdes et menaçantes et auxquels n'échappe aucun de ses gestes.

Regarde autour de toi, lui glisse une voix comme un défi.

Elle accepte de le relever. Un coup d'œil vers les porches et les vérandas. Personne ne l'observe. Personne n'est même au courant de sa présence.

Et ils n'observent pas George non plus. Parce que…

George n'est plus là. Il y a la lueur jaune d'une intersection, une rue plus loin, mais la voiture de George n'y est pas. Elle accélère, la crainte envahissant soudain sa poitrine avec un fracas de cymbales. *Elle ignore totalement comment sortir de là.* Elle atteint l'intersection, lève les yeux vers les plaques des rues sur sa gauche – elle se trouve dans Warren Street, au croisement avec St James Street. Impossible de savoir si George a tourné à droite ou à gauche. Elle ne voit pas ses feux arrière. Elle lève les yeux de nouveau vers les plaques de rue, cette fois sur la droite et elle a envie de remercier Jésus, le Saint-Esprit et saint Pierre aussi en voyant que dans un quartier aussi merdique, les plaques des rues sont absolument intactes, parce qu'elle s'aperçoit que Warren Street croise deux rues – St James Street à gauche, et, à sa droite, Moreland Street.

Tu dis à cette bande de singes défoncés de Moreland Street que j'attends un retour maximum sur investissement.

Elle tourne à droite dans Moreland et accélère. Un carrefour plus loin, pas de George. Deuxième carrefour, toujours pas de George. Résistant à la tentation d'enfoncer l'accélérateur, elle maintient Bess à une vitesse constante. Au panneau de stop suivant, elle regarde à droite et elle aperçoit l'Impala. Elle est garée en face d'un terrain de jeux, quelques dizaines de mètres plus loin. Garée près d'un van de couleur blanche avec la porte arrière gauche ouverte. Trois types noirs se tiennent près du van en compagnie de George. L'un d'eux est grand et gros, un autre est maigrichon et petit, le troisième est de taille et de corpulence moyennes. Tous les trois ont une coiffure afro volumineuse et le visage barbu. Tous portent des lunettes et un pull à col roulé. George leur remet des objets qu'il sort l'un après l'autre de son coffre.

Mary Pat n'est pas experte et sa vision est limitée, mais elle sait reconnaître un fusil quand elle en voit un.

Pourquoi un dealer de Southie est-il en train de donner des fusils à trois types noirs de Roxbury à la veille de la mise en application forcée de cette histoire de *busing*?

Mary Pat appuie la tête en arrière contre son siège.

Putain, qu'est-ce qu'ils peuvent bien mijoter ?

22

De retour à Southie, George l'entraîne dans des rues sombres et désertes qui abritent des compagnies de taxis et des dépôts de camions. Il est plus d'une heure du matin à présent et Mary Pat éteint ses phares pour éviter que George ne la repère derrière lui. Il n'y a personne dans le coin, semble-t-il, juste eux deux, cahotant sur les pavés des rues dans l'obscurité. Peu de réverbères en service, un bar qui accueille les membres du syndicat des camionneurs et qui ferme à onze heures. Mary Pat ralentit et roule au pas. Même avec les phares éteints, si George baisse sa vitre, il pourra certainement l'entendre bringuebaler derrière lui sur les pavés. Elle laisse la longueur de deux pâtés de maisons entre elle et lui et fait de son mieux pour éviter les nids-de-poule.

Il entre sur un parking en face d'une longue rangée de box pour voitures. Il sort de son Impala. Déverrouille le troisième garage en partant de la droite et relève la porte basculante. Il fouille dans ses poches avant d'entrer et d'aller à l'arrière d'une Chevrolet Nova. Il ouvre le coffre. Ressort, empoigne le sac marin dans le coffre de l'Impala. Sans les fusils, le sac est beaucoup plus léger que lorsqu'il l'a trimballé avec Brian Shea pour traverser Bay Road, mais il est encore suffisamment lourd pour que son épaule droite s'affaisse un peu et sa tête s'incline du même côté tandis qu'il le porte jusqu'au coffre de la Nova.

Il referme le coffre à clef. Abaisse la porte du garage. La ferme à clef également. Remonte dans son Impala.

Et les voilà repartis.

Le trajet n'est pas long. George gare l'Impala dans East Second, au bout de la rue où se situe la résidence officielle de sa mère. Mary Pat l'observe couper entre deux maisons, puis, suppose-t-elle, il saute par-dessus les clôtures des jardins jusqu'à la maison de sa mère et y entre par l'arrière. Cette supposition est confirmée quelques minutes plus tard lorsqu'une lumière s'allume dans une pièce du coin à l'étage de la maison de Lorraine Dunbar.

Une demi-heure après, la lumière s'éteint. Mary Pat reste là où elle est une dizaine de minutes de plus, au cas où il ressortirait, mais rien ne se passe. Il s'est couché, elle en est presque sûre. Il est deux heures du matin. N'importe qui avec un peu de bon sens dort maintenant.

Elle repart avec Bess, remonte East Second et retourne à ce garage.

Le parking et les rues voisines sont aussi sombres et tranquilles que lorsqu'elle en est partie, aussi elle décide de se garer sur ce parking, présumant que toute personne qui s'amènerait dans le coin à cette heure de la nuit ne serait pas non plus animée des meilleures intentions, alors autant avoir Bess tout près, au cas où il lui faudrait décamper au plus vite.

Le cadenas que George a attaché à la porte du garage est d'un modèle tout à fait courant, pourtant il résiste aux rossignols de Dukie. Ou tout au moins, à la façon dont elle s'en sert. Dommage – elle commençait juste à crâner un peu au sujet de sa capacité à crocheter une serrure ; intérieurement, elle rembarrait déjà Dukie, à titre posthume, à propos du refrain qu'il lui sortait sans arrêt sur le fait que crocheter une serrure nécessitait un “savoir-faire” dont les gens ordinaires n'avaient pas conscience. Après une quatrième tentative infructueuse, elle abandonne et y va avec le coupe-boulons.

Quand le bas du cadenas tombe par terre en cliquetant et que la partie supérieure reste prise entre les lames de la pince coupante, elle se dit, *Savoir-faire, mon cul.*

Mais tout de suite, elle change d'avis quand elle parvient à crocheter le coffre de la Nova du premier coup.

— J'ai pas perdu la main, Dukie, lui dit-elle en ouvrant le coffre et braquant sa torche à l'intérieur.

Le sac n'est pas fermé et elle en voit le contenu immédiatement, mais ce qu'elle a sous les yeux lui paraît aberrant. Ça ne *devrait pas* – que s'attendait-elle à y trouver d'autre ? – et pourtant cela lui semble incroyable. Il y avait un code à Southie. Il y avait des choses qu'on ne faisait pas :

On ne mouchardait pas.

On ne tournait jamais le dos à un membre de sa famille (même si on le détestait).

On ne disait jamais ce qui se passait dans le quartier à une personne étrangère au quartier.

Et…

On ne vendait jamais de drogue.

Jamais.

Jamais au grand jamais.

Le sac est rempli de drogues diverses. Des kilos de poudre brune, des kilos de poudre blanche, des pains d'herbe, des tubes en plastique remplis de comprimés.

Ce n'est pas la came de George Dunbar, ça. Ces produits lui ont été donnés. Ils lui ont été confiés. Par Brian Shea.

Cette came appartient à Marty Butler.

Ça fait des années que tout le monde se demande pourquoi Marty et sa bande ne parviennent pas à empêcher la drogue de se répandre dans Southie.

Maintenant elle connaît la réponse – c'est parce que ce sont eux qui la font entrer.

Ils tuent les leurs.

Ils ont rendu esclaves toute une génération de gosses – esclaves des comprimés, esclaves du miroir et du billet roulé, esclaves de la seringue et de la cuiller.

Ce n'est pas la drogue qui a tué Noel.

C'est la bande de Butler qui l'a tué. Tout comme ils ont tué son père. Tout comme ils ont tué sa sœur.

La bande de Butler a tué la famille de Mary Pat.

Elle s'appuie contre le mur au fond du garage et réfléchit à tout cela. Elle ne saurait expliquer pourquoi, mais au lieu des larmes, au lieu de la rage, tout ce qui sort de sa bouche, c'est un petit rire sec.

Elle voit flotter devant ses yeux le visage fade de Marty, ce visage de mannequin pour catalogue de mode.

— Tu as tué ma famille, murmure-t-elle dans le silence du garage.

Le visage lui sourit.

— Je vais tuer la tienne, lui promet-elle.

George Dunbar arrive au garage à huit heures du matin. Il remarque tout de suite qu'il n'y a plus de cadenas. Ses yeux restent rivés sur l'endroit où il était fixé.

Il regarde sur le parking en face. Dans les jumelles de Dukie, elle peut voir qu'il est en train de faire un rapprochement – la drogue volée hier et maintenant ça ? Il comprend que 1+1 = *quelqu'un l'a pris pour cible.*

Il pose la main contre le mur extérieur du garage.

Il vomit. Deux fois.

Quand il a terminé, il s'essuie la bouche. Il se penche et remonte lentement la porte du garage.

Ses traits se détendent un peu quand il voit la Nova à sa place, juste comme il l'a laissée. Il se précipite à l'arrière de la voiture.

Mary Pat enclenche la marche avant et fait rouler Bess jusqu'à cinq ou six mètres de l'entrée du garage. Elle descend. S'appuie contre le capot. Et attend. Elle l'entend à l'intérieur, tandis qu'il fouille dans le coffre pratiquement vide. Il pousse des espèces de couinements affolés.

Il referme le coffre. Il s'avance vers la porte du garage, les lèvres en mouvement, marmonnant pour lui-même. Puis son regard tombe sur elle.

Et il sait.

Il ne sait pas encore comment il le sait, mais il sait.

Il fonce. Il se rue droit sur elle, les bras tendus comme Frankenstein.

Elle sort le revolver qu'elle a volé à son dealer et colle le canon au milieu de sa poitrine.

— Je peux appuyer sur la détente tout de suite et aucun tribunal dans ce pays ne me condamnera. Probable même qu'ils me fileront une médaille. Alors, George, tu veux qu'on fasse comment ?

Il baisse les mains.

À l'intérieur du garage, la porte baissée, elle le palpe à la recherche d'une arme, mais ce matin il n'en a pas. Elle remarque une lampe baladeuse dans une gaine de plastique orange accrochée dans un coin et branchée à une rallonge. Elle la prend et la suspend au-dessus du capot de la voiture, et elle voit George retrouver un peu de son assurance. Ça se voit dans ses yeux d'abord – c'est moins un épanouissement qu'une sorte de retrait –, à la façon dont ils deviennent ternes, dénués de toute expression, l'estime de soi exceptée. L'assurance était une qualité qu'elle avait remarquée chez lui longtemps auparavant, alors qu'il était le meilleur ami de Noel et qu'il était tout le temps fourré chez eux, avant la drogue, avant les filles, même. À l'époque où ils parlaient sans arrêt de sport et se disputaient à propos de cartes à échanger. Déjà à ce moment-là, George avait une maîtrise de soi remarquable. Il paraissait indifférent à ce que les autres pensaient de lui et n'éprouvait aucun besoin de s'exprimer. L'incapacité à s'exprimer n'était pas quelque chose d'inhabituel chez les jeunes de Southie, mais la réticence de George n'était pas une question d'incapacité ; c'était, comme Mary Pat l'avait toujours senti, une question de volonté. Et de profonde arrogance. George, d'aussi loin qu'elle s'en souvienne, paraissait intimement convaincu qu'il était meilleur que n'importe qui d'autre – plus intelligent, plus rusé, moins sentimental. Avec ses traits fins et ses cheveux blonds coupés court, ses yeux aussi verts et froids que la terre de ses ancêtres, George Dunbar, par son calme naturel, donnait à presque tous ceux qui le connaissaient le sentiment déconcertant qu'il était effectivement plus intelligent et plus rusé. Qu'il était effectivement meilleur.

George fait ce numéro depuis si longtemps qu'elle se rend compte qu'il y croit lui-même.

— Ça a dû bien vous amuser, dit George.

Elle lui lance un regard interrogateur.

— Le rêve que vous avez fait sur la façon dont ça allait se passer.

— Et comment j'ai pensé que ça allait se passer ?

— Vous alliez me voler ma marchandise et je vous dirais tout ce que je sais sur votre fille.

— C'était ça, mon rêve ?

Elle fait mine de réfléchir à cette idée.

— Mais voilà comment les choses vont vraiment se passer, poursuit-il.

Elle attend, un sourire aimable sur les lèvres.

Il s'adosse à sa voiture, pas le moins du monde inquiet, la tête levée vers le plafond.

— Vous allez me rendre ma marchandise, sinon mes fournisseurs vous tueront avant la fin de la journée. Et là, ce que vous aurez découvert sur votre fille n'aura plus beaucoup d'importance.

— Tu dis toujours "votre fille", comme si tu ne connaissais pas son nom.

Il soupire.

— Mais si vous me rendez ma marchandise, je ne dirai rien à mes fournisseurs. (Il s'écarte de la voiture, les yeux ouverts, mais durs.) Et vous pourrez retourner à votre… vie.

— Par “fournisseurs”, tu entends Marty.

Il fait la grimace et lâche :

— Peu importe.

— Donc, ta proposition, c’est : tu me laisses la vie sauve et tu ne racontes pas à Marty que je t’ai piqué ta marchandise parce que… t’es un type sympa ? (Elle réduit la distance entre eux.) Ou bien parce que si Marty ou l’un de ses gars découvre que tu as perdu deux approvisionnements en une seule journée, eh bien, George, tu vois… (elle a un petit rire) ta vie ne vaudra plus grand-chose.

George lui réplique avec son petit rire à lui, mais un éclair passe tout de même dans son regard.

— OK, je vous accorde que je perdrais mon job. Mais je retournerai à la fac, c’est tout.

— Oh, George. George. (Elle secoue doucement la tête.) Pour Marty, tu as échoué deux fois. En plus, tu peux aider la police à prouver que c’est lui qui est responsable si la drogue se répand dans Southie. Tu connais ses filières, ses fournisseurs, je suppose. Tu connais même probablement quelques-uns des flics qu’il arrose. (Elle voit que ses mots ont fait mouche comme autant de coups au corps. Elle s’approche suffisamment pour qu’il sente son souffle sur son visage.) George, si tu es encore en vie vingt-quatre heures après que le bruit se sera répandu que tu as perdu la dernière livraison de Marty, je ne croirai plus du tout en la façon dont ce monde fonctionne.

— Ma mère…

— Baise avec Marty, oui, je sais. Ça ne sera pas suffisant pour te sauver. Marty aime le cul mais il aime l’argent encore plus.

Il ne dit rien pendant une minute. Il baisse les yeux sur les mains de Mary Pat.

— Si vous n'aviez pas ce flingue…

Elle recule. Lève son arme.

— Ce flingue ? (Elle le glisse dans sa ceinture, dans le bas de son dos.) Plus de flingue.

Il jette un coup d'œil à la porte derrière elle. Mais ne bouge pas.

— Tout ce que tu as à faire, c'est me bousculer pour passer, lui dit-elle.

Il réfléchit aux options qu'il a.

— Tu as juste à m'écarter, George.

— Vous croyez peut-être que je n'en suis pas capable ?

Elle rit tout haut. Elle ne peut pas s'en empêcher.

— C'est exactement ce que je crois, George. Tu n'as plus beaucoup de temps.

— Attendez.

— Non, dit-elle. Décide-toi. Écarte-moi de ton chemin.

— Rendez-moi ma marchandise.

— Va te faire foutre avec ta drogue.

— Rendez-moi…

Elle s'approche de lui de nouveau.

— Tu n'auras ta drogue que quand je sortirai d'ici après avoir eu tout ce que je veux. Alors, soit tu essaies de m'écarter de ton chemin, soit tu arrêtes ton numéro et on avance.

George lui refait ses yeux morts. Elle le voit bien en train de s'entraîner à ça pendant des années devant un miroir dans la maison de sa mère.

— Je suis un homme d'affaires, dit-il. Négocions.

— Tu n'es qu'un petit con, dit-elle. Est-ce que tu as remarqué ce qu'il y avait dans ton coffre ?

— C'était pas ma marchandise.

— La drogue, c'est ce qu'il n'y a *pas* dans ton coffre, oui. Mais est-ce que tu as remarqué ce qu'il y avait ?

Il réfléchit.

— Il y avait un sac de sport.

— Qu'est-ce que tu en as fait ?

— J'sais pas.

Elle le montre d'un signe de la tête.

— Tu l'as jeté sur le côté, George. Il est juste derrière toi. Va le chercher.

Il fait une grimace de mépris.

— Va le chercher.

Elle tire le revolver de son dos et le frappe sur le front avec la crosse.

Il a les yeux qui s'emplissent de larmes et il chancelle en arrière.

— Putain de merde !

— La prochaine fois, c'est ton petit nez parfait.

Il va chercher le sac.

— Pose-le sur le capot et ouvre-le.

Il obéit. Regarde à l'intérieur. Il reste interloqué devant ce qu'il voit. Au bout d'un moment, elle est pratiquement sûre que l'hésitation sur le visage de George vient du fait qu'il a compris ce que les objets dans le sac signifient, et non pas d'une confusion quelconque.

Sous la lumière crue et soudaine, ces objets prennent un éclat jaunâtre et criard…

Une seringue, une cuiller, un briquet, un morceau de tuyau en caoutchouc, un compte-gouttes rempli d'eau et un petit sachet en plastique avec de la poudre brune à l'intérieur.

— Je suppose que tu reconnais ta propre marchandise.

Il regarde le tout.

— Et alors ?

Elle soupire.

— Je t'ai toujours accordé le mérite d'avoir un cerveau. Un cœur peut-être pas, mais un cerveau. (D'un mouvement de son arme elle indique les objets.) Tu la vends. Maintenant, tu vas l'essayer. Sinon, tu ne reverras plus jamais ta "marchandise".

Il rit. D'un rire censé être moqueur, mais où transparaît la peur.

— Vous pouvez toujours courir.

Elle tire une balle près de ses pieds. Il fait un bond. Se bouche les oreilles.

Elle ne se bouche pas les siennes, mais à présent elle est sourde comme un pot. Voilà ce qui arrive quand on tire une balle dans un local de six mètres et demi sur trois mètres et demi avec une porte métallique. *Stupide, Mary Pat. Stupide, stupide, stupide.*

Mais le temps du bavardage est peut-être bien fini, parce que George plonge la main dans le sac. Il entoure son biceps avec le tuyau en caoutchouc, fait un nœud. Il tape sur la peau au creux de son coude et cherche une veine. Il ne s'y prend pas très bien parce qu'il ne fait pas cela par expérience, mais seulement après avoir observé pendant des années les pauvres andouilles grâce à qui il gagnait tout son fric.

Au bout d'un moment, le tintement dans les oreilles de Mary Pat s'est suffisamment calmé pour qu'elle puisse parler.

— Laisse-moi t'aider.

Elle remet son revolver dans sa ceinture, contre sa colonne vertébrale. Prépare la poudre dans la cuiller, ajoute l'eau, qu'elle fait chauffer avec le briquet. Elle avait regardé Noel le faire un jour, peu avant la fin, alors qu'elle l'avait viré de la maison avant qu'il n'y ait plus rien à y voler. Il en était arrivé au stade où il se fichait de tout et il était assis sur le banc du terrain de jeux sous le lampadaire à moitié démoli. Elle l'avait observé depuis l'autre bout du terrain, hors de sa ligne de mire, appuyée contre le bâtiment Jefferson, consciente que ce qu'elle observait était un suicide. Cela pourrait prendre des mois, ou peut-être des semaines (ça avait pris entre les deux), ça n'en était pas moins le meurtre prémédité de sa propre personne. À cette époque-là, il avait multiplié les séjours en centre de désintoxication, il l'avait volée, il avait volé sa sœur, il avait volé Ken Fen, il avait volé tous ses amis jusqu'au moment où il n'avait plus eu d'amis.

À l'exception de George. Son fournisseur.

Elle voit George tapoter de nouveau l'intérieur de son coude et elle tend la main, puis lui pince la peau si fort qu'il hurle :

— Aïe !

— C'est comme ça qu'on trouve une veine.

Il prend la seringue, aspire tout le liquide dans la cuiller. Une fois que la seringue est pleine, il la lui tend.

Elle secoue la tête.

— Je ne t'aiderai pas à te shooter avec ton propre poison.

Il faut à George quatre tentatives hésitantes avant d'émettre un sifflement et d'enfoncer l'aiguille dans sa veine. Il croise son regard, le pouce sur le piston et elle attend.

Il appuie sur le piston.

Il retire l'aiguille. La lui tend.

— Et maintenant ?

— On attend.

Quand il commençait à planer, Noel se mettait à parler de tout et de rien, à l'époque où il vivait encore avec eux et utilisait la salle de bains pour se piquer. Il en sortait, les yeux rêveurs et détendu, il s'asseyait à la table de la cuisine avec elle et discutait le bout de gras, à propos de n'importe quoi, sans inhibition, pendant une dizaine de minutes, puis elle le perdait. C'est ce moment de faiblesse – environ cinq minutes après, mais pas plus de quinze – qu'elle attend.

— Qu'est-ce qui est arrivé à Jules après que vous avez tué Auggie Williamson ?

Il hausse les épaules.

— George, dit-elle, qu'est-ce qui s'est passé ?

Un autre haussement d'épaules.

— J'sais pas. Elle est partie avec Frank.

— Et après ?

— Vous l'ai dit… sais pas.

Elle le dévisage. Est-il assez malin pour mentir sous l'influence de son premier fix d'héroïne ? Est-ce qu'il a – est-ce que quelqu'un a – une volonté suffisamment forte pour ça ?

Il lui sourit. Un sourire lointain, rêveur. Entendu, mais pas arrogant.

— Vous savez couler du béton ? lui demande-t-il.

— Tu le mélanges et tu le coules.

Il soupire.

— Vous l'avez jamais fait, hein ?

— Non, George, jamais.

— La plupart des gens croient que c'est facile. On prend un sac, on le mélange avec de l'eau et on le pose avec une truelle, on attend que ça sèche.

Elle sent que ce n'est pas un sujet pris au hasard entre eux. Elle sait que l'activité de la famille de George – démarrée peu après la Seconde Guerre mondiale par les oncles et le père de George, aujourd'hui décédé –, c'est le ciment.

— Mais ce n'est *pas* facile ? l'encourage-t-elle.

Il secoue longuement la tête.

— Pas si vous l'avez jamais fait, pas si vous ne savez pas ce que vous faites. Pas s'il fait 30°C dans votre cave par une journée d'été et que vous avez pas bien fait le mélange de toute façon, parce qu'alors, là, il se met déjà à se fendiller cinq minutes après qu'il a commencé à sécher, et il commence à sécher cinq minutes seulement après que vous l'avez étalé. Ce que vous avez dans ce cas-là, c'est un beau gâchis. Vous pouvez plus atteindre ce que vous essayez de recouvrir définitivement, mais vous ne l'avez pas recouvert définitivement non plus. Je veux dire, ce que vous avez voulu enterrer est là, comme un insecte pris dans la glace. Et les odeurs vont vous empoisonner.

Il se laisse glisser sur le flanc de la voiture et s'assied contre le pneu, le regard perdu dans le vide.

— J'avais ce tricycle, avant. En métal. Lourd. Le siège était rouge.

Elle attend la suite – là où il veut en venir, peut-être – mais rien d'autre ne vient.

— George, dit-elle.

— Hmm ?

— Qu'est-ce que tu essayais de recouvrir définitivement ?

— Hmm ?

— Tu as dit que tu essayais de recouvrir quelque chose dans une cave où il faisait chaud.

Son esprit dérive, et puis, c'est comme si les mots de Mary Pat lui parvenaient enfin à l'autre bout d'un long tunnel.

— C'est pas moi qu'ai salopé le travail.

— Non ?

De nouveau, il secoue lentement la tête.

— Moi, j'fais pas de connerie avec le ciment. C'est *eux.*

— Qui, eux ?

Il se passe la langue sur les lèvres plusieurs fois.

— Vous savez bien.

— Non, je...

— Marty et Frank.

Il la regarde fixement à travers des paupières à moitié baissées.

— Qu'est-ce qu'ils ont fait ?

— Ils ont voulu l'enterrer dans la cave, mais ils ont pas bien mélangé le ciment, alors ils ont dû tout recommencer.

Deux grosses veines, une de chaque côté du larynx de Mary Pat, se mettent à palpiter.

— Dis son nom.

— Jules. (Un sourire paresseux pour elle, tandis que l'héroïne submerge l'intérieur de son corps de la tête aux pieds.) Ils ont dû l'enterrer deux fois.

23

ELLE reste quelques instants sans pouvoir parler.

Elle se rappelle le jour où elle les a forcés à la laisser entrer au Fields. Larry Foyle et Weeds avaient des T-shirts sales, ils transpiraient et puaient la sueur. Et puis Brian Shea, la peau mouchetée de particules crayeuses, lui avait affirmé qu'il avait aidé aux travaux de "rénovation" dans la maison de Marty. Une masse était posée contre une caisse à outils, sur la terrasse à l'arrière. Brian était outré parce qu'elle était allée chez lui pour interroger sa femme au sujet de la disparition de sa fille. Il avait été menaçant. Il lui avait lancé une cigarette.

Il avait insinué qu'elle était une mauvaise voisine.

Il avait pris un air *indigné*.

Et pendant tout ce temps, le corps de sa fille était étendu à cinq ou six mètres d'eux dans une cave.

Brian Shea, avec qui, à l'époque du lycée, elle avait eu des relations sexuelles, aussi moites qu'inintéressantes, dans la chambre à coucher de sa mère à lui.

Brian Shea, en faveur de qui Dukie avait glissé un mot alors qu'il n'était qu'un jeune homme qui cherchait à se faire du fric et essayait de se faire engager dans la bande de Marty Butler.

Brian Shea, à qui Dukie avait prêté de l'argent et avait été obligé de courir partout après lui pour se faire rembourser.

Brian Shea, qui était présent à la fête qu'ils avaient organisée pour le baptême de Jules.

Il était venu chez eux, il avait mangé à leur table, il avait bu leur bière, leur alcool.

Cet enculé de Brian Shea.

— Pourquoi vous pleurez ?

George Dunbar, le dos appuyé contre la Nova, l'observe avec un regard vague et endormi.

— Je pleure ?

Elle tamponne le dessous de ses yeux avec le talon de la main.

Il ne l'entend même pas. Il flotte déjà de nouveau.

Elle s'accroupit près de lui et claque des doigts devant son visage.

— Est-ce que tu l'as vue ?

— Qui ?

— Jules.

— Quand ?

— Quand tu as refait le sol de la cave.

— Quelle cave ?

— Celle de Marty.

— Nan, nan, nan. On, hmm, on a apporté le béton rapide. C'est le truc qu'ils auraient dû utiliser dès le départ. Du béton, avec du sable. De la bonne camelote, ça sèche vite…

Il baisse la tête, semble s'endormir.

Elle le gifle. Il rouvre les yeux en sursaut, son regard croise celui de Mary Pat.

— Tu n'as vu Jules à aucun moment ?

— Non, non. Elle… je veux dire, il y avait un trou dans le sol et il avait été rebouché et après ils ont coulé le mauvais mortier par-dessus. Alors ils ont cassé tout le mauvais ciment et on est venus et on a coulé le béton rapide, et c'est là qu'elle est.

— Sous le béton.

Il ne répond pas. Il recommence à somnoler.

Elle le gifle une nouvelle fois.

— George ! Est-ce qu'elle est sous le béton ?

— Ouais. C'est là qu'elle est. (Ses paroles sont maintenant devenues une bouillie de mots mal articulés.) C'est là qu'elle est.

— George, dit-elle avant de le perdre, est-ce que quelqu'un vient ici, dans ce garage, à part toi ?

Il sourit et fait rouler sa tête sur ses épaules.

— Personne sait que c'est là.

— *Personne ?*

— Personne est au courant, dit-il en mangeant la moitié de ses mots.

S'il s'aperçoit qu'elle l'attache avec les menottes à la poignée de la portière, il n'a pas l'air de s'en émouvoir.

Elle s'installe sur la banquette arrière de la Nova et s'endort.

Quand elle se réveille, il fait une chaleur du diable là-dedans, la porte métallique du garage servant de conducteur pour les rayons du soleil qui la martèlent de l'autre côté. George fait du raffut en agitant ses menottes sur la poignée de la voiture Elle regarde sa montre – deux heures et demie. L'héroïne commence à disparaître de la circulation sanguine au bout de six heures. George est juste dans les temps.

Elle fait passer la ceinture de sécurité derrière le dossier du siège passager. Elle délivre George et le conduit à l'avant, puis elle le force à s'asseoir sur le siège. Il pousse quelques grognements, lui demande ce qu'elle fait, mais elle l'ignore. Elle doit tirer de toutes ses forces sur la ceinture pour que la boucle arrive au niveau de sa hanche, mais une fois que c'est fait, elle parvient à glisser une extrémité des menottes dans le trou de la boucle du premier coup.

— Tu sais ce que je n'arrive pas à comprendre, dit-elle.

Il secoue la tête, encore un peu dans le brouillard.

— Toi et Brenda. Vous ne donnez pas l'impression d'être ensemble.

C'est quelque chose qui la taraudait tandis qu'elle s'endormait à l'arrière de la voiture.

— On n'est pas ensemble.

Elle ferme les yeux un instant, se demandant si elle atteindra jamais le fond des choses dans cette affaire.

— Alors, si Rum servait de couverture pour Frankie Toomey, toi, tu servais de couverture pour qui ?

— À votre avis ?

Dans la chaleur sombre et suffocante de la voiture, elle se tait un moment. Puis :

— Marty.

Il n'acquiesce pas. Mais il ne secoue pas la tête non plus. Il se contente de soutenir son regard.

— Et dis-moi, George ? Une dernière question : leur histoire avec les filles, ça remonte à quand ?

Il prend une minute pour formuler sa pensée.

— Frank s'amusait à dire que si on appelle la première année de lycée "freshman", c'est parce que c'est à cet âge-là que la chair est la plus fraîche.

C'est un des moments auxquels elle repensera par la suite, et elle se demandera comment elle a fait pour ne pas le tuer.

Elle prend la direction du centre-ville avec George toujours sur le siège passager.

— Qu'est-ce que tu sais sur la façon dont elle est morte ?

George n'est pas dans son assiette et il est grincheux. Il n'arrête pas d'essayer de lever sa main menottée pour protéger ses yeux du soleil. Il essaie avec la main gauche, mais il y a encore trop de soleil pour une seule main.

— Frankie était en rogne parce qu'elle avait appelé chez lui après minuit et l'avait menacé de tout dire.

— Dire quoi ?

Il lui lance un regard prudent.

— Rum m'a déjà raconté qu'elle était enceinte, le tranquillise-t-elle.

— Bon, alors, ouais, c'est de ça qu'elle le menaçait.

Mary Pat dévie de sa trajectoire et elle doit donner un brusque coup de volant pour éviter un taxi qui vient en sens inverse. Non pas à cause de ce que George a dit. Mais à cause d'un fragment de souvenir du dernier jour qu'elle a passé avec Jules qui lui revient. Elles marchaient dans Old Colony, et Jules avait basculé dans cette étrange humeur sombre qui était devenue si exaspérante que Mary Pat lui avait demandé si elle allait avoir ses règles. À quoi Jules avait répondu :

Non, m'man. Sûr que non.

Elle essayait de me dire quelque chose, pense Mary Pat. *Et je n'ai pas entendu. Je n'ai pas vu et je n'ai pas entendu. Parce que je ne le voulais pas. Parce que la vérité fait mal, la vérité a un coût, la vérité bouleverse votre monde.*

Une manifestation anti-*busing* bloque l'accès au pont de Broadway et ils sont obligés de faire un détour. Tandis qu'ils suivent la déviation dans A Street, ils croisent des foules en marche vers le pont avec des pancartes anti-*busing*, des pancartes anti-Garrity, des pancartes anti-Noirs.

Ils s'arrêtent à une intersection pour laisser traverser une longue file de manifestants.

— Pourquoi il l'a tuée ? demande-t-elle doucement, surprise de constater que ces mots sont sortis de sa bouche, parce que, en fin de compte, aucune raison ne pourrait être suffisante.

— Elle voulait de l'argent pour élever son enfant.

— Du fric il en a tant et plus.

— Ça ne veut pas dire qu'il a envie de le partager. En plus, j'ai entendu dire qu'elle en réclamait un paquet. Elle disait qu'elle ne voulait pas élever son enfant dans les mêmes conditions que celles dans lesquelles elle avait été élevée.

Mary Pat essaie d'empêcher la grimace dans son cœur d'apparaître sur son visage.

— Et si elle n'obtenait pas d'argent ?

— Elle allait dire à tout le monde que c'était l'enfant de Frankie.

— Qui t'a raconté ça ?

— Larry Foyle. Ça lui a foutu un coup. Il a dit que c'était pas bien. Il a dit "Alors, on tue des petites filles maintenant ?"

— Et toi, qu'est-ce que ça t'a fait ?

— J'ai été très triste.

Elle lui jette un coup d'œil. Il essaie encore d'éviter le soleil, baissant la tête sous sa main.

— Non, tu n'as pas été triste, dit-elle.

Il soupire.

— Non, je l'ai pas été.

— Est-ce qu'il t'arrive d'éprouver des choses, George ? Je me le suis toujours demandé.

Il fronce les sourcils en regardant son reflet dans la vitre.

— Je me dis que c'est une belle idée, mais non. Sincèrement ? En dehors de ma mère, je n'ai jamais rien ressenti pour personne.

— Au moins, tu es sincère.

Il montre les manifestants, des retardataires, maintenant, mais toujours assez nombreux, qui remontent A Street.

— Regardez-moi ces pauvres enfoirés. Qu'il y ait des nègres dans les couloirs de Southie High cette année ou non, vous avez déjà perdu, tous autant que vous êtes. Les enturbannés viennent de nous dire qu'on pouvait aller se faire foutre et se mettre à la marche à pied en attendant qu'ils veuillent bien décider de nous livrer un peu de pétrole. Mais vous vous en prenez aux nègres, qui sont aussi pauvres et autant dans la merde que vous, et vous vous persuadez que vous défendez quelque chose.

Les voitures repartent. Ils franchissent le carrefour juste au moment où le feu passe de l'orange au rouge.

— Si tu t'en fiches complètement, George, pourquoi tu t'en es pris à Auggie Williamson ?

Il baisse la main et la regarde, et le soleil baigne le côté de son visage d'un jaune cru qui tressaute et se réfracte tandis qu'elle continue à rouler.

— Il était faible, répond-il. Ça se voyait dans ses yeux.

— Peut-être qu'il avait juste peur.

— La peur est une faiblesse. (Il lève de nouveau la main contre le soleil.) Je n'aime pas la faiblesse.

— Peut-être que ce n'est pas de la faiblesse. Peut-être que c'est juste un cœur plein de bonté.

Il la regarde pour voir si elle est sérieuse. Une fois qu'il a décidé qu'elle l'est, il laisse échapper un rire comme un aboiement.

— Eh ben, dans ce cas, rien à foutre de tout ça.

Elle se tourne vers lui un instant et finalement, après toutes ces années, elle voit en lui.

— J'ai compris maintenant. Ce n'est pas de la colère qu'il y a en toi, George. Il n'y a que de la haine.

Tous deux restent silencieux le temps de passer deux feux tricolores.

Quand elle tourne dans Congress Street, Mary Pat dit :

— Pourquoi ils ont gardé son corps ?

— Hein ?

— Si Frank Toomey a bien tué ma fille dans cette maison, pourquoi a-t-il laissé le corps sur place ?

— La maison est sous surveillance. (Il hausse les épaules.) En tout cas, c'est ce qu'on a dit à Marty.

— Surveillée par qui ?

— La DEA.

— Comment il sait ça, Marty ?

— Il a quelqu'un au FBI.

— Sans déconner ?

Elle sent ses yeux s'agrandir en même temps qu'elle perçoit un petit sifflement involontaire s'échapper de ses lèvres.

— Ouais, dit George. C'est pour ça qu'il est intouchable.

Elle retourne ça dans sa tête un moment.

— On va où ? demande-t-il.

— Je te conduis à ta marchandise.

— Ah ouais ?

Il ne la croit qu'à moitié.

— On avait un marché. Je remplis ma part.

— Je n'ai pas promis que je ne dirais rien.

— Tu veux dire à Marty ? Sur le fait que je t'ai piqué ta marchandise ?

— Ouais.

— Je sais que tu n'as pas promis. C'est pas grave, George.

Il semble ne pas bien comprendre.

— Nous y voilà, dit-elle, et elle s'engage sur le pont de Congress Street, près du port.

Il regarde le bâtiment en clins rouges qui donne sur l'eau. La passerelle qui descend jusqu'au port. Le bateau jaune en bas de la passerelle.

— Qu'est-ce qu'on fait ici ?

— Tu sais ce que c'est, ce bateau ?

— Oui, répond-il sur un ton irrité.

— Dis-moi.

— C'est la réplique du navire.

— Quel navire ?

— On est où, là, à l'école primaire ?

— Fais-moi plaisir, George.

Il tourne vers elle ses yeux levés au ciel, façon adolescente.

— C'est la réplique du navire que les Fils de la Liberté ont envahi avant de balancer dans le port toute la cargaison de thé anglais en mille sept cent soixante-dix et des poussières.

— Très *bien* ! s'exclame-t-elle en lui serrant le genou. Et pourquoi ils ont fait ça, George ?

— Pour protester contre les taxes. Vous pouvez pas…

— Pas contre les taxes, dit-elle. Contre les taxes sans représentation. C'était la partie essentielle, George. Ils payaient les Anglais, mais les Anglais prenaient l'argent et ne faisaient rien pour eux. Alors ils ont balancé ce précieux thé anglais dans l'eau du port. Ce qu'ils voulaient faire comprendre, George, c'est : si vous me prenez quelque chose alors moi aussi, je *vous* prends quelque chose.

De son siège il la regarde attentivement.

— Ça veut dire quoi, tout ça ?

D'un mouvement du menton, elle désigne l'eau du port.

— La drogue de Marty est là, George.

Il ne saisit pas.

— Sur le bateau ?

Elle secoue la tête.

— Dans l'eau.

La bouche de George s'ouvre pour former un grand O. Il regarde à travers le pare-brise et cligne des yeux plusieurs fois. Il y a des gens qui passent sur le trottoir, à côté de la voiture, ignorants de la dévastation à l'œuvre à l'intérieur.

George finit par retrouver la parole.

— Pas ça. Non.

Sa voix est faible, implorante et se brise sur le dernier mot.

— Je me suis mise au milieu du pont la nuit dernière…

— S'il vous plaît ?

George a les yeux rivés sur le port à travers le pare-brise.

— Et j'ai ouvert les sachets l'un après l'autre.

— Vous… arrêtez, murmure-t-il.

— Et j'ai répandu tous ces comprimés et toute cette poudre dans l'eau.

Il balbutie quelque chose.

— Quoi, George ? Je ne t'entends pas. Parle plus fort.

Il émet un son qui se situe entre le grognement et le gémissement.

— Je suis mort.

— Sans ta drogue ?

— Je suis foutu.

— Ouais, acquiesce-t-elle. Certainement.

Posant le canon de son calibre 38 sur le ventre de George, elle se penche sur lui pour détacher les menottes de la ceinture de sécurité. Elle enfonce le canon un peu plus dans son abdomen, le regarde dans les yeux, le nez à seulement un centimètre du sien. Elle lui prend le poignet menotté et le fait passer devant eux deux pour l'accrocher au volant.

Elle se rassied et remet le revolver sous son chemisier.

— Je te regarde maintenant, George, et je vois un petit garçon qui a peur, qui veut une seconde chance. Mais on ne t'offre pas de seconde chance une fois que tu es adulte. Pas par ici. En tant que mère, j'ai envie de te serrer dans mes bras. J'ai envie de te murmurer "Chut" à l'oreille et te dire que tout ira bien.

Il la regarde, affolé, comme si, peut-être, elle allait faire ce qu'elle disait.

— Alors, alors, *aidez-moi*, madame Fennessy. *Je vous en prie.*

— J'aimerais beaucoup, George. Vraiment.

Elle caresse l'arrière de sa tête et appuie son front contre le sien un moment. Quand elle parle, sa voix est bienveillante et maternelle.

— Seulement voilà. Voilà que je me rappelle que tu as vendu à mon fils la drogue qui l'a tué, que tu as tué ce pauvre garçon noir qui voulait seulement rentrer chez lui, et tu as aidé à enterrer ma fille dans une cave. (Elle écarte son front de celui de George, ses yeux soutiennent son regard haineux.) Alors, crois-moi, je me fous complètement que tu meures ce soir ou que tu vives l'enfer en prison. Je sais seulement que si je ne revois jamais ton visage, je considérerai ça comme un bienfait de Dieu Lui-même.

Il s'entête à tirer sur les menottes qui l'attachent au volant tandis qu'elle sort de la voiture.

Elle s'arrête à un téléphone public près du Tea Party Museum et compose le numéro sur la carte de visite qui lui a été donnée la semaine dernière.

Il répond à la troisième sonnerie :

— Inspecteur Coyne.

Elle lui dit où il trouvera George Dunbar, puis elle raccroche.

24

Cela fait déjà cinq mois que l'embargo sur le pétrole décrété par l'OPEP a officiellement pris fin, mais l'un des principaux effets secondaires de la pénurie d'essence de 1973 est que plus personne ne circule avec un réservoir qui n'est pas au moins à moitié plein. On ne peut pas savoir quand les Arabes vont de nouveau prendre le pétrole en otage, et personne n'a envie de rester bloqué pendant des heures dans ces putains de files d'attente.

Par conséquent, les voitures garées devant le Fields of Athenry ce soir-là ont toutes un réservoir plein au moins aux deux tiers. La plupart, y compris l'AMC Matador de Marty Butler, sont même pleines à ras bord. Quand quelqu'un déchire une chemise d'homme – que les enquêteurs de la section incendies criminels identifieront plus tard comme faisant partie de l'uniforme d'un caporal de l'armée des États-Unis – pour en faire des bandelettes, attache un petit caillou au bout de chaque bandelette avant de la laisser tomber dans le réservoir de chaque voiture garée devant le Fields, il ne faut plus qu'une allumette, une main ferme et une paire de couilles grosses comme des œufs d'autruche pour déclencher un incendie de tous les diables.

C'est ce qui se produit.

Les types dans le bar remarquent la lumière danser à travers les vitres. Ça ressemble presque à des décorations de Noël, peut-être une guirlande tendue entre deux lampadaires et se balançant dans le vent d'hiver. Mais ce n'est pas l'hiver et ce ne sont pas des décorations de Noël. Quand ils sortent tous sur le trottoir, c'est comme la fin du monde ou un truc complètement dingue. Six voitures à la suite l'une de l'autre – la moitié de la rue – sont transformées en véritables brasiers. La fumée et la chaleur se dégagent des carcasses en vagues huileuses.

Ils tirent des tuyaux de derrière le comptoir et attrapent tous les extincteurs à portée de main pour empêcher les flammes d'atteindre le bar, mais on dirait que la chaleur vient de l'enfer lui-même et quand les vitres des voitures commencent à exploser, les types sont mitraillés de fragments de verre. Le pauvre Weeds en prend une bonne giclée dans l'oreille droite, suffisante pour la transformer en hachis de porc, comme si son visage n'était pas déjà assez moche comme ça, et ils le traînent à l'intérieur du bar, quelqu'un va à la recherche d'une pince à épiler.

Quand les pompiers arrivent, des étincelles pleuvent du toit et de grosses flammes bleues dansent le long de la devanture du bar. Tout le monde est évacué. Alors ils se tiennent tous là, dans la rue – Marty, Frankie et Brian Shea, avec une quinzaine d'autres gars de la bande la plus redoutée de toute la partie sud de la ville –, et ils sont tous noirs de suie et hébétés, et les pompiers les repoussent comme s'ils étaient des citoyens ordinaires, les pauvres premiers ringards venus.

C'est Brian Shea qui regarde par-delà le toit du bar, vers le haut du bâtiment situé derrière et il dit :

— Oh, mon Dieu.

Les pompiers le voient aussi et ils se mettent à crier, à montrer du doigt et à appeler des renforts.

Ils avaient tous cru que le bar était en feu, mais il n'est plus menacé que par quelques étincelles et de petites flammes qui meurent déjà sous le poids de l'eau dont elles sont aspergées. Mais la maison derrière le bar – la maison où Marty fait ses affaires, fait travailler des filles et organise ses nuits de casino pour des affranchis venus de toute la Nouvelle-Angleterre –, cette maison-là est la proie de colonnes de flammes qui montent à plus de trois mètres de hauteur au-dessus du toit.

Ils essaient de s'y précipiter, mais les pompiers les repoussent. À présent, la police est sur les lieux, ainsi que les services d'urgence et, putain, il y a même des reporters de la 4, de la 5 et de la 7, et aussi du *Globe*, du *Herald*, de l'*Argus* et du *Patriot Ledger*.

Marty regarde tout flamber et dit à Frankie :

— Si tout ça a été fait par la personne à laquelle je pense, tout est ta faute, Tombstone. Entièrement ta faute.

Le lendemain matin, Bobby trouve un message scotché sur sa lampe de bureau :

> À : *Inspecteur M. Coyne*
> De : *Une certaine femme de Southie*
> Message : *Désolée, j'ai laissé brûler le toast. Elle n'est jamais arrivée en Floride. Elle n'a jamais quitté la cave.*

Bobby sait d'après l'écriture que c'est Cora Sterns qui a pris le message. Il la trouve au moment où elle sort du vestiaire des femmes, en habits civils. Elle ne veut pas rester sur son lieu de travail une seconde de plus que nécessaire, et Bobby est obligé de trottiner à ses côtés jusqu'au parking.

— À quelle heure, cet appel ?

— Trois heures du matin.

— Elle s'est appelée "Une femme de Southie" ?

— Elle s'est appelée "Une *certaine* femme de Southie".

— Et elle a dit qu'elle avait laissé brûler le *toast* ?

Cora pousse la porte et entre dans le parking.

— Elle a *insisté* pour que je mette ça dans le message. Je lui ai dit, "Madame, que vous ayez laissé brûler le petit déjeuner de l'inspecteur me semble être une affaire d'ordre privé, et vous n'avez pas à appeler sur une ligne du service". Mais elle a voulu que je l'écrive à tout prix.

— Merci.

— Donnez pas votre numéro du bureau à vos cocottes, inspecteur, laissez vos sœurs s'en occuper.

— Oui, Cora.

Elle lui fait un doigt d'honneur mi-amical, mi-pas-si-amical-que-ça tandis qu'elle se dirige vers sa voiture.

Vingt minutes plus tard, Bobby entend parler de l'incendie à Southie la nuit précédente, et ça fait tilt.

Les enquêteurs de la section incendies criminels, recherchant le point de départ du feu, établissent qu'il a démarré dans la cave. Ils donnent à Bobby un masque avec une bouteille d'oxygène en lui expliquant que le sol de la cave a été récemment refait avec du ciment qui n'a pas encore complètement durci, donc les vapeurs sont toxiques. Ils le conduisent en bas d'un escalier noirci et braquent une lampe sur un ovale brun foncé au centre de la cave. Ailleurs, le sol est d'un bleu-gris un peu poisseux. Il y a une pellicule de ce bleu-gris sur la tache ovale, mais elle est très fine.

La voix de l'enquêteur se fait entendre à travers son masque comme si elle venait d'une baignoire.

— C'est ce que vous recherchez ?

Bobby fait oui de la tête.

Ça leur prend la moitié de la journée pour dégager le corps. Ils sont tous là, en bas, à transpirer comme des malades avec leurs masques et leurs combinaisons de protection blanches, et les pompiers qui s'efforcent d'étayer tout le sous-sol et de faire en sorte qu'il ne s'écroule pas sur leurs têtes. Pour extraire le corps, ils sont obligés d'envoyer quelqu'un à l'entrepôt des équipements spéciaux, à Canton, pour chercher le bon outil, une sorte de marteau-piqueur avec une lame comme un couteau à mastic, mais il découpe dans le sol un rectangle parfait qui ressemble – à juste titre – à un cercueil.

Régulièrement, ils remontent sur la terrasse, à l'air libre, parce que, même avec les masques et l'oxygène, ils ont facilement la tête qui tourne, là, en bas. Brian Shea et une demi-douzaine d'autres gars de Butler les observent depuis les petites tables situées à l'arrière du bar, et leur demandent pourquoi ils ne sont pas ailleurs, occupés à lutter contre la vraie criminalité, ou alors à embarquer les nègres avant qu'ils envahissent le quartier et pourrissent les écoles et tout le reste d'ici jeudi.

Gregor, l'un des types de la scientifique, vient fumer une cigarette avec Bobby et celui-ci lui demande pourquoi ils ont choisi d'extraire le corps toujours pris dans son bloc de béton mou et de terre.

— Recherche d'indices, répond Gregor. On ne sait pas ce qui a pu s'infiltrer là-dedans.

Tandis qu'ils sont assis là, une équipe du service de médecine légale sort le corps dans un sac noir et Bobby et Gregor s'écartent pendant que les types le chargent dans le fourgon de la morgue. Bobby surprend Brian Shea en train d'observer la scène depuis l'autre côté du passage. Brian est aussi froid qu'un poisson, un joueur de poker diabolique – c'est ce que Bobby a toujours entendu dire –, mais là, il n'a vraiment pas l'air dans son assiette, comme si son estomac était en train de se remplir d'acide.

Bobby lui décoche un large sourire et le salue d'un grand geste de la main.

À la morgue, ils enlèvent le béton et la terre autour du corps et mettent tout dans des sacs. Puis ils nettoient le corps et redressent les jambes et les bras aussi bien qu'ils le peuvent.

— Cause de la mort ? demande Bobby.

Drew Curran, le légiste de service, lui fait une grimace.

— Je viens seulement de lui jeter un premier coup d'œil. Vous me donnez une seconde ?

Bobby soupire et prend une cigarette.

— Vous ne pouvez pas fumer ici, inspecteur.

Quelques minutes plus tard, Drew lance :

— Ah oui, ça y est.

Bobby se lève de son siège.

Drew élargit un petit trou ridé juste sous la cage thoracique, à gauche.

— Quelqu'un a enfoncé une lame d'une bonne douzaine de centimètres sous les côtes, et a transpercé le cœur. Possible qu'il la regardait dans les yeux au moment où il l'a fait.

Bobby la regarde maintenant, cette enfant sortie du ventre de Mary Pat Fennessy il y a moins de dix-huit ans. Malgré les premiers signes de décomposition qui apparaissent, il peut voir combien elle était jolie. Pas seulement jolie, mais… douce. La mère est tout en arêtes saillantes et traits anguleux, avec un menton projeté en opposition permanente, des lèvres minces presque toujours au bord du rictus sarcastique. La mère est taillée pour le combat. La fille, en revanche, semble, même dans la mort, tout droit sortie d'un conte de fées. Comme si elle n'était pas morte, mais simplement en attente du prince dont le baiser va la ramener à la vie, un prince qui – tandis que Bobby et Drew sont là, à la regarder – s'approche du bâtiment et du terme de sa quête.

On n'est pas faits pour les princesses, ici-bas, pense Bobby.

— Qu'est-ce que vous avez dit ? demande Drew.

— Rien, répond Bobby. Rien du tout.

— Vous avez ce qu'il vous faut ?

— Oui, dit Bobby, avant de partir.

Quand elle appelle de nouveau, il est à son bureau, au milieu de son service.

— On est passés chez vous, on vous cherchait.

— Je ne suis pas là en ce moment, répond-elle.

— C'est probablement une bonne chose.

— Si je comprends bien, vous avez trouvé un corps dans un bâtiment incendié récemment ?

— Oui, effectivement.

— Est-ce qu'il a été identifié par un proche parent ?

— Nous attendons que le proche parent veuille bien se présenter.

— Est-ce que le proche parent devrait craindre une arrestation ?

— Pour quel motif ?

— À vous de me le dire.

Tous deux gardent le silence un instant.

— Mon père, finit par lui dire Bobby, était le meilleur peintre en bâtiment que vous ayez jamais vu. Intérieur, extérieur, peu importait. Avec un pinceau ou un rouleau, c'était un magicien. Mais les gens lui posaient toujours des questions sur la pourriture du bois, les murs porteurs et même l'électricité. Mon père leur répondait : "Je fais une chose mieux que personne parce que je ne m'occupe de rien d'autre."

— Ça devait être un chouette type, dit Mary Pat.

— Quand il était à jeun, ouais, il l'était. (Bobby se rend compte en cet instant combien ce vieil enfoiré lui manque.) Je suis un enquêteur de la criminelle et je m'occupe de meurtres. Je n'enquête pas sur les incendies. Les enquêteurs de la section incendies criminels sont là pour ça. Je n'enquête pas sur les affaires de coups et blessures. Je ne m'occupe pas de quelqu'un qui, disons, affirme avoir été forcé de s'injecter de l'héroïne dans une veine sous la menace d'une arme.

— Eh ben, c'est *dingue*, cette histoire, dit Mary Pat.

— Oui, hein ? dit Bobby avec un petit rire. Vous devriez entendre aussi celle du gosse qu'on a menacé de castration.

— Ici ? dit Mary Pat. Aux États-Unis d'Amérique ?

— C'est ce qu'on soupçonne, oui.

— Mais où va le monde, inspecteur ?

— Je ne sais pas, madame Fennessy. Vraiment je ne sais pas.

Le silence sur la ligne est confortable, jusqu'au moment où Bobby arrache le sparadrap.

— Vous pouvez me retrouver à la morgue de la ville, 212 Hester Street, dans deux heures ?

La voix de Mary Pat s'assombrit et vire au noir absolu.

— J'y serai.

Il se tient à côté d'elle dans le couloir tandis que Drew Curran pousse le chariot jusqu'à la vitre, le drap couvrant le corps de la tête aux pieds. Drew contourne le chariot et se place du côté le plus proche de la vitre et pose les doigts sur le coin du drap, puis il regarde Bobby à travers la vitre.

— Vous êtes prête ? demande Bobby.

— Personne n'est prêt pour une chose comme ça, répond-elle en aspirant un peu d'air. OK, OK. Allez-y.

Il fait un signe de tête à Drew.

Drew replie le drap, s'arrêtant aux épaules.

— Oh, laisse échapper Mary Pat. Ohhhhh. Ohhhhh. Ohhhhh.

D'abord, son visage s'affaisse, puis c'est son corps tout entier et Bobby la rattrape avant qu'elle ne touche le sol. Et toujours, ce seul "Oh" plaintif qui sort de ses lèvres, sans arrêt.

À travers la vitre, elle contemple le corps de sa fille, puis elle presse son visage contre la vitre, dans un mouvement si rapide et avec une telle force qu'elle entraîne Bobby avec elle contre la fenêtre d'un coup. Elle se dégage de lui d'un haussement d'épaules, plaque ses paumes contre la vitre et pleure en murmurant le nom de sa fille.

Bobby ne la voit pas partir. Elle remplit les papiers, puis s'excuse pour aller aux toilettes, et au bout d'un moment, il s'aperçoit qu'il ne l'a pas vue ressortir. Ils envoient une technicienne du labo, mais elle n'est plus là. Sa voiture n'est plus sur le parking derrière le bâtiment.

Il entend ce "Oh" résonner dans sa tête. Et se demande s'il parviendra à s'en débarrasser un jour.

Il s'avère que la maison derrière le Fields of Athenry n'est pas au nom de Marty. Elle est au nom d'un type dont le corps a été retrouvé dans le coffre d'une voiture sur le parking longue durée de la gare Amtrak à Pawtucket, en 1969. Ce type s'appelait Lou Spiro et il ne laissait derrière lui aucun parent, si bien que personne ne s'était intéressé à son patrimoine. Mais Lou était assis sur de véritables mines d'or – un magasin de vins et spiritueux à Southie, une station de lavage de voitures à Medford, une société de compactage de métaux à Somerville et deux clubs de strip-tease à Revere – que tout le monde, depuis longtemps, supposait appartenir à Marty Butler.

Si la police de Boston ne peut pas relier directement Marty ou Frank Toomey au corps qui a été trouvé dans le sous-sol, elle peut geler tous les biens du regretté Lou Spiro et commencer à prendre des mesures en vue de la saisie de toutes ses propriétés. Ce qui fait de l'incendie de la maison située derrière le Fields of Athenry la calamité la plus désastreuse – et de très loin – qui ait jamais frappé la bande de Butler.

— Il faut que vous quittiez la ville, dit Bobby à Mary Pat quand elle l'appelle une nouvelle fois. Peut-être même le pays.

— Mais pourquoi ? demande-t-elle, feignant la plus grande innocence.

— Vous êtes la femme à abattre.

— Hé-hé.

Elle tire une bouffée de sa cigarette.

— Rum et George ont avoué, lui dit-il. Ça va être dans les journaux demain ou après-demain. On est en train d'étayer tous les détails qu'ils nous ont donnés. Vous avez gagné.

Cela provoque un rire humide et douloureux à l'autre bout de la ligne.

— J'ai rien gagné du tout. Ils sont toujours en liberté.

— On a George Dunbar qui déclare que Frank et Marty l'ont engagé pour refaire le sol de la cave avec du béton rapide.

— Et alors ?

— Alors, ça établit un lien entre eux et le corps.

— Ils auront une vingtaine de putains d'alibis, minimum, pour la nuit où elle est morte. Ils auront des témoins qui les auront vus à Persia, dans l'Iowa. Vous n'avez rien contre eux.

— On a l'ordre donné par Frank à propos d'Auggie Williamson.

— J'ai entendu parler de cet "ordre", répond Mary Pat. "Finir le boulot" pourrait vouloir dire n'importe quoi. C'est ce qu'ils diront devant un tribunal. Vous le savez bien.

Il le sait.

— Ils vont s'en tirer exactement comme ils se tirent de tout.

— Mary Pat, dit-il, ne foutez pas votre vie en l'air en essayant de faire quelque chose qui ne peut qu'échouer.

— Ma vie, c'était ma fille. Ils ont pris ma vie en prenant la sienne. Je ne suis plus une personne, *Bobby*. Je suis un témoignage.

— Comment ça ?

— C'est ce que sont les fantômes – ils témoignent de ce qui n'aurait jamais dû arriver et qui doit être réparé avant que leur esprit ne quitte ce monde.

— Mary Pat, vous avez besoin d'aide.

Un ricanement sinistre.

— Ce n'est pas moi qui vais avoir besoin d'aide, vous pouvez me croire.

— Vous avez déjà porté un coup à leur trafic de drogue, vous avez passé au lance-flammes leur quartier général, à cause de vous, au moins cinq des affaires qu'ils possédaient sont foutues, d'après mon dernier décompte. Pire que tout ça, vous les avez tournés en ridicule. Voilà qu'ils ont l'air de pauvres minables.

— Ils se baladent toujours en liberté dans la rue !

Sa voix est si forte que Bobby doit écarter le combiné un instant. Quand il le remet à son oreille, elle parle plus calmement :

— George vous a parlé des fusils qu'il est allé donner à des Noirs de Roxbury ?

Bobby attrape son carnet.

— Non.

— Ils étaient dans Moreland Street, pas très loin de Warren, près d'un petit parc avec un terrain de jeux. Trois types, grosse coiffure afro et bouc, tous les trois.

Bobby connaît ces enfoirés. C'est un groupuscule schizo-politique qui s'est donné le nom de Front Libérien de Libération Globale, mais on les surnomme les Moorlocks. C'est une mixture débile d'idéologies contradictoires – Stokely Carmichael et Malcolm X mélangés avec le mouvement Back-to-Africa, mélangé avec le Weather Underground* et la Fraction armée rouge allemande, tout cela nécessitant un financement qu'ils se procurent en vendant de la drogue à ceux-là mêmes qu'ils affirment vouloir "libérer".

— Vous savez à quoi ces fusils doivent servir ?

— Brian Shea a dit qu'ils ont intérêt à faire du boucan avec.

Bon Dieu, se dit Bobby, *si j'avais rencontré Mary Pat il y a cinq ans et si elle avait récolté des infos comme ça ? Je serais passé inspecteur chef à l'heure actuelle.*

— Quittez la ville, lui dit-il.

— Oh, Bobby, dit-elle sur un ton modérément déçu, personne ne réussira à me chasser de ma ville natale.

Et elle raccroche.

* Mouvement clandestin (fin des années 1960 et années 1970) antiraciste et anti-impérialiste, classé comme groupe terroriste par le FBI.

25

QUAND Bobby et Carmen passent leur première nuit ensemble, le début est maladroit et confus. Ils n'arrivent pas à trouver le bon tempo ; c'est comme essayer de danser après que quelqu'un a éteint la musique. Il ignore totalement à quoi le corps de Carmen va réagir et ses premières tentatives restent sans grand résultat. Mais ensuite il entend un "Oui, juste là" à peine murmuré et, dans son oreille, la respiration de Carmen s'accélère. Elle fait glisser son talon sur l'arrière du mollet de Bobby et il déplace sa hanche légèrement vers la gauche et elle dit "Oui" d'une façon telle que *oui* devient le son favori de Bobby pour la semaine.

Finalement, ils parviennent à trouver un rythme qui fonctionne. Ça n'est pas un feu d'artifice, mais c'est prometteur. Le feu d'artifice pourrait les attendre juste au prochain virage. Ils verront cela la prochaine fois.

Par la suite, étendus dans le lit, ils écoutent les bruits de Chandler Street, deux étages plus bas, par une nuit chaude et humide du début de septembre, et Bobby s'abandonne à une sensation dont il ne s'est jamais lassé depuis son retour de la guerre – *C'est merveilleux d'être vivant.*

Elle sort du lit.

— Un peu d'eau ?

— Volontiers.

Elle va à la cuisine, toute nue. Quand elle revient avec deux verres d'eau, il remarque que l'un de ses seins est légèrement plus gros que l'autre, et ses yeux verts chatoient dans la demi-obscurité. Elle s'assied sur le lit et lui tend son verre, puis ils se regardent un instant sans rien dire.

— J'aime que tu sois si prévenant, dit-elle.

— Quand ?

— En général, dit-elle, mais au lit aussi. Tu as prêté attention à mon corps. Il y a des tas de types qui ne font pas ça.

— Tu as connu des tas de types ?

— Bien sûr, dit-elle sans la moindre gêne. Et toi ?

— Des types ? Non. Mais des femmes, oui.

— Donc pas de jugement sur nos histoires respectives.

— Ça ne donne jamais rien de bon.

Elle se glisse dans le lit près de lui et tient son verre à bout de bras pendant qu'elle lui donne un long baiser. Ses cheveux chatouillent la joue de Bobby. Le baiser est chaud et serein. *Un autre des bonheurs de la vie*, pense-t-il, *le baiser qui prend son temps.*

Quand Carmen s'écarte de lui, elle jette un coup d'œil au réveil sur la table de nuit.

— Tu n'as pas dit que tu passais à la télé ce soir ?

— J'ai dit qu'il était *possible* que je passe à la télé. Ils nous ont filmés au moment où on conduisait ces deux jeunes pour leur inculpation.

Elle rampe au pied du lit et allume la petite télé en noir et blanc sur sa commode.

La chaîne WCVB termine son introduction du journal. Ils montrent le studio, puis gros plan sur le bureau du présentateur, et tout à coup, voilà Bobby dans un petit cadre à droite de l'épaule de Chet Curtis. (*La une du jour*, se dit Bobby. *Bon sang.*) Bobby et Vincent, avec Rum Collins et George Dunbar – l'image se fige sur ces deux derniers essayant de garder la tête baissée tandis que Chet annonce un tournant important dans l'affaire de la mort d'un jeune Noir à la veille de l'entrée en vigueur des mesures controversées prises par la ville pour lutter contre la ségrégation dans deux lycées publics.

Et sans transition, ils passent de Chet à un reportage sur la dernière manifestation anti-*busing*, celle-ci ayant eu lieu près de la station de métro Broadway.

— Mon nouveau petit ami, une star de la télé, dit Carmen.

— Je suis ton nouveau petit ami ?

— C'est pas vrai ?

— C'est juste que je n'étais pas sûr d'avoir acquis ce statut.

— Oh, mais tu l'as, mon gars.

Sur l'écran, la manifestation, comme on pouvait s'y attendre, dégénère. La caméra est bousculée plusieurs fois. Un type corpulent du Comité de l'Enseignement parle dans un mégaphone, éructant des mots tels que "tyrannie" et "assujettissement".

— Si le Comité de l'Enseignement avait agi en toute bonne foi il y a des années au lieu de mettre des bâtons dans les roues dès le début, dit Carmen, on n'en serait peut-être pas là.

— Tu n'as certainement pas tort, dit-il. Mais comment se fait-il que ce soit toujours les pauvres qui doivent manger la nourriture censée être bonne pour eux, quel qu'en soit le goût ? Tu ne vois personne confronté à ça dans les quartiers riches.

— Parce qu'ils ne sont pas concernés par les écoles publiques de Boston.

— Exact. Ils ne veulent pas faire partie du système d'éducation publique, et ils ne veulent pas que les lignes de métro ou de bus aillent jusque dans leurs villes parce qu'ils ne veulent pas se mélanger aux pauvres en général et aux Noirs en particulier. En tout cas, c'est ce qu'il semblerait.

— Il n'y a pas que des banlieues blanches.

— Cite-m'en une qui ne l'est pas. Juste une.

Elle essaie.

— Euh…

Il attend.

— Je sens ton regard, dit-elle. Il a un air suffisant.

— Nos banlieues résidentielles sont conçues pour échapper au melting pot. Mais maintenant, ils sont en train de dire à tous ceux qu'ils ont laissés derrière eux de quelle façon précise ils doivent vivre les uns avec les autres.

— Mais la ségrégation *existe* dans les écoles.

— Oui, répond-il. Et ça ne devrait pas être. Tu n'entendras aucun argument de ma part en faveur de ça. C'est une connerie raciste et c'est impardonnable. Mais ce qui se prépare, là, ça n'est pas la solution.

— C'est quoi, la solution ?

Il ouvre la bouche, entraîné par le rythme de la discussion. Puis il reste figé.

— Aucune idée.

— Et c'est ça le problème. Si personne ne propose de solution, mais qu'il faut tout de même trouver une solution, alors ça – du fait que c'est une solution, quoi qu'on en pense – devient la meilleure solution par défaut.

Il se tait pendant un moment.

— Tu n'as pas l'air convaincu, dit-elle.

— On peut dire ce qu'on veut en public, mais en privé nous savons tous que la seule loi et le seul dieu, c'est l'argent. Si on en a suffisamment, on n'a pas à souffrir des conséquences de ses choix et on n'a pas à souffrir pour les idéaux que l'on défend, on les impose simplement aux autres et on se félicite de la noblesse de nos intentions.

— Pfff, fait-elle. Tu es bien cynique.

— Sceptique, je préfère.

— Tu ne peux pas comparer les écoles publiques d'ici aux écoles privées des banlieues résidentielles. Ce n'est pas du tout la même chose.

— Pourquoi pas ?

— Parce que les gens paient pour avoir le droit de… (Elle se retourne dans le lit pour le regarder.) Ooooh, espèce d'enfoiré.

— Quoi ?

— Tu m'as tendu un piège.

— Pas du tout.

Au bout d'un moment, elle dit :

— Mais il *fallait* bien faire quelque chose.

Il revoit brièvement Mary Pat Fennessy à la morgue, l'autre jour. *Voilà quelqu'un qui pense qu'il faut faire quelque chose, quelles qu'en soient les conséquences. Seigneur.*

— Ouais, il fallait bien faire quelque chose, admet-il.

— Parce que si ce n'est pas maintenant, ça sera quand ? demande-t-elle.

Il soupire et écrase sa cigarette.

— C'est là tout le problème.

— Je peux te poser une question… délicate ?

— J'enfile mon armure.

— Tu es un flic irlandais de Savin Hill, commence-t-elle.

Il comprend tout de suite où elle veut en venir.

— Comment se fait-il que je ne sois pas raciste ? C'est bien ça, la question ?

— En quelque sorte. Ouais.

Il boit une gorgée d'eau.

— Mes parents étaient… disons, des gens difficiles. Tous deux avaient renoncé à leurs rêves quand ils se sont mariés, ce qui fait qu'être leur enfant était, euh, pas très marrant. Ils étaient aigris et se détestaient réciproquement, mais ils ne pouvaient s'avouer à eux-mêmes qu'ils étaient aigris et se détestaient. Alors ils buvaient, ils se disputaient et ils trouvaient mille façons différentes de faire de nous, les enfants, des soldats par procuration sur leur champ de bataille. Puis ma mère est tombée malade et elle est morte. Et mon père s'est rendu compte qu'il l'avait aimée autant qu'il l'avait détestée. Et ça l'a encore plus perturbé. Alors, quand je dis que mes parents n'étaient pas des saints, et même n'étaient probablement pas des braves gens, tu peux me croire.

Elle l'observe avec un curieux demi-sourire.

— OK.

— Mais ils n'étaient pas racistes non plus. Quelque chose dans l'idée même – tout ce qu'elle peut avoir de purement irrationnel – les choquait. Ils ne pensaient pas que les Noirs étaient nécessairement bons, comprends-moi bien, ils pensaient juste que les gens, indépendamment de la couleur de leur peau, sont probablement tous des enfoirés. Et dire qu'on l'est moins sous prétexte qu'on a la peau plus claire était condamnable pour eux. Cela faisait juste de vous un plus grand enfoiré. (Il sourit, se souvenant de l'esprit de contradiction forcené qu'ils avaient profondément ancré en eux.) Il n'y avait que deux grands péchés dans notre maison de Tuttle Street : s'apitoyer sur soi-même et être raciste, deux péchés qui sont, quand on y réfléchit, les deux côtés d'une même pièce.

— Je crois que j'aurais pu aimer tes parents.

— Jusqu'au cinquième verre, admet-il, ils pouvaient être très marrants.

— C'était quoi, leurs rêves ?

— Hmmm ?

— Tu as dit qu'ils avaient renoncé à leurs rêves.

— Mon père était un peintre. Pas un peintre en bâtiment – enfin, il l'était aussi – mais un véritable artiste.

— Et ta mère, qu'est-ce qu'elle voulait être ?

— Tout sauf une mère. Ou une femme au foyer. Je crois qu'elle voulait juste être libre. (Il sent que Carmen essaie de voir en lui plus profondément que quiconque s'est efforcé de le faire depuis bien longtemps.) Et tes parents à toi ?

— Ils voulaient que je fasse un beau mariage. Que je vive dans une banlieue chic. Que je ne sois pas obligée de travailler. J'ai toujours été presque certaine que je les avais déçus. Mais juste avant de mourir, ma mère m'a dit : "On n'a jamais approuvé, mais on a toujours été fiers." Est-ce que c'est pas une chose bizarre à dire à son enfant ?

Il réfléchit un instant.

— C'est chouette, en fait. Elle te dit que tu as choisi ta voie, et ce n'était pas celle qu'elle aurait choisie, mais tu t'es bien débrouillée.

Il se surprend à penser à Mary Pat Fennessy une fois de plus, une femme à qui on a pris ses deux enfants. Seigneur, se dit-il, qu'est-ce qui pourrait bien lui donner la force de sortir de son lit tous les matins ?

La fureur.

La souffrance.

La rage.

— Tu viens de la bourgeoisie, dit-il à Carmen, mais tu as laissé tout ça derrière toi pour aider les gens. Pour vraiment servir à quelque chose dans ce monde. Si j'étais ton père, je serais fier de toi.

Elle lui tapote le nez avec son index.

— Si j'étais ta mère, je serais fière de toi.

— C'est curieux d'avoir ce genre de conversation tout nus.

— N'est-ce pas ?

Elle roule sur le côté, lui tournant le dos, il vient se coller tout contre elle et ils s'endorment, fenêtres ouvertes sur la nuit, la télévision toujours allumée.

26

Mary Pat passe une nuit dans un motel de Huntington Avenue, juste en face de l'église mère de la Science chrétienne. Le motel accepte l'argent liquide et ne demande pas de pièce d'identité et, le plus important, il a un garage en sous-sol où elle peut glisser Bess dans un coin sombre qui sent l'huile. Dans la chambre, elle s'assied dans la quasi-obscurité et regarde vers la place de l'église, de l'autre côté de la rue. Elle ne s'y connaît pas beaucoup en architecture et elle ne sait rien des scientistes chrétiens, mais leur église mère est un édifice impressionnant. Deux bâtiments – le plus petit et le plus anguleux, avec un clocher de granit pointu, est le genre de chose qu'elle s'attendrait à voir à Paris, peut-être ; le plus grand, juste derrière, lui fait penser à des photos de Rome qu'elle a vues, un grand dôme tout en haut, dominant de larges voûtes et de grosses colonnes, le tout se reflétant dans le long miroir d'eau étroit qui s'étend sur toute la longueur de la place.

Si Jules était venue lui dire, il y a seulement quinze jours, qu'elle allait se convertir à la Scientologie chrétienne, ou quel que soit le nom qu'ils lui donnent, Mary Pat l'aurait reniée. Les Fennessy et les Flanagan étaient catholiques romains. Ils l'avaient toujours été et ils le seraient toujours, fin de l'histoire. Mais aujourd'hui, Mary Pat trouve cette idée – renier quelqu'un parce qu'il ou elle choisit de croire en une interprétation de Dieu différente – totalement ridicule. Que Jules soit à présent sous la protection du Dieu scientiste chrétien ou du Dieu bouddhiste ou de celui auquel croient les Épiscopaliens, la seule chose qui compte pour Mary Pat, c'est qu'elle soit protégée. Et qu'elle ne connaisse plus la peur. Ni la haine.

Elle allume la petite télévision sur la commode et, après avoir tripoté l'antenne, elle parvient à obtenir l'image la plus nette sur la chaîne 5. Elle tombe sur la dernière demi-heure d'un épisode de la série policière *Harry O* qu'elle a déjà vu, son esprit se met à flotter tandis qu'elle reste assise là, sans qu'elle sache où il l'emmène, ni même s'il l'a emmenée quelque part, jusqu'au moment où elle revient brutalement de là où elle était pour s'apercevoir que la chaîne diffuse maintenant les informations.

C'est le genre de chose qui lui arrive fréquemment depuis peu, ces petits moments où elle disparaît en elle-même. Elle ne s'endort pas, elle ne somnole même pas, mais le temps disparaît néanmoins. Et elle a l'impression de disparaître avec lui.

Au milieu du bulletin d'information, juste avant la rubrique des sports, ils mentionnent que "Demain matin, un service funèbre aura lieu à la Troisième Église Baptiste à l'occasion de l'enterrement d'Augustus Williamson, le jeune homme afro-américain, dont la mort tragique, survenue à Columbus Station, a avivé les tensions raciales à la veille de la mise en œuvre des mesures contre la ségrégation dans nos écoles".

Elle se rappelle la lettre que lui a écrite Dreamy à la mort de Noel. Si Mary Pat savait écrire à moitié aussi bien que Dreamy, peut-être qu'elle envisagerait de lui écrire elle aussi une lettre. Mais elle en est incapable. Non seulement elle fait des fautes de grammaire, mais son écriture est horrible.

Elle se surprend à contempler de nouveau ces remarquables édifices de l'autre côté de la rue, qui se reflètent, avec d'autres constructions voisines, dans ce long miroir d'eau. *Nous passons, les bâtiments demeurent. Et avec le temps, même des édifices aussi magnifiques que ceux-là finissent par s'écrouler.*

Mourir ne me fait pas peur, dit-elle à ces bâtiments, à la chambre, à Dieu. *Même pas un peu.*

Alors qu'est-ce qui te fait peur ?

Vivre dans un monde où elle n'est plus.

Peut-être qu'elle ressent la même chose.

Jules ?

Mais non, espèce d'idiote. Dreamy.

La Troisième Église Baptiste de Blue Hills est située sur un petit terrain dans Hosmer Street, au cœur de Mattapan. Quand Mary Pat était très jeune, Mattapan était le quartier où les Juifs vivaient dans une paix plutôt précaire avec un contingent d'Irlandais pauvres. Et puis les Noirs sont arrivés et les Juifs ont pris la direction des villes de banlieue ou de certains secteurs de Brookline, tandis que les Irlandais s'enfonçaient dans Dorchester ou remontaient jusque dans Southie. Les synagogues et les boulangeries ont été remplacées par des salons de coiffure et des petits restos servant du poulet – tandis qu'elle parcourt Morton Street à la recherche d'une place pour se garer, Mary Pat ne pourrait dire combien de salons de coiffure elle a rencontrés. Sans parler des panneaux consacrés à la campagne de recrutement de l'armée, les publicités pour les cigarettes mentholées et les magasins de vente d'alcool. Si Southie bat Mattapan en ce qui concerne le nombre de bars, Mattapan prend le dessus pour ce qui est de l'achat de gnôle à consommer chez soi. Mais il est aussi difficile de trouver une place de parking ici qu'à Southie, et les gens aiment tout autant se garer en double file. Cependant, les murs et les devantures de magasins sont plus colorés, il y a des tas de peintures murales éclatantes, chose qu'on ne voit jamais à Southie; beaucoup de marquises aux teintes vives et des vêtements, sur les hommes comme sur les femmes, qui virent aux couleurs tropicales: jaune vif, vert mangue, rose bonbon. Avant qu'elle ne commence à se sentir trop "kumbaya*" – comme s'il lui serait possible de déménager et de vivre heureuse ici au cas où elle pourrait changer de couleur de peau –, elle remarque toutes les grilles au-dessus de leurs vitrines de magasins, toutes les fenêtres équipées de barreaux, toutes les rues transversales lézardées et parsemées de nids-de-poule, tous les jardins tellement envahis de mauvaises herbes qu'on ne pourrait pas voir les clôtures si les clôtures ne s'étaient pas affaissées et ne dépassaient pas çà et là de la végétation.

Ayez un peu d'amour-propre, pense-t-elle avec une soudaine bouffée de fierté provocatrice.

Nous sommes différents. Elle plaide sa cause devant une sorte de juge invisible tandis qu'elle fait un créneau. *C'est comme ça, c'est tout.*

* Allusion à un célèbre chant religieux afro-américain.

Tandis qu'elle coupe le contact, un jeune homme costaud avec un air de voyou la fixe du regard en passant, se demandant peut-être ce qu'elle pourrait avoir dans son sac à main, ou même ayant des pensées encore plus sombres.

Elle n'a pas la moindre idée de la raison pour laquelle elle fait ce qu'elle fait ensuite – la terreur ? – mais elle le fait : elle lui sourit. Un large sourire amical, qu'elle accompagne d'un petit geste de la main.

Le jeune homme – en fait, pas si costaud que ça, et l'air pas si voyou que ça, mais simplement pauvre, avec des vêtements qui ne sont pas à sa taille – lui sourit aussi. C'est peut-être un sourire légèrement perplexe, un peu hésitant, mais il est gentil et il lui rend même son salut d'un mouvement de la tête. Puis il poursuit son chemin – un garçon, en réalité, il ne pourrait pas avoir plus de quatorze ans.

Elle reste assise là, subitement submergée par une nouvelle détestation de soi. Sa fille est morte, Auggie Williamson est mort, la vie de plusieurs jeunes qui étaient sur le quai cette nuit-là est brisée, et son esprit s'accroche *encore* avec un désespoir sordide à toutes les façons possibles de se sentir supérieure à eux.

Se sentir supérieure à quelqu'un. N'importe qui.

À l'intérieur de l'église, elle s'assied sur un banc tout au fond. Elle est modérément surprise de constater qu'elle n'est pas la seule personne blanche à assister à l'enterrement d'Auggie Williamson ; il y en a neuf ou dix autres, parmi la centaine d'individus présents. Une assistance impressionnante, même s'il lui semble, en regardant comment les gens sont habillés, que beaucoup d'entre eux sont des hommes et des femmes politiques et des militants. C'est dans tous les journaux, actuellement – ce qui était d'abord apparu comme un accident semble bien être à présent un crime raciste perpétré par quatre jeunes racistes de ce foyer raciste qu'est South Boston.

Le président du Comité d'Action des Gens de Couleur de la Ville s'est demandé si la mort d'Auggie Williamson n'était pas que le premier des "lynchages" auxquels il fallait s'attendre une fois que leurs enfants seraient conduits en bus à South Boston dès le vendredi suivant. Une responsable connue d'une organisation communautaire s'est également posé la question de savoir s'il y avait une limite à la haine, et un représentant de la Coopérative des Petites Entreprises de Roxbury Crossing a rédigé une pétition pour rebaptiser Columbus Station Augustus Williamson Station, ou, tout au moins, poser une plaque en son honneur à l'entrée de la station.

L'église continue à se remplir et beaucoup de gens ont tout à fait l'air d'appartenir aux classes populaires ou à la petite bourgeoisie, avec leurs vêtements de chez Sears ou Zayre, et certainement pas de chez Filene's ou Jordan Marsh. Mary Pat a choisi le dernier rang sur la droite au cas où elle devrait s'éclipser discrètement, mais un groupe s'approche et lui demande, d'un regard, de se pousser plus loin sur le banc, tandis qu'une femme âgée avec un déambulateur ferme la marche. Mary Pat s'exécute et, presque aussitôt, cinq autres personnes arrivent de l'autre côté, si bien qu'elle se retrouve coincée au milieu de la rangée. Quand elle jette un autre coup d'œil autour d'elle, elle s'aperçoit que l'église est pleine. Il y a même des gens debout dans le fond, en train de s'éventer avec leur recueil de cantiques ou le programme de la cérémonie du jour.

Juste avant le début du service, l'inspecteur Bobby Coyne s'avance dans l'aile gauche et va prendre place contre le mur entre deux vitraux. Son regard rencontre celui de Mary Pat et il cligne des paupières de surprise en la reconnaissant ; il lui adresse ce sourire bienveillant qui lui est propre, et plisse les yeux – un regard qui dit, *Ne vous éloignez pas quand ce sera fini.*

La famille entre avec le cercueil. Mary Pat imagine le garçon dans ce cercueil et sa fille à la morgue et elle se sent dévastée par la sensation de perte et par le chagrin, mais aussi par le sentiment d'un péché qu'elle ne parvient pas à nommer, ni même à définir précisément. Mais cela n'en reste pas moins un péché. L'espace d'un instant, elle craint de s'évanouir. L'air est devenu en quelque sorte trop rare et trop dense à la fois. Elle agrippe le dossier de la rangée devant elle et se stabilise en attendant que le vertige passe.

Dans l'Église catholique, les enterrements viennent juste après les mariages et Noël pour ce qui est de la longueur de la messe, mais bien que possédant cette expérience, Mary Pat n'est pas préparée pour ce que peut être la durée d'un enterrement baptiste. Il y a quatre spirituals avant même qu'ils en viennent aux lectures. Et après les lecteurs, le pasteur, un certain Révérend Thibodaux Josiah Hartstone III, rappelle à l'assemblée qu'il porte le nom de la ville de Thibodaux, en Louisiane, où, il y a moins de cent ans, des miliciens blancs ont attaqué les maisons des ouvriers noirs travaillant dans les champs de canne à sucre (dont le grand-père et la grand-mère du Révérend Hartstone) qui s'étaient mis en grève afin d'obtenir un salaire décent, et que ces miliciens blancs ont tué plus de cent cinquante Noirs, hommes, femmes, enfants et personnes âgées (dont le grand-père et la grand-mère du Révérend Hartstone), pour avoir commis le péché de demander à être traités décemment et percevoir le minimum vital. Mary Pat entend tout un concert d'"Amen" et une poignée de gémissements sonores et de "Jésus, viens à notre secours !" et de "Seigneur, aide-nous !"

— Et qui étaient ces quatre enfants blancs de South Boston sinon une nouvelle milice ? demande le Révérend Thibodaux Josiah Hartstone III à ses ouailles. En quoi l'ancienne milice était-elle différente de ces quatre brutes égarées qui ont assassiné notre fils chéri, Augustus, pour le crime d'avoir voulu rentrer chez lui ? Pour le crime de s'être trouvé au volant d'une voiture qui est tombée en panne ? Pour le crime d'avoir voulu améliorer sa situation en suivant cette formation en gestion de Zayre ? Pour le crime d'avoir traversé *leurs* rues, d'avoir marché sur *leurs* trottoirs, d'avoir emprunté *leur* quai de métro ? Est-ce que c'est cela, le lait de la bonté humaine dont nous a parlé notre bon Seigneur Jésus Christ ?

Mary Pat sent que la tête lui tourne de nouveau. Et elle a la nausée. L'éloge funèbre d'Auggie Williamson se transforme, d'une certaine façon, en éloge funèbre de Jules. En éloge funèbre de l'héritage laissé par Mary Pat en tant que mère.

— Non !

— Non ! rugit-il, une main levée vers les poutres de la charpente. Non ! Parce que, mes frères et mes sœurs, ce n'est pas *leur* monde. C'est notre monde. C'est le monde de Dieu. Et ils n'avaient pas le droit d'ôter du monde de Dieu un des enfants de Dieu sous prétexte qu'ils n'aimaient pas la couleur de la peau que Dieu lui avait donnée !

Mary Pat baisse la tête et déglutit plusieurs fois pour repousser la bile chaude qui lui monte dans la gorge. Des perles de sueur glissent derrière ses oreilles et dans le col de son chemisier. L'une d'elles continue le long de sa colonne vertébrale. Elle garde la tête baissée. Elle prend de profondes respirations.

— Mais Dieu est bon, dit-il.

— Amen !

— Dieu est juste !

— Hmm-hmm.

— Dieu dit : Augustus est avec Moi, désormais !

— Jésus soit loué !

— Et *Moi*, le Seigneur et le Sauveur, Je rendrai Mon *jugement* sur ceux qui ont fait du mal à notre frère Augustus ! Parce que Je suis le Seigneur !

— Le Seigneur soit loué !

Après avoir conclu son sermon menaçant des feux de l'enfer, le Révérend Thibodaux Josiah Hartstone III se lance dans une interprétation de "The Day Is Past and Gone" et l'assistance se met à chanter en chœur avec une sorte de fièvre – un mélange de joie, de rage, d'amour de Dieu, de déchirement et de passion – qui ne ressemble à rien de ce que Mary Pat a jamais pu voir et entendre. Le sol tremble, les bancs tremblent, les *murs* eux-mêmes tremblent.

Après "The Day Is Past and Gone", le père d'Auggie, Reginald, se lève du premier rang et va se placer derrière le lutrin. C'est un homme grand et élégant. Mary Pat l'a rencontré plusieurs fois au fil des années et elle a toujours été frappée par ce mélange de déférence et de gravité qui le caractérise. Ce qui la frappe à cet instant, même depuis le fond de l'église, c'est le désespoir insondable dans ses yeux. Ce n'est pas le désespoir de ceux qui n'ont plus d'espérance, c'est le désespoir de ceux qui se sentent abandonnés. Le premier désespoir est une faiblesse, le second est une lame de couteau. Ceux qui renoncent sont des victimes, mais ceux qui sont abandonnés ne rêvent que de vengeance.

— Auggie était un gamin ordinaire, commence Reginald, la voix étouffée contre le micro, rebelle par moments, au cours de son adolescence, mais jamais au point de nous inquiéter véritablement. Il aimait sa maman. Se disputait avec ses sœurs. Ah, ça on peut le dire. (Il a un petit rire.) Il a obtenu son diplôme à la fin du lycée, mais pas avec des notes qui permettaient à un garçon noir d'obtenir une bourse dans une fac ou une autre. Alors il a commencé à travailler pour ce grand magasin, il suivait le stage de gestion, il espérait diriger tout le secteur de la Nouvelle-Angleterre de cette chaîne un jour. (Il lève les yeux et son regard va se perdre quelque part au-dessus de l'assemblée.) Les vêtements, c'était son truc à Auggie.

Un petit rire assourdi parcourt la foule.

— Pas vrai ? poursuit Reginald. "Les fringues", il disait. Même petit garçon, il faisait attention à ce qu'il portait. Il aimait les chapeaux, il aimait les chaussures brillantes – fallait que ça brille comme une pièce de monnaie toute neuve – et ces chemises avec les grands cols. Il y a quelques semaines, il avait fait un accroc à son pantalon sur un montant de porte. Il le reprisait lui-même. Je lui dis, "Mon garçon, pourquoi tu ne t'achètes pas une salopette, ça ne t'arriverait pas ?" Il me répond, "Plutôt mourir que mettre une salopette, p'pa, tu le sais bien."

Reginald se tait un instant. Mary Pat sent que toute l'église attend, se demandant où il veut en venir.

Il se penche sur le micro.

— Plutôt mourir que mettre une salopette. (Il respire bruyamment par la bouche ouverte.) Au lieu de ça, il est allé mourir à South Boston. Enfin, il n'y est pas allé mourir. Il était bien vivant, mais ensuite, ils l'ont tué. Le Seigneur dit pardonnez le pécheur, à défaut de pardonner le péché, mais, vous savez, le pécheur, qu'il aille se faire *foutre*.

Ça murmure beaucoup dans l'assistance, les gens lancent des regards autour d'eux. Plus haut, près de l'autel, le Révérend Thibodaux Josiah Hartstone III arbore un sourire crispé, mais il est penché en avant, comme s'il était prêt à se précipiter sur le micro.

Reginald Williamson dit doucement :

— Qu'est-ce qui va changer ? Où ça va changer ? Comment ça va changer ? Les êtres humains ne tuent pas d'autres êtres humains qui sont leurs *semblables*. Pas facilement. Ils ne font pas ça.

Il recule d'un pas et se passe une main sur la bouche. Il se fige ainsi un instant, la main couvrant sa bouche comme pour y garder les mots à tout jamais. Puis il revient devant le micro et dit :

— Ils ne tuent facilement que des êtres humains qui sont *différents* d'eux-mêmes. Alors, alors, alors, ça ne peut pas changer s'ils ne nous voient pas comme leurs semblables. Ça ne peut pas changer s'ils ne nous voient que comme des êtres différents. (Il baisse la tête.) Ça ne peut pas.

Mais vous êtes *différents*, pense Mary Pat avant d'avoir le temps d'étouffer cette pensée. Et même tandis qu'elle s'efforce d'endiguer les mots qui se ruent dans son cerveau, la suite force le passage. *Vous l'êtes, un point c'est tout.*

La bile qu'elle a fait refluer dans son estomac remonte une fois encore, une suite de cailloux brûlants qui grimpent dans son œsophage. Elle baisse de nouveau la tête et respire lentement.

Quand ils escortent le cercueil dans l'allée centrale, les gens quittent les bancs dans l'ordre pour le suivre au fur et à mesure, si bien que lorsque Mary Pat sort de l'église, le cercueil est déjà dans le corbillard et Dreamy et Reginald sont dans l'une des limousines derrière. Mary Pat se rend compte que son projet de présenter brièvement ses condoléances à Dreamy avant de se dépêcher de partir n'était pas réaliste. Elle aperçoit Bobby Coyne en conversation avec son équipier, qui a garé n'importe comment une voiture banalisée près du trottoir et qui lui dit quelque chose avec insistance. Bobby hoche la tête et, à un moment, il regarde autour de lui, peut-être à sa recherche, mais elle utilise la foule à son avantage et il s'éloigne rapidement avec son équipier, puis ils partent dans la voiture banalisée.

Au cimetière, Reginald, Dreamy, leur famille et leurs amis proches, ainsi que les militants politiques, se tiennent au premier rang, près du cercueil. Mary Pat et les autres Blancs sont tout à l'arrière, près de la route.

Les Williamson sont propriétaires de leur maison à Mattapan. Une petite construction de style Dutch Colonial, dans Itasca Street. C'est tout à fait le genre de maison de Blancs dans laquelle Mary Pat aspire à vivre. Bien entretenue. Une pelouse tondue. Un coup de peinture récent sur les encadrements. Les parquets sont en chêne blond luisant. Tout l'intérieur sent le savon pour bois. Un vestibule décoré de photographies d'Augustus et de ses sœurs, ainsi que de personnes aux cheveux blancs – les grands-parents, suppose Mary Pat. Le salon, plus loin, sur la droite, auquel on accède par une entrée cintrée. Sur la gauche, une petite salle à manger avec des vitraux aux fenêtres, et qui donne sur la cuisine. Au-delà de la cuisine, une terrasse en bois brun qui surplombe un petit jardin. C'est sur cette terrasse et dans ce jardin que la plupart des proches se sont rassemblés.

Une fois dans la cuisine, Mary Pat cherche Dreamy du regard. Elle veut simplement lui présenter ses condoléances et filer en vitesse. Mais la première personne qu'elle rencontre n'est pas Dreamy, c'est Reginald.

— Je veux juste dire… commence-t-elle.

— Putain, vous voulez me dire quoi, vous ? lance-t-il.

Elle le dévisage pour s'assurer que c'est bien le même Reginald qu'elle a rencontré plusieurs fois auparavant. Elle n'en est pas tout à fait certaine. Jusqu'à son éloge funèbre, elle ne l'avait jamais entendu prononcer une grossièreté quelle qu'elle soit. Elle présumait qu'il était du genre à ne pas en voir l'utilité.

— Espèce de garce, je vous ai demandé ce que vous vouliez me dire.

Elle fixe le regard sur sa cravate – elle l'avait remarquée quand il était passé près de son banc, en sortant de l'église, derrière le cercueil de son fils. Elle est bleu nuit, avec des croix bleu clair. Pas de doute, c'est bien lui.

Il m'a vraiment traitée de garce ?

— Je, euh, je voulais vous présenter mes condoléances.

— Oh, dit-il gentiment. Oh. Dieu merci. Ça c'est pas rien.

Il touche le bras de Mary Pat avec sa grande main noire. Il le serre légèrement.

— Qu'est-ce que vous pensiez que je voulais ? demande-t-elle.

Il lui serre le bras un peu plus fort.

— Je pensais que vous vouliez m'expliquer pourquoi votre abrutie de fille raciste a tué le garçon intelligent et au cœur pur qu'était mon fils.

— Vous pouvez lâcher mon bras ?

Il serre encore plus fort.

— Est-ce que je tiens votre bras ?

— Oui.

— Vous êtes sûre ?

— Oui.

— Vous êtes sûre que c'est pas juste un *hasard* ? Comme, disons, vous êtes venue mettre votre bras dans ma main et je n'ai pas d'autre choix que serrer ce que vous avez mis dans ma main ? Ça serait pas une possibilité ?

— Non.

— Non ? (Il la regarde en inclinant la tête sur le côté.) Eh ben, moi je dis si. Je dis, madame Fennessy, que tout ce qui me traverse l'esprit fait autorité dans cette putain de maison. Vous voulez déposer plainte ? Faites-le auprès de moi, ici même, sur-le-champ. Vous croyez pas, pendant que je vous regarde dans les yeux, que je suis capable de reconnaître une vraie garce coriace quand j'en vois une ? Je sais que vous êtes une vraie garce coriace. Je sais que vous pouvez casser la gueule à bien des hommes, mais je ne suis pas ce genre d'homme et vous n'êtes pas dans un endroit où vous pouvez vous permettre d'essayer. Parce que si jamais, là, maintenant, putain, je devais écrabouiller la gorge de la mère d'un des démons qui ont tué mon enfant ? Une femme qui est entrée sans y être invitée dans ma maison le jour de l'enterrement de mon unique fils ? Si je devais faire ça, Madame Mary Pat Fennessy, je ne m'en tirerais peut-être pas sans dommage, mais vous avoir fait la peau me vaudrait suffisamment de considération en prison pour que je vive comme un foutu roi le restant de mes jours.

Il y a bien pire que la douleur causée par les doigts qui lui agrippent le bras comme cinq pinces bec de perroquet : c'est la haine qu'elle voit dans les yeux de cet homme. Elle est plutôt experte en matière de haine – elle a vécu dans son voisinage toute son existence – et la haine qu'il a *pour elle* est tout simplement insondable.

— Reginald !

Ils se retournent et voient Dreamy entrer dans la cuisine.

— Lâche-la immédiatement.

Mary Pat se souviendra toujours de ces quelques secondes comme les plus dangereuses de sa vie. Elle sait que Reginald va choisir une des deux voies qui s'offrent à lui : écouter sa femme ou faire quelque chose d'extrêmement violent et d'extrêmement abrupt. Mary Pat est certaine à cet instant que si cet homme décide de la tuer, il ne la ratera pas.

Il lui lâche le bras.

— Vire-la de chez moi, dit-il et, passant à côté de sa femme, il regagne la terrasse.

Quelques proches sont réunis devant la maison, aussi Dreamy accompagne Mary Pat jusqu'au bout de la rue. Elles s'arrêtent près d'une boîte aux lettres dont la peinture bleue, sous l'effet des intempéries, est toute décolorée et écaillée.

— Je suis désolée… commence Dreamy.

— Vous n'avez pas à vous excuser pour ça. Il est en colère. Il ne savait pas ce qu'il disait.

Dreamy plisse les yeux.

— Je ne m'excuse pas au sujet de Reginald. Je l'ai empêché de vous blesser pour que mes filles aient un père à la maison et non pas dans une prison de merde.

Mary Pat ne peut s'empêcher de penser, *Dreamy aussi dit des gros mots ?*

— J'exprimais mes regrets concernant la perte de votre fille, répond Dreamy. Quels que soient mes sentiments à propos de votre fille ou de vous-même, madame Fennessy, je ne pense pas qu'une mère mérite de perdre un enfant, et deux encore moins.

— Moi aussi, je suis désolée concernant la perte de votre fils, parvient à répondre Mary Pat.

— Taisez-vous. (Dreamy lève une main.) Ne parlez pas de mon fils. Il est mort à cause de vous.

Holà, se dit Mary Pat. *Pas si vite, merde alors.*

— Je n'ai pas tué votre fils, dit-elle.

— Ah vraiment ? réplique Dreamy. Vous avez élevé une enfant qui pensait que haïr des gens parce que Dieu leur a donné une couleur de peau différente était quelque chose de normal. Vous avez autorisé cette haine. Vous l'avez probablement engendrée. Et votre gamine et ses amis racistes, qui ont tous été élevés par des parents racistes tels que vous, ont été lâchés dans le monde pareils à des putains de grenades bourrées de haine et de stupidité et… et… et vous pouvez *aller vous faire foutre*, Mary Pat, si vous vous imaginez une seconde que je suis d'accord avec ça. Ou que je pardonne. Je ne pardonne pas. Alors retournez dans votre quartier et restez-y avec ces monstres qui sont vos amis et excitez-vous tous bien comme il faut pour nous empêcher d'aller dans vos précieuses écoles. Mais écoutez-moi, espèce de garce, nous allons venir, que ça vous plaise ou non. Et nous allons continuer à venir jusqu'à ce que *vous* abandonniez la partie, et ça ne sera pas l'inverse. Et en attendant ce moment-là, *foutez* le camp de mon quartier.

Et voilà. Elle est partie. Mary Pat se tient près de la boîte aux lettres et elle est mortifiée de s'apercevoir qu'elle pleure – de vraies larmes, toutes chaudes, ruissellent sur ses joues – tandis qu'elle regarde Calliope Williamson remonter la rue et disparaître dans sa jolie petite maison bien entretenue.

27

Le siège du Front Libérien de Libération Globale est situé dans une ancienne synagogue de Dudley Street, dans un secteur de Roxbury qui ressemble au tas de cendres du Rêve américain, version urbaine. Chacun des trois responsables du FLLG arbore des lunettes à monture d'écaille, une impressionnante coiffure afro, un pull à col roulé noir et un pantalon à carreaux, plus une barbiche assortie à un air de prétention intellectuelle, mais Bobby n'ignore pas que c'est dans la bibliothèque d'une prison qu'ils ont d'abord trouvé tout ce qu'ils ont lu. Que le FLLG se soit aventuré dans le trafic de drogue pour financer une "activité plus élevée" ou que cette "activité plus élevée" ait été conçue comme une couverture pour le trafic de drogue est sans importance. Ce sont, d'abord et avant tout, des enfoirés de dealers.

Les types et les filles qui travaillent sous les ordres des chefs principaux sont représentatifs de la véritable nature de l'organisation et, à en croire la rumeur, ce sont eux qui leur ont donné le surnom qui sied de manière plus authentique à un gang, les Moorlocks. Ce sont des gamins pour la plupart, pas trop branchés pulls à col roulé, barbiches ou lunettes à monture d'écaille. Ils portent des manteaux trois-quarts en cuir noir, des chapeaux à large bord et des chaussures avec des talons de six ou sept centimètres. Ils vendent de la drogue dans tout Roxbury, Mattapan et Jamaica Plain, et ils cassent la gueule à *tous* ceux qui se mettent en travers de leur route. Ce sont des cow-boys (et des cow-girls) qui n'ont rien à foutre de rien. Leur témérité les rend dangereux, mais aussi, en contrepartie, prévisibles si quelqu'un décide de s'occuper sérieusement d'eux.

Vincent, qui regarde beaucoup trop de films et lit *Guns & Ammo*, le magazine dédié aux armes à feu comme d'autres gars lisent le magazine pornographique *Hustler*, veut lancer un raid pseudo-militaire sur le bâtiment du FLLG. Entrer là-dedans et défourailler, il appelle ça un plan. Cela fait des années que les principaux fabricants d'armes fournissent aux services de police des équipements d'une puissance équivalente à celle des armes de guerre. De nouvelles philosophies dans le domaine du maintien de l'ordre, venant de L.A. et de New York, ont commencé à préconiser la constitution d'unités spéciales de policiers préparés aux interventions armées. À L.A., la première de ces unités a reçu le nom de SWAT* et ils ont affronté les Black Panthers et la SLA** dans de véritables fusillades dont tous les John Wayne de salon aiment à croire qu'elles contribuent à remettre un peu d'ordre dans le maintien de l'ordre. En réalité, Bobby le sait bien, ces affrontements armés n'ont eu que des résultats limités, une chiée de dégâts aux biens, privés et publics, et une nouvelle micro-génération de flics médiocres qui

* SWAT : *Special Weapons And Tactics* (Armes et tactiques spéciales).

** SLA : *Symbionese Liberation Army* : groupuscule terroriste américain (1974-1975).

s'imaginent pouvoir compenser de mauvaises intuitions, un sens du relationnel quasi inexistant et une intelligence limitée par une grande puissance de feu.

Bobby n'ignore pas qu'un jour, les Vincent du service auront l'occasion de prouver que leurs théories sont justes – ou non. Qu'elles se révèlent correctes ou erronées, la boîte de Pandore aura été ouverte et il sera certainement difficile, voire impossible, de la refermer. Mais en attendant ce jour-là, Bobby est le supérieur hiérarchique de Vincent. Il met au point un plan pour l'Opération Moorlock qui implique une équipe des stups, tandis qu'un groupe d'inspecteurs, pris dans toute la Division et réunis pour la circonstance, se chargera de la surveillance du quartier général du FLLG afin de s'assurer que personne ne puisse passer à travers les mailles du filet jusqu'à ce que l'Opération Moorlock contrôle parfaitement la situation.

Le jeudi matin, Bobby ayant obtenu des stups tout ce dont il avait besoin, Vincent, deux autres inspecteurs – Colson et Ray – et lui frappent à l'entrée principale du FLLG et sont accueillis à l'intérieur par Rufus Burwell. Les deux autres individus qui sont aux commandes, Ozzie Howard et Simeon Shepherd, attendent dans un grand bureau dont les étagères ne sont garnies que de quelques livres et qui sent l'herbe et l'encens.

— Nous sommes ici pour les fusils, dit Bobby, une fois qu'ils sont tous assis.

Rufus se caresse la barbiche, comme s'il avait vu trop de films de Charlie Chan quand il était gosse.

— On n'a pas de fusils.

— Si, vous en avez, répond Bobby. Écoutez, on peut tourner autour du pot un moment et puis vous traîner jusqu'au poste de police, égarer le formulaire de votre arrestation pendant quelques jours, le temps de tout retourner ici et dans tous les autres endroits auxquels vous êtes liés. On peut faire comme ça. Ou alors, vous pouvez tout simplement nous remettre les fusils que Brian Shea et Marty Butler vous ont livrés et nous dire pourquoi ils vous les ont donnés et on ne reparlera plus de rien. Vous ne passerez pas une seule nuit en cellule et vous échapperez à toute inculpation.

Rufus, Ozzie et Simeon échangent quelques regards nonchalants et pleins de suffisance, puis Rufus se retourne vers Bobby.

— Je reste sceptique sur votre sincérité, ou, pour parler franchement, sur votre pouvoir.

— OK.

Bobby plonge la main dans sa poche. Il en sort les photos de l'arrestation du neveu de Rufus, de la petite amie d'Ozzie et d'un jeune garçon aux yeux jaunes qui serait, à en croire la rumeur, le petit ami de Simeon. Il étale les photos sur la table basse, au milieu de la poussière de coke.

— Elles ont été prises il y a une demi-heure. On les a tous arrêtés pour trafic de drogue, tous pris en flagrant délit. Pas pour possession, Rufus. Pas pour possession avec intention de revendre, Ozzie. Pas pour intention de distribuer, Simeon. Mais pour trafic, ce bon vieux putain de trafic traditionnel bien de chez nous. C'est cinq ans ferme pour chacun d'eux avant même qu'on ait commencé à parler de leurs antécédents. Alors, vous avez envie de rendre visite en prison à vos proches et ceux qui vous sont chers jusqu'à la fin de cette décennie ? Continuez à me dire que vous n'avez pas de fusils.

Rufus et les deux autres échangent quelques regards.
— Ils sont au sous-sol, lâche Rufus.

Pendant que Vincent, Colson et Ray descendent au sous-sol avec Ozzie et Simeon, Bobby a une petite conversation avec Rufus.

— Ces fusils, vous deviez les utiliser pour quoi faire ?

— On est toujours dans le cadre d'une absence d'inculpation ?

— On l'est.

— Vous ne seriez pas le premier flic à ne pas tenir parole.

— Mais ça serait la première fois pour moi. Rufus, je te connaissais déjà quand tu travaillais pour Red Tyler et sa loterie clandestine. Est-ce que je t'ai déjà fait une entourloupe ?

— Y a une première fois à tout, répond Rufus.

Bobby le tient déjà par les couilles pour possession illégale de fusils automatiques, et cet enfoiré s'imagine que Bobby a besoin de quelque chose de plus pour envoyer en taule un Noir avec un casier ?

— À quoi ces fusils devaient-ils servir ? demande Bobby très lentement.

Rufus voit dans le regard de Bobby quelque chose qui l'incite à répondre sans tarder.

— Ils veulent qu'on arrose le lycée.

— Quel lycée ?

— South Boston High.

— Quand ?

— Demain. (Rufus mordille une envie un instant.) Ils ont ajouté qu'on pouvait abattre quelques élèves blancs, si ça nous disait.

— Et vous alliez le faire ?

— Je répondrai pas à cette question, inspecteur.

— Ils vous payaient combien ?

— Deux kilos de brune mexicaine.

— Et qui vous a engagés pour ce boulot ?

Rufus émet une sorte de ricanement.

— Je vais faire comme si vous n'aviez pas posé la question.

— Je peux avoir recours à diverses pressions pour obtenir une réponse.

— Allez-y, inspecteur. Je préfère mourir, ou faire dix ans, ou aussi longtemps que vous voulez, à Walpole. Je dirai pas un mot.

— Nous avons vu un de ses employés vous remettre les armes.

— Et cet employé, il a dit pour qui il travaillait ?

Bobby ne répond pas.

— Hum-hum, fait Rufus.

Colson, Ray et Vincent remontent du sous-sol, chacun portant un fusil d'assaut M16.

— C'est ça ?

— Ouais, dit Vincent. Numéros de série limés, entièrement automatiques. Ils devaient les utiliser pour quoi faire ?

— Déclencher une guerre raciale, dit Bobby, les yeux fixés sur Rufus, qui s'efforce de ne pas avoir l'air honteux.

— Ben merde alors, réplique Vincent, si on n'est pas déjà en pleine guerre raciale, on est dans quoi, là ?

28

Il y a une chose qu'on entend souvent dire dans tout Southie au sujet de Frank Toomey, c'est qu'il n'est pas vraiment difficile à trouver parce que quel individu sain d'esprit aurait l'idée de partir à sa recherche ? Mais à présent que tout le monde se tient sur le qui-vive pour tenter de repérer Mary Pat, il est hors de question pour elle d'aller se balader dans l'un ou l'autre des endroits connus où Frank Toomey a l'habitude de traîner ou de se consacrer à ses affaires. Et elle imagine évidemment que, s'ils supposent qu'elle en a après lui, aller faire un tour dans la rue où il a élu domicile est tout autant hors de question.

Mais la femme de Frank, Agnes, une femme mince avec un visage et des épaules qui font penser à un oiseau, est particulièrement active au sein de ROAR*, une organisation sœur de SWAB. ROAR a été créée par Louise Day Hicks, membre du Comité de l'enseignement public de Boston afin de protéger "les droits bafoués des citoyens

* ROAR : *Restore Our Alienated Rights* (restaurer nos droits aliénés) : organisation créée à Boston en 1974 pour s'opposer au *busing*. (*Roar* signifie aussi "rugir".)

blancs". L'unique raison pour laquelle SWAB et ROAR ne se sont pas encore fondues en une seule et même organisation est que Carol Fitzpatrick, la dirigeante de SWAB, et Louise Day Hicks, la dirigeante de ROAR, se détestent, et ce, depuis une dispute qui remonte à l'époque de la maternelle. À en croire la rumeur, cette animosité de toute une vie aurait pour origine un crayon de couleur cassé, mais la chose n'a jamais été confirmée. SWAB est en plein désarroi actuellement, de toute façon – le fait que Mary Pat ait cassé quelques dents et au moins un nez parmi ses membres n'y est pas pour rien –, et les dames du groupe ne semblent pas suffisamment "en état de disputer le match", comme disait son grand-père, pour une manifestation. Mais cela fait un mois que ROAR travaille à l'organisation de son rassemblement. Et Agnes Toomey a fait appel à tous les sous-fifres de son mari au sein de la bande de Butler pour faire circuler l'information. Aussi, Agnes, qui a passé toute sa vie dans l'ombre de son redoutable mari, tient sa place au premier plan, dans le meeting de ce soir. Et puisque l'équipe de Butler a passé d'innombrables heures à faire circuler l'information, il est possible – pas probable, remarquez, mais possible – que Frankie fasse une apparition pour soutenir la Cause.

Mary Pat se sert de l'argent du prix du sang que lui a donné Marty pour faire quelques courses au Filene's Basement. Elle prend une paire de grandes lunettes de soleil ovales qui lui rappellent celles de Jackie O. Elle ajoute une perruque noire et un foulard beige dans son chariot. Elle achète un tailleur-pantalon en gabardine bleu pastel, un chemisier blanc et une paire de chaussures d'infirmière blanches. Elle s'offre du rouge à lèvres, du fard à joues, du fond de teint et des faux cils assortis au noir de la perruque. Et un nouveau sac à main pour son revolver.

Après avoir tout acheté, elle emporte les différents articles avec elle dans la cabine d'essayage et se transforme. Elle est un peu surprise de constater que les chaussures d'infirmière lui font mal aux talons; l'idée, en ce qui concerne les chaussures d'infirmière, à ce qu'elle a toujours entendu dire, c'est qu'elles sont confortables et qu'on n'a pas à attendre qu'elles se fassent. À part ça, sa virée shopping est un formidable succès. Elle se plante devant le miroir dans la cabine d'essayage pour dames du Filene's Basement, et c'est une inconnue qui la regarde. C'est un peu déconcertant de voir la facilité avec laquelle elle a disparu. Elle enlève les lunettes et, bon, elle est bien là – si quelqu'un s'approchait tout près, ce sont bien les yeux bleus de Mary Pat, sans aucun doute. Mais une fois les lunettes remises, elle doit examiner attentivement son profil pour reconnaître celle qu'elle est. Et aussitôt, l'oublier – elle est une tout autre personne.

L'année dernière, avant leur séparation, Ken Fen et elle sont allés au cinéma, le Bug House, dans Broadway, et ils ont vu un western spaghetti, *Mon nom est Personne*, avec Henry Fonda et Terence Hill.

Voilà qui elle est, à présent, tandis qu'elle se regarde dans le miroir : Personne.

Un fantôme.

Avec un flingue.

En sortant du Filene's Basement, elle parcourt quelques rues à pied avant de tourner dans West Street pour se rendre à son rendez-vous au cabinet d'Anthony

Chapstone, plus connu sous le nom de Tony Chap. Tony Chap avait été l'avocat de Dukie et il l'avait traité avec considération. Jamais il ne lui avait facturé ne serait-ce qu'un simple trombone sans être en mesure de lui montrer les documents qu'il avait attachés avec. C'est Tony Chap qui avait aidé Mary Pat pour que Dukie soit officiellement déclaré mort afin qu'elle puisse se marier à l'église avec Ken, et ainsi que Dukie l'avait dit, ses tarifs étaient raisonnables et sans mauvaises surprises.

En le voyant maintenant dans son petit bureau, une demi-douzaine d'années plus tard, elle est de nouveau frappée de constater qu'il ne s'est jamais départi de cette allure étrange et solitaire. Elle ne lui connaît pas de femme, pas de famille. Les seules photos encadrées dans son bureau sont celles de petits chiens et d'endroits où elle présume qu'il est allé – des paysages feuillus et montagneux. Comme toujours, il est impeccablement habillé, mais dans un style démodé depuis au moins une quinzaine d'années – veste de costume à revers étroits, des bretelles en dessous, un nœud papillon en soie. C'est un homme courtois aux yeux bienveillants et cela fait bien longtemps qu'elle a cessé de se demander s'il est intègre, mais une chose est sûre, il est inconnaissable. Elle ne connaît même pas son âge – entre quarante et cinquante-cinq, peut-être, son visage est toujours aussi lisse et uni qu'une ampoule électrique.

Il lui indique une chaise et lui présente ses condoléances pour Jules. Il lui confirme que tous les documents sont prêts et fait entrer sa secrétaire, la vieille Maggie Wheelock, qui est avec lui depuis le début de sa carrière, pour servir de témoin et certifier tous les actes.

Une fois que c'est terminé – tous les documents signés et paraphés en triple exemplaire – Mary Pat prélève un peu d'argent du prix du sang pour elle-même et remet la sacoche à Tony Chap.

Elle aurait cru que laisser tout ce tas de fric allait lui donner à réfléchir. En vérité, elle se sent infiniment plus légère. Et plus propre. Comme si elle venait de prendre un bain dans des fonts baptismaux.

La Manifestation Contre la Tyrannie démarre à sept heures, tandis que le soleil commence à se coucher à l'extérieur du tribunal du comté de Suffolk, au début d'East Broadway, dans South Boston. Le tribunal est situé juste à l'est de l'endroit où West Broadway et East Broadway se rencontrent, et ce carrefour est déjà bloqué par la foule. Comme aucune circulation ne passe, les gens ont envahi la chaussée et le trottoir devant le tribunal et les différents orateurs s'expriment depuis les marches du bâtiment officiel.

La cinquième personne à prendre la parole, Agnes Toomey, une femme que peu de gens ont entendue parler plus haut qu'un murmure, n'a aucun problème pour trouver sa voix avec un mégaphone. C'est aller à l'encontre du plan de Dieu, dit-elle à la foule, que forcer un quartier, une culture, un lieu de fierté et d'honneur, à changer ses habitudes afin d'arranger ceux qui sont trop faibles ou trop paresseux pour se prendre en charge.

Mary Pat, se déplaçant à la lisière de la foule, de l'autre côté de la rue, se surprend à se dire qu'une femme dont le mari gagne sa vie en tuant des gens pourrait éviter de mêler Dieu à son discours.

La foule ne relève pas l'ironie. Ils avalent tout.

— S'ils veulent de meilleures écoles, crie Agnes dans son mégaphone, qu'ils les construisent. Personne ne les en empêche.

Dans toute la rue les gens klaxonnent.

— S'ils veulent une vie meilleure, poursuit Agnes, qu'ils se bougent le popotin et travaillent pour l'avoir.

Le popotin ?

La foule pousse des hourrahs. Les klaxons continuent à retentir.

— Le Rêve américain, ce n'est pas la charité.

La foule devient carrément *frénétique*.

— Le Rêve américain, c'est remontez vos manches et tracez votre propre chemin. Sans les aides sociales !

Un raz-de-marée d'applaudissements.

— Sans l'aide du gouvernement et sans les arrêtés du gouvernement !

Un groupe d'hommes passe près de Mary Pat, transportant des corps blancs et pâles sous le bras, enfin, c'est ce qu'on dirait, jusqu'au moment où Mary Pat, regardant avec attention, constate que ce sont des poupées grandeur nature, visiblement légères comme l'air dans les bras de ces hommes costauds. La foule les laisse passer. L'un d'eux, s'aperçoit Mary Pat, n'est autre que Terror McAuliffe, le mari de Big Peg. Il regarde droit vers elle, et ses yeux s'attardent – de son visage à ses seins, de ses seins à son visage – puis il poursuit son chemin.

Sans l'avoir reconnue.

— Francis et moi avons quatre enfants, dit Agnes, dont trois sont élèves à Southie High. Mais ils n'iront pas à l'école demain. Parce que je ne veux pas qu'ils y aillent.

Southie ne veut pas qu'ils y aillent ! J'ai raison, oui ou non ? Southie ne cédera pas !

Le slogan retentit d'un bout à l'autre de Broadway :

— Southie ne cédera pas ! Southie ne cédera pas ! Southie ne cédera pas !

Agnes se recule, rayonnante, et ses yeux se portent vers quelqu'un dans la foule, là-bas, sur sa droite, à une cinquantaine de mètres de l'endroit où se tient Mary Pat. Celle-ci entrevoit brièvement des cheveux noirs et bouclés dans cette partie de la foule.

Mary Pat se déplace au milieu des gens agglutinés. Toute son arrogance à propos de son déguisement lui apparaît tout à coup comme une confiance de matamore. Une fanfaronnade de pilier de bar. N'importe qui, à tout moment, pourrait se retourner, coller son nez à deux centimètres de son profil et…

Quoi ?

Hurler son nom.

Et tout serait terminé.

C'est Tom O'Rourke qui a le mégaphone, à présent. Tom est également membre du Comité de l'enseignement public. Mais en tant qu'orateur, il est un peu aride, un vrai remède contre l'insomnie, ce vieux Tom, et il a beau passer en revue les gros succès habituels – tyrannie, racisme à l'envers, bouleversement de la communauté et de la culture –, tous ses auditeurs ont les paupières qui s'alourdissent, quand soudain un hourrah se propage dans la cohue. Mary Pat suit les dizaines de têtes qui se tournent et voit les hommes avec les poupées lancer des cordes pour les accrocher aux réverbères et aux mâts à drapeau près du tribunal. Ils ne sont pas très habiles – seule une corde reste suspendue dès la première tentative –, mais l'assistance leur apporte un tel soutien vocal que Tom O'Rourke finit par renoncer. Ce qui déclenche une autre clameur de joie.

Mary Pat se rapproche de l'endroit où elle a cru apercevoir Frank Toomey, mais le soleil s'est couché à présent. Ce n'est pas encore l'obscurité totale, mais des zones d'ombre profondes et irrégulières sont tombées çà et là dans la foule. Il est devenu plus difficile de discerner les visages dans ces conditions que dans une obscurité totale, où les yeux peuvent s'adapter plus facilement. Et, bien sûr, ses lunettes de soleil n'arrangent rien. Quelqu'un avec des cheveux noirs passe près d'elle, mais quand il émerge de l'autre côté du couple entre elle et lui, il a une barbe et un double menton, et Mary Pat le reconnaît, c'est l'un des Clark, de I Street. Elle se tourne vers la foule et elle le voit venir vers elle, il a les yeux fixés sur les siens, Frank Toomey en personne, tout en lui respirant la force brute et l'Old Spice, tandis qu'il se fraie un chemin à travers la cohue à coups de "'scusez-moi, 'scusez-moi" bourrus qui tiennent moins de la politesse sommaire que de l'ordre impérieux. Il vient droit sur Mary Pat; elle ne peut pas bouger. Ils sont tous trop serrés les uns contre les autres, les gens se bousculent pour voir ce qui se passe maintenant du côté du tribunal, mais Mary Pat se rend compte trop tard qu'elle devrait être en train de plonger la main dans son sac, qui est coincé à l'arrière de sa hanche droite, alors que Frankie est pratiquement sur elle, la bouche s'incurvant en un sourire cruel tandis qu'il s'approche suffisamment pour qu'elle sente son haleine quand il lui dit:

— 'Scusez, mon chou, je veux juste passer.

Elle pivote sur la droite du mieux qu'elle peut et voilà qu'il la frôle, elle sent son corps massif et dur frôler le sien, assez près pour qu'elle remarque les minuscules parcelles de gris qui commencent à émailler ses favoris, puis il n'est déjà plus là. Et juste derrière lui, apparaissent, les mains enfoncées dans les poches de leur veste par cette nuit d'été, Johnny Polk et Bubsie Gould, deux brutes qui dirigent la société South Shore Sand & Gravel et plusieurs sex-shops dans Combat Zone*.

Avant que la trouée dans l'assistance ne se referme, elle leur emboîte le pas et reste sur leurs talons tandis que Frank, deux pas devant eux, fend la foule comme la proue d'un navire. Elle regrette d'avoir choisi un tailleur-pantalon bleu pastel – cela lui semble être le genre de détail dont les gens se souviendront par la suite –, mais aussitôt elle se rappelle qu'elle n'a pas d'autre but en vue. Son objectif principal n'est pas de tuer Frank Toomey, puis de s'échapper. C'est de tuer Frank Toomey, point final. Ce qu'elle pourrait peut-être faire sur-le-champ – sortir son arme et tirer dans le dos de ces trois ordures. Mais qui serait la véritable ordure dans ce cas ? Les balles pourraient traverser leurs corps ; des gens pourraient être piétinés dans la panique et la bousculade ; elle pourrait rater son coup. Non, ce n'était pas le bon endroit.

La cohue se précipite en avant comme un seul homme et Mary Pat, ballotée, se retrouve involontairement tournée de nouveau vers le tribunal. Les poupées grandeur nature sont maintenant toutes pendues aux mâts et aux réverbères, avec une pancarte autour du cou. Sur la première on peut lire SÉNATEUR KENNEDY, sur une autre JUGE GARRITY,

* *Combat Zone* : nom donné à ce qui a été le quartier chaud de Boston jusqu'au début des années 1990.

sur une troisième MAIRE K. WHITE et sur une quatrième, WILLIAM TAYLOR, un nom qui ne lui dit rien. Les hommes qui portaient les effigies se tiennent juste en dessous avec un briquet à la main. Tandis que la foule hurle son approbation, ils mettent le feu aux poupées.

Cela prend une minute. Les flammes dansent au bord des effigies, certaines bleues, d'autres jaunes. L'une des poupées, celle de Garrity, s'éteint et ils sont obligés de la rallumer. Mais ensuite…

La lueur des flammes balaie l'assistance la plus proche du tribunal. Elle baigne les gens d'une lumière rouge, jaune et bleue qui ruisselle sur leurs têtes et leurs visages comme du liquide. Il y a dans l'air une odeur d'essence à briquet et de fureur. Les effigies se tordent au bout de leur corde en brûlant.

La foule scande : "Southie ne cédera pas !"

La foule scande : "Aux chiottes, les nègres !"

La foule scande : "Tous unis !"

L'espace d'un moment, la vision de Mary Pat devient télescopique et tout ce qu'elle peut voir, ce sont les visages qui surgissent, les cous tendus à l'extrême, les bouches rouges et humides de salive, les pancartes brandies comme autant de fourches, les jambes des enfants passées pardessus les épaules de leurs parents et plaquées sur leurs poitrines. Se déplacer au cœur de cette multitude, au cœur de sa rage, est comme essayer de se glisser entre des briques fraîchement posées. Ses poumons sont douloureux comme si elle avait fumé une demi-douzaine de cigarettes à la suite et elle se sent prise de vertige.

Juste à l'instant où elle se dit qu'elle pourrait s'évanouir, elle sort de la cohue. Elle émerge tout d'un coup, au carrefour de West Broadway et East.

De l'autre côté de la rue, Frank Toomey est parvenu jusqu'à une Cadillac rouge cerise avec un toit en plastique blanc. Il discute plaisamment avec Johnny Polk et Bubsie Gould. Il grimace de façon comique et ils éclatent de rire tous les trois. Il dit quelque chose qui fait que les deux autres inclinent la tête sur le côté. Il hoche la sienne plusieurs fois pour les convaincre qu'il pense ce qu'il dit. Puis il monte dans sa Cadillac et décolle du trottoir. Il fait demi-tour et remonte West Broadway.

C'est un véritable supplice pour Mary Pat, tandis qu'elle attend de voir ce que vont faire Johnny et Bubsie. Il semblerait qu'ils se le demandent eux-mêmes. Puis ils font un signe de tête et se rendent à un bar à trois maisons de là.

Mary Pat court comme une dératée jusqu'à Bess, deux rues plus loin, saute au volant et enfonce l'accélérateur. Bess quitte sa place de parking en hoquetant. Elle prend de la vitesse. Arrive à un panneau de stop. Mary Pat tend le cou – personne dans les environs – et elle brûle le stop. Elle brûle aussi le suivant et rejoint West Broadway bien lancée. À cet instant, elle n'a que des suppositions. Si Frank rentrait chez lui, il aurait pris une rue transversale parallèle à Dorchester Street pour parvenir à sa maison, dans West Ninth Street. Or, ce n'est pas ce qu'il a fait. Il a remonté Broadway en direction du pont. Mary Pat joue le tout pour le tout et décide qu'il va en ville, quelque part dans le centre.

Si cela avait été le cas – et si quelqu'un *n'avait pas* mis le feu à une voiture avant de la laisser à l'intersection de Broadway et E Street – elle aurait perdu Frank Toomey pour la nuit. Mais elle parvient à cette intersection alors que les voitures commencent à rouler au pas pour contourner le véhicule en feu et elle aperçoit le toit blanc sur la carrosserie rouge cerise à l'instant où il passe près des flammes – *est-ce que tout brûle, ce soir ?* – et elle garde la Caddy en vue jusqu'au moment où elle la voit tourner à droite pour prendre la bretelle d'accès à la I-93.

Elle est la troisième voiture derrière la Caddy quand celle-ci sort à la hauteur de North Station, puis traverse le pont pour entrer dans Charlestown. Les deux voitures devant elle s'arrêtent à City Square, alors elle joue la prudence et laisse Frank prendre de l'avance. Trop, finalement, mais elle ne panique pas. Elle ne laisse pas la peur prendre le dessus. C'est Charlestown, ici, même pas deux kilomètres carrés et on n'y connaît pas de garages couverts. S'il reste dans ce quartier, elle le retrouvera.

Et elle finit par le retrouver.

Enfin, sa voiture. Elle est garée devant un salon de coiffure pour hommes, dans Common Street, en face du parc Training Field. Le salon est fermé, les lumières sont éteintes. Tout autour, il n'y a que des maisons d'habitation, certaines datant de l'époque de la Révolution, mais la plupart du début du XIXe siècle. Ce sont des maisons mitoyennes – soit en briques rouges, soit en *brownstone*, soit à clins – sans le moindre espace entre elles. Il pourrait être dans n'importe laquelle. Ou bien dans aucune. Il a pu se garer là où il a trouvé une place, puis partir à pied et tourner au coin de la rue. Elle songe à le chercher à pied, mais le seul endroit plus fermé que Southie, c'est Charlestown. Si elle se met à marcher dans le coin en regardant aux fenêtres, Frank sera mis au courant avant qu'elle ait fait la moitié de la rue.

Mais il reviendra bien à la Cadillac, espère-t-elle. Elle trouve un endroit d'où elle a une vue dégagée sur sa voiture, de l'autre côté du parc, le Training Field – ainsi nommé parce que c'était l'endroit où les troupes de l'Union se rassemblaient et s'entraînaient pendant la guerre de Sécession –, puis elle vérifie sa perruque et son maquillage dans le rétroviseur. Elle s'installe et se persuade qu'elle n'est pas épuisée. Elle ne se souvient pas de la dernière fois où elle a dormi d'un sommeil véritable ; même la nuit précédente, au motel, elle n'a somnolé que trois heures à tout casser. Elle se pince la cuisse aussi fort qu'elle peut. Elle se donne quelques tapes sur les joues. Elle fume cigarette sur cigarette…

Elle se réveille aux environs de minuit, incapable de dire quand elle s'est endormie. Elle cligne des paupières une demi-douzaine de fois et jette un regard clair de l'autre côté du parc. La Caddy est toujours là où Frank Toomey l'a garée.

Seigneur.

Coup de bol. Rien de plus.

Elle décide de rester éveillée, même si elle doit se faire une entaille, mais au milieu de sa cigarette suivante, ses paupières se mettent à trembler. Elle sort de la voiture. Elle reste là, debout dans l'air moite, les poignets appuyés sur le toit de Bess, fumant sa cigarette. Elle aperçoit une cabine téléphonique un peu plus loin, au coin de la rue. Un angle de vue parfait sur la voiture de Frank, de là-bas, alors elle s'y traîne lentement, entre dans la cabine et referme la porte derrière elle. Elle réfléchit à qui elle peut appeler à une heure si tardive – ou d'ailleurs à n'importe quelle heure, désormais, se fait-elle la réflexion avec le pincement au cœur de l'exilée – puis elle glisse une pièce de dix cents dans la fente et compose un numéro.

— Mary Pat, dit-il quand on lui passe la communication. Comment avez-vous su que j'étais de service cette nuit ?

— La chance des Irlandais, inspecteur.

— On a retiré de la circulation trois méchants fusils automatiques, ce matin.

— Vraiment ?

— Tout à fait. Merci.

— Si vous avez travaillé ce matin, comment se fait-il que vous soyez encore au bureau ?

— Je suis rentré chez moi et j'ai dormi un peu, dit-il. Mais je suis revenu. Tout le monde fait des heures sup. La moitié des flics de la ville sont en train de se préparer pour demain. Beaucoup sont allés maintenir l'ordre dans votre coin, ce soir.

— Je vous ai vu à l'enterrement d'Auggie Williamson.

— Je vous ai aperçue aussi.

— Pourquoi vous êtes parti si vite ?

— On a obtenu un mandat qu'on attendait depuis un moment. On devait aller le notifier à un enfoiré qui a tué sa petite amie, histoire de l'arrêter avant qu'il tue quelqu'un d'autre.

— Ç'a dû vous donner une certaine satisfaction.

— Pas vraiment. La plupart du temps, ce que je fais me donne l'impression d'effectuer un travail d'éboueur. (Il ne parvient pas à réprimer un bâillement de pure fatigue.) J'ai entendu dire que vous aviez eu quelques mots avec les parents d'Auggie.

— Hmmm, fait-elle.

— J'imagine que ça n'a pas été agréable.

— Effectivement.

Il offre la même excuse que celle qu'elle a essayé de leur trouver :

— Ils ont perdu un fils. De façon violente. Ils ne peuvent pas avoir une vision claire des choses.

— Non. (Elle prend une profonde respiration avec un bruit humide qui se répercute dans l'espace confiné de la cabine.) Ils voient parfaitement clair.

À travers la paroi sale, elle regarde en direction du Training Field où des soldats se sont autrefois préparés pour des batailles en vue de libérer les esclaves. Elle imagine qu'ils étaient jeunes, impressionnables. Morts de trouille. L'herbe du terrain est devenue presque blanche dans la chaleur de l'été – il n'y a pas eu de pluie, cette saison ; pas une goutte – et sous les lampadaires et à travers le verre crasseux, on dirait de la neige. Mary Pat ne s'est jamais sentie aussi perdue.

Non, prend-elle conscience, pas perdue.

Exilée.

Elle s'éclaircit la gorge et tente d'expliquer quelque chose à l'inspecteur Michael "Bobby" Coyne, un parfait étranger, en fin de compte, mais elle éprouve le besoin de lui dire quelque chose qu'elle ne comprend pas elle-même. Elle éprouve le besoin d'être entendue, que ce qu'elle va dire tienne debout ou non.

— Quand vous êtes gosse et qu'ils se mettent à vous débiter tous leurs mensonges, ils ne vous *disent jamais* que ce sont des mensonges. Ils vous disent juste, voilà, c'est comme ça. Qu'ils vous parlent du Père Noël, de Dieu ou du mariage ou de ce que vous pouvez faire ou ne pas faire de votre vie. Ils vous disent, les Polaks sont comme ceci, les Ritals sont comme cela, et ne venez surtout pas nous parler des métèques et des nègres, c'est sûr que ceux-là, on peut pas leur faire confiance. Et ils vous disent, notre mode de vie, c'est comme ça, et pas autrement. Et vous, vous n'êtes qu'une pauvre gosse, alors vous vous dites, *Je veux faire partie de ce mode de vie. Je veux surtout pas me retrouver à l'écart de ce mode de vie. Faut que je reste avec ces gens toute mon existence.* Et vous y êtes bien au chaud. Si bien au chaud. Le reste du monde ? Il y fait un froid terrible. Alors, vous y adhérez, vous comprenez ?

— Je comprends, dit Bobby.

— Et vous vous y enracinez profondément, parce que maintenant, vous avez des gosses à vous, et vous voulez qu'ils se sentent bien au chaud. Alors, vous leur servez les mêmes mensonges, vous leur injectez ça dans le sang. Jusqu'à ce qu'ils deviennent le genre de personne capable de poursuivre un pauvre garçon dans une station de métro et lui défoncer le crâne avec une pierre.

— Allons, ça va aller, dit-il gentiment.

— Non, ça ne va *pas* aller ! hurle-t-elle dans l'espace réduit de la cabine. Ça ne va pas aller. Ma fille est morte et Auggie Williamson est mort, lui aussi, parce que j'ai vendu des mensonges à ma fille. Mais avant qu'elle finisse par les avaler ? Elle le savait. Ils *le savent toujours.* À cinq ans, ils savent. Mais vous n'arrêtez pas de répéter ces mensonges, jusqu'à venir à bout de leur résistance. C'est ça, le pire, vous venez à bout de leur résistance jusqu'à extirper tout ce qu'il y a de bon dans leur cœur pour le remplacer par du poison.

Elle ne saurait dire combien de temps elle sanglote. Elle sait juste qu'à un moment elle doit mettre une autre pièce dans le téléphone, et même là, elle ne peut toujours pas s'arrêter de pleurer.

Et tout ce temps, Bobby reste en ligne avec elle.

Lorsque les sanglots se transforment en reniflements, elle entend sa voix dans le combiné.

— Quoi que vous envisagiez de faire, j'aimerais que vous preniez une journée de repos.

Elle est encore incapable de parler. Elle a la gorge encombrée de liquide salé et de mucus.

— Mary Pat ? S'il vous plaît. Prenez vingt-quatre heures. Ne faites rien. Je suis prêt à vous rencontrer où vous voudrez. Sans insigne. Juste en ami.

— Pourquoi êtes-vous mon ami ? parvient-elle enfin à dire.

— Parce que nous sommes des parents, vous et moi.

— Je l'étais. Je ne le suis plus.

— Mais si, vous l'êtes encore. Vous le serez toujours. Et tous les parents commettent des erreurs. C'est bien la seule chose dont on puisse être sûr. Alors, oui, votre fille, Jules, avait des défauts que vous lui avez donnés. OK. Mais tous ceux à qui j'ai parlé d'elle ? Ils m'ont dit combien elle était gentille. Drôle. Quelle amie géniale elle pouvait être.

— Où est-ce que vous voulez en venir ?

— Ces qualités, elles viennent aussi de vous, Mary Pat. Nous ne sommes pas qu'une seule chose. Nous sommes des êtres humains. Le pire d'entre nous a du bon en lui. Le meilleur d'entre nous a le cœur qui renferme une part de mal pur. Nous bataillons. C'est tout ce que nous pouvons faire.

— Pour ce qui est de la bataille, je suis plutôt bonne, dit-elle.

— Ce n'est pas de cette bataille-là que je parle.

— C'est à peu près la seule chose à laquelle je ne suis pas mauvaise.

— Je parierais qu'il y a des tas d'autres choses auxquelles vous n'êtes pas mauvaise.

— Là, vous me lancez des fleurs pour me garder au téléphone.

— C'est vous qui m'avez appelé.

— Et alors ?

— Alors je pense que vous voulez que je vous persuade de ne pas faire ce que vous envisagez de faire.

Elle rit et Bobby est triste d'entendre que c'est un rire amer.

— Je ne veux pas que vous me persuadiez de quoi que ce soit.

— Alors pourquoi appeler ?

— Parce qu'un jour, quelqu'un va essayer de comprendre tout ça.

— C'est quoi, "tout ça" ?

— Ce que je suis sur le point de faire.

— Ne le faites pas.

— Et je compte sur vous pour dire ce que je vous ai dit.

— Je ne veux pas l'entendre.

— Je vous l'ai dit, inspecteur Coyne, vous ne pouvez pas tout enlever aux gens. Il faut leur laisser quelque chose. Une miette. Un poisson rouge. Quelque chose à protéger. Quelque chose qui soit une raison de vivre. Parce que si vous ne faites pas ça, qu'est-ce qui va vous rester pour négocier ?

Juste au moment où Bobby se dit qu'il aurait dû demander le repérage de cet appel il y a déjà cinq minutes, elle raccroche.

Il reste assis, le regard fixé sur le téléphone, et il se rappelle pourquoi il s'est mis à l'héroïne au début – quand la blanche vous fait planer, le monde vous apparaît génial. Mais une fois que vous êtes redescendu, il vous apparaît comme une foutue pagaille sans espoir.

Mary Pat raccroche le combiné, elle s'appuie contre la paroi de la cabine et voit, avec une espèce d'effarement stupéfait, Frank Toomey passer en voiture juste à côté d'elle.

Elle le suit tandis qu'il retourne à Southie, et cette fois encore, elle fait le pari qu'elle sait où il va, alors elle ne le colle pas de trop près.

Et il lui donne raison en s'arrêtant devant chez lui, dans West Ninth Street. La rue est si tranquille qu'on pourrait entendre quelqu'un se moucher dans la rue suivante. Quand Frank ouvre sa portière, elle perçoit le grincement des charnières.

Bess est déjà en mouvement. Mary Pat a enlevé le pied de l'accélérateur et elle laisse simplement son tas de ferraille bringuebalant continuer sur sa lancée. Pour enfoncer la pédale, elle attend que Frank ait refermé sa portière et se penche pour la fermer à clef.

Voilà, on y est, se dit-elle. *C'est la fin. Je l'écrase, je fais marche arrière pour finir le boulot si nécessaire et je me tire. Et je vois jusqu'où le fric et la chance me permettront d'aller. Et faut pas se mentir, ça ne me mènera pas bien loin. Après je meurs, sous les balles de la police ou celles de la bande de Butler, parce que je n'irai pas en prison et je ne laisserai pas ces vermines de Butler poser la main sur moi.*

Mais Frank se retourne et, voyant Bess foncer sur lui, il se jette au sol. Il roule sous la Caddy et réussit presque à s'en tirer. Presque, parce que les roues lui écrasent une jambe. Sous sa Caddy, il pousse un hurlement perçant.

Mary Pat pile dans un crissement de pneus et sort de sa voiture.

Des lumières s'allument – d'abord dans la maison du voisin direct, puis dans celle de Frank. Il a rampé sous sa voiture et essaie de se relever sur un pied sur le trottoir. Il plonge la main sous sa veste pour sortir un flingue. Mais déjà, Mary Pat a contourné la Caddy avec son revolver pointé sur lui, sa perruque glissant sur le côté droit de sa tête, et elle fait feu. La balle passe loin de lui et va se perdre dans ce qui, d'après le bruit, semble être une poubelle, plus loin dans la rue. La main de Frank dégage le pan de sa veste, il y a quelque chose en dessous, c'est sûr. Elle s'applique pour viser, tire une deuxième fois, et elle entend Frank crier :

— Putain de merde !

Il laisse tomber son arme et se plie en deux ; le sang pisse d'un trou dans son ventre, coule entre ses doigts sous la lumière blanche du lampadaire et dégouline sur le devant de son pantalon blanc.

Malgré la balle dans le ventre, il essaie de foncer sur elle, mais son pied gauche esquinté ne se montre pas coopératif. Frank commet l'erreur de s'appuyer dessus et il pousse un hurlement – en fait, c'est plutôt un braillement – et il tombe sur les genoux, se retrouvant à quatre pattes aux pieds de Mary Pat, au moment où elle lui colle le canon de son revolver sur le sommet du crâne.

— Papa !

Mary Pat lève les yeux et voit la petite fille sur le perron. Agnes s'accroupit derrière la petite pour la retenir. C'est la plus jeune des filles de Frank – Caitlin, celle qui a fait sa première communion il y a tout juste quelques mois.

— Faites pas de mal à mon papa, hurle-t-elle. S'il vous plaît, madame, s'il vous plaît !

Frank agrippe les jambes de Mary Pat. Elle le frappe avec la crosse de son arme.

Caitlin braille :

— Lui faites pas de mal !

Le voisin, Rory Trescott, se précipite vers eux, une batte de base-ball levée. Mary Pat fait feu, visant largement à côté, et Rory se jette à plat ventre.

Frank bascule sur le flanc, le sang s'échappant à petits jets du trou dans son ventre comme l'eau d'une fontaine paresseuse.

Mary Pat ramasse le pistolet de Frank sur le trottoir et le glisse dans sa ceinture.

Caitlin Toomey descend du perron tandis que sa mère essaie de l'empoigner pour la retenir.

Mary Pat crie :

— Retenez-la, nom de Dieu !

Agnes agrippe sa fille.

Mary Pat enfonce les deux mains dans les cheveux généreusement gominés de Frank et s'assure une bonne prise. Elle le traîne sur l'asphalte en direction de Bess – putain, qu'est-ce qu'il est lourd ; elle a l'impression de tirer un frigo – et dans l'effort elle perd sa perruque, qui tombe sur la chaussée, dans le sang de Frank.

— Je t'ai reconnue, Mary Pat ! lance Agnes. Je t'ai reconnue !

Mary Pat parvient à ouvrir la portière arrière. Elle empoigne les mains de Frank – la droite d'abord, puis la gauche – les place dans son dos et referme les menottes sur ses poignets. Elle hisse Frank sur la banquette arrière comme s'il s'agissait d'un tapis roulé. Elle le pousse jusqu'à ce qu'il soit complètement rentré. Elle claque la portière et fait le tour de la voiture en courant.

— Je t'ai reconnue ! lance de nouveau Agnes. Je t'ai reconnue ! Je t'ai reconnue !

Mary Pat se met au volant, pousse le levier en position marche avant et démarre. Quelques rues plus loin, Frank gémit sur le siège arrière.

— Je saigne salement.

— Je sais, répond Mary Pat.

— Je pourrais me vider de mon sang.

— Ah, merde, Frank, dit Mary Pat, t'as pas idée à quel point ça me briserait le cœur.

29

Castle Island*, à South Boston, n'est pas une île, mais c'en était une autrefois. C'est une péninsule, reliée à la terre par une voie principale, Day Boulevard, qui finit en cul-de-sac dans un parking, ainsi que par deux sentiers pédestres qui mènent au Sugar Bowl, le petit parc à jamais souillé dans l'esprit de Mary Pat, car c'est l'endroit où Marty Butler s'est servi d'une sacoche pleine d'argent pour lui dire qu'elle n'avait plus d'enfant vivant sur cette Terre. Tout comme l'île n'est plus une île, le château n'est pas un château ; c'est un fort. Fort Independence, pour être précis. L'édifice actuel, construit au milieu du XIXe siècle sur le site de deux anciens forts qui remontaient au temps des Pères Pèlerins et des premières colonies, est en granit.

Edgar Allan Poe y a été en garnison à une certaine époque. Cette expérience lui aurait inspiré une de ses plus célèbres nouvelles, mais comme Mary Pat n'a jamais rien lu d'Edgar Allan Poe, elle n'a aucune opinion sur le sujet. Elle a appris à l'école que tout au long de son histoire – d'abord

* *Castle Island* : l'île du château.

en tant que forteresse des Pères Pèlerins, puis en tant que fort britannique, et ensuite en tant que fort américain, avant d'être un monument historique, propriété de l'État du Massachusetts – aucun coup de feu n'a jamais été tiré de ses murs dans une action militaire. Mais comme tout le reste à Southie, se dit-elle alors qu'elle s'en approche, il a été construit pour servir au combat à la première occasion.

Frank est évanoui depuis quelques minutes quand elle prend le virage près du fast-food de Sullivan, au bout du parking. Il revient à lui avec un petit cri. Il est désorienté et probablement pas tout à fait lucide en raison de la quantité de sang qu'il a perdue. Elle entend ses menottes cliqueter quand il se rend compte qu'il a les poignets attachés. Elle continue sur le sentier qui longe le côté nord du fort. Le chemin est cahoteux. Frank grogne beaucoup.

Bess va avoir besoin de toute l'aide possible pour ce qui l'attend, alors Mary Pat appuie progressivement sur l'accélérateur. Quand elle atteint le coin nord-ouest de l'enceinte, elle se lève carrément de son siège et enfonce la pédale jusqu'au plancher. Bess chasse de l'arrière et Frank tombe du siège en hurlant. Mary Pat écrase de toutes ses forces cette putain de pédale et rugit entre ses dents serrées tandis qu'elle encourage Bess à grimper la colline. Juste avant le sommet, les roues arrière n'accrochent plus et se mettent à patiner, et Mary Pat comprend qu'ils ne vont pas y parvenir. Ils vont glisser en arrière, se mettre en travers, sans doute, puis ils vont basculer et faire des tonneaux jusqu'en bas de la pente.

— On y passe ensemble, Frank ! lance-t-elle.

En réponse, Frank hurle un truc du genre :

— Espèce de sale conasse.

Mais Bess, grâce soit rendue à son cœur usé de vieille dame, trouve dans son moteur un dernier souffle, une ultime impulsion, les roues arrière parviennent à agripper la terre au lieu de l'herbe et la voiture fait un bond jusqu'en haut de la côte.

Quatre pneus totalement lisses en pleine accélération qui retombent sur une herbe mouillée par une nuit d'été chaude et humide : Mary Pat n'était pas préparée à ça, et la voilà partie en dérapages et en zigzags sur le terre-plein qui mène à l'entrée du fort. Elle reprend le contrôle de la voiture juste avant de s'écraser contre les lourdes portes, et à l'instant où elle s'immobilise complètement, Bess rend l'âme. Le moteur s'arrête dans un grand soubresaut, des petits tintements et hoquets métalliques se font entendre sous le capot, le châssis frémit, pris de convulsions comme s'il faisait une crise cardiaque. Des volutes de fumée brune jaillissent de l'arrière, puis fusent de sous le capot.

Pendant un moment, Mary Pat a l'impression de perdre un animal familier. Une fois sortie de la voiture, elle lui tapote le flanc. Elle essaie de trouver les mots appropriés, mais tout ce qui lui vient à l'esprit, en fin de compte, c'est un simple :

— Merci.

Merci à la seule voiture qu'elle ait jamais vraiment possédée.

Tandis que Bess continue à agoniser, Mary Pat crochète la vieille serrure rouillée de la porte principale du fort et l'ouvre en grand. Elle retourne chercher Frank, l'extirpe du plancher devant la banquette arrière en le tirant par les cheveux.

Elle s'était attendue à plus de rage de sa part. Un langage brutal de dur. Des menaces. Mais il est plaintif. Surpris, on dirait, de la férocité de Mary Pat. Quand il tombe sur le sol, il s'écrie :

— *Allez !* Je t'en prie ! *Je t'en prie*, Mary Pat, c'est mes putains de boyaux que je tiens, là !

Elle le soulève et le remet debout, puis elle le pousse pour lui faire franchir la porte tant bien que mal en trébuchant, mais ils ne vont pas loin, car il s'appuie sur sa jambe blessée et s'écroule. Elle le laisse étendu là un moment, tandis qu'il agite furieusement la tête dans l'herbe.

L'intérieur du fort est ovale – la place d'armes et les réserves tout en bas. Les parapets et les créneaux pour les canons tout en haut.

Elle traîne Frank jusque dans la première salle qu'elle voit. Les salles qui donnent directement sur la place d'armes principale n'ont de salles que le nom. Il n'y a pas de porte, pas de mobilier, rien. Elles donnent plus l'impression d'être des cellules de prison, mais elle est pratiquement sûre d'avoir entendu dire qu'on y entreposait de la poudre, des armes et de la nourriture à une époque reculée. Elle lâche Frank, le dos contre le mur et s'aperçoit qu'il est de nouveau évanoui.

Chochotte.

Elle enlève de sa ceinture le pistolet qu'elle a pris à Frank. Un Colt .45 1911, pratiquement identique à celui que son oncle Kevin avait rapporté de la Seconde Guerre mondiale. L'oncle Kev le sortait quand elle était petite fille et qu'ils allaient à son appartement, et il la laissait s'asseoir sur ses genoux avec, après l'avoir démonté et vérifié la chambre. Il lui disait qu'il l'avait gardé pour deux raisons : 1) pour pouvoir toujours se rappeler la sauvagerie dont l'homme était capable à l'égard de ses semblables ; et 2) au cas où les nègres leur tomberaient dessus une de ces nuits.

En fin de compte, c'est sur lui-même qu'il avait retourné cette arme, le matin de Noël 1962.

Elle fouille Frank. Dans sa poche, elle trouve un chargeur de rechange pour le .45 et le fourre dans son sac. Elle lui enlève sa veste, la roule en boule et l'appuie sur sa blessure. Il marmonne mais ne se réveille pas et elle se sert du ruban adhésif en toile pour fixer et comprimer autant que possible la veste en boule sur la plaie.

Elle jette un coup d'œil à sa jambe et c'est tout juste si elle ne vomit pas. Seigneur. Pas étonnant qu'il ne puisse pas prendre appui dessus. Le pied est complètement tourné vers l'arrière et les os de la jambe ont perforé les chairs et ressortent comme des branches brisées. Mais ça lui donne l'idée de lui enlever l'autre chaussure.

Où elle trouve un couteau.

Elle l'examine. Est-ce que c'est *le* couteau ? Celui qu'il a enfoncé sous la cage thoracique de sa fille pour lui transpercer le cœur ?

Elle s'aperçoit qu'il est en train de la regarder. Sa respiration est très faible.

— Tu sais que tu es une femme morte ?

Elle hausse les épaules.

— Tu iras te balader – oh, pardon, tu iras ramper – en enfer avant moi, Frank. Tu peux en être sûr.

— Sauf si tu me conduis à l'hôpital.

Sa voix est amicale. Raisonnable.

Elle pointe le pouce par-dessus son épaule.

— Plus de voiture, Frank. Elle aussi, elle est morte.

— Tu n'as qu'à descendre la colline, il y a un téléphone public près de chez Sullivan.

Un sourire serviable se joint à la voix amicale.

— Pour… faire quoi, déjà ?

— M'appeler une ambulance. Ou appeler Marty.

Elle attend un petit moment avant de répondre. Suffisamment longtemps pour voir l'espoir fleurir dans ses yeux.

— Frank, dit-elle aussi doucement que possible, tu vas mourir ce soir.

Il ouvre la bouche pour dire quelque chose, mais elle l'arrête.

— Il n'y a pas d'issue pour toi, explique-t-elle. Aucune menace, aucune promesse, aucune largesse ne peut t'acheter une journée de plus dans cette vie.

Jusqu'à cet instant, il avait cru avoir encore une chance. Mais à présent, il se rend compte – il comprend vraiment – qu'il vit dans son propre cauchemar. Tout éveillé, à chaque seconde.

Il cherche ses yeux et elle le laisse plonger librement son regard dans le sien. Quelque part, au-delà de l'enceinte du fort, un oiseau de mer pousse un cri.

Le visage de Frank Toomey s'assombrit et se glace d'indignation.

— Non ! (Il tire sur les menottes à ses poignets.) Tu m'entends, sale garce ? Non ! Tu vas…

Elle plaque la paume de sa main sur le front de Frank et cogne l'arrière de son crâne contre le mur de granit.

— Comment se fait-il, dit-elle, tandis qu'il essaie de faire sortir de sa tête les oiseaux qui n'arrêtent pas de piailler, que tu aies encore en toi de la rage pour moi ? Tu as pris mon enfant. Tu as pris mon *enfant*, Frank. Et le bébé qu'elle avait dans son ventre. Tu as profité d'elle. Tu as bousillé son existence, alors qu'elle aurait pu la vivre pleinement, et puis tu as plongé un couteau dans sa poitrine et dans son *cœur*. Et tu te considères comme un être humain ? (Elle lève la lame du couteau devant le visage de Frank.) Est-ce que c'est ce couteau ?

Frank la regarde fixement avec ses yeux morts.

— Ne me fais pas tes yeux à la con, dit-elle. Comme si ma douleur te laissait froid. Voilà ma douleur.

Elle lui entaille la joue.

— *Bon Dieu !*

— J'ai dit baisse tes yeux à la con.

Il jette un coup d'œil à son sang sur la lame du couteau, puis baisse le regard sur ses genoux.

— Si tu es encore en vie à cet instant, c'est uniquement parce que je tiens à entendre ta réponse – comment peux-tu avoir des enfants à toi et les élever ? Comment peux-tu avoir une idée de ce qu'est l'amour et tuer une enfant ?

— J'ai tué des tas de gens dans ma vie, Mary Pat.

— Je sais. Mais une enfant, Frank ?

Il a un haussement d'épaules, les mains menottées contre le mur.

— Je ne pense pas à ça.

Le sang coule de sa joue en grosses gouttes. *Floc. Floc. Floc.*

— À ça, quoi ?

— À tout ça. Tuer quelqu'un, c'est comme déblayer la neige – je n'aime pas le faire, mais ça doit être fait, alors je le fais. Et mes gosses n'ont rien à voir avec ça. Ce sont mes gosses. C'est quelque chose qui est à part. Ta fille…

— Dis son nom.

— Jules, dit-il. C'était un problème. Elle disait des conneries, elle parlait d'aller raconter à ma femme qu'elle était enceinte, et elle a tué ce jeune…

— Elle ne l'a pas tué. Elle était avec eux quand ils…

Il secoue la tête.

— Elle l'a frappé avec la pierre. C'était elle.

Elle donne un coup de poing sur sa jambe démolie. Le hurlement qu'il pousse ressemble à un cri venu du règne animal – la plainte perçante d'une proie dévorée vivante dans la savane. Il bascule sur le sol en terre battue. Il reste étendu là, la bouche ouverte, les yeux écarquillés par le choc.

— Elle ne l'a pas frappé avec cette pierre, dit-elle. T'es juste en train d'inventer des conneries. Tu n'étais même pas sur le quai.

— Pourquoi j'irais inventer ça ? dit-il d'une voix pantelante, les yeux remplis de larmes. Je t'en prie, ne cogne plus sur ma jambe, mais pourquoi j'irais inventer ça ? Qu'est-ce que j'ai à y gagner ? Et *bien sûr* que j'étais sur ce quai.

Elle reste silencieuse un long moment. Elle regarde la place d'armes sous la lumière d'une demi-lune.

— Je pense…, poursuit-il tout en s'efforçant de reprendre une position assise, je pense qu'elle a fait ça par… une sorte de compassion.

Elle le regarde.

— *Quoi ?*

— C'est possible.

— Pourquoi, une sorte de compassion ?

Il ne dit rien pendant un moment.

— Pourquoi, une sorte de compassion ?

— Je leur ai dit de le griller.

— Hein ?

— De le balancer sur le rail sous tension, explique-t-il. Le griller. Pour montrer à tous les autres négros de cette ville ce qui arrive s'ils viennent envahir notre quartier.

Il baisse les yeux sur le sang qui imprègne lentement toute sa veste et le ruban adhésif qu'elle a enroulé autour de lui. Sa peau est d'un bleu-blanc semblable à celle du maquereau.

— Ça n'a pas plu à Jules, poursuit-il. Elle n'arrêtait pas de dire laissez-le partir. (Il ricane.) On ne pouvait pas le laisser partir. Non. Je leur ai dit : "Putain. Grillez-le." Les garçons, ils ont obéi – c'est comme ça, les garçons. Ils ont relevé le gars et ils étaient sur le point de le balancer entre le deuxième et le troisième rail, et, ouais, c'est à ce moment-là qu'elle l'a frappé. Et là, terminé, ça ne pouvait plus passer pour un accident, merci, Jules. Il était mort à l'instant où il a touché le sol.

Elle le regarde avec attention. Et se dit, comme c'est étrange que les pires d'entre nous soient si semblables aux meilleurs. En rien différents du fils de telle personne, du mari de telle autre, ou du père de telle autre encore. Aimés. Capables d'amour. Humains.

— Et c'est ça que tu ne pouvais pas lui pardonner, n'est-ce pas ? lui demande-t-elle. Cette compassion ?

Il émet un sifflement sous l'effet de la douleur avant de répondre.

— Si elle faisait preuve de faiblesse sur ce quai, où ferait-elle preuve de faiblesse la prochaine fois ? Dans un poste de police ? Dans un tribunal ? Je suis désolé, Mary Pat, mais tu le sais bien, on a un code ici. On vit et on meurt selon ce code.

Elle plonge la main dans son sac pour en sortir son calibre 38 et elle est sur le point de lui faire exploser la cervelle et l'éparpiller sur le mur en granit derrière lui quand elle entend un véhicule approcher.

La voiture pénètre directement dans l'enceinte. Des portières s'ouvrent. Des phares balaient la place d'armes.

Marty Butler lance :

— Le moment est venu de régler les comptes, Mary Pat.

30

BOBBY a fait savoir dans tout le service qu'il apprécierait qu'on le tienne informé au cas où un événement violent lié à la bande de Butler viendrait à se produire dans les deux semaines à venir.

Ça ne tarde pas.

Bobby débarque dans West Ninth Street, devant le domicile de Tombstone Frankie Toomey et écoute les témoins – un voisin, la femme de Frankie et sa fille de huit ans – faire leur déposition. Le voisin et Agnes Toomey identifient formellement Mary Pat Fennessy comme étant l'assaillante et la kidnappeuse. Le kidnapping pose un problème : en principe, ils devraient prévenir le FBI immédiatement et les laisser prendre cette affaire en charge.

Demain, peut-être, décide Bobby. Pas ce soir.

Ils trouvent du sang sur le trottoir et la chaussure de Frank sur la route. Du sang aussi là, sur la chaussée, à l'endroit où la voiture l'a heurté, ainsi que des traces là où Mary Pat l'a traîné. Il faut un moment à Bobby pour se rendre compte que ce qui ressemble à la tête coupée d'un épouvantail dans une flaque de sang n'est qu'une perruque.

Bobby appelle le quartier général sur sa radio, finit par obtenir Vincent à qui il demande de prévenir tous ceux qui ont un informateur à Southie. Quelqu'un a bien dû apercevoir une femme blonde forcenée au volant d'un tas de ferraille Ford Country de 1959 filer dans la nuit avec un homme blessé au ventre par balle sur le siège arrière.

Bobby est de retour au poste quand un flic de quartier patrouillant dans City Point appelle pour dire qu'il a vu, une vingtaine de minutes auparavant, une voiture foncer sur Day Boulevard, pleine de ce qui avait l'air d'être des gars de la bande de Butler.

Il n'y a qu'une destination possible au bout de Day Boulevard.

Bobby dit :

— En direction du château ?

— Euh, en fait c'est un fort, inspecteur.

Bobby ferme les yeux, puis les ouvre. Il prend une bonne respiration.

— En direction du *fort* ? demande-t-il à l'agent.

— Oui, inspecteur.

— Merci.

Bobby raccroche et se précipite vers le bureau de son lieutenant.

31

Marty appelle une deuxième fois.

— Plus tu nous fais attendre, plus on fera durer tes souffrances.

Frank ouvre la bouche pour se manifester, mais elle lui colle le .38 sur le nez. Le regarde en haussant les sourcils. Il referme la bouche.

À en juger par la puissance du faisceau des phares, le volume de la voix de Marty et les rares bruits de pas qu'elle entend tandis qu'ils se déplacent, çà et là, elle devine qu'ils sont assez près d'elle. Peut-être une quinzaine de mètres. Elle a compté quatre portières qui se sont ouvertes et refermées, ce qui signifie qu'ils sont au moins quatre, éventuellement six, s'ils se sont entassés dans la bagnole. Mais ils auraient davantage risqué d'attirer l'attention, et Marty n'est pas du genre à attirer l'attention.

Donc, quatre.

Elle les entend se déployer – des pas à des distances variables sur la terre de la place d'armes. Et il y en a un qui se rapproche nettement.

Elle met Frank debout sur son bon pied et le pousse vers l'entrée.

Les pas, à l'extérieur du local, s'arrêtent. Elle en déduit que le type peut les entendre.

Mary Pat franchit le seuil, son revolver sur le cou de Frank Toomey.

Brian Shea, pris par surprise, à un mètre de Mary Pat, veut lever son arme.

— Non, non, non, dit Mary Pat.

Brian jette un coup d'œil à Frank Toomey – la jambe abîmée, la veste gorgée de sang et fixée par du ruban adhésif autour de sa taille ensanglantée – et abaisse son pistolet.

— Laisse-le tomber par terre, dit Mary Pat. Je ne le répéterai pas.

Il la regarde dans les yeux. Regarde dans ceux de Frank. Laisse tomber son arme.

Les trois autres sont disposés en arc de cercle, une dizaine de mètres derrière Brian. Larry Foyle est le plus éloigné et occupe l'extrémité gauche de l'arc de cercle. Marty se tient au centre, comme une dent cariée dans un sourire hideux, tandis que Weeds rôde sur le côté droit. Ils tiennent tous un pistolet, mollement, contre leur flanc.

— Tu vas bien, Frank ? demande Marty.

— Pas vraiment, Marty, répond Frank.

— On va te faire rafistoler comme il faut.

— Je sais que tu vas t'en occuper, Marty. Merci.

— T'en es sûr ? dit Mary Pat.

Elle appuie sur la détente. La balle creuse un tunnel qui transperce le cou de Frank Toomey de part en part.

Pour des hommes habitués à une violence banalisée, aucun d'eux ne semble avoir été prêt à vivre cet instant. Larry et Weeds paraissent tétanisés, la bouche ouverte.

Marty hurle :

— Nooooon!

Comme s'il avait le cœur brisé pour la première fois de sa vie.

Brian Shea tend la main pour ramasser son pistolet.

Frank s'écroule au sol, sa carcasse n'étant plus qu'un paquet d'organes inutiles, son âme déjà à mi-chemin de l'enfer.

Mary Pat tire et touche Brian quelque part au milieu de son corps et elle l'entend pousser un hurlement.

Marty lève son pistolet quand elle fait feu sur lui – *Bang! Bang! Bang!*

Elle ne sait pas si elle l'a atteint, seulement qu'il n'est plus là, tandis que les deux autres ripostent, les balles frappant la partie supérieure du mur derrière elle, car Larry et Weeds courent se mettre à l'abri derrière la voiture et ils tirent sans vraiment viser.

Elle attrape Brian Shea par l'arrière de son col. Il se cambre et martèle le sol de ses talons. Il pousse des jappements et des glapissements. Elle reste accroupie, et place le corps de Brian devant elle du mieux qu'elle peut, puis elle le tire dans la salle avec elle. Une fois qu'ils sont à l'intérieur, il l'enlace au niveau des genoux et lui enfonce sa tête dans le ventre. Elle lui donne des coups sur les oreilles, son gros calibre 38 dans une de ses mains, et il la lâche.

Elle le pousse dans le coin et le tabasse à coups de pied. *Littéralement.* Elle s'acharne sur lui, furieusement, méchamment, aveuglément. Elle ne s'arrête que longtemps après avoir acquis la certitude qu'il ne présente plus aucun danger.

— Il n'y a donc que ça que vous *comprenez*, bande d'enculés ? siffle-t-elle. Ça et rien d'autre ?

Il se recroqueville sur lui-même. Elle lui laisse une minute, au cas où il vomirait, puis elle se place derrière lui et le tire contre elle, le cale entre ses cuisses, et accroche ses jambes à celles de Brian. Elle jette le .38 – désormais vide – et cherche dans son sac à main le .45 de Frank. Elle le sort, enlève la sécurité, pose le chargeur supplémentaire sur le sol en terre battue près d'elle. Il n'y a pas d'issue pour elle, mais il n'y a qu'une entrée dans la pièce. Il leur faut passer la tête par l'ouverture s'ils veulent l'atteindre. Elle maintient Brian devant elle et pointe le .45 vers le seuil.

— Putain, tu l'as tué comme ça, dit Brian au bout d'un moment, comme s'il n'arrivait pas à comprendre la tragédie de la mort de Tombstone Frank Toomey.

Comme s'il venait de perdre toutes les illusions qu'il avait gardées sur l'existence d'un monde plus doux.

— Et comment.

— Et tu m'as bousillé la hanche.

— Eh ben, si t'arrives à sortir vivant d'ici, Brian, tu clopineras salement, mais t'auras une bonne histoire à raconter.

À l'extérieur, elle entend des raclements sur le sol. À en juger d'après la distance, elle suppose qu'ils sont près de la voiture.

— Mais putain, tu l'as *tué* juste comme ça.

— Pourquoi ça te choque ? Vous tuez des gens tout le temps.

— *Nous*, réplique-t-il. Pas toi.

Là-bas, au-delà de l'entrée, quelqu'un ouvre le coffre de la voiture.

Elle passe le bras autour de l'abdomen de Brian et pose le canon du gros .45 sur son bas-ventre.

— Mais qu'est-ce que tu fous ?

— Est-ce que tu étais présent quand ma fille a été tuée ? lui murmure-t-elle dans l'oreille.

— Je n'étais pas là, répond-il sur un ton las. On m'a appelé après.

Elle entend un bruit sourd sur le sol, dehors, suivi d'un claquement de métal contre du métal. Pour regarder, il faudrait qu'elle écarte Brian et qu'elle passe la tête à l'ouverture, prenant le risque de se la faire exploser par une balle, alors elle les laisse faire tranquillement, merci bien. Mais elle reconnaît que ça l'intrigue.

— Qui était là quand ma fille a été tuée ? demande-t-elle à Brian.

— Frank. Marty était dans une autre pièce.

— Alors, qu'est-ce qui s'est passé ?

— J'ai entendu dire que Frankie et elle se disputaient, elle a continué à le provoquer, il a sorti un couteau et, tu sais.

— Tu sais, répète-t-elle amèrement.

— Ouais.

Elle éloigne le pistolet de son bas-ventre.

Dehors, encore des raclements de pieds, encore du métal qui frotte sur du métal, puis la voix de Marty.

— Attrape le trépied.

Le *trépied* ?

Brian souffle bruyamment par les narines. Elle suppose que c'est sa façon d'essayer de gérer sa douleur.

— Tu te souviens, au lycée, commence-t-il, la deuxième année, quand on a…

— C'est parti. Souvenirs, souvenirs.

Il a un petit rire.

— Non, non, c'était drôle. Dans les toilettes des profs, on avait mis plein de…

— Pétards, dit-elle. Ouais, je m'en souviens.

— On s'est bien marrés à cette époque-là.

— C'est sûr. Tu penses que ça va me sauver ?

Il ne répond pas.

Elle hoche la tête.

— Alors pourquoi ça devrait te sauver, toi ?

Le visage de Brian se vide de nouveau de toute expression.

— Marty ne peut pas te laisser la vie sauve maintenant. Il aimait Frank comme un frère.

— Comme un *frère*, tu dis ?

— Ouais. Quoi d'autre ?

— Cette façon dont il a hurlé quand j'ai tué Frank ? À toi de me dire.

Il réfléchit, puis la panique se lit sur son visage.

— T'es malade. (Il crache sur le mur en face de lui.) Une foutue dépravée.

Elle rit.

— Vous inondez notre communauté d'héroïne. Vous louez des femmes et vous leur demandez de baiser avec des inconnus pour du fric. Vous agressez des enfants. Vous transformez d'autres enfants et vous les rendez encore pires que vous. Vous volez. Vous tuez. Mais c'est *moi* qui suis malade. C'est *moi* qui suis dépravée. Oh, OK, Brian.

De quelque part, dans l'obscurité, Marty appelle :

— Mary Pat, mon petit.

— Marty, mon petit ! réplique-t-elle.

Le gloussement de Marty lui parvient, porté par la brise.

— Laisse partir mon ami Brian et nous te laisserons partir d'ici.

— Non, vous ne me laisserez *pas* partir.

L'espace d'un moment, le seul bruit est celui de la nuit.

— Non, j'imagine qu'on ne te laissera pas. (Un autre gloussement.) Je peux te demander quelque chose ?

— Bien sûr.

— C'était beaucoup d'argent, ce que je t'ai donné.

— C'est vrai.

— Pourquoi tu n'es pas tout simplement partie quelque part avec ?

— Pour faire quoi ?

— Te faire une vie meilleure.

— Cette vie meilleure, je l'avais. Frank l'a détruite.

— Mais pas moi, dit-il sur un ton tout innocent et candide. Et pourtant tu t'en es prise à toute mon organisation.

— Oh, Marty, dit-elle. Oh, Marty.

— Quoi, Mary Pat ?

— C'est tout toi, ça. Toute cette laideur écœurante. Tu en es l'esclave autant que le maître.

— Je ne te suis pas, là… de quoi suis-je l'esclave, mon petit ?

— La peur.

— La peur ? s'esclaffe-t-il. Et de quoi je pourrais avoir peur, Mary Pat ?

— Putain, Marty, ça c'est une affaire entre Dieu et toi, mais je suis sûre que la liste est longue et affligeante.

Un silence s'ensuit pendant un bon moment. Elle entend l'eau, au loin, clapoter doucement sur le rivage.

Marty demande :

— Est-ce que tu sais ce que je faisais pendant la guerre, ma chérie ?

Quoi qu'il doive arriver, Mary Pat sait que cela ne va pas tarder.

— Non, Marty, je ne sais pas.

— J'étais tireur, lance-t-il.

— Hmm-hmm.

— Plus précisément, j'étais un sniper.

Elle entend la détonation seulement une fois que la balle s'est frayé un passage à travers l'os et la chair de son aisselle droite. Elle pivote immédiatement, par la force d'un instinct de survie aussi vieux que son corps lui-même et la balle suivante transforme le visage de Brian Shea en tarte aux cerises.

Il n'émet aucun son. Il est probablement mort sans s'en rendre compte.

Elle se précipite à quatre pattes dans le coin de la pièce, et à présent, les armes de poing se mettent à tirer, et sous ses yeux, deux autres balles touchent le corps de Brian Shea – une lui perfore la poitrine, l'autre fait éclater sa rotule droite.

— Cessez le feu, crie Marty.

Larry et Weeds arrêtent de tirer, mais les oreilles de Mary Pat continuent à tinter.

Marty l'appelle de nouveau.

— Est-ce que tu sais ce que tu viens de recevoir, ma chérie ?

Elle ne peut pas parler. Elle ne peut pas respirer. Tous ses organes internes se sont bloqués, comme si une énorme main froide lui comprimait le cœur de toutes ses forces.

— C'était une balle blindée de 7,62 mm, ça part à une vitesse de près de deux mille kilomètres/heure, Mary Pat. Une fois que l'effet du choc et l'adrénaline vont se dissiper, ce qui ne devrait pas tarder, ton corps va commencer à réagir aux dégâts. Je suppose que ta respiration va devenir difficile. Ton sang va se refroidir. Tu vas avoir du mal à parler. Et à penser. Mais je voudrais que tu restes allongée là et que tu essaies. Je voudrais que tu penses à toutes les erreurs que tu as commises – d'abord et surtout à ce total manque de respect dont tu as fait preuve à l'égard de ma générosité et de mon *amitié*. Je veux que tu réfléchisses bien à tout ça, dit Marty, parce que je ne vais pas t'achever. Je vais m'asseoir, fumer tranquillement une cigarette, profiter de la douceur de la nuit en attendant que tu te vides de ton sang, espèce de pauvre conne.

L'arrière-gorge de Mary Pat se remplit subitement de mucosités chaudes. Elle tousse pour les faire remonter et s'aperçoit que ce ne sont pas des mucosités du tout. C'est du sang.

Ah, merde.

Dès l'instant où Marty lui a tendu cette sacoche pleine d'argent, elle a su qu'elle ne s'arrêterait pas tant que tous ceux qui ont été impliqués dans la mort de sa fille n'auraient pas répondu de leur crime. Elle n'est pas parvenue à atteindre Marty lui-même, et c'est bien dommage, mais c'est difficile d'atteindre le roi. Cela a toujours été difficile d'atteindre un roi.

Mais, bon sang, elle a quand même réussi à foutre un sacré bordel à la cour du roi.

Et maintenant, il lui dit de rester étendue ici. De se vider de son sang. D'attendre les rats.

Ça sera chouette de revoir Dukie (même si elle se languira tout le temps de Ken Fen). Peut-être qu'ils pourront boire quelques bières et se souvenir de tous les bons moments qu'ils ont passés ensemble, au début de leur mariage.

— Dis, Marty, lance-t-elle, s'alarmant de la faiblesse de sa voix.

— Oui, ma chérie ?

Elle se relève, la pièce se met à tourner et elle s'effondre sur le côté, contre le mur.

— Comment t'as pu t'imaginer… ?

Elle se maintient debout. Elle a l'impression que quelqu'un a plongé ses poumons dans de la colle.

Et Noel. Ça va pas être super de revoir son Noel ?

— Qu'est-ce que tu dis ?

— T'imaginer, reprend-elle, que je pourrais obéir aux ordres…

Elle se colle tout contre le mur sur sa gauche. Enjambe Brian Shea, dont le visage a disparu.

— Je ne t'entends pas, crie Marty.

— Que je pourrais obéir aux ordres d'un dégonflé… d'un zéro comme toi ?

Je rentre à la maison, Jules. J'arrive, mon petit bébé.

Elle s'avance sur le seuil du local dans le demi-clair de lune et lève son pistolet. Elle parvient à tirer une balle, peut-être même deux, avant qu'ils ne ripostent.

32

SUR ordre des autorités fédérales, la déségrégation des écoles publiques de Boston prend effet le jeudi matin 12 septembre 1974. La police escorte les bus transportant les élèves noirs au lycée de South Boston. Les policiers portent des équipements anti-émeute. Tandis que les bus approchent de l'établissement, plusieurs centaines de manifestants blancs – adultes et enfants – bordent les rues. Le slogan "Pas de nègres chez nous" laisse place à "Aux chiottes, les nègres !" et "N'y comptez pas, on ne cédera pas !" Plusieurs manifestants brandissent des images représentant des singes. L'un d'eux agite un nœud coulant.

Les briques proviennent d'un chantier de construction de West Broadway. D'autres lancent des pierres. Mais ce sont les briques qui font le plus de bruit et le plus de dégâts quand elles atteignent les vitres des bus. Les enfants à l'intérieur s'aperçoivent que c'est sous les sièges qu'ils sont le plus en sécurité pendant le caillassage, et la seule blessure signalée concerne une adolescente qui reçoit un éclat de verre dans l'œil ; elle nécessite des soins médicaux mais ne perdra pas son œil.

Une fois à l'intérieur de South Boston High, les élèves noirs se retrouvent dans une situation qu'ils ont toujours connue dans leurs propres écoles, mais à laquelle ils ne s'attendaient pas ici : il n'y a pas d'enfants blancs.

En ce jour de rentrée scolaire, pas un seul élève blanc ne se présente au lycée de South Boston.

Lorsque le bruit se répand parmi les manifestants, leur slogan se change en "On-a-ga-gné. On-a-ga-gné."

Un peu plus tôt, vers quatre heures du matin, le corps de Mary Pat Fennessy est évacué de la place d'armes de Fort Independence, à Castle Island, pour être transporté au service de médecine légale de Suffolk County.

Bobby et Vincent, avec leur escouade d'inspecteurs et de flics en uniforme réunis à la hâte, arrivent à Fort Independence environ cinq minutes après la mort de Mary Pat, et trouvent Marty Butler et ses hommes en train de ramasser leurs douilles et de se préparer à partir. Ils n'opposent aucune résistance. Les armes qu'ils ont utilisées sont légalement enregistrées. Mary Pat leur a tiré dessus après avoir assassiné Frank Toomey. Brian Shea a été tué par ce que Marty appelle "un tir ami".

Bobby procède à leur arrestation et confisque les armes, ainsi que le trépied sur lequel Marty a fixé son fusil, mais Bobby ne doute pas que l'examen de la scène de crime révélera que les événements se sont déroulés exactement comme Marty les rapporte ; son attitude est bien trop suffisante pour qu'il en soit autrement. Bobby pourrait – oui, pourrait – porter l'affaire devant un juge, ne serait-ce qu'en raison du fait que Brian Shea est mort parce que trois citoyens ont voulu se faire justice eux-mêmes. Mais les chances de voir cette affaire arriver devant un jury sont à peu près aussi bonnes que celles de voir Brian Shea retrouver son visage.

Le légiste extrait cinq balles du corps de Mary Pat. Celle qui l'a tuée est une balle de 7,62 mm qui l'a touchée en plein cœur, mais Drew Curran assure à Bobby qu'une autre balle du même calibre, qui avait pénétré sous l'aisselle droite, l'aurait fait mourir de toute façon dans les dix minutes suivantes.

— Il fallait que ce soit une balle en plein cœur, dit Bobby à Carmen quelques jours plus tard. Si ça avait été à un autre endroit ? Sûr qu'elle se serait relevée.

Le lendemain de la mort de Mary Pat, Bobby reçoit un appel de Calliope Williamson. Ils échangent quelques informations, puis Bobby s'excuse de ne pas avoir pu revenir chez eux après l'enterrement d'Auggie.

— Pas de problème, dit-elle. Vous êtes quelqu'un de bien.

Vraiment ? s'interroge Bobby.

— C'est vrai qu'elle vous a aidé à arrêter les jeunes qui ont tué mon fils ? demande Calliope.

— Mme Fennessy ?

— Oui.

— D'où tenez-vous ça ?

— C'est au travail. Toutes celles qui étaient son amie l'appellent la moucharde, elles disent qu'elle a trahi les siens.

— Il paraît que vous avez eu des mots avec elle, dit Bobby.

— C'est vrai, et je ne m'excuserai pour aucun d'eux.

— Je ne vous le demande pas. Quels qu'ils soient, je suis sûr qu'elle les méritait.

— Mais elle vous a aussi aidé à arrêter ceux qui ont tué mon fils ?

— Elle a fait beaucoup plus que ça, répond Bobby.

— Je ne comprends pas.

— L'homme qui porte la plus grande responsabilité de ce qui est arrivé à votre fils ne pourra plus jamais recommencer.

— Grâce à elle ?

— Oui. Je ne dis pas que son intention était d'obtenir justice pour Auggie – je ne pense pas que c'était ça. Mais c'est tout de même ce qu'elle a fait.

Silence tandis qu'elle traite cette information.

— Vous pensez aller à son enterrement ? demande Calliope Williamson.

— Ça dépend de quand ça aura lieu. Pas si je travaille. Dans le cas contraire, j'irai.

Un autre long silence. Puis :

— Je vous y verrai peut-être, dit-elle.

Elle raccroche.

Big Peg McAuliffe passe les jours suivant la mort de sa sœur à localiser les membres de la famille en vue de l'enterrement. Donnie, qui vit à Fall River, un peu plus au sud, dit qu'il sera là et il ajoute qu'il a des infos sur Bill, qui n'est plus au Nouveau-Mexique et qui pourrait bien être à Hartford. Big Peg parvient à joindre quelques cousins et une tante qui répondent qu'ils essaieront de venir.

Elle se tourmente de ne pas pouvoir se rappeler les derniers mots qu'elle a échangés avec sa sœur. Elle sait quand elle l'a vue pour la dernière fois et elle sait de quoi elles ont parlé – de Jules qui avait disparu. Elle sait qu'elle l'a raccompagnée à la porte, mais impossible de se souvenir de leur conversation à ce moment-là. Et ça l'énerve au plus haut point ; on devrait toujours être capable de se rappeler les derniers mots qu'on a dits à quelqu'un.

Il y a des gens dans Commonwealth qui la regardent d'une drôle de façon, comme si cette espèce de virus que sa sœur avait attrapé dans les dernières semaines de sa vie pouvait contaminer Big Peg également. Ça met Peg en pétard, ce que Mary Pat a fait à la réputation de la famille. Ça va prendre du temps, beaucoup de temps, peut-être, pour que leur nom retrouve son honneur.

Quand Donnie rappelle, elle lui confie :

— Moi je dis, ouais, d'accord, ce qu'ils ont fait à Jules, c'est dur, mais bon, elle a joué avec le feu et elle s'est brûlée.

— C'était une gamine, répond Donnie.

Peg est presque touchée, mais elle écarte vite cette sensation.

— Qu'est-ce qu'on peut y faire ? dit-elle.

— Je sais, répond Donnie. On n'y peut rien.

— C'est comme ça et pas autrement.

— Je te dirai pas le contraire.

— Et on sait tous comment elle pouvait être, Mary Pat.

Donnie ricane.

— Cette expression qu'elle avait dans les yeux ? Pas moyen de la raisonner.

— Impossible.

— Bon… Bill a dit qu'il viendrait.

— Ah ouais ? (Peg allume une cigarette, surprise du plaisir qu'elle éprouve en apprenant qu'elle va revoir deux de ses frères après toutes ces années.) Ça va être comme une réunion de famille.

— Ouais.

— Ouais.

— Bon, ben très bien, dit Donnie pour en finir.

— Ben, très bien, acquiesce Big Peg.

Ils raccrochent.

Big Peg s'assied près de sa fenêtre un moment ; elle fume sa cigarette et regarde la cité. Elle aperçoit un endroit dallé où Mary Pat et elle avaient l'habitude de jouer aux osselets, ou à la marelle, ou à la corde à sauter, quand elles étaient gosses. Elles n'avaient jamais été particulièrement proches, mais elles avaient eu quelques bons moments. Elle les revoit, ces deux petites filles, Mary Pat et elle, là, dehors et, juste l'espace d'une seconde, elle entend leurs rires et leur bavardage se répercuter sur les murs de la cité. Un élancement atroce lui étreint le torse – le cœur, les poumons, l'estomac. Une bombe de désolation qui explose et les ondes de choc se propagent et finissent par atteindre son cerveau.

Comment a-t-elle perdu sa sœur ?

Où est l'âme de Mary Pat à présent ?

Comment les choses ont-elles pu aller aussi loin ?

Elle fixe son regard sur un pigeon de l'autre côté de l'allée. Il picore sur le rebord d'une fenêtre. Elle n'a aucune idée de ce qu'il peut bien être en train de picorer (du chewing-gum ? la merde d'un autre pigeon ?), mais il garde la tête baissée. Il fait son boulot.

L'élancement dans la poitrine passe, les ondes de choc se dissipent.

Si les choses ont pu aller aussi loin, Big Peg se rappelle, c'est parce que Mary Pat avait peut-être de bonnes intentions, mais en tant que mère, faut bien le reconnaître, elle n'était pas terrible. C'était ses gosses qui menaient la danse à la maison parce que Mary Pat les gâtait trop. Aussi simple que ça. Elle les laissait lui répondre, elle les battait rarement, elle leur donnait jusqu'à son dernier cent s'ils le lui demandaient. Quand vous gâtez les gens, ils ne vous remercient pas. Ils ne sont pas reconnaissants. Ils finissent par penser que tout leur est dû. Ils se mettent à exiger des choses qu'ils n'ont aucun droit d'exiger.

Comme les gens de couleur avec l'école.

Comme Noel avec la drogue.

Comme Jules avec le mari d'une autre femme.

Peg ne va tout de même pas s'en vouloir pour les défauts de Mary Pat, elle ne va tout de même pas culpabiliser parce qu'elle est restée dans le droit chemin comme une bonne citoyenne, tandis que Mary Pat s'en est écartée pour s'égarer dans les hautes herbes et les marécages.

Et à présent, Peg se souvient enfin de la toute dernière chose qu'elle a dite à sa sœur. C'était au sujet des enfants, et elle a l'impression que c'était une sorte de prophétie, quand on y repense.

Tu ne peux pas les laisser contrôler ta vie.

La veille du jour où Mary Pat est portée en terre, Brendan, le fils de Bobby, se retrouve à l'hôpital avec une jambe cassée en trois endroits. C'est arrivé alors qu'il faisait du skate avec ses amis dans une rue en pente raide, près de la maison de sa mère. En voulant éviter un nid-de-poule, il a heurté une Buick, et il a volé par-dessus le capot. Fracture du talon, de la cheville et du péroné gauches.

Toutes des fractures nettes, heureusement. L'opération se déroule sans problème.

Bobby et Shannon sont assis dans sa chambre, à l'hôpital Carney. Le plâtre paraît plus gros que l'enfant lui-même : un énorme appendice blanc qui part de son genou et dont l'autre extrémité est suspendue à un U métallique à l'envers au-dessus du lit. Brendan est en forme, un peu dans les vapes à cause des médicaments, et il n'arrête pas de leur adresser ce sourire perplexe, du genre *Comment j'ai fait pour atterrir ici ?* Ses tantes et son oncle Tim lui rendent tous visite, chargés de jouets, de cartes et de livres. Lui écrivent des messages idiots sur son plâtre. Ils font tous tant de bruit que les infirmières doivent sans cesse leur demander de se taire. Elles finissent par les chasser et ne restent là que Shannon, Bobby et Brendan.

Brendan ronfle doucement et Shannon lance un regard vers Bobby par-dessus l'enfant et dit :

— Notre garçon.

Et quelque chose se brise dans sa voix parce que, pour la première fois, quelque chose est brisé dans le corps de Brendan. Il a rarement été malade, il n'a jamais eu de points de suture, ni de fracture. Même pas la moindre entorse.

Bobby hoche la tête, gardant une expression calme et réconfortante.

Shannon paraît épuisée. C'est elle qui a amené Brendan à l'hôpital. Elle y est arrivée deux heures avant que Bobby ne la rejoigne. Il lui suggère de rentrer chez elle, d'aller se reposer, prendre une douche, au moins, faire un brin de toilette.

Elle hésite, mais comme Brendan continue à dormir et que la nuit s'avance, elle ramasse ses affaires, embrasse son fils sur le front et fait un petit geste des doigts en direction de Bobby, les yeux humides et bouleversés.

Quand elle s'en va, le sourire que Bobby a gardé plaqué sur le visage depuis son arrivée – son sourire style pom-pom girl, son sourire Papa-contrôle-la-situation, son sourire tout-va-finir-par-s'arranger – s'évanouit. Il imagine la jambe noire et violacée sous ce plâtre, enflée et enlaidie par des rangées de sutures sombres et tuméfiées. La chair de son fils tranchée comme un jambon à Noël, pour que les chirurgiens puissent introduire leurs instruments dans son corps et recoller des os qui se sont cassés comme des gressins. Et si Bobby est reconnaissant – bon Dieu, tellement reconnaissant – que la médecine moderne soit là pour parer à ce genre d'éventualité, il n'en éprouve pas moins une impression de profanation.

Cela aurait pu être bien pire. Brendan aurait pu voltiger au-dessus de cette Buick et retomber sur la tête. Sur le cou. Sur le bas de sa colonne vertébrale.

Cela peut *toujours* être pire. C'était comme un mantra dans la famille de Bobby pendant toute son enfance. Et il abonde dans ce sens.

Mais il doit aussi affronter ce qu'il a compris intellectuellement à l'instant où il a pris son fils dans ses bras pour la première fois, à la maternité de l'hôpital St Margaret, et qu'il n'autorise à pénétrer dans son cœur que maintenant. Non pas parce qu'il en a décidé ainsi, mais parce que ce plâtre ne lui laisse pas le choix.

Je ne peux pas te protéger.

Je peux faire ce que je peux, t'enseigner tout ce que je sais. Mais si je ne suis pas là quand le monde sort ses griffes – et même si je suis là – rien ne garantit que je puisse l'en empêcher.

Je peux t'aimer, je peux t'aider, mais je ne peux pas te mettre à l'abri de tout.

Et ça me fiche une trouille bleue. Chaque jour, chaque instant, à chaque respiration.

— Papa ?

Son fils a les yeux fixés sur lui.

Le regard de Bobby passe du plâtre au visage ensommeillé de son fils.

— Oui, mon gars ?

— C'est juste la jambe.

— Je sais.

— Alors pourquoi tu pleures ?

— Une allergie, peut-être ?

— Tu n'as pas d'allergie.

— Oui, bon, ça va, hein ?

— Bonjour la maturité.

Bobby sourit mais ne dit rien. Au bout d'un moment, il approche sa chaise du lit et prend la main de son fils dans la sienne. Il la porte à ses lèvres, embrasse les phalanges.

L'enterrement de Mary Patricia Fennessy a lieu à neuf heures, le matin du 17 septembre. L'assistance est clairsemée. Calliope Williamson se tient dans le fond ; elle remarque une version imposante et grassouillette de Mary Pat au premier rang, avec un groupe d'enfants turbulents qui ont tous l'air d'avoir besoin d'un bon bain. Tout près, sur un autre banc, il y a deux hommes âgés aux cheveux rares dont les traits ressemblent à ceux de la grosse femme et de Mary Pat.

La famille, donc.

Quelques religieuses de Meadow Lane Manor sont présentes, mais aucune collègue ne s'est déplacée. Une douzaine d'autres personnes se trouvent éparpillées dans une église qui pourrait en contenir facilement un millier.

L'inspecteur Bobby Coyne n'est pas là. Elle sait qu'il serait venu s'il avait pu – pour ça, il est comme Reginald, un homme de parole.

De l'autre côté de l'allée, dans la rangée du fond, juste en face de celle de Calliope, se tient un bel homme, une sorte de géant aux yeux doux. Il porte un costume mal ajusté et une cravate dont le nœud est fripé et trop serré. Il garde un mouchoir à la main et pleure silencieusement mais souvent.

Elle l'a déjà vu auparavant – il venait parfois chercher Mary Pat après le travail. C'est son mari. Elle sait que son nom est Kenny, bien qu'ils n'aient jamais formellement fait connaissance, et que tout le monde l'appelle Ken Fen.

Après le service, elle se présente à lui sur les marches de l'église et lui dit qu'elle compatit à sa perte. Non seulement la perte de sa femme, mais aussi celle de sa belle-fille.

Il lui dit :

— Vous êtes Dreamy.

Elle secoue la tête.

— Personne ne m'appelle ainsi.

— Je croyais...

— Les femmes, au travail – à peu près la seule chose dont elles se souviennent à mon sujet, c'est que je leur ai raconté que mon père m'appelait Dreamy quand j'étais petite. Je n'ai jamais dit qu'on avait utilisé ce nom depuis, mais elles ont décidé de ne pas entendre cette partie-là. Elles m'ont donné ce surnom, pour que j'aie l'impression d'être leur petite protégée, j'imagine.

Il soupire.

— Bien, je suis vraiment désolé pour votre perte à vous.

Elle sent une palpitation dans ses yeux, c'est comme si quelqu'un venait de lui enfoncer une tige de métal dans le cœur, sur le côté, mais elle ne répond rien. Puis elle dit :

— On dirait qu'il y a pas mal de pertes en ce moment.

Les autres personnes présentes sortent de l'église. Pas une ne s'arrête pour présenter ses condoléances à Ken Fen. Elles les contournent tous les deux comme s'ils avaient la lèpre.

Ils restent là, sur les marches, sans se parler, longtemps après que tout le monde est parti. Et c'est étrangement confortable.

— Un verre, ça vous dirait, Calliope ?

— Putain, c'est pas de refus !

Ils se rendent au bar le plus proche, passant devant des pancartes et des graffitis que Calliope refuse de regarder. Elle n'a pas besoin de voir les mots pour sentir leur laideur. La laideur est partout, ici, à présent ; elle flotte dans l'air, elle est pendue aux réverbères. Bon sang, elle peut même en sentir le goût, comme une boulette de papier d'alu coincée entre deux dents.

Le bar, lui dit Ken Fen, reste ouvert dix-huit heures par jour, pour servir les ouvriers qui font les trois huit à la centrale électrique. Il n'est que dix heures du matin, mais la salle est déjà bien remplie et il y a deux barmen derrière le comptoir, plus une serveuse qui s'occupe de la salle.

Ils sont assis depuis une dizaine de minutes. Absolument personne ne tient compte de leur présence. Un géant et une femme noire dans un bar de Southie : ils pourraient tout aussi bien être invisibles. La serveuse passe près d'eux quatre fois. Les deux barmen les ont vus. Mais personne ne prend leur commande.

Au nouveau passage de la serveuse, Ken Fen lève encore une fois une main hésitante dans sa direction et croise son regard. Elle passe en trombe à côté de lui.

Il se retourne vers Calliope, lui adresse un sourire fatigué, haussant les sourcils.

— Heureusement que j'ai apporté ce qu'il faut.

Il enfonce la main dans la poche de sa veste et en retire une flasque.

Calliope lui rend son sourire fatigué.

— Moi pareil.

Elle plonge la main dans son sac et en sort sa propre flasque, un cadeau de Reginald pour leur neuvième – ou était-ce le dixième ? – anniversaire de mariage.

Ils lèvent leur flasque au-dessus de la table.

— À quoi buvons-nous ?

— À nos morts, répond Calliope. Bien sûr.

— Bien sûr.

Ils trinquent et boivent une gorgée.

— Une autre, dit Ken Fen.

— Oh, je vais en prendre bien plus que ça.

Il a un petit rire.

— Allez. Un autre toast.

Elle se penche de nouveau au-dessus de la table.

— À nos vivants, dit Ken Fen.

— À nos vivants, acquiesce Calliope.

Ils boivent une autre gorgée.

Après sa restitution par l'institut médico-légal de Suffolk County, la dépouille de Julia "Jules" Fennessy est enterrée au cimetière de Forrest Hills, dans le quartier de Jamaica Plain.

Conformément aux dernières volontés de sa mère, consignées dans son testament, le cercueil est placé dans un mausolée au sommet d'une petite butte, dans le coin sud. Des fonds sont prélevés sur la succession de Mary Pat Fennessy chaque mois pour payer les fleurs qui doivent être placées autour de la porte du mausolée. Des fonds sont également prélevés afin de satisfaire à une étrange stipulation. Chaque jour de la semaine, l'assistant du sacristain, Winslow Jacobs, est chargé de passer une demi-heure à l'intérieur du mausolée avec une radio transistor réglée sur WJIB, la station locale de musique classique.

Winslow Jacobs a déjà effectué des boulots bizarres tout au long de sa vie sur terre, mais celui-ci est probablement le plus bizarre. Mais il ne s'en plaint pas – le sacristain, Gabriel Harrison, lui verse quinze dollars supplémentaires chaque semaine pour ce travail (ce qui signifie que Gabriel doit se faire dans les trente dollars) et, en vérité, il n'a pas fallu un mois à Winslow pour se mettre à aimer cette pause dans sa journée. En plus, il prend goût à la musique.

Avec le temps, il a aussi pris l'habitude de parler à Julia Fennessy presque tous les après-midis. Il lui parle de son fils, qui travaille pour une société qui refait le revêtement des routes en Californie, et de ses deux filles, qui sont mères de famille, pas très loin de l'endroit où elles sont nées, ainsi que des plats que prépare sa femme, qui ne lui vaudront pas une médaille, mais qui ont le goût d'une cuisine familiale et c'est bien assez bon pour lui. Il lui parle de son père, qui ne l'a jamais aimé, il en est sûr, et de sa mère, qui l'a aimé deux fois plus pour compenser ; il raconte à Julia Fennessy presque tout ce dont il peut se souvenir de sa vie, avec ses hauts et ses bas, tous ses rêves brisés et ses joies inespérées, ses menues tragédies et ses petits miracles.

REMERCIEMENTS

TOUTE ma gratitude :

À mon correcteur, Noah Eaker, qui m'a incité à être plus précis et plus concis dans mon écriture.

À mes tout premiers lecteurs – Kary Antholis, Bradley Thomas, Richard Plepler et David Shelley.

À mes lecteurs suivants – Michael Koryta, Gerry Lehane et David Robichaud.

À ma femme, Chisa. J'ai écrit la plus grande partie de ce roman à La Nouvelle-Orléans, alors que j'y dirigeais une série TV au milieu des flambées de COVID et des éclairs déchirant le ciel dans la fournaise d'un été en Louisiane. Ah, oui, on a aussi eu droit à un ouragan. Pendant tout ce temps, tu m'as donné plus d'amour, de soutien et de sages conseils que je n'aurais jamais osé espérer. Celui-ci est pour toi, ma chérie.